한국어역 만엽집 11

– 만엽집 권 제13 · 14 –

한국어역 만엽집 11

- 만엽집 권제13 · 14 -

이 연 숙

도서출판 박이정

추천의 글

대장정의 출발

이연숙 박사의 『한국어역 만엽집』 간행을 축하하며

이연숙 박사는 이제 그 거대한 『만엽집』의 작품들에 주를 붙이고 해석하여 한국어로 본문을 번역한다. 더구나 해설까지 덧붙임으로써 연구도 겸한다고 한다.

일본이 자랑하는 대표적인 고전문학이 한국에서 재탄생하게 된 것이다. 다만 총 20권 전 작품을 번역하여 간행하기 위해서는 오랜 세월을 기다리지 않으면 안 된다. 현재 권 제4까지 번역이 되어 3권으로 출판이 된다고 한다.

『만엽집』 전체 작품을 번역하는데 오랜 세월이 걸리는 것은 틀림없다. 그러나 대완성을 향하여 이제 막 출발을 한 것이다. 마치 일대 대장정의 첫발을 내디딘 것과 같다.

이 출발은 한국, 일본뿐만이 아니라 전 세계적으로도 대단한 일이라고 할 수 있다.

사실 『만엽집』은 천년도 더 된 오래된 책이며 방대한 분량일 뿐만 아니라 단어도 일본 현대어와 다르다. 그러므로 『만엽집』의 완전한 번역은 아직 세계에서 몇 되지 않는다.

영어, 프랑스어, 체코어 그리고 중국어로 번역되어 있는 정도이다.

한국어의 번역에는 김사엽 박사의 번역이 있지만 유감스럽게도 전체 작품의 번역은 아니다. 그 부분을 보완하여 이연숙 박사가 전체 작품을 번역하게 된다면 세계에서 외국어로는 다섯 번째로 한국어역 『만엽집』이 탄생하게 되는 것이다. 중국어 번역은 두 사람에 의해 이루어졌으므로 이연숙 박사는 세계의 영광스러운 6명 중의 한 사람이 되는 것이다.

『만엽집』의 번역이 이렇게 적은 이유로 몇 가지를 들 수 있다.

첫째, 이미 말하였듯이 작품의 방대함이다. 4500여 수를 번역하는 것은 긴 세월이 필요하므로 젊었을 때부터 시작하지 않으면 안 되는 것이다.

둘째로, 『만엽집』은 시이기 때문이다. 산문과 달라서 독특한 언어 사용법이 있으며 내용을 생략하여 압축된 부분도 많다. 그러므로 마찬가지로 방대한 분량인 『源氏物語』 이상으로 번역하기가 어려울 것이다.

셋째로, 고대어이므로 정확한 의미를 파악하기가 힘이 든다는 것이다. 더구나 천년 이상 필사가 계속되어 왔으므로 오자도 있다. 그래서 일본의 『만엽집』 전문 연구자들도 이해할 수 없는 단어들이 있다. 외국인이라면 일본어가 웬만큼 숙달되어 있지 않으면 단어의 의미를 찾아내기가 불가능한 것이다.

넷째로, 『만엽집』의 작품은 당시의 관습, 사회, 민속 등 일반적으로 문학에서 다루는 이상으로 광범위한 분야에 대한 지식이 없으면 이해하기 어려운 것이다. 번역자로서도 광범위한 학문적 토대와 종합적인 지식이 요구되는 것이다. 그러므로 어지간해서는 『만엽집』에 손을 댈 수 없는 것이다.

간략하게 말해도 이러한 어려움이 있는 것이다. 과연 영광의 6인에 들어가기가 그리 쉬운 일이 아님을 누구나 알 수 있을 것이다.

그러나 이연숙 박사는 이것이 가능하다고 생각된다. 아직 젊을 뿐만 아니라 오랜 세월 동안 『만엽집』의 대표적인 연구자로서 자타가 공인하는 업적을 쌓아왔으므로 그 성과를 토대로 하여 지금 출발을 하면 그렇게 오랜 세월이 걸리지 않을 것이라 생각된다. 고대 일본어의 시적인 표현도 이해할 수 있으므로 번역이 가능하리라 확신을 한다.

특히 이연숙 박사는 향가를 깊이 연구한 실적도 평가받고 있는데, 향가야말로 일본의 『만엽집』에 필적할 만한 한국의 고대문학이므로 『만엽집』을 이해하기 위한 소양이 충분히 갖추어졌다고 생각되기 때문이다.

이러한 여러 점을 생각하면 지금 이연숙 박사의 『한국어역 만엽집』의 출판 의의는 충분히 잘 알 수 있는 것이다.

김사엽 박사도 『만엽집』 한국어역의 적임자의 한 사람이었다고 생각되며 사실 김사엽 박사의 책은 일본에서도 높이 평가되고 있고 山片蟠桃상을 받은 바 있다. 그러나 이 번역집은 완역이 아니다. 김사엽 박사는 완역을 하지 못하고 유명을 달리하였다.

그러므로 그 뒤를 이어서 이연숙 박사는 『만엽집』을 완역하여서 위대한 업적을 이루기를 바란다. 그런 의미에서도 이 책의 출판의 의의가 큰 것을 알 수 있다.

이러한 대장정의 출발로 나는 이연숙 박사의 『한국어역 만엽집』의 출판을 진심으로 기뻐하며 깊은 감동과 찬사를 금할 길이 없다. 전체 작품의 완역 출판을 기다리는 마음 간절하다.

2012년 6월

中西 進

책머리에

『萬葉集』은 629년경부터 759년경까지 약 130년간의 작품 4516수를 모은, 일본의 가장 오래된 가집으로 총 20권으로 이루어져 있다. 『만엽집』은 많은(萬) 작품(葉)을 모은 책(集)이라는 뜻, 萬代까지 전해지기를 바라는 작품집이라는 뜻 등으로 해석되고 있다. 이 책에는 이름이 확실한 작자가 530여명이며 전체 작품의 반 정도는 작자를 알 수 없다.

일본의 『만엽집』을 접한 지 벌써 30년이 지났다. 『만엽집』을 처음 접하고 공부를 하는 동안 언젠가는 번역을 해보아야겠다는 꿈을 가지게 되었다. 그러나 작품이 워낙 방대한데다 자수율에 맞추고 작품마다 한편의 논문에 필적할 만한 작업을 하고 싶었던 지나친 의욕으로 엄두를 내지 못하여 그 꿈을 잊고 있었는데 몇 년 전에 마치 일생의 빚인 것처럼, 거의 잊다시피 하고 있던 번역에 대한 부담감이 다시 되살아났다. 그것은 생각해보니 다음과 같은 이유에서였던 것 같다.

먼저 자신이 오래도록 관심을 가지고 연구한 분야가 개인의 연구단계에 머물고만 있을 것이 아니라, 보다 많은 사람들에게 실질적인 도움을 줄 수 있었으면 하는 바람 때문이었던 것 같다. 『만엽집』을 번역하고 해설하여 토대를 마련해 놓으면 전문 연구자들이 연구 대상 작품을 번역해야 하는 부담을 덜고 시간을 절약할 수 있을 것이며, 국문학 연구자들도 번역을 통하여 한일 문학 비교연구가 가능하게 되어 연구의 지평을 넓힐 수 있을 것이기 때문이었다.

다음으로 일본에서의 향가연구회 영향도 있었던 것 같다.

1999년 9월 한일문화교류기금으로 일본에 1년간 연구하러 갔을 때, 향가에 관심이 많은 일본 『만엽집』 연구자와 중국의 고대문학 연구자들이 향가를 연구하자는데 뜻이 모아져, 산토리 문화재단의 지원으로 향가 연구를 하게 되었으므로 그 연구회에 참여하게 되었다. 7명의 연구자들이 정기적으로 모여 신라 향가 14수를 열심히 읽고 토론하였다. 외국 연구자들과의 향가연구는 뜻 깊은 것이었다. 한국 · 중국 · 일본 동아시아 삼국의 고대 문학 연구자들이 한자리에 모여 각국의 문헌자료와 관련하여 향가 작품에 대한 생각들을 나누며 연구를 하는 동안, 향가가 그야말로 이상적으로 연구되고 있다는 생각이 들었다.

연구 결과물이 『향가-주해와 연구-』라는 제목으로 2008년에 일본 新典社에서 출판되었다. 이 책이 일본의 연구자들뿐만 아니라 일반인들도 한국의 문화와 정신을 잘 이해할 수 있는 계기가 될 수 있듯이, 마찬가지로 『만엽집』이 한국어로 번역된다면 우리 한국인들도 일본의 문화와 정신을 이해하는데 도움이 될 수 있을 것이라 생각되었다. 그래서 講談社에서 출판된 中西 進 교수의 『만엽집』 1(1985)을 텍스트로 하여 권제1부터 권제4까지 작업을 끝내어 2012년에 3권으로 펴내었다. 그리고 2013년 12월에 『만엽집』 권제5, 6, 7을 2권으로, 2014년에는 권제8, 9를 2권으로, 2015년에는 中西 進 교수의 『만엽집』 2(2011)를 텍스트로 하여 권제10을 한권으로 출판하였다. 2016년에 中西 進 교수의 『만엽집』 3(2011)을 텍스트로 하여 권제11을 한 권으로, 2017년 2월에는 권제12를 또 한 권으로, 이번에 권제13, 14를 한 권으로 엮어 출판하게 되었다.

『만엽집』 권제13은 3221번가부터 3347번가까지 총 127수 수록하고 있다. 구성은 雜歌 · 相聞 · 問答 · 비유가 · 挽歌로 나누어 長歌 66수, 短歌 60수, 旋頭歌 1수를 싣고 있으므로 長歌를 중심으로 모은 것이라 할 수 있다. 그런데 『만엽집』의 長歌에는 反歌가 첨부되는 것이 일반적인 경향이지만 권제13에는 反歌가 없는 長歌도 있고 다른 전승의 노래를 싣고 있기도 해서 형식적인 통일성은 없으며, 長歌와 反歌의 내용이 맞지 않는 경우도 많이 보인다. 또 작품들은 3339번가 한 작품을 제외하면 모두 작자를 알 수 없으며 제목도 없다. 그리고 궁중에 전해져오던 옛 노래들을 주로 모은 것 같지만, 反歌는 많은 작품이 奈良시대의 것으로 보이며, 長歌도 표현에 새로운 요소가 많이 들어 있다.

『만엽집』 권제14에는 3348번가부터 3577번가까지, 東山 · 東海 2道에 속하는 지역의 노래인 東歌가 총 238수(어떤 책의 노래 8수를 포함) 실려 있다. 모두 短歌이며 작자를 알 수 없는 작품들이다. 구성은, 앞부분에 도읍에 전해오던 풍속가 5수를 수록한 뒤, 전반부에는 지역 이름을 알 수 있는 작품들을 도읍에 가까운 지역부터 먼 지역 순서로 지역별로 나누어 雜歌 · 相聞 · 비유가로 분류하여 작품을 싣고 있다. 후반부에는 지역 이름을 알 수 없는 작품들을 雜歌 · 相聞 · 防人歌

· 비유가 · 挽歌로 분류하여 작품을 싣고 있다. 防人歌는 일본 고대 關東지방에서 파견되어 筑紫 · 壹岐 · 對馬 등의 요지를 3년마다 교대되어 수비하던 병사들인 防人의 노래이다. 『만엽집』 권제14는 東歌라는 제목이 붙어 있고 東國지방의 방언도 보이므로 東國지방의 민요를 모은 것이라고 하지만 모두 短歌 형식이므로 다소 의문이 제기되고 있으며, 소재, 표현에서도 후대적인 요소들도 보인다.

『만엽집』의 최초의 한국어 번역은 1984년부터 1991년까지 일본 成甲書房에서 출판된 김사엽 교수의 『한역 만엽집』(1~4)이다. 이 번역서가 출판된 지 30년 가까이 되었지만 그동안 보지 않았다. 왜냐하면 스스로 번역을 시도해 보지도 않고 다른 사람의 번역을 접하게 되면 자연히 그 번역에 치우치게 되어 자신이 번역을 할 때 오히려 지장이 있을 수 있다고 생각되었기 때문이다. 2012년에 권제4까지 번역을 하고 나서 처음으로 살펴보았다.

김사엽 교수의 번역집은 『만엽집』의 최초의 한글 번역이라는 점에서 그 의의는 매우 크다고 할 수 있다. 그러나 살펴보니 몇 가지 아쉬운 점도 있었다.

『만엽집』 권제16, 3889번가까지 번역이 된 상태여서 완역이 이루어지지 않았다는 점, 텍스트를 밝히지 않고 있는데 내용을 보면 岩波書店의 일본고전문학대계 『만엽집』을 사용하다가 중간에는 中西 進 교수의 『만엽집』으로 텍스트를 바꾼 점, 음수율을 고려하지 않은 점, 고어를 많이 사용하였다는 점, 세로쓰기라는 점 등을 들 수 있다.

그러나 당시로서는 어쩔 수 없는 상황도 있었을 것이라 생각된다. 또 이런 선학들의 노고가 있었기에 한국에서 『만엽집』에 대한 관심도 지속되어 온 것이라 생각되므로 감사드린다.

책이 출판될 때마다 여러분들께서 깊은 관심을 보이고 많은 격려를 하여 주셨으므로 용기를 얻었다. 완결하여야 한다는 부담감이 있지만 지금까지 힘든 고개들을 잘 넘을 수 있도록 인도해 주신 하나님께 영광을 돌려 드린다.

講談社의『만엽집』을 번역할 수 있도록 허락하여 주시고 추천의 글까지 써 주신 中西 進 교수님,『만엽집』노래를 소재로 한 작품들을 표지에 사용할 수 있도록 허락하여 주신 일본 奈良縣立萬葉文化館의 稻村和子 관장님, 그리고 작품 자료를 보내어 주신 西田彩乃 학예원께 감사드린다.

그리고 이 책이 출판될 수 있도록 도와주신 박이정의 박찬익 사장님과 편집부에 감사드린다.

2017. 8. 7.

四峕一向靜室에서

이 연 숙

일러두기

1. 왼쪽 페이지에 萬葉假名, 일본어 훈독, 가나문, 左注(작품 왼쪽에 붙어 있는 주 : 있는 작품의 경우에 해당함) 순으로 원문을 싣고 주를 그 아래에 첨부하였다.
2. 오른쪽 페이지에는 원문과 바로 대조하면서 볼 수 있도록 작품의 번역을 하였다. 그 아래에 해설을 덧붙여서 노래를 알기 쉽게 설명하면서 차이가 나는 해석은 다른 주석서를 참고하여 여러 학설을 제시함으로써 이해를 돕고자 하였다.
3. 萬葉假名 원문의 경우는 원문의 한자에 충실하려고 하였지만 훈독이나 주의 경우는 한국의 상용한자로 바꾸었다.
4. 텍스트에는 가나문이 따로 있지 않고 필요한 경우에 한자 위에 가나를 적은 상태인데, 번역서에서 가나문을 첨부한 이유는, 훈독만으로는 읽기 힘든 경우가 있으므로 작품을 정확하게 읽을 수 있도록 돕기 위함과 동시에 번역의 자수율과 원문의 자수율을 대조해 볼 수 있도록 하기 위함이었다. 권제5부터 가나문은 中西 進의 『校訂 萬葉集』(1995, 초판)을 사용하였다. 간혹 『校訂 萬葉集』과 텍스트의 읽기가 다른 경우가 있었는데 그럴 경우는 텍스트를 따랐다.
5. 제목에서 인명에 '천황, 황태자, 황자, 황녀' 등이 붙은 경우는 일본식 읽기를 그대로 적었으나 해설에서는 위 호칭들을 한글로 바꾸어서 표기를 하는 방식을 택하였다. 한글로 바꾸면 전체적인 읽기가 좀 어색한 경우는 예외적으로 호칭까지 일본식 읽기를 그대로 표기한 경우도 가끔 있다.
6. 인명이나 지명과 같은 고유명사는 현대어 발음과 다르고 학자들에 따라서도 읽기가 다르므로 텍스트인 中西 進의 『萬葉集』 발음을 따랐다.
7. 고유명사를 일본어 읽기로 표기하면 무척 길어져서 잘못 띄어 읽을 수 있기 때문에 가능하면 성과 이름 등은 띄어쓰기를 하였다.
8. 『만엽집』에는 특정한 단어를 상투적으로 수식하는 수식어인 마쿠라 코토바(枕詞)라는 것이 있다. 어원을 알 수 있는 것도 있지만 알 수 없는 것도 많다. 中西 進 교수는 가능한 한 해석을 하려고 시도를 하였는데 대부분의 주석서에서는 괄호로 묶어 해석을 하지 않고 있다. 이 역해서에서도 괄호 속에 일본어 발음을 그대로 표기를 하고, 어원이 설명 가능한 것은 해설에서 풀어서 설명하는 방향으로 하였다. 그러므로 번역문을 읽을 때에는 괄호 속의 枕詞를 생략하고 읽으면 내용이 연결이 될 수 있다.
9. 『만엽집』은 시가집이므로 반드시 처음부터 읽어 나가지 않아도 되며 필요한 작품을 택하여 읽을 수 있다. 그런 경우를 위하여 필요한 사항은 가능한 한 작품마다 설명을 하려고 하였다. 그러므로 작자나 枕詞 등의 경우, 같은 설명이 여러 작품에 보이기도 하는 것은 이런 이유 때문이다.
10. 번역 부분에서 극존칭을 사용하기도 하였는데 이것은 음수율에 맞추기 힘든 경우, 음수율에 맞추기 위함이었다.

11. 권제5의, 제목이 없이 바로 한문으로 시작되는 작품은, 中西 進의 『萬葉集』의 제목을 따라서 《 》 속에 표기하였다.
12. 권제7은 텍스트에 작품번호 순서대로 배열되지 않은 부분들이 있는데, 이런 경우는 번호 순서대로 배열을 하였다. 그러나 목록은 텍스트의 목록 순서를 따랐다.
13. 해설에서 사용한 大系, 私注, 注釋, 全集, 全注 등은 주로 참고한 주석서들인데 다음 책들을 요약하여 표기한 것이다.

大系 : 日本古典文學大系 『萬葉集』 1~4 [高木市之助 五味智英 大野晋 校注, 岩波書店, 1981]
全集 : 日本古典文學全集 『萬葉集』 1~4 [小島憲之 木下正俊 佐竹昭廣 校注, 小學館, 1981~1982]
私注 : 『萬葉集私注』 1~10 [土屋文明, 筑摩書房, 1982~1983]
注釋 : 『萬葉集注釋』 1~20 [澤瀉久孝, 中央公論社, 1982~1984]
全注 : 『萬葉集全注』 1~20 [伊藤 博 外, 有斐閣, 1983~1994]

차례

작품 목록

만엽집 권 제13 목록

- 雜歌 27수 (3221~3247)
- 相聞의 노래 57수 (3248~3304)
- 문답의 노래 18수 (3305~3322)
- 비유가 1수 (3323)
- 挽歌 24수 (3324~3347)

만엽집 권 제14 목록

만엽집

권 제13

雜謌[1]

3221 冬木成　春去来者　朝尓波　白露置　夕尓波　霞多奈妣久　汗湍能振　樹奴礼我之多尓　鶯鳴母

冬ごもり[2]　春さり[3]来れば　朝には　白露置き　夕には　霞たなびく　風[4]の吹く　木末[5]が下に　鶯鳴くも

ふゆごもり　はるさりくれば　あしたには　しらつゆおき　ゆふへには　かすみたなびく　かぜのふく　こぬれがしたに　うぐひすなくも

左注　右一首

3222 三諸者　人之守山　本邊者　馬酔木花開　末邊方　椿花開　浦妙　山曽　泣兒守山

三諸[6]は　人の守る山　本邊[7]は　馬酔木花咲き　末邊は　椿花咲く　うらぐはし[8]　山そ　泣く兒守る山[9]

みもろは　ひとのもるやま　もとへは　あしびはなさき　すゑへは　つばきはなさく　うらぐはし　やまそ　なくこもるやま

左注　右一首

---

1 **雜謌**: 여러 종류의 노래라는 뜻이지만 본래 의례가를 내용으로 하였다. 이하 이 권제13의 노래는 궁정에 전승된 작품들이므로 전통에 어울리는 분류명이다.
2 **冬ごもり**: 겨울이 완전히 어떤 것에 싸였다는 뜻으로 봄이 오는 것을 표현한 것이다.
3 **春さり**: '春さり'의 'さり'는 이동을 나타낸다.
4 **風**: 원문과 여러 이본에서는 '汗湍'으로 표기하였다. '汗'과 '湍'은 가나로서 예가 없다. '湍'은 'せ'에 사용. 의문이 남는다.
5 **木末**: 나무 끝이다. 가지를 말한다.
6 **三諸**: 御降(もろ)의 뜻으로 신이 강림하는 산, 神ナビ(카무나비)와 같다. 각 지역에 있지만, 여기에서는 雷岳을 말하는 것인가.
7 **本邊**: 'もとへ'의 'へ'는 근처라는 뜻이다.
8 **うらぐはし**: 'うら'는 마음이다. 'くはし'는 '妙し'로 영묘한 것을 말한다.
9 **泣く兒守る山**: 친애의 감정을 담은 표현이다.

雜歌

3221 겨울이 가고/ 봄이 찾아오면요/ 아침에는요/ 흰서리 내리고/ 저녁 무렵엔/ 안개가 일어나네/ 바람이 부는/ 나무 끝에 숨어서/ 휘파람새 우네요

해설

겨울이 지나가고 봄이 찾아오면 아침에는 하얗게 서리가 내리고 저녁 무렵에는 안개가 일어나네요. 봄바람이 부는 나무 가지 끝에 숨어서 휘파람새가 우네요라는 내용이다.

'汗湍能振'을 大系 · 私注에서는 中西 進과 마찬가지로 '바람이 부는'으로 해석하였다(『萬葉集』 3, p.334), (『萬葉集私注』 7, p.5)]. 注釋에서는 '打ち羽振き'로 읽고 '날개를 파닥이며'로 해석하였다[『萬葉集注釋』 13, p.6]. 全集에서는 읽기가 어려운 표기로 보고 해석을 하지 않았다.

中西 進은 이 작품을 '권제8의 첫 작품인 '懽歌'와 같은 유형의 것으로, 설날 때의 궁중 의례가인가'라고 하였다.

曾倉 岑은 國見歌(높은 곳에 올라가 국토를 바라보며 나라를 축복하는 노래)로 보는 설에 대해, 國見歌에 필수불가결한 지명이 이 노래에는 없는 점으로 國見歌는 아니라고 보고, 궁정뿐만 아니라 귀족의 연회석에서까지 널리 불리어진 것으로 보아도 좋다고 생각한다고 하였다[『萬葉集全注』 13, p.26].

좌주 위는 1수

3222 미모로(三諸)는/ 사람이 지키는 산/ 산기슭은/ 마취목 꽃이 피고/ 봉우리엔/ 동백꽃이 피네요/ 정말로 멋진/ 산이네/ 우는 애 지키는 산

해설

미모로(三諸)는 사람들이 매우 소중하게 생각하는 산이네. 산기슭 쪽은 마취목이 꽃을 피우고, 위쪽 봉우리에는 동백이 꽃을 피우네. 정말로 마음이 끌리는 멋진 산이네. 우는 아이를 지키듯이 사람들이 소중하게 지키는 산이여라는 내용이다.

大系에서는 'みもろ'의 'み'는 접두어이며, '守る山'은 '사람들이 함부로 들어가지 못하게 하여 나무를 보호하고 소중히 하는 산'이라고 하고 '泣く兒守る山'은 '우는 아이의 마음을 진정시키듯이 신경을 써서 소중히 하는 뜻'이라고 하였다[『萬葉集』 3, p.334]. 全集에서는 '5 · 3 · 7로 끝맺는 것은 옛날 노래의 형식의 하나'라고 하였다[『萬葉集』 3, p.373].

이 작품은 봄 풍경으로 三諸山을 찬양한 것이다.

좌주 위는 1수

3223 霹靂之　日香天之　九月乃　鍾礼乃落者　鴈音文　未来鳴　甘南備乃　清三田屋乃　垣津田乃　池之堤之　百不足　五十槻枝丹　水枝指　秋赤葉　真割持　小鈴文由良尓　手弱女尓　吾者有友　引攀而　峯文十遠仁　捄手折　吾者持而徃　公之頭刺荷

霹靂[1]の　光れる[2]空の　九月の　時雨の降れば　雁がね[3]も　いまだ來鳴かず[4]　神南備の　清き御田屋の[5]　垣内田の　池[6]の堤の　百足らず[7]　齋槻が枝に　瑞枝さす　秋の赤葉[8]　巻き持てる　小鈴もゆらに[9]　手弱女に　われはあれども　引きよぢて　峯もとををに[10]　ふさ手折り　吾は持ちて行く　君が挿頭に

かむとけの　ひかれるそらの　ながつきの　しぐれのふれば　かりがねも　いまだきなかず　かむなびの　きよきみたやの　かきつたの　いけのつつみの　ももたらず　いつきがえだに　みづえさす　あきのもみちば　まきもてる　こすずもゆらに　たわやめに　われはあれども　ひきよぢて　みねもとををに　ふさたをり　あれはもちてゆく　きみがかざしに

反歌

3224 獨耳　見者戀染　神名火乃　山黄葉　手折来君

獨り[11]のみ　見れば戀しみ　神名火の　山の黄葉　手折りけり君

ひとりのみ　みればこひしみ　かむなびの　やまのもみちば　たをりけりきみ

左注　右二首

1 **霹靂**: 번개.
2 **光れる**: 훈독에 의문이 있다. 'ひかるみそらの' 등의 훈독도 있다.
3 **雁がね**: 기러기 소리인데 나중에 기러기를 의미하게 되었다.
4 **いまだ來鳴かず**: 계절의 서경으로, 아래 구의 '赤葉'과 호응한다.
5 **清き御田屋の**: 정결한 신의 밭을 지키는 집을 말한다.
6 **池**: 담으로 둘러싸인 神田에 물을 끌어들이기 위한 못이다.
7 **百足らず**: 백이 되지 않는 오십(い)이다.
8 **秋の赤葉**: 풍경을 말하여 일단 종지한다.
9 **小鈴もゆらに**: 'ゆら'는 방울을 형용한 것이라 생각된다. 이 복식에 의하면 神女인 소녀이다.
10 **峯もとををに**: 'とをを'는 어지러운 상태를 말한다.
11 **獨り**: 위의 작품인 長歌의 소녀가 자기 혼자서.

3223 번개가 쳐서/ 번쩍이는 하늘의/ 구월달의요/ 소낙비가 내리면/ 기러기도요/ 아직 와 울지 않는/ 카무나비(神南備)의/ 깨끗한 밭의 집의/ 담 안의 밭의/ 못을 둘러싼 둑의/ (모모타라즈)/ 물푸레의 가지에/ 가지를 뻗은/ 가을 단풍잎이여/ 손에 감았는/ 방울도 딸랑이며/ 연약한 소녀/ 나는 이지만서도/ 끌어 당겨서/ 끝 쪽 가지 휘도록/ 가지를 꺾어/ 나는 가지고 가지요/ 님 머리 장식 위해

해설

번개가 쳐서 하늘이 번쩍이고 구월달의 소낙비가 내리면, 기러기도 아직 와서 울지 않는 카무나비(神南備) 기슭의 깨끗한 신의 밭을 지키는 집의 담 안쪽의 밭에 물을 대기 위한 못을 둘러싼 둑에 나 있는, 물푸레의 가지에 싱그럽게 가지를 뻗고 있는 가을 단풍잎이여. 나는 연약한 소녀이지만, 손에 감고 있는 작은 방울도 딸랑딸랑 울리며 그 가지를 끌어 당겨서 끝 쪽 가지가 휘도록 가지를 꺾어서 나는 가지고 가지요. 그대의 머리에 꽂아서 장식을 하기 위하여라는 내용이다.

'百足らず'는 백이 안 되는 오십(い)이라는 뜻에서 'い'를 상투적으로 수식하는 枕詞이다. 여기에서는 '齋槻(いつき)'의 'い'를 수식하는 枕詞로 사용된 것이다.

中西 進은 '神南備의 단풍을 머리장식으로 하는 神事 가요인가'라고 하였다

曾倉 岑은, 'かざしは 식물의 생명력을 감염 받으려고 하는 주술에 바탕한 것이라고 생각되어지고 있다. 그러나 단풍을 장식하는 것에는 주술적 의미가 그다지 느껴지지 않는다'고 하고 연회석의 흥을 돋우기 위한 일종의 허구라고 생각된다고 하였다(『萬葉集全注』 13, p.34].

反歌

3224 혼자서만이/ 보면은 그리워서/ 카무나비(神名火)의/ 산의 단풍잎을요/ 꺾었답니다 그대

해설

아름다운 단풍을 단지 혼자서만 보고 있으면 그대가 그리워져서 카무나비(神名火)의 산의 단풍을 그대를 위하여 꺾었답니다. 그대여라는 내용이다.

中西 進은 '권제13의 長歌에는 본래 反歌가 없던 것이 많은데, 反歌로 다른 노래를 첨부한 것이 가끔 있다. 여기에서도 단풍이 長歌에서는 못의 둑에 있는데, 反歌에서는 산으로 되어 있어서 맞지 않는다'고 하였다. 曾倉 岑도 長歌와 反歌는 내용이 맞지 않는데 이것은 권제13 전체에 대해 지적되고 있는 것이지만 反歌가 뒤에 첨부된 경우일 것이며, 새로 지은 것이 아니라 기존에 있던 노래를 이용한 것일 것이라고 하였다. 또 長歌에는 反歌가 있는 것이 보통이라고 하는 경우와 노래 불리어진 사정에 따른 경우가 있을 것인데 권제13의 反歌가 없는 예가 적지 않은 것을 보면 후자도 많다고 생각된다고 하였다(『萬葉集全注』 13, p.26].

좌주 위는 2수

3225 天雲之　影塞所見　隠来笑　長谷之河者　浦無蚊　船之依不来　礒無蚊　海部之釣不爲　吉咲八師　浦者無友　吉畫矢寺　礒者無友　奥津浪　諍榜入来　白水郎之釣船

天雲の　影さへ見ゆる[1]　隱口の[2]　泊瀬の川は　浦無みか[3]　船の寄り來ぬ　礒無みか　海人の釣爲ぬ　よしゑやし[4]　浦はなくとも　よしゑやし　礒は無くとも　沖つ波　競ひ[5]漕ぎ入來　白水郎の釣船[6]

あまくもの　かげさへみゆる　こもりくの　はつせのかはは　うらなみか　ふねのよりこぬ　いそなみか　あまのつりせぬ　よしゑやし　うらはなくとも　よしゑやし　いそはなくとも　おきつなみ　きほひこぎりこ　あまのつりぶね

反歌

3226 沙邪礼浪　浮而流　長谷河　可依礒之　無蚊不怜也

さざれ波　浮きて流るる[7]　泊瀬川　寄るべき礒の　無きがさぶしさ[8]

さざれなみ　うきてながるる　はつせがは　よるべきいその　なきがさぶしさ

左注　右二首

1 **影さへ見ゆる**: 높은 산지이므로 하늘의 구름 그림자까지도 비친다.
2 **隱口の**: 산에 둘러싸여 숨은 나라의.
3 **浦無みか**: 이하 131번가와 비슷하다.
4 **よしゑやし**: 체념, 방임의 뜻을 나타내는 감동사이다.
5 **競ひ**: 파도와 힘을 겨룬다.
6 **白水郎の釣船**: 위에서 말한 배, 낚시를 받고 있다.
7 **浮きて流るる**: 바위에 부딪치는 급류로 인해 물결이 인다.
8 **無きがさぶしさ**: 長歌를 반복해서 영탄한 것이다.

3225 하늘 구름의/ 그림자도 비치는/ (코모리쿠노)/ 하츠세(泊瀨)의 강은요/ 포구 없는가/ 배가 다가오잖네/ 바위 없는가/ 어부가 낚시 않네/ 에이 좋아요/ 포구는 없더라도/ 에이 좋아요 / 바위는 없더라도/ 바다 파도와/ 겨루며 저어와요/ 어부의 낚싯배여

해설

하늘의 구름 그림자까지도 비치는 하츠세(泊瀨) 강은 좋은 포구가 없기 때문일까. 배가 다가오지를 않네. 좋은 바위가 없기 때문인가. 어부가 낚시를 하지 않네. 에이 좋아요 좋은 포구는 없더라도. 에이 좋아요 좋은 바위는 없더라도. 바다 한가운데의 파도와 겨루면서 노를 저어서 오세요. 어부의 낚싯배여라는 내용이다.

中西 進은 이 작품을, '泊瀨 국토를 축복하는 노래. 『歌經標式』에 수록되어 있다. 131번가와 비슷한 발상이다'고 하였다.

『歌經標式』에는 柿本若子(人麻呂)의 노래로 수록되어 있다.

曾倉 岑은, '影さへ見ゆる'등 새로운 표현으로 보아 이 작품이 창작된 시기는 萬葉 후기, 즉 당연히 人麻呂보다 뒤라고 생각된다고 하였다[『萬葉集全注』 13, p.41].

反歌

3226 잔물결을요/ 일으키며 흐르는/ 하츠세(泊瀨) 강아/ 다가가 볼 바위가/ 없는 것 쓸쓸하네

해설

바위 위를 흐르는 급류로 인해 잔물결을 일으키며 흐르는 하츠세(泊瀨) 강이여. 배가 가까이 다가갈 수 있는 바위가 없는 것이 아쉽고 쓸쓸하네라는 내용이다.

좌주 위는 2수

3227 葦原笑　水穂之國丹　手向爲跡　天降座兼　五百万　千万神之　神代従　云續来在　甘南備乃　三諸山者　春去者　春霞立　秋往者　紅丹穂經　甘嘗備乃　三諸乃神之　帶爲　明日香之河之　水尾速　生多米難　石枕　蘿生左右二　新夜乃　好去通牟　事計　夢尓令見社　劍刀　齋祭　神二師座者

葦原の　瑞穂の國[1]に　手向すと[2]　天降りましけむ　五百萬　千萬神の　神代より　言ひ續ぎ來たる[3]　神南備の　三諸の山は　春されば　春霞立ち　秋行けば[4]　紅にほふ　神南備の　三諸の神の　帯にせる　明日香の川[5]の　水脈速み　生しため[6]難き　石枕　蘿生すまでに[7]　新夜の[8]　さきく通はむ　事計　夢に見せ[9]こそ　劍刀　齋ひ祭れる[10]　神にし坐せば[11]

あしはらの　みづほのくにに　たむけすと　あもりましけむ　いほよろづ　ちよろづかみの　かみよより　いひつぎきたる　かむなびの　みもろのやまは　はるされば　はるかすみたち　あきゆけば　くれなゐにほふ　かむなびの　みもろのかみの　おびにせる　あすかのかはの　みをはやみ　むしためかたき　いはまくら　こけむすまでに　あらたよの　さきくかよはむ　ことはかり　いめにみせこそ　つるぎたち　いはひまつれる　かみにしませば

1 **瑞穂の國**: 이 국토를 말한다.
2 **手向すと**: 국토를 지키는 신에 대해 天神이 공물을 바치는 것이 된다. 天神系의 『고사기』, 『일본서기』 신화에는 보이지 않는, 공물 신앙의 확대일 것이다.
3 **言ひ續ぎ來たる**: 이 산을 神南備라고 하는 것을.
4 **秋行けば**: 계절은 저절로 운행하는 것이라고 여겨졌다.
5 **明日香の川**: 이른바 카무나비(神なび) 강.
6 **生しため**: 'むし'는 자동사이다. 'ため'는 타동사이다.
7 **蘿生すまでに**: 새삼 넌출이 나기 힘든 바위에조차 넌출이 날 정도로 베개에도 넌출이 날 때까지. 오랜 세월의 끝을 말한다.
8 **新夜の**: 새로이 오는 밤이다.
9 **夢に見せ**: 신이 사람에게.
10 **齋ひ祭れる**: 부정을 삼가고 제사하는 것이다.
11 **神にし坐せば**: 그대는. 이 가사를 받는 사람이다.

3227 아시하라(葦原)의/ 미즈호(瑞穂)의 나라에/ 공물 바치려/ 하늘에서 내려온/ 오백만의요/ 일천만의 신들이/ 神代로부터/ 말로 전하여서 온/ 카무나비(神南備)의/ 미모로(三諸)의 산은요/ 봄이 되면요/ 봄 안개가 일고요/ 가을이 오면/ 붉은 빛 아름답네/ 카무나비(神南備)의/ 미모로(三諸)의 신이요/ 옷 띠로 하는/ 아스카(明日香)의 강의요/ 물길 빨라서/ 이끼가 나기 힘든/ 바위부리에/ 이끼가 날 때까지/ 오는 밤마다/ 행복하게 찾아올/ 앞날 계획을/ 꿈에 보여 주세요/ (츠루기타치)/ 소중하게 받드는/ 신이기 때문에요

해설

아시하라(葦原)의 미즈호(瑞穂)의 나라에, 공물을 바치려고 하늘에서 내려온 오백만, 일천만의 신들이 아득히 먼 神代로부터 말로 전하여서 온 카무나비(神南備)의 미모로(三諸)의 산은, 봄이 되면 봄 안개가 일고 가을이 오면 나무들은 단풍이 들어서 붉은 빛이 아름답네. 그 카무나비(神南備)의 미모로(三諸)의 신이 옷 띠로 하는 아스카(明日香)의 강의 물길이 빨라서, 생기더라도 지속되기가 힘든 바위의 이끼이지만 한편 두 사람의 베개에는 이끼가 날 때까지 영원하도록, 새로 찾아오는 밤마다 행복하게 남편이 방문을 해올 계획을 꿈에 보여 주세요. 큰 칼처럼 소중하게 받드는 신이기 때문에라는 내용이다.

'手向すと'를 全集에서는, '여기에서는 天孫을 칭하는 정복자가 새로운 점유지인 大和에서 선조인 천신을 받드는 것. 여기는 飛鳥의 카무나비인 雷岳이, 三輪山과 마찬가지로 외경되었던 것을 말하는 것일 것이다'고 하였다(『萬葉集』 3, p.376).

中西 進은 이 작품을 결혼을 축복하기 위해 신에게 바치는 노래라고 하였다.

曾倉 岑은, '三諸山의 神事가 이 노래가 불리어진 장이라고 보았으나 그 중심 부분은 아니고 그 뒤의 연회석(이것도 넓은 의미의 神事)에서 불리어진 것일 것이다'고 하였다(『萬葉集全注』 13, p.47).

反歌

3228 神名備能　三諸之山丹　隱蔵杉　思将過哉　蘿生左右

神名備の　三諸の山に　齋ふ杉[1]　思ひ過ぎめや[2]　蘿生すまでに

かむなびの　みもろのやまに　いはふすぎ　おもひすぎめや　こけむすまでに

3229 五十串立　神酒座奉　神主部之　雲聚玉蔭　見者乏文

齋串[3]立て　神酒[4]坐ゑ奉る　神主部[5]の　髻華[6]の玉陰[7]　見れば羨しも

いくしたて　みわすゑまつる　かむぬしの　うずのたまかげ　みればともしも

左注 右三首. 但, 或書此短歌一首無有載之也.

1 **齋ふ杉**: '齋ふ杉'은 三輪山의 神名備의 '齋ふ杉'이 자주 노래 불리어지므로, 長歌에서 明日香의 神名備와의 관계는 의문이다. 여기에서도 長歌와 反歌가 맞지 않는 것인가.
2 **思ひ過ぎめや**: 'や'는 강한 부정을 동반한 의문을 나타낸다.
3 **齋串**: 신성한 공물이라는 뜻이다. 神體는 아니고, 신나무와 작은 대나무를 많이 꽂아서 제사를 지내었다.
4 **神酒**: 'みわ'는 '神酒'의 옛 명칭이다.
5 **神主部**: 'はふりべ'의 훈독도 있다. 널리 神官을 가리키는 것일까. 구체적으로는 아랫 구에 의하면 무녀이다.
6 **髻華**: 머리 장식. 관에 붙이는 일도 있지만 상투에도 꽂았다.
7 **玉陰**: 玉은 미칭이다.

反歌

3228 카무나비(神名備)의/ 미모로(三諸)의 산에요/ 소중한 삼목/ 잊고 지날 것인가/ 이끼가 날 때까지

해설

카무나비(神名備)의 미모로(三諸)의 산에 소중하게 여기는 삼목·잊고 지나치는 일이 어떻게 있을 수 있을 것인가. 이끼가 날 때까지라는 내용이다.

이끼가 낄 때까지, 즉 영원하도록 상대방을 잊지 않고 생각하겠다는 뜻이다.

'齋ふ杉'의 '杉'과 '思ひ過ぎめや'의 '過ぎ'가 'すぎ'로 발음이 같은 것을 이용한 노래이다.

3229 齋串 세우고/ 神酒 놓고 지내는/ 신관들이요/ 상투에 꽂은 장식/ 보면 신기하네요

해설

작은 대나무들을 많이 꽂고 좋은 술을 차려 놓고 제사를 지내는 신관들이 상투에 꽂은 장식을 보면 신기하네라는 내용이다.

曾倉 岑은, '神事에 종사하는 사람들을 칭찬한 노래라고 하였다『萬葉集全注』 13, p.50]

좌주 위는 3수. 다만 어떤 책에 이 短歌 1수는 실려 있지 않다.

3230 帛叫　楢従出而　水蓼　穂積至　鳥網張　坂手乎過　石走　甘南備山丹　朝宮　仕奉而
吉野部登　入座見者　古所念

幣帛[1]を　奈良より出でて　水蓼[2]　穂積に至り　鳥網張る[3]　坂手を過ぎ　石走る[4]　神南備山に
朝宮[5]に　仕へ奉りて　吉野へと　入り坐す見れば　古思ほゆ[6]

みてぐらを　ならよりいでて　みづたで　ほづみにいたり　となみはる　さかてをすぎ
いはばしる　かむなびやまに　あさみやに　つかへまつりて　よしのへと　いりますみれば
いにしへおもほゆ

反歌

3231 月日　攝友　久經流　三諸之山　礪津宮地

月も日も　かはり行けども　久に經る　三諸の山の　離宮地[7]

つきもひも　かはりゆけども　ひさにふる　みもろのやまの　とつみやところ

左注 右二首. 但, 或本歌曰, 故王都跡津宮地也[8]

---

1 **幣帛**: 원문 帛은 누인 명주실로 짠 비단이다.
2 **水蓼**: 물가의 여뀌.
3 **鳥網張る**: 새를 잡는 그물을 언덕(坂)에 치므로 '坂手'에 이어진다.
4 **石走る**: 흐름이 맑은 神なび(카무나비). 나라(奈良)와 神なび에 頌辭가 있다.
5 **朝宮**: 아침에 봉사하는 궁전. 노래를 지은 지점은 이곳이며 아침에 궁전에 바치는 노래인가. 反歌를 지은 시점도 같다.
6 **古思ほゆ**: 天武천황의 고사인가.
7 **離宮地**: 外宮의 땅이다.
8 **故王都跡津宮地也**: 明日香 옛 도읍에 있는 外宮의 땅이다.

3230 (미테구라오)/ 나라(奈良)를 출발하여/ (미즈타데)/ 호즈미(穗積)에 이르러/ (토나미하루)/ 사카테(坂手)를 지나/ (이하바시루)/ 카무나비(神南備)의 산에/ 아침 궁으로/ 받들어 모시고서/ 요시노(吉野)로요/ 들어가는 것 보면/ 옛날이 생각나네요

해설

신에게 바치는 공물을 늘어 놓는 나라(奈良)를 출발하여, 여뀌 이삭이 나오는 호즈미(穗積)에 도착하여 새를 잡는 그물을 언덕에 치는 사카테(坂手)를 지나서 강이 세차게 흐르는 카무나비(神南備)의 산에 아침 궁전으로서 받들어 모시고서 요시노(吉野)로 들어가는 것을 보면 옛날이 생각나네라는 내용이다.

'朝宮に 仕へ奉りて'를 全集에서는, '아침의 궁전에 봉사하고라는 뜻이지만 봉사를 받는 천황을 중심으로 말하였다. 飛鳥의 行宮에서 하루를 묵은 것을 말하는 것이겠다'고 하였고, '古思ほゆ'에 대해서는 '吉野에 행행한 천황은 많지만 특히 吉野와 관련이 깊은 天武·持統 두 천황을 염두에 두고 부른 것인가'라고 하였다『萬葉集』 3, p.378]. 曾倉 岑은, '이 노래의 작품상의 장소는 飛鳥이다. 다른 吉野行幸 관련 노래는 모두 吉野에서의 작품 형태를 취하고 있으므로 그런 점에서 매우 특이한 노래라고 할 수 있다. 이런 노래가 왜 만들어졌던 것일까. '朝宮에 바치는 가사인가'(講談社文庫), '明日香宮의 의례에서 불리어진 것'(古典集成)이라고 하는 것은 생각하기 쉽다. 그러나 여기에 몇 가지 의문이 있다. 먼저 吉野에서의 작품이 많은 작자에 의해 많이 창작되고 있음에 비해, 飛鳥의 의례에서의 노래가 이 1수뿐인 것은 무엇 때문인가. 작자명이 기록되지 않은 것은 무엇 때문인가. 노래에 의례적 요소가 그다지 없고 회고에 치우쳐져 있는 것은 무엇 때문인가. (중략) 엄격한 의례의 장이 아니라 신하들만의 비교적 자유로운 자리에서 불리어진 것이라고 생각한다. 불리어진 시기도 출발 직전이 아니라 전날 밤이 아닐까 생각한다'고 하였다[『萬葉集全注』 13, p.54]

反歌

3231 달도 날도요/ 지나가지만도요/ 오래 지나는/ 미모로(三諸)의 산의요/ 離宮 있던 땅이여

해설

달도 날도 세월은 흘러 지나가지만 오랜 세월이 지나도 변하지 않는 미모로(三諸)의 산의 離宮이 있던 땅이여라는 내용이다.

離宮이 있던 곳이 오래도록 지속되기를 바라는 노래이다.

좌주 위는 2수. 다만 어떤 책의 노래에는 말하기를 옛 도읍의 外宮의 땅이라고 하였다.

3232 斧取而　丹生檜山　木折来而　栰尓作　二梶貫　礒榜廻乍　嶋傳　雖見不飽　三吉野乃　瀧動々　落白波

斧取りて　丹生の檜山の　木折り[1]來て　筏に作り　二楫[2]貫き　磯漕ぎ廻[3]つつ　島傳ひ[4]　見れども飽かず　み吉野の　瀧もとどろに　落つる白波

をのとりて　にふのひやまの　きこりきて　いかだにつくり　まかぢぬき　いそこぎみつつ　しまづたひ　みれどもあかず　みよしのの　たぎもとどろに　おつるしらなみ

反歌

3233 三芳野　瀧動々　落白浪　留西　妹見西巻　欲白波

み吉野の　瀧もとどろに　落つる白波　留りにし　妹に見せまく　欲しき白波

みよしのの　たぎもとどろに　おつるしらなみ　とまりにし　いもにみせまく　ほしきしらなみ

左注 右二首

---

1 **木折り**: 나무를 하는 것을 'こる(코루)'라고 하므로 '折'을 'こり(코리)'라고 한다.
2 **二楫**: 한 쌍을 'ま'라고 한다.
3 **磯漕ぎ廻**: 'みる'는 '돌다(廻)'는 뜻의 동사이다.
4 **島傳ひ**: 島는 島山(물 위에 섬처럼 보이는 산)이다.

3232 도끼 가지고/ 니후(丹生)의 히(檜) 산의요/ 나무 잘라와/ 뗏목으로 만들어/ 두 개 노 달고/ 바위 저어 돌면서/ 섬들 지나며/ 보아도 질리잖네/ 요시노(吉野)의요/ 급류를 울리면서/ 떨어지는 흰 물결

해설

도끼를 가지고 니후(丹生)의 히(檜) 산의 나무를 잘라 와서 그것으로 뗏목을 만들어서 좌우 양쪽에 노를 달아서 요시노(吉野) 강의 바위를 노를 저어서 돌면서 섬들을 지나가며 아무리 보아도 싫증이 나지를 않네. 요시노(吉野)의 급류를 울리면서 떨어지는 흰 물결이여라는 내용이다.

요시노(吉野) 강의 급류를 찬양한 노래이다.

中西 進은 '人麿 등의 吉野 從駕 노래가 궁중에 전송되었던 것인가'라고 하였다.

曾倉 岑은, '吉野 행행 때의 大宮人들의 노래로 보아도 좋을 것이다'고 하였다[『萬葉集全注』 13, p.50].

反歌

3233 요시노(吉野)의요/ 급류를 울리면서/ 떨어지는 흰 물결/ 두고 떠나온/ 처에게 보여주고/ 싶은 흰 물결이네

해설

요시노(吉野)의 급류를 울리면서 떨어지는 아름다운 흰 물결이여. 도읍의 집에 두고 떠나온 아내에게 보이고 싶다고 생각되는 아름다운 흰 물결이여라는 내용이다.

이 反歌는 577577 旋頭歌 형식을 취하고 있다. 『萬葉集』에서 反歌를 旋頭歌 형식으로 취한 것은 이것이 유일한 예이다.

注釋에서는, '旋頭歌를 反歌로 한 것은 이곳 한 곳 뿐이므로, 원래 反歌였던 것을 후에 旋頭歌로 고친 것이라 생각된다'고 하였다[『萬葉集注釋』 13, p.33]. 中西 進은 從駕 집단에 전송된 것일 것이다고 하였다.

좌주 위는 2수

3234 八隅知之　和期大皇　高照　日之皇子之　聞食　御食都國　神風之　伊勢乃國者　國見者之毛　山見者　高貴之　河見者　左夜氣久清之　水門成　海毛廣之　見渡　嶋名高之　己許乎志毛　間細美香母　挂巻毛　文尓恐　山邊乃　五十師乃原尓　内日刺　大宮都可倍　朝日奈須　目細毛　暮日奈須　浦細毛　春山之　四名比盛而　秋山之　色名付思吉　百礒城之　大宮人者　天地与　日月共　万代尓母我

やすみしし[1]　わご[2]大君　高照らす　日の皇子[3]の　聞し食す[4]　御饌つ國[5]　神風の[6]　伊勢の國は　國見ればしも[7]　山見れば[8]　高く貴し　川見れば　さやけく清し[9]　水門なす[10]　海も廣し　見渡しの　島も名高し　此を[11]しも　まぐはしみ[12]かも　掛けまくも　あやに恐し　山邊の　五十師の原[13]に　うち日さす　大宮仕へ[14]　朝日なす[15]　まぐはしも　夕日なす　うらぐはしも　春山の[16]　しなひ榮えて　秋山の　色なつかしき　ももしきの[17]　大宮人は　天地と　日月と共に　萬代にもが[18]

やすみしし　わごおほきみ　たかてらす　ひのみこの　きこしをす　みけつくに　かむかぜの　いせのくには　くにみればしも　やまみれば　たかくたふとし　かはみれば　さやけくきよし　みなとなす　うみもひろし　みわたしの　しまもなたかし　ここをしも　まぐはしみかも　かけまくも　あやにかしこし　やまのへの　いしのはらに　うちひさす　おほみやつかへ

1 **やすみしし**: 여덟 구석, 즉 모든 곳을 통치한다는 뜻이다. 가끔 편안하게 통치하는 뜻으로 해석되었다.
2 **わご**: 'わが(나)'와 같은 것이다.
3 **日の皇子**: 大君과 같은 것으로 천황이나 황자를 가리킨다. 구체적인 개인이 아니라 일반적으로 통칭하는 것이다.
4 **聞し食す**: '聞こす', '食す'는 존칭을 나타낸다. 여기에서는 지배한다는 뜻이다.
5 **御饌つ國**: 왕의 음식 재료를 바치는 지방이다. 이외에도 淡路 등이 있다.
6 **神風の**: 伊勢의 磯宮이 神風을 섬기는 곳이 되고 그 이후로 壬申의 난 때 神風을 기원한 일도 있어서 伊勢의 頌辭가 되었다. 영원한 나라의 파도가 밀려오는 伊勢의 나라라고도 한다.
7 **國見ればしも**: 율조에 파격이 보인다. '國見れば ○○○○○しも'가 탈락된 것이라고 보기도 하지만, 음수율이 불안정하다. 國見歌의 전통에 의해 주제를 7음으로 제시한 것이라 생각된다.
8 **山見れば**: 이하 2구를 대구로 사용하여 묘사하였다.
9 **さやけく清し**: 'さやけし'는 현저한 것을 말한다. '清し'는 더럽지 않은 것이다.
10 **水門なす**: 부채모양으로 퍼져가는 것이다.
11 **此を**: 위에서 묘사한 것을 가리킨다. 이하 4구는 작자의 영탄적인 감상이다.
12 **まぐはしみ**: 'ま'는 접두어이다. 'くはし'는 정묘한 것을 말한다. 'まぐはしむ'라는 동사이다.
13 **五十師の原**: 離宮이 있는 곳이다. 81번가의 제목에 '山邊の 御井'이 보인다.
14 **大宮仕へ**: 뒤에 나오는 大宮人이 주격이다.
15 **朝日なす**: 이하 4구가 大宮人이 봉사하는 大宮을 찬양하는 표현이다. 大宮만을 찬양하는 것은 아니다.
16 **春山の**: 이하 4구는 大宮人을 묘사한 것이다. 우물에 봉사하는 女官의 모습을 특히 묘사하였다.
17 **ももしきの**: 大宮을 표현한 것이다.
18 **萬代にもが**: 'もが'는 願望을 나타낸다.

3234 (야스미시시)/ 우리들의 대왕인/ (타카테라스)/ 태양 아들이/ 지배를 하는/ 식재 진상국/ (카무카제노)/ 이세(伊勢)의 나라는/ 나라를 보면 아아/ 산을 보면요/ 높고도 존귀하고/ 강을 보면요/ 무척 깨끗하고요/ 항구 만드는/ 바다도 넓고요/ 바라보이는/ 섬도 이름이 높네/ 이러한 것을/ 칭찬을 해서인가/ 말하는 것도/ 이상하게 두렵네/ 야마노헤(山邊)의/ 이시(五十師)의 들판에/ (우치히사스)/ 큰 궁전을 지어서/ 아침 해처럼/ 빛이 나네요/ 저녁 해처럼/ 정말 멋지네요/ 봄 산과 같이/ 생기가 넘쳐나고/ 가을 산같이/ 색깔도 아름답네/ (모모시키노)/ 大宮의 관료들은/ 하늘과 땅과/ 해와 달과 더불어/ 영원히 있어 주길

해설

사방팔방 구석구석을 다스리는 우리들의 왕, 높이 빛나는 태양의 아들이 지배를 하는, 음식 재료를 진상하는 나라인 神風의 이세(伊勢)의 나라는 나라를 보면 아아 그 산을 보면 높고도 귀하고 강을 보면 두드러지게 깨끗하네. 수문을 이루는 바다도 넓고도 넓고 바라다 보이는 섬들도 하나하나가 다 이름이 높네. 이러한 모든 것이 너무 훌륭하기 때문인가. 입에 올려서 말하는 것도 이상하게 두렵네. 야마노헤(山邊)의 이시(五十師)의 들판에 해가 비추는 큰 궁전을 지어서 아침 해처럼 번쩍번쩍 빛이 나고 멋지네. 저녁 해처럼 정말 아름답네. 봄의 산같이 생기가 넘쳐나고 가을 산같이 우물 일에 종사하는 女官들의 여러 옷 색깔도 눈에 띄게 아름답네. 大宮의 많은 관료들은 하늘과 땅과, 그리고 해와 달과 더불어 영원하도록 있기를 바라네라는 내용이다.

五十師の原의 행궁을 찬양한 노래이다.

'國見ればしも'를 全集에서는, '아래 4개의 대구를 총괄하는 데는 이와 같은 율격의 파조가 오히려 효과적'이라고 하였다[『萬葉集』 3, p.380]. 'まぐはしみ'를 大系에서는, '조선어 kop(美)과 같은 어원인가'라고 하였다[『萬葉集』 3, p.340].

'山邊'을 大系에서는, '아직 정설이 없다. 三重縣 鈴鹿市 山邊町, 三重縣 一志郡 久居町 新家, 三重縣 一志郡 嬉野町 부근이라고 하는 설이 있다. 大和에서 伊勢 神宮으로 가는 도중이라고 생각된다. 一志郡인가'라고 하고 '五十師の原に'를 '一志郡의 들판일 것이다'고 하였다[『萬葉集』 3, pp.340~341]. 全集에서도, '소재 미상. 이 노래가 大和에서 伊勢로 가는 길에서 지은 것이므로 一志郡 안에서 찾는 것이 자연스럽지만, 3234・3235번가의 '山邊の 五十師'도 같은 곳인지 아닌지 확실하지 않으므로 후고를 기다린다'고 하였다[『萬葉集』 3, p.546]. 私注에서는, 'やまべの'로 읽고, '지금의 久居市, 舊壹志郡 桃園村 新家는 산에서 먼 평야에 있는데, 이 주변은 寬文(1661~1673) 무렵에 새로 개척한 곳이 많다고 하므로, 新家村도 옛날로 이동하고 있으므로, 옛 위치는 山邊이라고 하는 것이 맞았는지도 모른다'고 하였다[『萬葉集私注』 7, p.24].

'ももしきの(百磯城)'는 많은 돌로 견고하게 한 울타리라는 뜻으로 堅牢(견고한 울타리)를 비유한 표현이다. 옛날에는 궁전에 돌을 사용하지 않았으며 天智천황 이후의 새로운, 중국・한국풍의 건물 관념에 의한 표현이다[中西 進 『萬葉集』 1, p.64. 29번가의 주20 참조].

あさひなす　まぐはしも　ゆふひなす　うらぐはしも　はるやまの　しなひさかえて　あきやまの　いろなつかしき　ももしきの　おほみやびとは　あめつちと　ひつきとともに　よろづよにもが

反歌

3235 山邊乃　五十師乃御井者　自然　成錦乎　張流山可母

山邊の　五十師の御井[1]は　おのづから　成れる錦を[2]　張れる山[3]かも

やまのへの　いしのみゐは　おのづから　なれるにしきを　はれるやまかも

左注 右二首

1 **五十師の御井**: '御井'이라고 한 것은 궁중을 중심으로 한 표현이다. 長歌의 초점도 御井이다.
2 **成れる錦を**: 女官들이 왕의 뜻에 따라 봉사하는 모양을 비유한 것이다.
3 **張れる山**: 우물이 산이라고 하는 표현은 女官을 비단으로 보고 비단은 산에 있으므로.

曾倉 岑은, 이 행행을, "やすみしし わご大君 高照らす 日の皇子の"의 표현으로 보아 持統천황의 행행이라고 보았다'고 하였다[『萬葉集全注』 13, p.50].

反歌

3235 산 근처 쪽의/ 이시(五十師)의 우물은/ 자연스럽게/ 생겨난 비단을요/ 두른 듯한 산이네

해설

산 근처 쪽의 이시(五十師)의 우물은 저절로 생겨난 비단을 두른 듯한 산이네라는 내용이다.

아름다운 女官들이 우물에서 봉사하는 모습을 통해 천황을 찬양한 노래이다.

曾倉 岑은, '이 노래는 우물을 찬양하는 것으로 大宮을 찬양하고 나아가서는 천황을 찬양하는 것일 것이다. 그러나 長歌와 분리할 때, 그러한 찬가의 성격은 거의 느껴지지 않는다. 우물 자체도 그것이 있는 풍경의 아름다움을 말하고 있을 뿐, (중략) 직접적인 찬미와는 이질적이다. 미적 경향이 커지고 있다고 할 수 있는데 이것은 萬葉 후기에 보이는 성격이다'고 하였다[『萬葉集全注』 13, p.71].

좌주 위는 2수

全集에서는, '이 2수의 작품이 불리어진 시기에 대해, 持統천황 6년(692) 3월 伊勢 행행, 大寶 2년(702) 10월의 三河 행행 등 여러 설이 있다. 또 元正천황의 養老 원년(717) 9월의 美濃 행행 때라고도 생각할 수 있다. 봄인지 가을인지를 결정짓는 명확한 단어도 없지만 'やすみしし…日の皇子'로 미루어 보면 持統천황의 2회의 행행 가운데 어느 것이라고 생각된다. 壬申의 난 후 伊勢 신궁이 조정으로부터 귀중하게 여겨지게 된 것과 관계가 있을 것이다'고 하였다[『萬葉集』 3, p.381].

3236 空見津　倭國　青丹吉　寧山越而　山代之　管木之原　血速舊　于遲乃渡　瀧屋之　阿後尼之原尾　千歳尓　闕事無　万歳尓　有通将得　山科之　石田之社之　須馬神尓　奴左取向而　吾者越往　相坂山遠

そらみつ[1] 倭の國　あをによし[2] 奈良山越えて　山代の　管木の原　ちはやぶる[3] 宇治の渡　瀧つ屋[4]の　阿後尼の原を　千歳に　闕くる事無く　萬歳に　あり通はむと[5] 山科の　石田の社の　すめ神[6]に　幣帛[7]取り向けて　われは越え行く　相坂山[8]を

そらみつ　やまとのくに　あをによし　ならやまこえて　やましろの　つつきのはら　ちはやぶる　うぢのわたり　たぎつやの　あごねのはらを　ちとせに　かくることなく　よろづよに　ありかよはむと　やましなの　いはたのもりの　すめかみに　ぬさとりむけて　われはこえゆく　あふさかやまを

1 **そらみつ**: 하늘에 충만하다는 뜻으로 大和를 상투적으로 수식하는 枕詞이다. 이하 10구는 노정을 그린 것이다. 지명은 수식하는 구를 가진다.
2 **あをによし**: 푸른 흙이 좋다는 뜻으로 奈良을 상투적으로 수식하는 枕詞이다.
3 **ちはやぶる**: 무척 빠르다는 뜻으로 宇治人을 수식하는 것이다.
4 **瀧つ屋**: 급류에 집을 짓고 부정을 씻는 곳이다.
5 **あり通はむと**: 'あり…'는 '계속 …하면서'라는 뜻이다.
6 **すめ神**: 통치하는 신이다.
7 **幣帛**: 공물. 무사하게 통과하기를 바라며 공물을 바치는 것이 당시의 관습이었다.
8 **相坂山**: 이곳이 노래를 지은 시점이다.

3236 (소라미츠)/ 야마토(倭) 나라의/ (아노니요시)/ 나라(奈良) 산을 넘어서/ 야마시로(山代)의 / 츠츠키(筒木)의 들판/ (치하야부루)/ 우지(宇治)의 나루터/ 급류 쪽 집의/ 아고네(阿後尼)의 들판을/ 천년 동안/ 빠지는 일이 없이/ 만년 동안도/ 계속 해 다니려고/ 야마시나(山科)의/ 이하타(石田)의 신사의/ 국토신에게/ 공물을 바치고서/ 나는 넘어 간다네/ 아후사카(相坂) 산을요

해설

하늘에 충만한 야마토(倭) 나라의, 푸른 흙이 좋은 나라(奈良) 산을 넘어서, 야마시로(山代)의 츠츠키(筒木)의 들에서, 매우 빠른 우지(宇治)의 나루터를 건너서, 부정을 씻는 곳인 급류에 지은 집의 아고네(阿後尼)의 들판을 지나서, 천년 뒤에도 빠지는 일이 없이, 만년 후에도 계속 해서 다니려고 야마시나(山科)의 이하타(石田)의 신사의 나라를 수호하는 신에게 공물을 바치고서 나는 넘어가는 것이네. 아후사카(相坂) 산을이라는 내용이다.

여행하는 지명을 나열하고, 신에게 공물을 바쳐서 안전을 기원하며 아후사카(相坂) 산을 넘어간다고 하였다.

'すめ神'는 皇神으로 국토를 수호하는 신이다.

'山代の 筒木の原'을 大系에서는, '山城國(京都府) 綴喜郡의 들'이라고 하고, '瀧つ屋'과 '阿後尼の原'은 어디인지 알 수 없다고 하고, '山科の 石田の社'는 '京都市' 伏見區 石田町 부근'이라고 하였다[『萬葉集』 3, p.342]. 注釋에서도 '山代の 筒木の原을 綴喜의 들'이라고 하고, '瀧つ屋の 阿後尼の原'은 '京阪 전차 宇治線의 종점에서 木幡 근처까지의 사이일 것'이라고 하였다[『萬葉集注釋』 13, p.43].

全集에서는, '마지막 3구는 7·7·7 형식을 취하고 있다. 7·7·7로 끝나는 것은 古事記와 日本書紀의 가요에도 예가 있고, 이 권제13에도 3239·3250·3300 등에 보인다'고 하였다[『萬葉集』 3, p.382].

曾倉 岑은 5·7·7·7 형식은, '古事記와 日本書紀의 가요에도 있고 萬葉集에도 26수 있어서 하나의 형식을 이루고 있었음을 알 수 있다. 정형화된 長歌가 성립된 후에 새롭게 만들어진 형식이라고 보기는 힘들고 오래된 형식일 것이다. 26수 중에서 14수가 권제13에 있는 점이 주목되지만 이것은 무엇을 의미하는 것일까. 오래되었음을 생각하게 하는 것은 말할 필요도 없지만 동시에 입으로 전승되었다는 것을 나타내는 것은 아닐까'라고 하였다[『萬葉集全注』 13, p.75].

私注에서는, '이러한 가요는 각 경우에 그곳을 여행하는 사람들의 마음을 위로하기 위하여 사용된 것이라고도 상상할 수 있다. 여행하는 지명을 나열한 것이 주된 것인데, 특별한 감동도 표현되어 있지 않지만 그것은 널리 일반적인 통용을 목적으로 한 가요이므로 어쩔 수 없는 것이다. 결코 특정한 개인의 특정한 경우가 동기가 되어 성립된 것은 아닌 것이다'고 하였다[『萬葉集私注』 7, p.30].

或本歌[1]曰

3237 緑丹吉　平山過而　物部之　氏川渡　未通女等尓　相坂山丹　手向草　綵取置而　我妹子尓　相海之海之　奥浪　来因濱邊乎　久礼々々登　獨曽我来　妹之目乎欲

あをによし　奈良山過ぎて　もののふの[2]　宇治川渡り　少女らに　相坂山に　手向草　綵[3]取り置きて　吾妹子に　淡海の海の　沖つ波　來寄る濱邊を　くれくれと[4]　獨りそわが來る　妹が目を欲り

あをによし　ならやますぎて　もののふの　うぢかはわたり　をとめらに　あふさかやまに　たむけくさ　ぬさとりおきて　わぎもこに　あふみのうみの　おきつなみ　きよるはまへを　くれくれと　ひとりそわがくる　いもがめをほり

反歌

3238 相坂乎　打出而見者　淡海之海　白木綿花尓　浪立渡

相坂を　うち出でて見れば　淡海の海　白木綿花[5]に　波立ち渡る

あふさかを　うちいでてみれば　あふみのうみ　しらゆふはなに　なみたちわたる

左注 右三首

---

1 **或本歌**: 다른 전승가가 아니고 비슷한 노래이다.
2 **もののふの**: 궁중에서 봉사하는 문무백관이다.
3 **綵**: 신에게 공물로 바치는 예물의 일종이다.
4 **くれくれと**: 암울하게. 절실하게.
5 **白木綿花**: 파도를 묘사한 것이다.

어떤 책의 노래에 말하기를

3237 (아오니요시)/ 나라(奈良) 산을 지나서/ (모노노후노)/ 우지(宇治) 강을 건너서/ (오토메라니)/ 아후사카(相坂) 산에다/ 공물을 위한/ 비단을 바치고서/ (와기모코니)/ 아후미(淡)의 바다의/ 먼 바다 파도/ 밀려오는 해안을/ 마음 어둡게/ 단지 혼자 나는 오네/ 아내 만나고 싶어

해설

푸른 흙이 좋은 나라(奈良) 산을 지나서, 우지(宇治) 강을 건너서, 소녀들을 만난다고 하는 뜻을 이름으로 한 아후사카(相坂) 산에 공물로 비단을 바치고는, 나의 아내를 만난다는 뜻인 아후미(淡) 바다의, 먼 바다의 파도가 밀려오는 해안을 마음도 어둡게 단지 혼자서 나는 오네. 아내를 만나고 싶다고 원하면서라는 내용이다.

'もののふ'는 八十의 氏(うぢ: 우지)가 있으므로 'うぢ'를 상투적으로 수식하는 枕詞이다. 여기에서는 宇治의 발음이 'うぢ'이므로 수식하고 있다. 'くれくれと'를 全集에서는, '어두운 기분을 나타내는 말. 익숙하지 않은 길을 힘들게 가는 것을 나타내고 있다'고 하였다(『萬葉集』 3, p.382]. 이 작품을 私注에서는, '앞의 노래의 다른 전승인데 지명은 간략하게 되어 있다. 枕詞 등도 비교적 새로운 용례가 보인다. 이 작품이 새로운 모습일 것이다. 특히 마지막 구 'いもがめをほり' 등에서 그러한 인상을 받는다. 이것은 물론 사실상 近江에 아내가 있어서 그녀를 만나러 가는 마음을 노래한 것은 아니다. 앞의 노래와 마찬가지로 여행의 노정을 말한 민요일 뿐이다. 그러므로 이 마지막 구는, 고향에 두고 온 멀어져가는 아내를 만나고 싶다고 생각하면서 가상적 연애감정을 노래한 것은 어떠한 민요에도 통용되는 현상으로, 이 1수를 실제의 相聞歌로 보는 것은 수긍하기 힘들다'고 하였다(『萬葉集私注』 7, p.31]. 全集에서는, '3236번가의 어떤 책의 노래라고 되어 있지만, 노정을 노래한 것으로 大和에서 近江으로 간다는 점만 비슷하고 내용적으로는 심리적 표출에 중점이 있어서 다른 노래라고 생각된다'고 하였다(『萬葉集』 3, p.382].

反歌

3238 아후사카(相坂)를/ 넘어가서 보면은요/ 아후미(淡海) 바다에/ 흰 목면꽃과 같이/ 파도가 계속 이네

해설

아후사카(相坂)를 넘어가서 보면, 눈앞의 아후미(淡海) 바다에는 마치 흰 목면이 꽃을 피운 것처럼 온통 흰 파도가 계속 일고 있네라는 내용이다.

이 작품은 3236번가의 反歌이다.

좌주 위는 3수

3239 近江之海　泊八十有　八十嶋之　嶋之埼邪伎　安利立有　花橘乎　末枝尓　毛知引懸　仲枝尓　伊加流我懸　下枝尓　比米乎懸　己之母乎　取久乎不知　己之父乎　取久乎思良尓　伊蘇婆比座与　伊可流我等比米登

近江の海　泊[1]八十あり　八十島の　島の崎崎　あり立てる[2]　花橘を　末枝に　黐[3]引き懸け　中つ枝に　斑鳩懸け　下枝に　ひめ[4]を懸け　己が母を　取らく[5]を知らに　己が父を　取らくを知らに　いそばひ[6]居るよ　斑鳩とひめと[7]

あふみのうみ　とまりやそあり　やそしまの　しまのさきざき　ありたてる　はなたちばなを　ほつえに　もちひきかけ　なかつえに　いかるがかけ　しづえに　ひめをかけ　ながははを　とらくをしらに　ながちちを　とらくをしらに　いそばひをるよ　いかるがとひめと

左注 右一首

1 **泊**: 배가 정박하는 곳으로 대부분 하구 쪽이다.
2 **あり立てる**: 'あり…'는 '계속 …하면서'라는 뜻이다.
3 **黐**: 새를 잡기 위해 끈끈이를 붙인 설비이다. 'かけ'라는 것에 의하면 그물이다.
4 **ひめ**: 'ひめ', 'しめ'라고도 했다. 이 이름으로 불리는 새는 많다.
5 **取らく**: '取る'의 명사형이다. 'とる'는 죽인다는 뜻도 있다.
6 **いそばひ**: 'い'는 접두어이다. 'そばふ'는 장난치는 것이다.
7 **斑鳩とひめと**: 작은 비둘기와 참새이다.

3239 아후미(近江) 바다엔/ 많은 선착장 있네/ 많은 섬들의/ 섬들의 곳곳마다/ 늘어서 있는/ 홍귤나무에다가/ 윗가지엔/ 그물을 치고요/ 중간 가지엔/ 비둘기 덫 놓고/ 밑가지엔/ 참새 덫 놓아/ 너의 어미를/ 잡으려는 것 몰라/ 너의 아비를/ 잡으려는 것 몰라/ 장난치며 노네요/ 비둘기와 참새가요

해설

아후미(近江)의 바다에는 많은 선착장이 있네. 그리고 또 많은 섬들이 있네. 그 많은 섬들의 곳곳마다 늘어서 있는 홍귤나무에다, 그 위쪽 가지에는 그물을 치고, 중간 가지에는 비둘기를 잡으려고 그물을 치고, 아래쪽 가지에는 참새를 잡으려고 그물을 쳐서 너희들 비둘기와 참새의 어미를 잡으려 하고 있는 것도 모르고, 너희들의 아비를 잡으려고 하고 있는 것도 모르고 장난을 치며 놀고 있네. 비둘기와 참새가라는 내용이다.

자신들의 아비, 어미를 잡으려고 그물을 치는 것도 모르고 비둘기와 참새들이 장난치며 놀고 있다는 뜻이다.

'己が母を'를 大系에서는, "な'는 조선어 na(己)와 같은 어원의 말'이라고 하고 이 작품을 '日本書紀 齊明천황의 기록과 天智천황의 기록에 보이는 것과 같은 풍유적인 동요의 일종이라고도 한다. 近江의 바다로 시작하고 있는 것을 近江 조정에 관한 풍자의 뜻으로도 해석할 수 있다'고 하였다[『萬葉集』 3, p.343]. 全集에서는 이 작품을, '天武천황이 황후(持統천황)와 大津宮을 피해 吉野에 들어갔을 때, 大津宮에 남아 있던 天武천황의 여러 황자들에게 위험이 닥치고 있다는 사실을 풍유한 노래라고 추측되고도 있지만 확실하지 않다. 오히려 琵琶湖畔의 동요인가'라고 하였다[『萬葉集』 3, p.383]. 私注에서는, '앞의 노래가 近江을 여행하는 노래이므로 그것과 관련하여 近江의 민요를 실은 것일 것이다. (중략) 따로 寓意를 생각할 필요가 없는 노래이며, 즐겁게 노래한 민요로만 보아도 충분할 것이다. 노래를 보아도 시대가 결코 오래된 것은 아니라고 생각된다'고 하였다[『萬葉集私注』 7, p.35]. 曾倉 岑은 5·7·7·7형식은, '가능하면 우의설을 벗어나서 생각해야 한다'고 하였다[『萬葉集全注』 13, p.85]. 'いかるがかけ'를 全集에서는, '여기서는 같은 종류의 새를 끌어들이기 위해 미끼로 하는 것을 말한다'고 하였다[『萬葉集』 3, p.383].

좌주 위는 1수

3240 王 命恐 雖見不飽 楢山越而 真木積 泉河乃 速瀬 竿刺渡 千速振 氏渡乃 多企都瀬乎 見乍渡而 近江道乃 相坂山丹 手向爲 吾越往者 樂浪乃 志我能韓埼 幸有者 又反見 道前 八十阿毎 嗟乍 吾過往者 弥遠丹 里離来奴 弥高二 山文越来奴 釼刀 鞘従抜出而 伊香胡山 如何吾将爲 往邊不知而

大君の 命畏み[1] 見れど飽かぬ[2] 奈良山越えて 眞木積む[3] 泉の川の 速き瀬を 竿さし渡り ちはやぶる[4] 宇治の渡の 瀧つ瀬を 見つつ渡りて 近江道の 相坂山に 手向[5]して わが越え行けば[6] 樂浪の 志賀の韓崎[7] 幸くあらば また還り見む 道の隈[8] 八十隈毎に 嘆きつつ わが過ぎ行けば いや遠に 里離り來ぬ いや高に 山も越え來ぬ 劍刀[9] 鞘ゆ 抜き出でて 伊香胡山 如何にかわが爲む 行方知らずて[10]

おほきみの みことかしこみ みれどあかぬ ならやまこえて まきつむ いづみのかはの はやきせを さをさしわたり ちはやぶる うぢのわたりの たぎつせを みつつわたりて あふみぢの あふさかやまに たむけして わがこえゆけば ささなみの しがのからさき さきくあらば またかへりみむ みちのくま やそくまごとに なげきつつ わがすぎゆけ ば いやとほに さとさかりきぬ いやたかに やまもこえきぬ つるぎたち さやゆぬきい でて いかごやま いかにかわがせむ ゆくへしらずて

1 **命畏み**: 관청의 명령에 의해 부임하는 것을 나타내는 상투적인 표현이다.
2 **見れど飽かぬ**: 고향인 나라(奈良)에 대한, 석별할 때의 찬사이다.
3 **眞木積む**: 泉川은 田上山 등의 목재를 베어서 떠내려 보낸다.
4 **ちはやぶる**: 험악한 것을 나타낸다.
5 **手向**: 고개 등의 신에게 공물을 바치는 것이다.
6 **わが越え行けば**: 문맥은 韓崎가 있다로 연결된다.
7 **志賀の韓崎**: 'さき'의 음을 다음에 접속시켰다.
8 **道の隈**: 굽이가 많은 것에 대한 탄식이다.
9 **劍刀**: 劍(直刀)과 太刀(曲刀)는 본래 다른 것이지만 병칭하기도 한다. 'ゆ'는 '…로부터'라는 뜻이다. 太刀로 치는 것을 'かく'라고 하고(い는 접두어) 'いかご'에 접속된다.
10 **行方知らずて**: 앞으로 가야 할 산길을 잘 알지 못한다.

3240 우리 대왕의/ 명령 두려워해서/ 봐도 질리잖는/ 나라(奈良) 산을 넘어서/ 목재 쌓아/ 이즈미(泉)의 강의요/ 빠른 물살을/ 노를 저어 건너고/ (치하야부루)/ 우지(宇治)의 선착장의/ 물살 센 여울/ 보면서 건너가서/ 아후미(近江) 길의/ 아후사카(相坂) 산에다/ 공물 바치고/ 내가 넘어 가면요/ 사사나미(楽浪)의/ 시가(志賀)의 카라사키(韓崎)/ 아무 일 없다면/ 다시 돌아와 보자/ 길의 굽이들/ 많은 굽이마다에/ 탄식하면서/ 내가 지나 가면요/ 한층 더 멀리/ 마을 멀어져 왔네/ 한층 더 높이/ 산도 넘어서 왔네/ 크나큰 칼을/ 칼집에서 빼어내어/ 이카고(伊香胡) 산을/ 어떻게 나는 할까요/ 갈 길을 모르는데

해설

왕의 명령을 두려워해서, 아무리 보아도 싫증이 나지를 않는 고향인 나라(奈良)의 산을 넘어서, 좋은 목재를 많이 쌓아서 물에 띄워 운반하는 이즈미(泉) 강의 빠른 물살을 장대로 노를 저어서 건너고 물결이 험한 우지(宇治)의 선착장의 물살이 센 여울을 보면서 건너가서, 아후미(近江) 길의 아후사카(相坂) 산에다 안전하게 갈 수 있게 해 달라고 공물을 바치고 산을 넘어 가면, 琵琶湖 서남안 일대인 사사나미(樂浪)의 시가(志賀)의 카라사키(韓崎)여. 아무 일 없이 무사하다면 다시 돌아와서 또 보자꾸나. 길의 굽이들이 많은 그 많은 굽이마다 탄식하면서 길을 지나가면, 한층 더 마을에서 멀어져 왔네. 한층 더 높이 산도 넘어서 왔네. 크나큰 칼을 칼집에서 빼내어서 친다고 하는 뜻을 이름으로 한 이카고(伊香胡) 산을 나는 어떻게 넘어갈까. 앞으로 가야할 산길도 잘 모르는데라는 내용이다.

'命畏み'를 全集에서는, '천황에 대한 절대 사상을 나타낸 상용어이다. 이 표현은 『萬葉集』에 28용례가 보이는데 연대가 확실한 것은 和銅 원년(708)의 田口益人의 노래(297번가)를 제외하고는 모두 平城 천도 후의 작품에 한정된다'고 하였다[『萬葉集』 3, p.383].

大系에서는, '伊香胡山'을 '滋賀縣 伊香郡 木之本町 大音(본래 伊香具村) 부근의 산'이라고 하고, 이 작품의 작자는 『萬葉集』 권제1과 권제2의 노래를 알고 있는 것 같다. 柿本人麿의 近江 옛 도읍을 지나는 노래, 藤原宮에 부역하는 사람들의 노래, 有間황자의 노래, 柿本人麿의 石見國에서 아내와 작별하고 상경하는 노래 등의 표현들을 이용하여 이 작품을 짓고 있다. 左注에서는 短歌가, 호즈미노 아소미 오유(穗積朝臣老)가 사도(佐渡)에 유배되었을 때의 노래라고 하지만 長歌도 같은 때의 노래로 보아도 좋다면, 『萬葉集』 권제1 · 2의 자료는 穗積朝臣老가 유배된 養老 6년(722) 이전에 모아져 있었다고 볼 수도 있다'고 하였다[『萬葉集』 3, p.345]. 그러나 私注에서는, '이 작품의 左注를 편찬자가 붙인 注라고 한다면 편찬자는 그것을 하나의 설로 말한 것일 뿐, 전면적으로 받아들인 것은 아닌 것이 되고, 또 그럴 만한 특별한 근거가 편찬자에게 있었던 것이겠다. (중략) 따라서 이 反歌가 老의 작품이므로 長歌까지 그의 유배 때의 작품으로 보는 것은 전연 근거가 없는 것이 된다. 長歌와 反歌 모두 전승된, 따라서 시대가 내려온 민요로 보아야 할 것이다. (중략) 이 노래의 養老 6년 무렵을 하한선으로 하는 설에는 동조할 수 없다'고 하여 민요로 보았다[『萬葉集私注』 7, p.40].

曾倉 岑은, '道行文의 노래이며 奈良시대 관료들이 여행을 할 때 밤에 연회석 등에서 부른 노래일 것이다. 그 장소는 伊香胡山 부근이라고 생각된다'고 하였다[『萬葉集全注』 13, p.89].

反歌

3241 天地乎　歎乞禱　幸有者　又反見　思我能韓埼

天地を　嘆き乞ひ禱み　幸くあらば　また還り見む　志賀の韓崎[1]

あめつちを　なげきこひのみ　さきくあらば　またかへりみむ　しがのからさき

左注 右二首. 但, 此短歌者, 或書云穂積朝臣老配於佐渡之時[2]作歌者也.

3242 百岐年　三野之國之　高北之　八十一隣之宮尓　日向尓　行靡　闕矣　有登聞而　吾通道之　奥十山　三野之山　靡得　人雖跡　如此依等　人雖衝　無意山之　奥礒山　三野之山

ももきね[3]　美濃の國の　高北の[4]　八十一隣の宮[5]に　日向に　い行き靡かふ 大宮[6]を　ありと聞きて　わが通ひ道の　奥十山[7]　美濃の山　靡けと[8]　人は踏めども　かく寄れと　人は衝けども　心無き山の　奥十山　美濃の山

ももきね　みののくにの　たかきたの　くくりのみやに　ひむかひに　いゆきなびかふ　おほみやを　ありとききて　わがかよひぢの　おきそやま　みののやま　なびけと　ひとはふめども　かくよれと　ひとはつけども　こころなきやまの　おきそやま　みののやま

左注 右一首

---

1 **志賀の韓崎**: 長歌에도 韓崎에서 노정의 휴지가 있었다. 反歌는 전반과 맞다.
2 **配於佐渡之時**: 養老 6년(722)의 사건. 18년간 유배되었다. 유배 때의 노래는 당시 사람들의 작품이 많다.
3 **ももきね**: 많은 'きね'라는 뜻이겠는데 'きね'의 뜻은 알 수 없다.
4 **高北の**: 뜻이 불분명하다. 'くくり'의 宮 부근을 총칭한 것이라고도 하고, 岳(たけ)北으로 읽고 산의 북쪽이라는 뜻으로 보기도 한다.
5 **八十一隣の宮**: 離宮. 이미 『日本書紀』 景行천황 4년조에 보인다.
6 **い行き靡かふ 大宮**: 훈독이 난해하다. '靡く'는 뒤에 나오는 '靡く'와 마찬가지로 산들이 쓸리어 해가 아주 많이 비친다는 뜻인가.
7 **奥十山**: 여러 설이 있지만 어디인지 확실하지 않다.
8 **靡けと**: 지나가기 쉽도록 하라는 뜻이다.

反歌

3241 천지신에게/ 탄식하면서 빌어/ 아무 일 없다면/ 다시 돌아와 보자/ 시가(志賀)의 카라사키(韓崎)

해설

천지의 신에게 탄식하면서 간절히 빌어서, 만약 아무 일 없이 무사하다면 다시 돌아와서 보자. 시가(志賀)의 카라사키(韓崎)여라는 내용이다.

좌주 위는 2수. 다만 이 短歌는 어떤 책에 말하기를 '호즈미노 아소미 오유(穂積朝臣老)가 사도(佐渡)에 유배되었을 때에 지은 노래'라고 하였다.

3242 (모모키네)/ 미노(美濃)의 나라의/ 타카키타(高北)의/ 쿠쿠리(八十一)의 궁전에/ 해를 향하여/ 쏠리어서요 가는/ 크나큰 궁전/ 있다고 듣고서/ 내 지나가는 길의/ 오키소(奧十)산아/ 미노(美濃)의 산아/ 엎드려라/ 사람은 밟지만도/ 이리 비켜라/ 사람은 치지만도/ 정이라곤 없는 산인/ 오키소(奧十山) 산아/ 미노(美濃)의 산아

해설

미노(美濃)의 나라의 타카키타(高北)의 쿠쿠리(八十一)의 궁전에 해를 향하여서 쏠리어서 가는 크나큰 궁전이 있다고 듣고 내가 지나가는 길의 오키소(奧十) 산이여, 미노(美濃) 산이여. 납작하게 엎드리라고 사람들은 밟지만, 이리 옆으로 비키라고 사람들은 찌르지만 인정이라고는 없는 산인 오키소(奧十) 산이여. 미노(美濃)의 산이여라는 내용이다.

이 작품에는 난해한 구가 많다. '八十一隣の宮に 日向にい行き靡かふ 大宮を ありと聞きて'를 私注에서는, '八十一隣の宮에 동쪽으로 갈 수 없는 관문이 있다고 듣고 그것을 피해서'로 해석하였다(『萬葉集私注』 7, p.40]. 大系에서는, '八十一隣の宮에…가 있다고 듣고'로 하여 '行靡 闕矣'를 해석하지 않았다(『萬葉集』 3, p.346]. 全集에서도 '行靡 闕矣'를 해석하지 않았다. 注釋에서는 '闕矣'를 '手弱女矣(타와야메오)'로 보고 '해를 향해서 가는 소녀가 있다고 듣고'로 해석하였다(『萬葉集注釋』 13, p.56]. '奧十山'을 大系에서는, '長野縣 西筑摩郡의 木曾山, 滋賀縣 坂田郡과 岐阜縣 不破郡・地田郡과의 경계인 伊吹山, 岐阜縣 多治見市와 可兒郡 姬治村과의 경계인 高社山 등'이라고 하였다(『萬葉集』 3, p.346]. 全集에서는, '연인의 모습을 한 번 보고 싶다고 하는 민요일 것이다'고 하였다(『萬葉集』 3, p.385]. 曾倉 岑은, '日本書紀의 景行천황조의 기록과 관계가 있다고는 하지만 이 노래는 전체적으로 보았을 때 허구라고 생각하지 않으면 안 된다'고 하였다(『萬葉集全注』 13, p.95].

좌주 위는 1수

3243 處女等之　麻笥垂有　績麻成　長門之浦丹　朝奈祇尓　満来塩之　夕奈祇尓　依来波乃　彼塩乃　伊夜益舛二　彼浪乃　伊夜敷布二　吾妹子尓　戀乍来者　阿胡乃海之　荒礒之於丹　濱菜採　海部處女等　纓有　領巾文光蟹　手二巻流　玉毛湯良羅尓　白栲乃　袖振所見津　相思羅霜

少女等が　麻笥[1]に垂れたる　績麻[2]なす　長門の浦[3]に　朝なぎに　滿ち來る潮の　夕なぎに　寄せ來る波の　その潮の　いやますますに　その波の　いやしく[4]しくに　吾妹子に　戀ひつつ來れば　阿胡の海の　荒磯の上に　濱菜[5]つむ　海人少女らが　纓がせる[6]　領巾[7]も照るがに　手に巻ける　玉もゆららに　白栲の　袖振る[8]見えつ　相思ふらしも[9]

をとめらが　をけにたれたる　うみをなす　ながとのうらに　あさなぎに　みちくるしほの　ゆふなぎに　よせくるなみの　そのしほの　いやますますに　そのなみの　いやしくしくに　わぎもこに　こひつつくれば　あごのうみの　ありそのうへに　はまなつむ　あまをとめらが　うながせる　ひれもてるがに　てにまける　たまもゆららに　しろたへの　そでふるみえつ　あひおもふらしも

反歌

3244 阿胡乃海之　荒礒之上之　少浪　吾戀者　息時毛無

阿胡の海の　荒磯の上の　さざれ波[10]　わが戀ふらくは　止む時もなし

あごのうみの　ありそのうへの　さざれなみ　わがこふらくは　やむときもなし

左注 右二首

1 **麻笥**: 마를 담는 용기이다.
2 **績麻**: 자아낸 삼실이다.
3 **長門の浦**: 廣島縣 吳市南의 倉橋島인가.
4 **いやしく**: 'しく'는 중복된다는 뜻이다.
5 **濱菜**: 해변에서 뜯는 나물이다. 해초를 말한다.
6 **纓がせる**: 'せ'는 친애를 나타낸다. 대부분 여성에 대해 사용한다.
7 **領巾**: 길게 목에 걸어 드리우는 천이다. 초혼 때 흔드는 주술적인 도구이다. 후에는 장식용으로 되었다.
8 **袖振る**: 소매에 방울을 단 복장은 일반적인 여자의 복장과는 다르다. 소매를 흔들어 바다 신에게 초혼 의례를 행하는 중인 것이겠다.
9 **相思ふらしも**: 행하고 있는 초혼을 자신을 향한 초혼이라고 해석한 것이다. 집에 있는 아내에 대한 그리움에서 환기된 해석인가.
10 **さざれ波**: 그리움이 끊임없는 것을 비유한 것이다.

3243 소녀들이요/ 마 통에 늘어뜨린/ 삼실 길다는/ 나가토(長門)의 포구에/ 아침뜸에요/ 밀려서 오는 조수/ 저녁뜸에요/ 밀려서 오는 파도/ 그 조수처럼/ 한층 더 격렬하게/ 그 파도처럼/ 한층 더 빈번하게/ 나의 아내를/ 그리워하며 오면/ 아고(阿胡)의 바다의/ 거친 바위의 위에/ 해초를 뜯는/ 어부의 소녀들이/ 목에 걸었는/ 너울도 빛나고요/ 손에 감았는/ 방울도 딸랑딸랑/ (시로타헤노)/ 소매 흔듦 보였네/ 마음이 통했는가 봐

해설

소녀들이 마를 통에 넣는 그릇에서 늘어뜨린 삼실이 길다는 뜻을 이름으로 한 나가토(長門)의 포구에, 파도가 잠잠한 아침뜸에 밀려서 오는 조수, 파도가 잠잠한 저녁뜸에 밀려서 오는 파도. 그 조수처럼 한층 더 격렬하게 그 파도처럼 한층 더 빈번하게 나의 아내를 그리워하면서 오면, 아고(阿胡)의 바다의 거친 바위 위에서 해초를 뜯는 어부의 소녀들이 목에 걸고 있는 긴 너울도 빛나고, 손에 감고 있는 방울도 딸랑거리며 흰 옷 소매를 흔드는 것이 보였네. 아마도 마음이 서로 통했는가 보다라는 내용이다.

'阿胡の海'를 大系에서는, '권제7, 攝津作의 노래들에 보이는(1154 · 1157번가) 阿胡의 바다인가, 아니면 伊勢灣의 일부일 것이다. 伊勢灣이라고 할 경우는 三重縣 志摩郡 英虞灣 방면이라고 하는 설과 三重縣 志摩郡 答志島 · 鳥羽市 방면이라고 하는 설이 있다'고 하였다[『萬葉集』 3, p.347]. 私注에서는, '이 작품도 여행하면서 풍경을 나열하며 노래한 것이다. 이미 민요화 되어 있었다는 것은, 표현이 사실보다도 언어상의 연결의 재미를 주로 하고 있는 것에서 알 수 있다'고 하였다[『萬葉集私注』 7, p.45].

曾倉 岑은, 배로 여행하면서 지은 노래라고 하였다[『萬葉集全注』 13, p.102].

反歌

3244 아고(阿胡)의 바다의/ 거친 바위 주변의/ 잔물결처럼/ 내가 그리워함은/ 그치는 때도 없네

해설

아고(阿胡)의 바다의 거친 바위 주변에서 끊임없이 일고 있는 잔물결처럼 내가 아내를 그리워하는 마음은 그치는 때도 없네라는 내용이다.

좌주 위는 2수

3245 天橋文　長雲鴨　高山文　高雲鴨　月夜見乃　持有越水　伊取来而　公奉而　越得之早物

天橋[1]も　長くもがも　高山も　高くもがも　月讀の　持てる變若水[2]　い取り來て[3]　君[4]に奉りて　變若しめむはも[5]

あまはしも　ながくもがも　たかやまも　たかくもがも　つくよみの　もてるをちみづ　いとりきて　きみにまつりて　をちしめむはも

反歌

3246 天有哉　月日如　吾思有　公之日異　老落惜文

天なるや　月日の如く[6]　わが思へる　君が日にけに[7]　老ゆらく[8]惜しも

あめなるや　つきひのごとく　わがおもへる　きみがひにけに　おゆらくをしも

左注　右二首

1 **天橋**: 천상의 다리는『播磨風土記』, 逸文「丹後風土記」등에 보인다.
2 **持てる變若水**: 전설상의 젊어진다는 물이다. 중국의 전설에, 옛날에 서왕모가 仙藥을 가지고 있었는데 嫦娥가 훔쳐서 달 속으로 들어갔다는 전설의 변형이다.
3 **い取り來て**: 'い'는 접두어이다.
4 **君**: 작품 전체가 장수를 기원하는 내용이므로 그 대상자를 말한다.
5 **變若しめむはも**: 'は'와 'も'는 감동을 나타낸다.
6 **月日の如く**: 찬양하는 말이다.
7 **君が日にけに**: 'けに'는 '다르게, 한층'이라는 뜻이다.
8 **老ゆらく**: '老ゆ'의 명사형이다.

3245 하늘 사다리/ 길어 주었으면/ 드높은 산도/ 높아 주었으면/ 달의 신이요/ 가진 젊음 소생수 / 길어 와서는/ 그대에게 드려서/ 젊게 하고 싶어요

해설

하늘로 올라가는 사다리가 더 길어 주었으면, 드높은 산도 더 높아 주었으면 좋겠네요. 그렇다면 하늘에 올라가서 달의 신이 가지고 있는, 그 물을 마시면 다시 젊어진다고 하는 물을 길어 와서는 그대에게 드려서 젊게 하고 싶네요라는 내용이다.

'君'을 全集에서는, '작자와의 관계는 불분명하다. 아내가 남편에게, 자식이 부모에게 말한 것 등 다양하게 생각할 수 있다'고 하였다[『萬葉集』 3, pp.386~387].

反歌

3246 하늘에 있는/ 해와 달과 같이도/ 내가 생각하는/ 그대가 날로날로/ 늙는 것 안타깝네

해설

하늘에 있는 해와 달처럼 내가 바라보며 사모하는 그대가 하루가 다르게 늙어가는 것을 보는 것이 안타깝네요라는 내용이다.

曾倉 岑은, '해와 달로 비유하는 것은 중앙 관료적이며, 그것을 개인의 목숨에 사용한 것은 다소 후기적이라고 생각된다'고 하였다[『萬葉集全注』 13, p.109].

좌주 위는 2수

3247 沼名河之　底奈流玉　求而　得之玉可毛　拾而　得之玉可毛　安多良思吉　君之　老落惜毛

沼名川[1]の　底なる玉　求めて　得し玉かも[2]　拾ひて　得し玉かも　惜しき　君が　老ゆらく惜しも

ぬなかはの　そこなるたま　もとめて　えしたまかも　ひりひて　えしたまかも　あたらしき　きみが　おゆらくをしも

左注 右一首

相聞

3248 式嶋之　山跡之土丹　人多　満而雖有　藤浪乃　思纒　若草乃　思就西　君目二　戀八将明　長此夜乎

磯城島[3]の　日本の國に　人多に　滿ちてあれども[4]　藤波の[5]　思ひ纏はり　若草の[6]　思ひつきにし　君が目に[7]　戀ひや明かさむ　長き[8]この夜を

しきしまの　やまとのくにに　ひとさはに　みちてあれども　ふぢなみの　おもひまつはり　わかくさの　おもひつきにし　きみがめに　こひやあかさむ　ながきこのよを

1 **沼名川**: 新潟縣의 小瀧川인가. 그곳에서 채취되는 비취가, 신화 속의 沼名川과 합체해서 한층 고귀한 구슬로 생각되어졌던 것인가.
2 **得し玉かも**: 이상 君을 비유한 것이다.
3 **磯城島**: 'しき' 지방이라는 뜻으로 작은 범위의 大和를 말한 것이다. 후에 널리 일본을 형용하는 것으로 되었다. 여기에서도 넓은 범위를 말한다.
4 **滿ちてあれども**: 의례가의 한 유형으로, 많은 것을 말한 뒤에 하나를 취하는 표현이다.
5 **藤波の**: 파도가 넘실거리는 것을 '纏はり'로 접속시킨 것이다.
6 **若草の**: 눈에 또렷한 모습을 'つく(눈에 띄다)'에 연결시킨 것이다.
7 **君が目に**: '目に 戀ふ'는 만나고 싶다는 뜻이다.
8 **長き**: 심리적으로 긴 밤이다. 2305번가 외에 예가 많이 있다.

3247 누나(沼名) 강의요/ 밑에 있는 구슬/ 구하여서/ 얻은 구슬이여/ 주워서는/ 얻은 구슬이여/ 그렇게 귀한/ 그대가/ 늙는 것 안타깝네

해설

누나(沼名) 강의 밑에 있는 구슬, 그것을 구하여서 손에 넣은 구슬이여. 주워서 손에 가지고 있는 구슬이여. 그처럼 소중한 그대가 늙어가는 것이 안타깝네요라는 내용이다.

이 작품도 상대방이 나이가 들어가는 것을 안타까워하며 장수를 기원하는 노래이다.

曾倉 岑은, '萬葉시대의 노인은 일반적으로 씩씩하고 했던 것은 아니었을까. 늙음을 탄식하는 노래도 젊었을 때를 자랑하는 분위기가 강하다'고 하였다『萬葉集全注』 13, pp.111~112].

좌주 위는 1수

相聞

3248 (시키시마노)/ 일본 나라에는요/ 사람들 많이/ 넘쳐나게 있지만/ (후지나미노)/ 생각이 절절해서/ (와카쿠사노)/ 생각이 떠나잖는/ 그대 만나길/ 원하여 지새는가/ 기나긴 오늘 밤을

해설

시키(磯城) 섬인 일본 나라에는 사람들이 넘쳐나도록 매우 많이 있지만, 등나무 가지가 휘감아가는 것처럼 생각이 절절해서, 또 싱그러운 풀처럼 마음에 새겨져서 생각이 떠나지 않는 그대를 만나기를 원하여 지새는 것일까. 길고긴 오늘 밤을이라는 내용이다.

일본에는 많은 사람이 있지만 오직 그대만을 생각하고 만나고 싶어 하며 긴 밤을 지샌다는 내용이다.

'磯城島'를 大系에서는, '磯城島의 宮이 있는 大和라는 뜻. 궁터는 奈良縣 磯城郡 大 三輪町 金屋 부근. 崇神천황의 瑞籬宮과 欽命천황의 金刺宮 등이 있었다'고 하였다『萬葉集』 3, p.349]. 全集에서는, '大和의 枕詞. 欽命천황이 도읍했던 磯城 金刺宮(櫻井市 金屋 부근인가)의 이름에 의해 붙여졌던 것으로 추정되고 있다'고 하였다『萬葉集』 3, p.388].

曾倉 岑은 이 작품을, '작자나 작품을 향유하는 사람이나 모두 奈良시대의 관료들이며 私注에서 말하는 것처럼 민요는 아니다'고 하였다『萬葉集全注』 13, p.116].

反歌

3249 式嶋乃　山跡乃土丹　人二　有年念者　難可将嗟

磯城島の　日本の國に　人二人　ありとし思はば　何か嘆かむ[1]

しきしまの　やまとのくにに　ひとふたり　ありとしもはば　なにかなげかむ

左注　右二首

3250 蜻嶋　倭之國者　神柄跡　言擧不爲國　雖然　吾者事上爲　天地之　神文甚　吾念　心不知哉　徃影乃　月文經徃者　玉限　日文累　念戸鴨　胸不安　戀烈鴨　心痛　末遂尓　君丹不會者　吾命乃　生極　戀乍文　吾者将度　犬馬鏡　正目君乎　相見天者社　吾戀八鬼目

蜻蛉島[2]　日本の國は　神からと[3]　言擧[4]せぬ國　然れども　われは言擧す[5]　天地の　神もいたくは[6]　わが思ふ　心知らずや　行く影の[7]　月も經行けば　玉かぎる[8]　日もかさなり　思へかも　胸安からぬ　戀ふれかも　心の痛き　末つひに　君に逢はずは　わが命の　生けら[9]む極　戀ひつつも　われは渡らむ[10]　眞澄鏡　正目に君を　相見てばこそ　わが戀止まめ

あきづしま　やまとのくには　かむからと　ことあげせぬくに　しかれども　われはことあげす　あめつちの　かみもいたくは　わがおもふ　こころしらずや　ゆくかげの　つきもへゆけば　たまかぎる　ひもかさなり　おもへかも　むねやすからぬ　こふれかも　こころのいたき　すゑつひに　きみにあはずは　わがいのちの　いけらむきはみ　こひつつも　われはわたらむ　まそかがみ　ただめにきみを　あひみてばこそ　あがこひやまめ

---

1 **何か嘆かむ**: 연인은 한 사람이므로 나는 탄식한다.
2 **蜻蛉島**: 풍요한 국토라는 뜻으로 일본을 상투적으로 수식하는 枕詞이다.
3 **神からと**: 신의 뜻대로. 신의 성격대로.
4 **言擧**: 말로 하는 것이다.
5 **われは言擧す**: 이하 말하는 이유를 설명한다.
6 **神もいたくは**: '知らずや'를 수식한다.
7 **行く影の**: '影'은 빛을 말한다. 달을 묘사한 것이다.
8 **玉かぎる**: 'かぎる'는 빛을 말한다. 해를 묘사한 것이다.
9 **生けら**: 'ら'는 완료의 'り'이다.
10 **われは渡らむ**: 해와 달을.

反歌

3249 (시키시마노)/ 일본이란 나라엔/ 연인 두 사람/ 있다 생각한다면/ 무엇을 탄식할까

해설

시키(磯城) 섬인 일본에 내가 사랑하는 사람이 만약 두 사람이 있다고 생각을 한다면 무엇을 탄식할 필요가 있을까라는 내용이다.

그대 한 사람 밖에 없는데 만날 수는 없으므로 탄식을 한다는 뜻이다.

좌주 위는 2수

3250 (아키즈시마)/ 일본이란 나라는/ 신의 뜻 따라/ 말로 하지 않는 나라/ 그렇지만요/ 나는 감히 말로 하네/ 하늘과 땅의/ 신도 그 정도까지/ 내가 생각는/ 마음 모르는 걸까/ (유쿠카게노)/ 달이 경과를 하고/ (타마카기루)/ 해도 계속 가면/ 생각해선가/ 마음도 편하잖네/ 그리워선가/ 마음이 아프네요/ 마지막까지/ 그대를 못 만나고/ 나의 목숨이요/ 붙어 있는 동안은/ 계속 그리며/ 나는 있을 것인가/ (마소카가미)/ 직접 눈으로 그댈/ 만나 보아야지만/ 내 그리움 멎을까

해설

풍요한 나라인 일본은 신의 뜻에 따라서 입 밖으로 말을 내어서 하지 않는 나라이네. 그렇지만 나는 감히 말을 하네. 하늘과 땅의 신도 그 정도로까지 내가 생각하는 마음을 모르는 것일까. 빛이 변하여 달이 경과를 하고, 구슬처럼 빛나는 해도 계속 반복해서 가면, 그대를 생각하기 때문인가. 마음도 편안하지를 않네. 그리워하기 때문인가. 마음이 아프네. 마지막까지 결국 그대를 만나지 못하고 나의 목숨이 붙어 있는 동안 계속 나는 그리워하면서 있겠지. 잘 닦은 거울을 보듯이 직접 눈으로 그대를 만나 보았을 때야말로 나의 그리움은 끝날 것이겠지라는 내용이다.

'蜻蛉島'를 全集에서는, '神武紀에 의하면 神武천황이 와키가미(腋上)의 호호마(嗛間) 언덕에서 國見을 하였을 때, 잠자리가 교미하고 있는 것 같다고 말한 데서 생겨났다는 지명전설이 전한다'고 하였다『萬葉集』 1, p.65]. 中西 進은, 수확이 풍성한 지역(아키츠시마: 飽ツ島)을 말한 것이라고 보았다. 그리고 '蜻蛉'으로 표기한 것은 잠자리가 풍요의 상징이라고 생각했기 때문이라고 하였다. 따라서 'あきづしま 大和'는 '수확이 풍성한 일본, 살기 좋은 일본이라는 뜻이 됨을 알 수 있다. 권제1의 2번가에도 보인다. 曾倉 岑은, 이별을 탄식하는 노래이므로 그 원인이 된 사람을 비난해야 마땅할 것인데 그렇게 하지 않은 것은 상대방을 송별하는 자리에서의 노래이기 때문일 것이라고 하고 마음이 아픈 이유와 원인을 전연 말하지 않고 있는 것도 일반적인 사랑의 단절이 아니라 관료의 지방으로의 부임이기 때문일 것이라고 하였다. 노래에 허구의 가능성을 제시하고 작자는 남성이라도 좋다고 하였다『萬葉集全注』 13, p.121].

反歌

3251 大舟能　思憑　君故尓　盡心者　惜雲梨

大船の　思ひたのめる　君ゆゑに　盡す心[1]は　惜しけく[2]もなし

おほふねの　おもひたのめる　きみゆゑに　つくすこころは　をしけくもなし

3252 久堅之　王都乎置而　草枕　羈往君乎　何時可将待

ひさかたの[3]　都を置きて　草枕　旅ゆく君を　何時とか待たむ

ひさかたの　みやこをおきて　くさまくら　たびゆくきみを　いつとかまたむ

1 **盡す心**: 천 갈래 만 갈래 찢어지는 마음이다.
2 **惜しけく**: '惜し'의 명사형이다.
3 **ひさかたの**: 'ひさかたの'가 '都'에 연결되는 다른 예는 없다. '都'를 '天'과 같은 것으로 본 것이다.

反歌

3251 (오호후네노)/ 의지를 하고 있는/ 그대이기에/ 갈갈이 찢긴 마음/ 아까운 것도 없네

해설

큰 배처럼 의지를 하고 있는 그대이기에, 그리움에 갈기갈기 찢긴 마음은 아무런 아까운 것도 없네라는 내용이다.

그리움에 마음은 갈기갈기 찢어지지만 믿고 있는 상대방이므로 애석한 것은 없다는 뜻이다.

3252 (히사카타노)/ 도읍을 놓아두고/ (쿠사마쿠라)/ 여행가는 그대를/ 언제라 기다릴까

해설

멋진 도읍을 뒤로 하고 풀을 베고 자야 하는 힘든 여행길을 떠나가는 그대가 언제 돌아올 것이라고 생각하며 나는 그대를 기다리면 좋을 것인가라는 내용이다.

柿本朝臣人麿歌集歌曰[1]

3253 葦原　水穂國者　神在随　事擧不爲國　雖然　辞擧叙吾爲　言幸　真福座跡　恙無　福座者　荒礒浪　有毛見登　百重波　千重浪敷尓　言上爲吾　言上爲吾

葦原の　瑞穂の國[2]は　神ながら　言擧せぬ國[3]　然れども　言擧ぞわがする[4]　言幸く　眞幸く坐せと　恙なく　幸く坐さば　荒磯波[5]　ありても[6]見むと　百重波　千重波しきに　言擧すわれは　言擧げすわれは[7]

あしはらの　みづほのくには　かむながら　ことあげせぬくに　しかれども　ことあげぞわがする　ことさきく　まさきくませと　つつみなく　さきくいまさば　ありそなみ　ありてもみむと　ももへなみ　ちへなみしきに　ことあげすわれは　ことあげすわれは

1 **柿本朝臣人麿歌集歌曰**: 위의 작품에 대한 다른 전승가로 첨부한 것이다.
2 **瑞穂の國**: 갈대가 난, 이삭도 상서롭게 열린 나라. 국토를 일컬은 것이다.
3 **言擧せぬ國**: 3250번가에 같은 구가 있었다.
4 **言擧ぞわがする**: 위에서 말한 것을 뒤집어서 주된 문맥으로 이어가는 형식이다. 3225번가 등과 마찬가지로 송사 첫 부분의 한 형식이다. 일단 끊어진다.
5 **荒磯波**: 'あり'의 음으로 다음 구에 접속된다.
6 **ありても**: 계속 있어서 후에도라는 뜻이다.
7 **言擧すわれは 言擧げすわれは**: 같은 구의 반복은 입으로 전승된 흔적을 나타낸다.

카키노모토노 아소미 히토마로(柿本朝臣人麿)의 가집의 노래에 말하기를

3253 아시하라(葦原)의/ 미즈호(瑞穂)의 나라는/ 신의 뜻대로/ 말로 하지 않는 나라/ 그렇지만요/ 감히 말로 나는 하네요/ 몸 건강하고/ 아무 탈 없으라고/ 아무 탈 없이/ 무사하게 있으면/ (아리소나미)/ 후에 만나고 싶다/ 백 겹 파도랑/ 천 겹 파도와 같이/ 말을 하네요 나는요/ 말을 하네요 나는요

해설

아시하라(葦原)의 미즈호(瑞穂)의 나라는 신의 뜻을 따라서 말을 입 밖에 내어서 하지 않는 나라이네. 그렇지만 감히 말로 나는 하네. 말이 축복을 가져다 주어서 몸 건강하고 아무 탈이 없으라고. 아무 탈 없이 무사하게 있으면 아리소(荒磯)의 파도처럼 훗날 만나고 싶다고, 백 겹 파도랑 천 겹 파도가 계속 밀려오는 것처럼 그렇게 계속 말을 하네 나는요. 말을 하네 나는요라는 내용이다.

'眞幸く'의 'ま'는 접두어이다.

中西 進은 이 작품을, '遣唐使 전별가로서 人麿에 의해 창작되고 궁정에서 관리되었던 것인가'라고 하였다. 全集에서도, '3250번가와 유사한 작품으로 여기에 실은 것이지만 내용적으로는 相聞的이지 않고, 견당사나 지방에 부임하는 관료를 보낼 때 불린 노래라고 추정되고 있다'고 하였다『萬葉集』 3, p.390]. 私注에서는, '남녀간의 노래인지, 남자들 사이의 노래인지 구별하기 힘들다. (중략) 遣唐使를 보내는 노래일 것이라고 하는 설도, 적극적으로 지지할 정도의 논거는 없다. 보통 부임하는 관료를 떠나보낼 때의 노래일 것이다'고 하였다『萬葉集私注』 7, p.56].

反歌

3254 志貴嶋　倭國者　事霊之　所佐國叙　真福在与具

磯城島の　日本の國[1]は　言靈[2]の　たすくる國ぞ　ま幸くありこそ[3]

しきしまの　やまとのくには　ことだまの　たすくるくにぞ　まさきくありこそ

左注 右五首

3255 従古　言續来口　戀爲者　不安物登　玉緒之　繼而者雖云　處女等之　心乎胡粉　其将知　因之無者　夏麻引　命方貯　借薦之　心文小竹荷　人不知　本名曾戀流　氣之緒丹四天

古ゆ　言ひ續ぎ來らく[4]　戀すれば　苦しき[5]ものと　玉の緒の[6]　繼ぎてはいへど　少女ら[7]が　心を知らに　そを知らむ　緣の無ければ　夏麻引く[8]　命かたまけ[9]　苅薦の[10]　心もしのに[11]　人知れず　もとなそ[12]戀ふる　息の緒にして[13]

いにしへゆ　いひつぎけらく　こひすれば　くるしきものと　たまのをの　つぎてはいへど　をとめらが　こころをしらに　そをしらむ　よしのなければ　なつそびく　いのちかたまけ　かりこもの　こころもしのに　ひとしれず　もとなそこふる　いきのをにして

---

1 **磯城島の 日本の國**: 長歌의 명칭과 맞지 않다. 본래는 같은 짝이 아니다.
2 **言靈**: 말이 가진 영적인 힘. 이 힘을 크게 느꼈다.
3 **ま幸くありこそ**: 'こそ'는 희망을 나타내는 보조동사이다.
4 **言ひ續ぎ來らく**: '來らく'는 '來けり'의 명사형이다.
5 **苦しき**; 원문의 '不安'의 뜻으로 읽은 것이다.
6 **玉の緒の**: 구슬을 꿰는 끈처럼 이어서.
7 **少女ら**: 연인이다. 'ら'는 친애를 나타내는 접미어이다.
8 **夏麻引く**: 목숨이 흐트러지기 쉬운 내용과 겹친다.
9 **命かたまけ**: '命'은 생명의 한계를 말한다. 그 때가 다가와서. 'かた'는 '반쯤'이라는 뜻이다. 'まけ'는 설치하는 것, 미리 그 형태를 취하는 것이다.
10 **苅薦の**: 일반적으로 '亂る'를 수식하는 것이다. '夏麻引く'와 마찬가지로 마음의 내용과 겹친다.
11 **心もしのに**: 풀이 죽어 시들 것처럼.
12 **もとなそ**: 'もとなし'의 부사형이다.
13 **息の緒にして**: 'いき'는 살아 있는 것이다. 오늘날 말하는 목숨이다. 길기 때문에 '緒(を)'라고 한다.

反歌

3254 (시키시마노)/ 일본의 나라는요/ 말의 혼이요/ 도와주는 나라네/ 무사하기를 바라네

해설

시키(磯城) 섬의 일본 나라는 말의 영적인 힘이 도와주는 나라이네. 무사하기를 바라네라는 내용이다. 말에 신비한 힘이 있어서 인간에게 영향을 미친다는 언령신앙에 대한 언급이 나타나 있는 노래이다.

좌주 위는 5수

3255 옛날부터요/ 전하여져 오는 말/ 사랑을 하면/ 괴로운 것이라고/ (타마노오노)/ 계속 말해졌지만/ 연인인 그녀/ 마음을 알지 못해/ 그걸 알아볼/ 방법도 없으므로/ (나츠소비크)/ 목숨도 끊어질 듯/ (카리코모노)/ 마음도 풀이 죽어/ 남이 모르게/ 속절없이 그리네/ 목숨으로 하고서

해설

옛날부터 전해오는 말에, 사랑을 하면 괴로운 것이라고 하네. 그 말이 마치 구슬을 꿰는 끈처럼 계속해서 이어져 전해왔지만, 그 소녀의 마음을 알지 못하고 그것을 알아볼 방법도 없으므로 여름에 삼을 뽑는 것처럼 어지럽게 목숨도 끊어질 것 같고, 벤 풀처럼 마음도 풀이 죽어서 남이 모르게 오로지 애타게 그리워하고 있네. 사랑을 목숨으로 하고서라는 내용이다.

옛날부터 사랑을 하면 괴롭다고 말해져 왔지만 연인의 마음을 알 수 없어서 애타게 목숨을 걸고 상대방 소녀를 그리워하고 있다는 내용이다. 짝사랑의 괴로움을 노래한 것이다.

反歌

3256 數々丹　不思人叵　雖有　蹔文吾者　忘枝沼鴨

しましまに[1]　思はず人は　あるらめど　しまし[2]もわれは　忘らえぬかも

しましまに　おもはずひとは　あるらめど　しましもわれは　わすらえぬかも

3257 直不来　自此巨勢道柄　石椅跡　名積序吾来　戀天窮見

直に來ず　此ゆ巨勢道[3]から　石橋[4]踏み　なづみ[5]ぞわが來し　戀ひてすべなみ

ただにこず　こゆこせぢから　いははしふみ　なづみぞわがこし　こひてすべなみ

左注 或本, 以此歌一首, 爲之　紀伊國之　濱尓縁云　鰒珠[6]　拾尓登謂而　往之君　何時到来 歌之反歌也. 具見下[7]也.　但依古本[8]亦累[9]載茲.

右三首

1 **しましまに**: 제4구의 'しまし'에 대한 표현이다.
2 **しまし**: 잠시 동안이라는 뜻이다.
3 **此ゆ巨勢道**: 사람들의 눈을 피해서 둘러가는 길이다.
4 **石橋**: 강의 자연석을 다리로 하는 것이다.
5 **なづみ**: 고생을 하는 것이다.
6 **鰒珠**: 전복 속의 구슬, 진주를 말한다.
7 **具見下**: 3320번가를 말한다.
8 **但依古本**: 편찬자가 자료로 한 고본에는 3255번가의 反歌로 되어 있으므로.
9 **亦累**: 3320번가의 위에 더구나.

反歌

3256 계속하여서/ 생각 않고 사람은/ 있겠지만요/ 잠깐 동안도 나는/ 잊을 수가 없네요

해설

계속해서 나를 생각하는 일도 없이 그 사람은 있겠지만, 나는 잠시라도 그 사람을 잊을 수가 없네요라는 내용이다.

상대방은 자신을 그다지 생각하지 않고 있겠지만 자신은 상대방을 끊임없이 생각한다는 뜻이다.

3257 바로 오잖고/ 여기서 코세(巨勢) 길로/ 징검다리 건너/ 고생하며 나는 왔네/ 그리워 방법 없어

해설

지름길로 바로 오지를 않고 이곳을 넘어서 코세(巨勢)길을 지나서 징검다리를 건너며 고생해서 나는 왔네. 사랑의 고통을 어떻게 해결할 방법이 없어서라는 내용이다.

상대방이 그리워서 지름길을 두고 사람들의 눈을 피해 온갖 고생을 하면서 왔다는 뜻이다.

좌주 어떤 책에 이 노래 1수를 가지고, '키(紀伊) 나라의/ 해변에 밀려오는/ 진주 구슬을/ 주울 것이라 말하고/ 떠난 그대는/ 언제 올 것인가'라는 長歌의 反歌로 하고 있다. 상세한 것은 뒤에 보인다. 다만 古本에 의해 다시 중복해서 여기에 싣는다.

위는 3수

이 작품과 거의 같은 노래가 3320번가이다.

3258 荒玉之　年者来去而　玉梓之　使之不来者　霞立　長春日乎　天地丹　思足椅　帶乳根笑母之養蠶之　眉隠　氣衝渡　吾戀　心中少　人丹言　物西不有者　松根　松事遠　天傳日之闇者　白木綿之　吾衣袖裳　通手沾沼

あらたまの[1]　年は來去きて[2]　玉梓の[3]　使の來ねば　霞立つ　長き春日を　天地に　思ひ足らはし[4]　たらちねの　母が養ふ蠶の　繭隠り[5]　息衝きわたり　わが戀ふる　心のうちを　人に言ふ　ものにしあらねば　松が根の[6]　待つこと遠く　天傳ふ　日の闇れぬれば　白木綿の　わが衣手も　通りて濡れぬ

あらたまの　としはきゆきて　たまづさの　つかひのこねば　かすみたつ　ながきはるひを　あめつちに　おもひたらはし　たらちねの　ははがかふこの　まよごもり　いきづきわたり　わがこふる　こころのうちを　ひとにいふ　ものにしあらねば　まつがねの　まつこととほく　あまつたふ　ひのくれぬれば　しろたへの　わがころもでも　とほりてぬれぬ

1 **あらたまの**: 새로운 혼을 가진 해(年)라는 뜻이다.
2 **年は來去きて**: 묵은해를 보내고 새해를 맞이한다는 뜻이다. 따라서 다음 구에서 春日을 말한다.
3 **玉梓の**: 아름다운 지팡이를 가졌다는 뜻으로 심부름꾼을 상투적으로 수식하는 枕詞이다.
4 **思ひ足らはし**: 천지에 가득할 정도로 생각을 많이 한다는 뜻이다.
5 **繭隠り**: 누에가 고치 속에 몸을 감추고 있는 것이다.
6 **松が根の**: 'まつ'의 발음과 상록수의 영원함을 다음에 접속시켰다.

3258 (아라타마노)/ 해는 바뀌었으나/ (타마즈사노)/ 심부름꾼 안 오니/ 안개가 이는/ 길고도 긴 봄날을/ 하늘과 땅에/ 생각 가득 채워서/ (타라치네노)/ 어머니 치는 누에/ 고치에 숨듯/ 가슴이 답답하고/ 내 사랑하는/ 마음의 속사정을/ 남에게 말할/ 형편도 아닌 것이니 / (마츠가네노)/ 기다리기 힘들어/ (아마츠타후)/ 해가 저물어 가면/ (시로타헤노)/ 나의 옷소매도요/ 흠뻑 젖어 버렸네

해설

새로운 혼을 가진 새해는 와서 바뀌지만 사랑하는 사람이 보낸, 아름다운 지팡이를 가진 심부름꾼은 오지를 않으므로, 안개가 이는 기나긴 봄날을 하늘과 땅에 가득 찰 정도로 마음을 다하여서 생각하고, 젖이 풍족한 어머니가 치는 누에가 고치 속에 숨은 것처럼 그렇게 마음이 답답하여 탄식하고, 내가 연인을 사랑하는 속마음을 다른 사람에게 말할 형편도 아니므로 소나무 뿌리의 발음처럼 기다리기가 힘들어서, 하늘을 떠가는 태양도 저물어 버리게 되면 나의 흰 옷소매는 완전히 젖어 버렸네라는 내용이다.

긴 봄 날 하루 종일 연인으로부터 소식이 없자 슬픔에 흘리는 눈물로 인해 옷소매가 다 젖었다는 뜻이다. 사이가 멀어진 사람을 기다리는 노래이다.

'소나무(松)'와 '기다리다'는 일본어 발음이 똑같이 'まつ'인 것을 이용하여 '소나무 뿌리의 발음처럼 기다리기가 힘들어서'라고 표현하였다.

私注에서는, '별거해서 살고 있는 여성의 입장을 노래한 것으로 보인다. 혹은 혼인으로까지는 볼 수 없는 연애 관계에 있는 사람으로 보아도 좋다. 단순한 민요인 것은 끝부분의 몇 구가 권제2(135번가)의 人麿의 작품을 모방하고 있는 것으로도 명백하다. 그 이외의 구에서도 민요적인 표현을 어느 정도 답습하고 있다. 枕詞가 많은 것도 주목된다. 당시의 혼인 관계가 낳은 민요의 하나라고 볼 수 있겠다. 부부가 별거한 형식이라기보다도 더욱 산만한 관계가 예상되는 것 같다'고 하였다『萬葉集私注』 7, p.63].

反歌

3259 如是耳師　相不思有者　天雲之　外衣君者　可有々来

かくのみし　相思はざらば　天雲の[1]　外にそ君は　あるべくありける[2]

かくのみし　あひもはざらば　あまくもの　よそにそきみは　あるべくありける

左注 右二首

3260 小治田之　年魚道之水乎　間無曽　人者挹云　時自久曽　人者飲云　挹人之　無間之如　飲人之　不時之如　吾妹子尓　吾戀良久波　已時毛無

小治田の　年魚道[3]の水を　間無くそ　人は汲むといふ　時じくそ[4]　人は飲むといふ　汲む人の　間無きが如　飲む人の　時じきが如　吾妹子に　わが戀ふらく[5]は　止む時もなし

をはりだの　あゆぢのみづを　まなくそ　ひとはくむといふ　ときじくそ　ひとはのむといふ　くむひとの　まなきがごと　のむひとの　ときじきがごと　わぎもこに　わがこふらくは　やむときもなし

1 **天雲の**: 하늘의 구름처럼 작별한 타인으로서.
2 **あるべくありける**: 3739번가에도 같은 표현이 보인다.
3 **年魚道**: 飛鳥의 小治田, 그 안의 年漁의 땅인가. '道'는 그곳으로 가는 길, 또는 그 땅을 말한다.
4 **時じくそ**: '時じ'는 그 때가 아니라는 뜻으로, 항상이라는 뜻이다.
5 **戀ふらく**: '戀ふ'의 명사형이다.

反歌

3259 이렇게밖에/ 날 생각 않는다면/ (아마쿠모노)/ 상관없이 그대는/ 있어줬음 좋았네요

해설

이 정도밖에 나를 생각해주지 않는다면, 그대는 하늘의 구름처럼 상관없는 것으로 멀리 있는 것이 좋았네요라는 내용이다.

많이 생각해주지 않는 상대방에 대해, 이럴 것이라면 차라리 먼 하늘의 구름처럼 관계 없는 것으로 있어 주었던 것이 좋았겠다는 뜻이다.

좌주 위는 2수

3260 오하리다(小治田)의/ 아유(年魚) 길의 물을요/ 끊임없이/ 사람은 긷는다 하네/ 정한 때 없이/ 사람은 마신다 하네/ 물 긷는 사람/ 끊어지지 않듯/ 마시는 사람/ 항상 있는 것처럼/ 나의 아내를/ 내가 사랑하는 것/ 멈추는 때도 없네

해설

오하리다(小治田)의 아유(年魚) 길의 물을 끊임없이 사람들은 긷는다고 하네. 정해 놓은 때도 없이 항상 사람들은 마신다고 하네. 물을 긷는 사람들이 끊어지지 않는 것처럼, 물을 마시는 사람들이 항상 있는 것처럼, 나의 아내를 내가 사랑하는 것은 그처럼 그치는 때도 없네라는 내용이다.

항상 아내를 사랑하고 있다는 뜻이다.

'小治田'을 大系에서는, '奈良縣 高市郡 飛鳥 지방'이라고 하였다[『萬葉集』 3, p.355].

中西 進은 이 작품을, '우물과 연결시킨 집단의 노래'라고 하였다.

反歌

3261 思遣　爲便乃田付毛　今者無　於君不相而　年之歷去者

思ひやる　すべのたづき[1]も　今はなし　君に逢はずて　年の經ぬれば

おもひやる　すべのたづきも　いまはなし　きみにあはずて　としのへぬれば

左注 今案, 此反歌謂之於君不相者, 於理不合也. 宜言於妹不相也.

或本反歌曰

3262 楉垣　久時従　戀爲者　吾帶緩　朝夕毎

楉垣[2]の　久しき時ゆ　戀すれば　わが帶緩ぶ[3]　朝夕ごとに[4]

みづかきの　ひさしきときゆ　こひすれば　わがおびゆるぶ　あさよひごとに

左注 右三首

1 **すべのたづき**: 방법, 수단이다.
2 **楉垣**: 신성한 지역의 수목으로 된 울타리를 말한다.
3 **わが帶緩ぶ**: 몸이 수척해진 것이다.『遊仙窟』에 나오는 표현이다.
4 **朝夕ごとに**: '朝々 帶緩ぶ'는『遊仙窟』에 나오는 표현이다.

反歌

3261 생각을 떨칠/ 수단도 방법도요/ 지금은 없네/ 그대 만나지 않고/ 일 년이 지났으니

해설

마음속의 생각을 떨쳐 버릴 어떤 수단과 방법도 지금은 없네. 그대를 만나지 않고 일 년이 지나 버렸으므로라는 내용이다.

曾倉 岑은, '남자의 입장에서 작품'이라고 하였다[『萬葉集全注』 13, p.142].

좌주 지금 생각하여 보면, 이 反歌의 '그대(君) 만나지 않고'라는 것은 이치에 맞지 않다. 마땅히 '아내 만나지 않고'라고 해야만 한다.

어떤 책의 反歌에 말하기를

3262 (미즈카키노)/ 꽤 오래 전부터요/ 그리워해서/ 내 옷 띠 느슨하네/ 아침저녁 마다요

해설

신사 주위에 있는 상서로운 나무뿌리가 오래된 것처럼 그렇게 꽤 오래 전부터 계속 그리워하며 고통을 당하였기 때문에 내 몸이 수척해져서, 나의 옷 띠는 헐거워지게 되었네. 아침마다 저녁마다라는 내용이다.

상대방을 그리워하는 사랑의 고통으로 인해 몸이 수척해져서 꼭 맞던 옷 띠가 헐렁하게 되었다는 뜻이다.

'楉垣の'는 '久し'를 상투적으로 수식하는 枕詞이다.

좌주 위는 3수

3263 己母理久乃　泊瀬之河之　上瀬尓　伊杭乎打　下湍尓　真杭乎挌　伊杭尓波　鏡乎懸　真杭尓波　真玉乎懸　真珠奈須　我念妹毛　鏡成　我念妹毛　有跡謂者社　國尓毛　家尓毛由可米　誰故可将行

隱口の[1]　泊瀬の川の　上つ瀨に[2]　齋杭を打ち　下つ瀨に　眞杭を打ち　齋杭には　鏡を懸け　眞杭には　眞玉を懸け　眞玉なす[3]　わが思ふ妹も　鏡なす　わが思ふ妹も　ありと言はばこそ[4]　國[5]にも　家にも行かめ　誰がゆゑか行かむ[6]

こもりくの　はつせのかはの　かみつせに　いくひをうち　しもつせに　まくひをうち　いくひには　かがみをかけ　まくひには　またまをかけ　またまなす　わがおもふいもも　かがみなす　わがおもふいもも　ありといはばこそ　くににも　いへにもゆかめ　たがゆゑかゆかむ

左注　檢古事記曰, 件歌者, 木梨之軽太子自死之時所作者[7]也.

1 **隱口の**: 산으로 둘러싸인 나라라는 뜻으로 '泊瀬'를 상투적으로 수식한다.
2 **上つ瀨に**: 이하 8구는 신사를 묘사한 것이다. '鏡·玉'에서 아내를 형용한 구 '眞玉なす', '鏡なす'를 이끈다.
3 **眞玉なす**: 'なす'는 비유를 나타내는 관용구이다.
4 **ありと言はばこそ**: 가상을 조건으로 한다. 그러므로 아내는 없는 것이다.
5 **國**: 國(고향)과 집(주거)은 가끔 같은 것으로 일컬어진다.
6 **誰がゆゑか行かむ**: 아내가 없으므로 가지 않는다.
7 **木梨之軽太子自死之時所作者**: 『古事記』 允恭천황조의 輕太子 전설에 이 노래가 응용되었다.

3263 (코모리쿠노)/ 하츠세(泊瀨)의 강의요/ 위쪽 여울에/ 정한 말뚝 박고/ 아래 여울에/ 멋진 말뚝 박아/ 정한 말뚝엔/ 거울을 걸고요/ 멋진 말뚝엔/ 구슬을 걸어서/ 그 구슬처럼/ 내가 생각는 아내도/ 그 거울처럼/ 내가 생각는 아내도/ 있다고 말을 해야만/ 고향에도/ 집에도 갈 것인데/ 누구 때문에 갈 건가

해설

하츠세(泊瀨) 강의 위쪽 여울에는 정결한 말뚝을 박고 아래쪽의 여울에는 멋진 말뚝을 박아서 정결한 말뚝에는 거울을 걸고, 멋진 말뚝에는 구슬을 걸어서, 그 구슬처럼 내가 귀하게 생각는 아내도, 그 거울처럼 내가 생각하는 귀한 아내도 있다고 말을 한다면 고향에도 집에도 갈 것인 것을. 아내 이외의 누구 때문에 갈 것인가라는 내용이다.

고향에도 집에도 귀한 아내가 있어야만 갈 것인데, 아내가 없기 때문에 다른 누구를 위해 갈 것이겠는가라는 뜻이다.

中西 進은, '아내를 잃은 슬픔을 나타낸 집단의 노래인가'라고 하였다.

全集에서는, '輕황자가 체포되어 伊予 온천으로 유배된 후에 황자의 누이이면서 몰래 밀통을 한 輕太郎女도 뒤를 따라 伊予에 가서 동반자살을 하였다고 『古事記』에 전한다. 그러나 이 노래는 내용적으로는 아내를 잃은 남자가 부른 挽歌로 보는 것이 자연스럽다'고 하였다[『萬葉集』 3, p.395].

曾倉 岑은, '이 작품이 본래 독립된 挽歌였는가 아닌가는 별개로 하고—고향의 아내와 헤어진 남자의 노래로 불려진, 허구의 슬픈 이별가이다. 목적은 비극의 주인공이 된 독자, 혹은 청중의 흥을 끌려고 한 것이겠다. 相聞에 들어 있는 것을 중시한다면 보다 적극적으로 주위의 여성의 동정을 끌려고 한 것인지도 모르겠다'고 하였다[『萬葉集全注』 13, p.146].

좌주 『古事記』를 살펴보면 말하기를, 이 노래는 木梨之軽太子(키나시노 카루노 히츠기노미코)가 스스로 목숨을 끊은 때에 지은 노래라고 하고 있다.

反歌

3264 年渡　麻弖尓毛人者　有云乎　何時之間曽母　吾戀尓来

年わたる　までにも人は　あり[1]といふを　何時の間にそも　わが戀ひにける

としわたる　までにもひとは　ありといふを　いつのまにそも　わがこひにける

或書反歌曰

3265 世間乎　倦迹思而　家出爲　吾哉難二加　還而将成

世間を　倦し[2]と思ひて　家出せし[3]　われや何にか　還りて[4]成らむ

よのなかを　うしとおもひて　いへでせし　われやなにか　かへりてならむ

左注　右三首

---

1 **あり**: 존재를 나타낸다. 'あり通ひ' 등의 'あり'와 같다.
2 **倦し**: 더러운 세상을 떠나는 것을 이렇게 표현하였다.
3 **家出せし**: 長歌의 주체도 집을 떠나 있는데, 이것은 여행을 떠난 것인가.
4 **還りて**: 환속하는 것이다.

反歌

3264 일 년 지나서/ 그 때까지도 사람/ 있다고 하는 걸/ 어느 사이 이렇게/ 난 사랑 시작했나

해설

일 년이 지나서 그때까지도 사람들은 참고 있을 수 있다고 하는 것을, 나는 어느 사이에 이렇게 사랑에 고통을 받기 시작하였나라는 내용이다.

다른 사람들은 사랑의 고통을 잘 참고 있을 수 있음에 비해 자신은 그렇지 못하다는 뜻이다.

曾倉 進은 '人'을, '長歌의 '妹'라도 그 자리에 있는 주위 여성이라도 가공의 여성이라도 좋다'고 하였다 [『萬葉集全注』 13, p.147].

어떤 책의 反歌에 말하기를

3265 세상살이를/ 괴롭다고 생각해/ 집 떠났는데/ 나는 무엇 때문에/ 다시 돌아갈 건가

해설

세상살이를 괴롭다고 생각을 해서 집을 떠났는데 나는 무엇 때문에 지금 새삼스럽게 다시 돌아갈 것인가라는 내용이다.

全集에서는 이 작품을, '사랑에 약해진 자신을 탄식하는 작품. 523번가와 유사하다'고 하였다[『萬葉集』 3, p.395].

좌주 위는 3수

3266 春去者　花咲乎呼里　秋付者　丹之穂尓黄色　味酒乎　神名火山之　帯丹為留　明日香之河乃　速瀬尓　生玉藻之　打靡　情者因而　朝露之　消者可消　戀久毛　知久毛相　隠都麻鴨

春されば　花咲きををり[1]　秋づけば　丹の穂にもみつ[2]　味酒を[3]　神名火山の　帯にせる　明日香の川の　速き瀬に　生ふる玉藻の　うち靡き　情は寄りて　朝露の　消なば消ぬべく[4]　戀しく[5]も　しるくも逢へる　隠妻[6]かも

はるされば　はなさきををり　あきづけば　にのほにもみつ　うまさけを　かむなびやまの　おびにせる　あすかのかはの　はやきせに　おふるたまもの　うちなびき　こころはよりて　あさつゆの　けなばけぬべく　こひしくも　しるくもあへる　こもりづまかも

反歌

3267 明日香河　瀬湍之珠藻之　打靡　情者妹尓　因来鴨

明日香川　瀬瀬の珠藻の　うち靡き　情は妹に　寄りにけるかも[7]

あすかがは　せぜのたまもの　うちなびき　こころはいもに　よりにけるかも

左注 右二首

1 **花咲きををり**: 'ををり'는 꽃이 흐드러지게 피는 것이다.
2 **丹の穂にもみつ**: 붉은 색으로 단풍이 드는 것이다.
3 **味酒を**: 멋진 술을 빚는(かむ) 것에서 '神名火山(かむなび)'로 이어진다.
4 **消なば消ぬべく**: 이 전후 구는 人麿의 작품에 나오는 구와 비슷하다.
5 **戀しく**: '戀しく'는 '戀し'의 명사형이다.
6 **隠妻**: 사람들에게 알리지 않은 아내이다. 따라서 만나기 힘들다.
7 **寄りにけるかも**: 2242번가와 비슷하다.

3266 봄이 되면요/ 꽃이 많이 피고요/ 가을이 되면/ 붉게 단풍 물드는/ (우마사케오)/ 카무나비(神名火)의 산의/ 띠로 하였는/ 아스카(明日香)의 강의요/ 빠른 여울에/ 나 있는 물풀처럼/ 쏠리어져서/ 마음이 기울어서/ (아사츠유노)/ 죽으면 죽으려고/ 사랑한 것도/ 보람 있어 만났는/ 숨겨 놓은 아내여

해설

봄이 되면 가지가 휠 정도로 꽃이 탐스럽게 많이 피고 가을이 되면 붉게 단풍이 물드는, 좋은 술을 빚는다는 뜻을 이름으로 한 카무나비(神名火) 산이 띠로 하듯이 그 산을 두르고 흐르고 있는 아스카(明日香)의 강의 빠른 여울에 나 있는 물풀이 물결에 한쪽으로 쏠리듯이, 마음이 기울어지고 쏠리어서 아침 이슬이 햇살에 곧 사라지듯이 목숨이 사라진다면 사라져야지 하고 생각할 정도로 그리워한 것이 보람이 있어서 만나게 된 숨겨 놓은 아내여라는 내용이다.

사람들에게 알리지 않고 가만히 숨겨 놓은 아내와 만나게 된 기쁨을 노래한 것이다.

私注에서는, '수식하는 부분이 길고, 거기에 중점이 있는 것은 민요의 특징이다. 明日香은 奈良시대가 되어도 여전히 奈良 사람들의 관심이 많았던 곳이므로 明日香川을 비유하는 수식으로 사용하고 있어도 그것으로 明日香 시대의 작품으로 볼 수는 없다. 노래가 새롭고 奈良 말기의 모습을 띠고 있다고 할 수 있다'고 하였다『萬葉集私注』 7, p.73].

曾倉 岑은, '이 노래도 明日香의 神名備 근처에서 행해진 연회에서 불린 것은 아닐까. 거기에는 여성들도 있었을 것이다. 그 중에 누군가의 숨겨둔 아내가 있었다 없었다고 하는 사실 여부는 전연 관계가 없으며, 중요한 점은 여성들을 즐겁게 하고 남성들도 즐거우면 좋았던 것이라고 생각된다'고 하였다『萬葉集全注』 13, p.151].

反歌

3267 아스카(明日香) 강의/ 여울여울 물풀이/ 쏠리듯이요/ 마음은 아내에게/ 기울어져 버렸네

해설

아스카(明日香) 강의 여울여울마다 아름다운 물풀이 물결에 한쪽으로 쏠리듯이 나의 마음은 아내에게 온통 기울어져 버렸네라는 내용이다.

'情は妹に 寄りにけるかも'의 유형은 2242번가, 2482번가 등에 보인다.

좌주 위는 2수

3268 三諸之　神奈備山従　登能陰　雨者落来奴　雨霧相　風左倍吹奴　大口乃　真神之原従　思管　還尓之人　家尓到伎也

三諸[1]の　神奈備山ゆ　との[2]曇り　雨は降り來ぬ　雨霧らひ[3]　風さへ[4]吹きぬ　大口の　眞神[5]の原ゆ　思ひつつ　歸りにし人　家に到りきや

みもろの　かむなびやまゆ　とのぐもり　あめはふりきぬ　あまぎらひ　かぜさへふきぬ　おほくちの　まがみのはらゆ　おもひつつ　かへりにしひと　いへにいたりきや

反歌

3269 還尓之　人乎念等　野干玉之　彼夜者吾毛　宿毛寐金手寸

歸りにし　人を思ふと　ぬばたまの[6]　その夜はわれも　眠も寢かねてき

かへりにし　ひとをおもふと　ぬばたまの　そのよはわれも　いもねかねてき

左注　右二首

1 **三諸**: 御降(もろ), 신이 있는 곳인 신사를 말한다.
2 **との**: 완전히라는 뜻이다.
3 **雨霧らひ**: 'きる'는 습기로 흐려지는 것이다.
4 **風さへ**: 비가 오고 그에 덧붙여.
5 **眞神**: 여우를 眞神이라고 하며, '大口の'는 '眞神'을 수식하는 표현이다. '眞神の原'은 飛鳥寺 부근이라고 하며, 그 설에 의하면 神奈備山도 雷岳이 되는데, 이 노래의 '眞神の原'은 광야라는 느낌이 있어서 의문이다.
6 **ぬばたまの**: 烏扇(범부채). 열매의 검은 색으로 인해 검은 것을 수식한다.

3268 미모로(三諸)의/ 카무나비(神奈備) 산 쪽서/ 완전히 흐려/ 비오기 시작했네/ 비가 오는데/ 바람까지도 부네/ (오호쿠치노)/ 마가미(眞神) 들판 지나/ 생각하면서/ 돌아간 사람은요/ 집에 도착을 했을까

해설

미모로(三諸)의 카무나비(神奈備) 산 쪽에서부터 하늘이 완전히 흐리고 비가 내리기 시작했네. 비가 오는데 그 위에다 바람까지도 부네. 입이 큰 여우라는 뜻을 이름으로 한 마가미(眞神)의 들판을 지나서, 나를 생각하면서 돌아간 사람은 집에 도착을 했을까라는 내용이다.

私注에서는, '비바람이 치는데 밤에 돌아간 사람을 생각하는 여성 입장에서의 작품이다. 따로 사는 남편, 또는 그와 유사한 관계일 것이다. 후세에도 민요의 소재가 된 것이겠다'고 하였다『萬葉集私注』 7, pp.74~75]. 中西 進은 이 작품을, '서사성이 강한데, 이야기의 한 부분인가'라고 하였다. 曾倉 岑은, '헤어진 뒤에 상대방이 자신을 생각하면서 돌아간다는 내용의 노래는 만엽집 중에 다른 예가 보이지 않는다. 생각하는 것을 희망하는 노래는 있지만 사실로서 단정적으로 노래하는 것은 이 작품뿐이며 매우 드물다. 비바람 속에 돌아가는 남자도 다른 곳에는 예가 없다. 비를 핑계로 계속 머물거나 붙잡거나 하는 노래가 일반적이다. 비바람을 무릅쓰고 행동하는 것은 여자 곁으로 갈 때이다. 여자 곁으로 갈 때 상대방을 생각하며 간다고 하는 노래도 있다. 지금 이 작품은 이것들을 뭉뚱그려서, 그것을 뒤집는 듯한 노래이다. 이러한 노래가 성립하는 곳은 역시 연회 자리가 아닐까. 연회의 중심이 되는 사람을 생각하고 여자의 입장에서 이 즐거운 자리를 떠나 비바람 속에 나를 두고, 더구나 나를 생각하면서 돌아간 사람 그 사람은 무사히 집에 도착했을까라고 하는 것이다. 스스로 '나를 생각하면서'라고 한 것은 웃음을 유발하기 위한 것이겠다'고 하였다『萬葉集全注』 13, p.154].

反歌

3269 돌아가 버린/ 사람을 생각하면/ (누바타마노)/ 그날 밤은 나도요/ 잠을 잘 수 없었네

해설

돌아가 버린 그 사람을 생각하니 칠흑같이 어두운 그날 밤은 나도 잠을 이룰 수가 없었네라는 내용이다.

全集에서는, '제삼자가 앞의 노래를 듣고, 거기에 맞추어 지은 것같이 생각된다'고 하였다『萬葉集』 3, p.359]. 曾倉 岑은, '이 反歌는 長歌가 훗날 다시 불리어졌을 때 불리어진 것'이며, 'われも'는 長歌의 작자와는 다른 여성의 입장에서 부른 것이라고 생각된다고 하였다『萬葉集全注』 13, pp.155~156].

좌주 위는 2수

3270 刺将焼　小屋之四忌屋尓　掻将棄　破薦乎敷而　所格将折　鬼之四忌手乎　指易而　将宿君故　赤根刺　晝者終尓　野干玉之　夜者須柄尓　此床乃　比師跡鳴左右　嘆鶴鴨

さし燒かむ[1]　小屋の醜屋に　かき棄てむ　破薦を敷きて　うち折らむ　醜の醜手[2]を　さし交へて　寢らむ[3]君ゆゑ　あかねさす　晝はしみらに[4]　ぬばたまの　夜はすがらに　この床の　ひし[5]と鳴るまで　嘆きつるかも

さしやかむ　をやのしこやに　かきすてむ　やれこもをしきて　うちをらむ　しこのしこてを　さしかへて　ぬらむきみゆゑ　あかねさす　ひるはしみらに　ぬばたまの　よるはすがらに　このとこの　ひしとなるまで　なげきつるかも

反歌

3271 我情　焼毛吾有　愛八師　君尓戀毛　我之心柄

わが情　燒くもわれなり　愛しきやし　君に戀ふるも　わが心から

わがこころ　やくもわれなり　はしきやし　きみにこふるも　わがこころから

左注 右二首

1 **さし燒かむ**: 이하 6구는 남자가 다른 여자와 잠자리를 함께 하는 것을 매도한 것이다. 'さし·かき·うち' 모두 접두어이다.
2 **醜の醜手**: 醜手를 강조한 표현이다.
3 **寢らむ**: 'らむ'는 현재추량이다.
4 **しみらに**: 원문의 '終'은 완전히, 긴밀히라는 뜻이다.
5 **ひし**: 의성어이다.

3270 태우고 싶은/ 작은 초라한 집에/ 버리고 싶은/ 너덜한 자리를 깔고/ 분질고 싶은/ 더럽고 추한 손을/ 서로 껴안고/ 잘 것인 그대 땜에/ (아카네사스)/ 낮은 하루 온종일/ (누바타마노)/ 밤은 또 밤새도록/ 이 잠자리가/ 삐걱 울릴 정도로/ 탄식을 한 것이네

해설

불을 질러서 태워 버리고 싶은 작은 초라한 집에, 버려 버리고 싶은 너덜한 누더기 같은 자리를 깔고, 부러뜨려 버리고 싶을 정도로 야위고 더러운 손을 서로 엇갈리게 껴안고 잠을 자고 있을 것인 그대 때문에 해가 비치는 낮에는 하루 종일, 칠흑같이 어두운 밤은 또 밤새도록 이 침상이 삐걱삐걱 소리를 내어 울릴 정도로 탄식을 한 것이네라는 내용이다.

다른 여성과 자고 있을 남성을 비난하면서도 그런 남성을 밤낮없이 그리워하며 탄식하는 자신의 안타까운 처지를 노래한 것이다. '불을 질러서 태워버리고 싶은', '버리고 싶은', '부러뜨려 버리고 싶을 정도로 야위고 더러운 손'이라는 표현에 격한 분노의 감정이 드러나 있다.

'晝はしみらに'를 全集에서는, 'しみらに는 장시간에 걸쳐서 쉬지 않고 동작하는 것을 나타내는 부사'라고 하였다[『萬葉集』 3, p.398].

中西 進은 이 작품을, '질투의 노래. 질투는 고대문학의 하나의 주제로 등장'한다고 하였다. 大系 · 注釋 · 全集 · 全注에서도 다른 여인과 자고 있는 남성을 비난하며 질투하는 노래로 보았다. 그러나 私注에서는, '초라한 자신의 집, 초라한 자신의 육체도 버리지 않고 계속 찾아오는 남성을 그리워하며 온종일 밤새도록 기다리며 그리워하며 탄식하는 여성의 마음을 노래하고 있다. 물론 민요적인 과장된 표현이지만 이러한 마음은 여성의 입장으로는 많이 있을 것이다. 그것이 이 민요가 성립하는 동기가 되었을 것이다. (중략) 질투의 노래도 아니고, 원한의 노래도 아니다'고 하였다[『萬葉集私注』 7, p.77]. 그러나 '醜の醜手を さし交へて 寢らむ君ゆゑ'를 보면 다른 여성과 자고 있는 것이므로 질투의 노래라고 보아야 할 것이다.

反歌

3271 나의 마음을/ 태우는 것도 나네/ 사랑스러운/ 그대를 사랑함도/ 내 마음 때문이네

해설

나의 마음을 태우는 것도 나 자신이네. 사랑스러운 그대를 그리워해서 애가 타는 것도 내 마음 때문이네라는 내용이다.

사랑의 고통은 결국 자신 때문이라고 자탄하는 노래이다.

좌주 위는 2수

3272 打延而 思之小野者 不遠 其里人之 標結等 聞手師日従 立良久乃 田付毛不知 居久乃 於久鴨不知 親之 己之家尚乎 草枕 客宿之如久 思空 不安物乎 嗟空 過之不得物乎 天雲之 行莫々 蘆垣乃 思乱而 乱麻乃 麻笥乎無登 吾戀流 千重乃一重母 人不令知 本名也戀牟 氣之緒尓爲而

うち延へて[1] 思ひし小野[2]は 遠からぬ その里人の 標結ふ[3]と 聞きてし日より 立てらく[4]の たづき[5]も知らず 居らく[6]の 奥處も知らず 親び[7]にし わが家すらを 草枕 旅寢の如く 思ふそら[8] 苦しきものを 嘆くそら 過し得ぬものを 天雲の ゆくらゆくらに 葦垣の 思ひ亂れて 亂れ麻の 麻笥を無みと わが戀ふる 千重の一重も 人知れず もとな[9]や戀ひむ 息の緒[10]にして

うちはへて おもひしをのは とほからぬ そのさとびとの しめゆふと ききてしひより たてらくの たづきもしらず をらくの おくかもしらず にきびにし わがいへすらを くさまくら たびねのごとく おもふそら くるしきものを なげくそら すぐしえぬものを あまくもの ゆくらゆくらに あしかきの おもひみだれて みだれをの おけをなみと わがこふる ちへのひとへも ひとしれず もとなやこひむ いきのをにして

1 **うち延へて**: 'うち'는 접두어이다. 'はえ'는 늘이는 것이다.
2 **思ひし小野**: 여성을 寓意한 것이다.
3 **標結ふ**: 결혼 약속을 하는 것이다.
4 **立てらく**: '立てり'의 명사형이다. 'たて---たづ'로 유사한 소리를 이어간다. '立ちても 居ても'와 대를 이룬다.
5 **たづき**: 방법이다.
6 **居らく**: '居り'의 명사형이다. 'おらく---おくか'로 소리를 이어간다.
7 **親び**: 'にき'는 부드러운 것이다. 사이가 좋다.
8 **思ふそら**: 'そら'는 경우를 말한다.
9 **もとな**: '本無し'의 부사형이다.
10 **息の緒**: 목숨을 말한다.

3272 오랫동안을/ 생각해온 들판은/ 멀지가 않은/ 그 마을의 사람이/ 표시했다고/ 들었던 그날부터/ 서 있어도요/ 방법을 알 수 없고/ 앉았어도/ 예측할 수 없어서/ 익숙하여진/ 나의 집조차도요/ (쿠사마쿠라)/ 여행 잠자리 같고/ 걱정을 하니/ 괴롭기만 한데도/ 탄식을 하니/ 지내기가 힘든 데도/ (아마쿠모노)/ 흔들흔들 하면서/ (아시카키노)/ 생각 흐트러져서/ 엉킨 삼실을/ 넣을 통이 없듯/ 내 사랑 하는/ 천분의 일조차도/ 남이 모르게/ 속절없이 그리나/ 목숨으로 하고서

해설

오랫동안 계속 생각해온 여성을, 멀지 않은 가까운 그 마을의 남자가 자신의 여자로 표시를 했다고 들은 그날부터, 서 있어도 어떻게 하면 좋을지 방법을 알 수가 없고, 앉아 있어도 어떻게 하면 좋을지 알 수가 없으므로, 지금까지 계속 살았으므로 친숙해진 나의 집조차도 마치 여행을 하면서 풀을 베고 자는 불편한 여행길의 잠자리와도 같고, 이것저것 걱정을 하는 몸은 괴로운데, 탄식을 하는 몸은 매일 지내기가 힘든데, 한층 하늘의 구름처럼 둥실둥실 하면서 갈대 울타리처럼 혼란스럽게 생각을 하고, 흐트러진 삼실을 넣을 통이 없는 것처럼 흐트러진 마음을 다잡을 방법도 없으므로 내가 사랑으로 인해 겪고 있는 고통의 천분의 일도 남에게 알리지 않고 속절없이 그리워하는 것일까. 사랑에 목숨을 걸고서라는 내용이다.

자신이 결혼하고 싶다는 여성이 있었지만 다른 남자가 그 여인과 결혼 약속을 했다는 이야기를 듣고 고통스러워하는 실연한 남자의 노래이다.

'小野'는 자신이 아내로 맞고 싶다고 생각했던 여성을 말한다. '標結ふ'는 다른 사람이 들어가지 못하도록 표시를 해서 자신의 것임을 나타내는 것이다. 여기에서는 결혼 약속을 한 것을 말한다.

反歌

3273 二無　戀乎思爲者　常帶乎　三重可結　我身者成

二つなき[1]　戀をしすれば　常の帶を　三重結ぶべく　わが身はなりぬ[2]

ふたつなき　こひをしすれば　つねのおびを　みへむすぶべく　わがみはなりぬ

左注 右二首

3274 爲須部乃　田付叫不知　石根乃　興凝敷道乎　石床笑　根延門叫　朝庭　出居而嘆　夕庭入居而思　白栲乃　吾衣袖叫　折反　獨之寐者　野干玉　黒髮布而　人寐　味眠不睡而大舟乃　徃良行羅二　思乍　吾睡夜等呼　讀文将敢鴨

爲むすべの　たづきを知らに　石が根の[3]　こごしき[4]道を　石床の[5]　根延へる門を　朝には出で居て嘆き　夕には　入り居て思ひ　白栲の[6]　わが衣手を　折り反し[7]　獨りし寢ればぬばたまの　黒髮敷きて[8]　人の寢る　味眠は寢ずて　大船の　ゆくらゆくらに[9]　思ひつつわが寢る夜ら[10]を　數みも敢へむかも

せむすべの　たづきをしらに　いはがねの　こごしきみちを　いはとこの　ねはへるかどをあしたには　いでゐてなげき　ゆふへには　いりゐておもひ　しろたへの　わがころもでををりかへし　ひとりしぬれば　ぬばたまの　くろかみしきて　ひとのぬる　うまいはねずておほふねの　ゆくらゆくらに　おもひつつ　わがぬるよらを　よみもあへむかも

---

1 **二つなき**: 이것인가 저것인가 하고 선택할 여지가 없는 사랑을 말한다. 3249번가의 심경과 비슷하다.
2 **わが身はなりぬ**: 관용적인 표현이다.
3 **石が根の**: 바위를 말한다. 뿌리를 뻗은 것 같은 암석이다.
4 **こごしき**: 'こごし'는 엉겨 붙은 험한 모습이다.
5 **石床の**: 이 전후 문맥의 연결 방법은 알 수 없다. '石床'을 식물로 보는 설도 있다. 정확하게는 길을 오가며, 문을 드나든다는 뜻으로 '根延へる道に, 門を'를 축약한 형태인가.
6 **白栲の**: 흰 천이라는 뜻으로 '衣手'를 상투적으로 수식하는 枕詞이다.
7 **折り反し**: 연인을 부르는 주술적인 행위이다. 2937번가 참조.
8 **黒髮敷きて**: 이하 3구는 행복한 사람의 상태를 말한 것이다.
9 **ゆくらゆくらに**: 동요하는 모습의 의성어이다. 3272번가 참조.
10 **寢る夜ら**: 'ら'는 접미어이다.

反歌

3273 두 개도 없는/ 사랑을 하다 보니/ 항상 매는 띠를/ 세 겹 묶을 정도로/ 나의 몸은 되었네

해설

비교할 수 없는 둘도 없는 귀한 사랑을 하다 보니, 항상 매는 띠를 세 겹으로 묶어야 할 정도로 나의 몸은 수척해졌네라는 내용이다.

사랑의 고통 때문에, 몸에 맞던 옷 띠가 세 겹으로 묶어야 할 정도로 몸이 많이 수척해진 것을 노래하였다. 과장법이 사용되고 있다.

좌주 위는 2수

3274 어찌 할 방법/ 그 방법을 몰라서/ 바위부리가/ 울퉁불퉁한 길을/ 침상과 같은/ 바위 길로 향한 문/ 아침에는요/ 나가서 탄식하고/ 저녁에는요/ 들어와 생각하고/ (시로타헤노)/ 나의 옷소매를요/ 접어 뒤집어/ 혼자 자고 있으면/ (누바타마노)/ 검은 머리 풀고서/ 사람들 자는/ 동침을 못하고서/ (오호후네노)/ 흔들흔들 하면서/ 생각을 하며/ 내가 잠자는 밤을/ 셀 수도 없는 것이네

해설

어떻게 하면 좋을지 그 방법을 몰라서 놓여 있는 바위가 울퉁불퉁한 길, 침상과 같은 넓은 바위가 펼쳐진 길로 향한 문을 아침에는 나가서 탄식하고 저녁에는 들어와서 생각을 하고, 나의 흰 옷소매를 접어 뒤집어서 그대가 오기를 바라며 혼자 자고 있으면 칠흑 같은 검은 머리를 풀어 펼치고 남이 자는 그러한 동침도 하지를 못하고, 큰 배가 물 위에서 흔들리듯이 안정되지 못하고 흔들흔들 하며 근심하면서 내가 잠을 자는 밤은 셀 수도 없는 것이네라는 내용이다.

'黒髪敷きて 人の寢る'로 보아 여성의 작품임을 알 수 있다. 3329번가의 뒷부분과 거의 같은 내용이다.

曾倉 岑은, 이 노래는 3329번가의 앞부분이 탈락되었지만, "爲むすべの たづきを知らに'에 주목하면 이것은 다음의 長歌인 3276번가의 후반의 시작이기도 하다. 단순한 혼란이나 탈락일 리가 없다. 이것은 이것대로 독립되어 불리어진 것이겠다. 3329번가와 3276번가를 참고하면, 어떤 이유로 남자와 작별한 노래—살아서 이별한 것이든 사별한 것이든, 남자의 입장에서의 노래이든 여자의 입장에서의 노래이든—를 전제로 하여, 이것에 화답하여 부른 것이 이 노래가 아닐까. 그것이 합쳐진 것이 3329번가가 아닐까'라고 하였다『萬葉集全注』 13, p.168].

反歌

3275 一眼　夜笇跡　雖思　戀茂二　情利文梨

獨り寝る　夜を算へむと　思へども[1]　戀の繁きに　情利[2]もなし

ひとりぬる　よをかぞへむと　おもへども　こひのしげきに　こころどもなし

左注 右二首

3276 百不足　山田道乎　浪雲乃　愛妻跡　不語　別之来者　速川之　往文不知　衣袂笑　反裳不知
馬自物　立而爪衝　爲須部乃　田付乎白粉　物部乃　八十乃心叫　天地二　念足橋　玉相者
君来益八跡　吾嗟　八尺之嗟　玉桙乃　道来人乃　立留　何常問者　答遣　田付乎不知
散釣相　君名曰者　色出　人可知　足日木能　山従出　月待跡　人者云而　君待吾乎

百足らず[3]　山田の道を　波雲の[4]　愛し妻と　語らはず[5]　別れし來れば　速川の[6]　い行きも
知らず　衣手の　反るも知らず　馬じもの[7]　立ちて躓く[8]　爲むすべの　たづきを知らに
物部の[9]　八十の心を　天地に　思ひ足らはし[10]　魂合はば[11]　君來ますやと　わが嘆く

---

1 **思へども**: 長歌의 끝부분을 이어받은 것이다.
2 **情利**: 정신을 말한다.
3 **百足らず**: 百이 되지 않는다는 뜻으로, 八十(や), 五十(い) 등을 수식한다.
4 **波雲の**: 파도 같은 구름. 아내의 풍려함을 묘사한 것이다.
5 **語らはず**: 마음을 담아서 친밀하게 말하는 것이다.
6 **速川の**: 흐름이 빠른 강이다. 이하, 가는 것도 돌아오는 것도 순로롭지 않은 상태를 말한다.
7 **馬じもの**: '…じもの'는 '…가 아닌데…같이'라는 뜻이다.
8 **立ちて躓く**: 이상 남자를 묘사한 것이다. 이하 여자의 영탄이다. 통일해서 노래하기 위해서는 이상을 여성의 상상으로 노래해야만 하겠으나, 노래를 소재로 한 이야기의 성격상 다른 主格을 세워서 전반을 표현한 것이다.
9 **物部の**: 관료백관. 수가 많으므로 '八十'을 수식한다.
10 **思ひ足らはし**: 천지에 가득 할 정도로 생각을 많이 한다는 뜻이다. 3258번가에도 보인다.
11 **魂合はば**: 혼이 결합함으로써 두 사람의 동침이 가능하다고 생각했다. 300번가에도 보인다.

反歌

3275 혼자 잠을 잔/ 밤을 세어 보려고/ 생각하지만/ 그리움이 격해서/ 안정이 되지 않네

해설

사랑하는 사람이 없이 혼자서 잠을 잔 밤을 세어 보려고 생각하지만, 그리움이 격해서 세어볼 만큼 마음이 안정이 되지를 않네라는 내용이다.

사랑하는 연인을 만나지 못한 채 오랫동안 독수공방을 한 외로움을 노래한 것이다.

좌주 위는 2수

3276 (모모타라즈)/ 야마다(山田)의 길을요/ 파도 구름의/ 아름다운 아내와/ 말도 못하고/ 헤어져서 오면요/ (하야카하노)/ 흐르는 끝 모르고/ (코로모데노)/ 귀가도 알 수 없어/ 마치 말처럼/ 서서 멈칫거리네/ 어찌 할 방법/ 그 방법을 몰라서/ (모노노후노)/ 많고도 많은 생각/ 하늘과 땅에/ 찰 정도로 다하여/ 혼이 만나면/ 그대 올 것인가고/ 내 탄식하는/ 팔 척 같은 긴 한숨/ (타마호코노)/ 길을 오는 사람이/ 멈추어 서서/ 왜 그러냐 물으면/ 대답을 해줄/ 방법도 모르고서/ 홍조 띤 멋진/ 그대 이름 말하면/ 밖으로 드러나/ 남이 알 것이므로/ (아시히키노)/ 산에서 떠오르는/ 달 기다린다/ 남에게는 말하고/ 그대 기다리네 난

八尺[12]の嘆き　玉桙の[13]　道來る人の　立ち留まり　いかにと問へば　答へ遣る　たづきを知らに　さ丹つらふ[14]　君が名いはば　色に出でて　人知りぬべみ[15]　あしひきの　山より出づる　月待つと　人にはいひて　君待つ[16]われを[17]

ももたらず　やまだのみちを　なみくもの　うるはしつまと　かたらはず　わかれしくれば　はやかはの　いゆきもしらず　ころもでの　かへるもしらず　うまじもの　たちてつまづく　せむすべの　たづきをしらに　もののふの　やそのこころを　あめつちに　おもひたらはし　たまあはば　きみきますやと　わがなげく　やさかのなげき　たまほこの　みちくるひとの　たちとまり　いかにととへば　こたへやる　たづきをしらに　さにつらふ　きみがないはば　いろにいでて　ひとしりぬべみ　あしひきの　やまよりいづる　つきまつと　ひとにはいひて　きみまつわれを

12 **八尺**: 실제로는 3미터 정도이지만 한숨의 깊이를 표현한 것이다.
13 **玉桙の**: 아름답게 장식한 '桙(창)'를 세운 길로 연결된다.
14 **さ丹つらふ**: 'さ'는 접두어이다. 붉은 색을 띠었다.
15 **人知りぬべみ**: 'べし'가 'み'를 취한 형태이다.
16 **君待つ**: 君을 기다린다.
17 **われを**: 'を'는 영탄을 나타낸다.

해설

백이 되지 않는 팔십과 소리가 같은 야마다(山田)의 길을, 물결을 이루는 구름처럼 아름다운 아내와 마음을 다하여서 말을 하지도 않고 헤어져서 오면 물살이 빠른 강이 흘러가는 끝도 모르고 소매가 뒤집어지듯 돌아오는 것도 알 수가 없으므로, 그래서 말은 아니지만 마치 말처럼 서서 멈칫거리네. 어떻게 하면 좋을지 그 방법을 몰라서 문무백관들의 수가 많은 것처럼 그렇게 많은 마음의 생각을 하늘과 땅에 찰 정도로 다하여서, 만약 혼이 만난다면 그대는 올 것인가 하고 내가 탄식하는 팔 척 같은 깊고 긴 한숨이여. 아름다운 장식을 한 창을 세운 길을 걸어오는 사람이 멈추어 서서 무슨 일인가 하고 나에게 물으면 대답을 해줄 방법도 알 수가 없고, 홍조를 띤 아름다운 모습의 그대 이름을 말하면 두 사람의 관계가 밖으로 드러나서 다른 사람들이 알게 될 것이므로 발을 끌고 힘들게 가야 하는 산에서 떠오르는 달을 기다린다고 다른 사람에게 말하고는 그대를 기다리고 있지요. 나는이라는 내용이다.

私注에서는, '이 작품은 다소 특이한 것으로 전반부는 남자, 후반부는 여자가 부르고 있다. 권제5에 보이는 憶良의 貧窮問答의 형식이다. (중략) 민요로 불리었다면 전반부는 남자들이, 후반부는 여자들이 불렀던 것일까. 무리하게 해석하면 일관되게 여성의 입장이라고 볼 수도 있지만, 그것은 부자연스럽다. 또 두 개의 노래라고 볼 필요도 없다. 관용적인 표현, 또 短歌로 독립할 수 있는 부분을 포함하고 있는 점 등도 민요에서는 흔히 있는 일이다. 山田의 길은 明日香과 十市 방면을 연결하는 유일한 교통로이며 또 郡을 넘어서 행해진 구혼도 적지 않았을 것이므로 거기에서 이런 민요가 성립되는 동기가 있었을지도 모른다'고 하였다[『萬葉集私注』 7, p.87].

大系에서는 남녀가 주고받은 노래이며 이런 형식의 노래는 드물다고 하였다[『萬葉集』 3, p.364].

全集에서는, '이 작품은 '爲むすべの たづきを知らに'를 경계로 하여 내용적으로 두 단락으로 나뉘고 있다. 전반은 여행을 떠난 남자가 집에 남겨두고 온 아내를 생각하여 길을 갈 수 없는 마음을 말한 것이고, 후반은 남자가 오는 것을 기다리기 힘들어 하고 있는 여자의 노래이다. 전반과 후반 사이에 관련이 없고, 아마도 다른 두 작품이 합쳐져서 1수의 노래가 된 것일 것이다. '爲むすべの たづきを知らに'가 전후에 공통적인 초조감을 나타내며 연결하는 역할을 하고 있다고 생각된다. 더욱 古事記와 日本書紀의 작품에는 중간에 주어가 바뀌는 예도 있으므로 부르는 노래에는 이렇게 합쳐진 형태를 내보이는 작품도 적지 않다'고 하였다[『萬葉集』 3, p.401].

注釋에서도, '이 작품의 후반은 남자를 기다리는 여자의 노래이지만 전반은 여자와 이별하고 온 남자의 작품으로 보아야만 하며 이 아내는 역시 문자 그대로의 아내로 보아야 한다'고 하였다[『萬葉集注釋』 13, p.123]. 두 작품을 하나로 묶은 것으로 보았다.

曾倉 岑은, 釋注의 '본래, 남자가 여행을 떠난다고 하는 상황을 설정하고, 어느 연회석에서 연출된 가극의 가사였던 것은 아닐까. 그 자리에는 여행을 떠나는 남자도 전송하는 아내도 있다'는 설을 인용하고[『萬葉集全注』 13, p.174], 이 작품의 표현을 허구로 보고, '설정에 따라 여행을 떠나는 남자와 집에서 기다리는 여자의 심정을 과장이라고 할 수 있을 정도로 강조해서 노래를 부르고 있는 것이겠다'고 하였다[『萬葉集全注』 13, p.174].

反歌

3277 眠不睡　吾思君者　何處邊　今夜誰与可　雖待不来

眠も寢ずに　わが思ふ君は　何處邊に　今夜[1]誰とか[2]　待てど來まさぬ

いもねずに　わがおもふきみは　いづくへに　こよひたれとか　まてどきまさぬ

左注 右二首

3278 赤駒　厩立　黒駒　厩立而　彼乎飼　吾徃如　思妻　心乗而　高山　峯之手折丹　射目立　十六待如　床敷而　吾待公　犬莫吠行年

赤駒[3]を　厩に立て　黒駒[4]を　厩に立てて　そを飼ひ　わが行くが如　思ひ妻　心に乗りて[5]　高山の　峯のたをり[6]に　射目[7]立てて　しし[8]待つが如　とこしく[9]に　わが待つ君を　犬な吠えそね[10]

あかごまを　うまやにたて　くろこまを　うまやにたてて　そをかひ　わがゆくがごと　おもひつま　こころにのりて　たかやまの　みねのたをりに　いめたてて　ししまつがごと　とこしくに　わがまつきみを　いぬなほえそね

---

1 **今夜**: '夜'는 여러 이본에는 '身'으로 되어 있다.
2 **誰とか**: 뒤에 '寢らむ'가 생략된 것이다.
3 **赤駒**: 鹿毛(붉은 털)의 말이다.
4 **黒駒**: 검은 털의 말이다.
5 **心に乗りて**; 이상 남자의 노래이다.
6 **峯のたをり**: 'たを'는 'たわ(撓)'와 같다. 봉우리의 움푹 팬 곳으로 언덕도 된다.
7 **射目**: 숨어서 짐승을 쏘기 위해 만든 설비와 쏘는 사람을 말한다.
8 **しし**: 주로 멧돼지, 사슴을 말한다. 원문의 '十六'은 구구단의 四四(しし)十六으로 나타낸 戱書이다.
9 **とこしく**: 'とこし'는 영원을 나타낸다.
10 **犬な吠えそね**: 'な…そ'는 금지를 나타낸다. 이상은 여성의 노래이다.

反歌

3277 잠도 안 자고/ 내가 생각하는 그대/ 어느 곳에서/ 이 밤 누구하곤가/ 기다려도 오잖네

해설

잠도 자지를 않고 내가 생각하고 있는 그대는 어느 곳에서 오늘 밤 누구하고 잠을 자고 있는 것일까. 기다리고 있어도 오지를 않네라는 내용이다.

私注에서는, '長歌에 보이는 혼은 분명히 나와 합치고 있는데, 육체는 어디에 있는 것일까. 지금 누구와 있는 것일까. 혼이 합쳐졌으므로 와야 할 것인데 기다려도 오지 않는다고 하는 탄식이다. 혼에 관한 생각은 물론 지금의 정신과 육체라고 하는 것은 아니며 소박한 유리혼관이겠지만 어찌됐든 혼과 육체를 나누어서 대비시키는 방법이 확실한 예로, 이 長短歌는 그 방면의 자료도 되겠다'고 하였다[『萬葉集私注』 7, p.88].

좌주 위는 2수

3278 붉은 말을요/ 마구간에 세워/ 검은 말을요/ 마구간에 세워서/ 그걸 키워/ 내가 타고 가듯이/ 생각는 아내/ 마음에 올라타서/ 높은 산의요/ 봉우리 들어간 곳/ 쏠 곳 세워서/ 짐승 기다리듯이/ 언제까지나/ 내 기다리는 그댈/ 개야 짖지 말아라

해설

붉은 말을 마구간에 세워서, 또 검은 말을 마구간에 세워서 그것을 키워서 내가 그것을 타고 가듯이, 내가 생각하는 아내는 그렇게 내 마음에 올라타서 내 마음을 점령하였네. 높은 산들의 봉우리가 이어지는 곳의 들어간 곳에다 숨어서 짐승을 쏠 설비를 세워서 짐승을 기다리듯이 그렇게 언제까지나 내가 기다리는 그대를 보고 개야 절대로 짖지 말아라라는 내용이다.

'とこしくに'를 注釋에서는 中西 進과 마찬가지로 '언제나 변하지 않고'로 해석하였다[『萬葉集注釋』 13, p.129]. 大系에서는 '잠을 잘 자리를 펴 놓고'로 해석하였다[『萬葉集』 3, p.365]. 私注와 全集에서도 大系와 같이 해석하였다[(『萬葉集私注』 7, p.89), (『萬葉集』 3, p.402)].

私注에서는, 'ししまつがごとか지 남자가 부른 것으로 보아도 좋다. とこしきて 등은 아무리 시대를 생각한다 해도 노골적인 표현이며, 민요가 아니라 개인 창작이라고 한다면 사용하기 어려운 표현일 것이다. 마지막 구 いぬなほえそね에 유우머가 보이는 것도 민요이기 때문에 가능한 것이다'고 하였다[『萬葉集私注』 7, p.90].

曾倉 岑은 이 작품을 사냥이 끝나고 난 뒤의 연회에서의 노래로 보았다[『萬葉集全注』 13, p.180].

3279 葦垣之　末掻別而　君越跡　人丹勿告　事者棚知

葦垣の　末かき別けて　君越ゆと　人にな告げそ　事はたな知り

あしかきの　すゑかきわけて　きみこゆと　ひとになつげそ　ことはたなしり

左注 右二首

3280 妾背兒者　雖待来不益　天原　振左氣見者　黒玉之　夜毛深去来　左夜深而　荒風乃吹者　立留　待吾袖尓　零雪者　凍渡奴　今更　公来座哉　左奈葛　後毛相得　名草武類　心乎持而　二袖持　床打拂　卯管庭　君尓波不相　夢谷　相跡所見社　天之足夜乎

わが背子は　待てど來まさず　天の原　ふり放け[1]見れば　ぬばたまの[2]　夜も更けにけり　さ夜更けて　嵐の吹けば　立ちどまり　待つわが袖に　降る雪は　凍り渡りぬ　今さらに　君來まさめや[3]　さな葛[4]　後も逢はむと　慰むる　心を持ちて　ま袖[5]持ち　床うち拂ひ　現には　君には逢はね　夢にだに　逢ふと見えこそ[6]　天の足夜を[7]

わがせこは　まてどきまさず　あまのはら　ふりさけみれば　ぬばたまの　よもふけにけり　さよふけて　あらしのふけば　たちどまり　まつわがそでに　ふるゆきは　こほりわたりぬ　いまさらに　きみきまさめや　さなかづら　のちもあはむと　なぐさむる　こころをもちて　まそでもち　とこうちはらひ　うつつには　きみにはあはね　いめにだに　あふとみえこそ　あめのたるよを

1 **ふり放け**: 'さく'는 멀리 바라보는 것이다.
2 **ぬばたまの**: 烏扇(범부채). 열매의 검은 색으로 인해 검은 것을 수식한다.
3 **君來まさめや**: 'や'는 강한 부정을 동반한 의문을 나타낸다.
4 **さな葛**: 'さ', 'な'는 美稱이다. 덩굴풀을 말하는 것으로 덩굴이 벋어가서 후에 만난다.
5 **ま袖**: 'ま'는 美稱이다. 잠자리를 청소하는 것은 그대를 기다리는 주술이다.
6 **逢ふと見えこそ**: 'こそ'는 희구를 나타내는 보조동사이다.
7 **天の足夜を**: '天の'는 美稱. '足夜'는 '足日'과 마찬가지로 완전한 밤이다. 'を'는 장소나 시점을 나타낸다. 실제로는 혼자서 자는 추운 밤이지만, 꿈에 의해 실현하는 완전한 밤이다.

3279 갈대 울타리/ 끝을 헤치고는요/ 남편 온다고/ 남에게 알리지 마/ 내 말을 잘 들어라

해설

갈대 울타리의 끝을 헤치고 나의 남편이 넘어 온다고 다른 사람에게 알리지 말아라. 내 말을 잘 알아들으라는 내용이다.

'事はたな知り'는 개에게 명령을 하는 것이다. 長歌에서, '개에게, 남편을 보고 짖지 말라'고 한 내용을 이어받아서 말한 것이다. 짖으면 다른 사람들이 알게 될 것이므로 말을 잘 알아듣고 짖지 말라고 한 내용이다.

'事はたな知り'를 全集에서는 '言はたな知り'로 보았으며, 'たな는 완전히, 충분히라는 뜻의 접두어'라고 하였다『萬葉集』 3, p.403].

私注에서는, '갈대 담을 넘어서 찾아오는 연인--사실에 바탕한 것일 수도 있지만 역시 어느 정도 유우머를 담은 표현이다'고 하였다『萬葉集私注』 7, p.174].

曾倉 岑은 이 작품을 관료층의 것으로 보고, 그렇다면 담을 넘어오는 것은 유우머의 정도를 높이는 것이겠다고 하였다『萬葉集全注』 13, p.181].

좌주 위는 2수

3280 나의 남편은/ 기다려도 오잖네/ 넓은 하늘을/ 멀리 올려다보면/ (누바타마노)/ 밤도 깊어버렸네/ 밤이 깊어서/ 산바람이 불므로/ 멈추어 서서/ 기다리는 내 소매/ 내리는 눈은/ 완전히 얼었네요/ 새삼스럽게/ 그대가 올 것인가/ (사나카즈라)/ 후에라도 만나자/ 위로를 하는/ 마음을 가지고서/ 소매 가지고/ 침상 깨끗이 하고/ 현실에서는/ 그대 못 만나지만/ 꿈에서나마/ 나타나 보여줘요/ 멋진 완전한 밤을

해설

나의 남편은 기다리고 있어도 오지를 않네. 하늘 위를 멀리 올려다보면 칠흑같이 어두운 밤도 깊어버렸네. 밤이 깊어서 산바람이 불기 때문에 추워서, 서서 기다리는 내 옷소매에 내리는 눈은 완전히 얼었네. 지금 새삼스럽게 그대가 어떻게 올 것인가. 덩굴풀이 뻗어가서 만나는 것처럼 그렇게 후에라도 만나자고 위로를 하는 마음을 가지고 옷소매로 침상을 깨끗이 하여, 현실적으로는 그대를 만나지 못하지만 적어도 꿈에서나마 만나고 싶어서 나타나 주기를 바라네. 멋진 충족한 밤에라는 내용이다.

추운 밤에 옷소매에 내린 눈이 얼기까지 밖에서 늦도록 기다렸지만 사랑하는 사람이 오지 않자 옷소매로 침상을 깨끗하게 하고 꿈에서라도 만나기를 바라는 애틋한 마음을 노래하였다.

'天の足夜を'를 全集에서는, '몇 날 밤이나 계속해서'로 해석하였다『萬葉集』 3, p.403].

注釋에서는, '바람이 불고 눈이 내리는 밤도 '天の足夜'로 느끼는 것에 사랑하는 사람의 마음이 있다'고 하였다『萬葉集注釋』 13, p.133].

曾倉 岑은, '바람이 불고 눈이 내리는 추운 밤, 더구나 밤이 깊었는데도 상대방 남성은 오지 않는다. 이런 밤을 '天の足夜'라고 한 것은 무엇 때문일까. (중략) 주술적 심성에 바탕한 표현일 것이다'고 하였다『萬葉集全注』 13, p.184].

或本歌曰[1]

3281 吾背子者　待跡不来　鴈音文　動而寒　烏玉乃　宵文深去来　左夜深跡　阿下乃吹者　立待尓
吾衣袖尓　置霜文　氷丹左叡渡　落雪母　凍渡奴　今更　君来目八　左奈葛　後文将會常
大舟乃　思憑迹　現庭　君者不相　夢谷　相所見欲　天之足夜尓

わが背子は　待てど來まさず　雁が音も[2]　とよみて寒し　ぬばたまの　夜も更けにけり
さ夜更くと　嵐の吹けば　立ち待つに　わが衣手に　置く霜も　氷に[3]冴え渡り　降る雪も
凍り渡りぬ　今さらに　君來まさめや　さな葛　後も逢はむと　大船の　思ひたのめど
現には　君には逢はず[4]　夢にだに　逢ふと見えこそ　天の足夜に

わがせこは　まてどきまさず　かりがねも　とよみてさむし　ぬばたまの　よもふけにけり
さよふくと　あらしのふけば　たちまつに　わがころもでに　おくしもも　ひにさえわたり
ふるゆきも　こほりわたりぬ　いまさらに　きみきまさめや　さなかづら　のちもあはむと
おほふねの　おもひたのめど　うつつには　きみにはあはず　いめにだに　あふとみえこそ
あめのたるよに

反歌

3282 衣袖丹　山下吹而　寒夜乎　君不来者　獨鴨寐

衣手[5]に　あらし[6]の吹きて　寒き夜を　君來まさずは　獨りかも寢む

ころもでに　あらしのふきて　さむきよを　きみきまさずは　ひとりかもねむ

---

1 **或本歌曰**: 앞의 노래의 다른 전승이다. 이 작품이 훨씬 정돈되어 있다.
2 **雁が音も**: 기러기 소리이다.
3 **氷に**: 'に'는 '~로서'라는 뜻이다.
4 **君には逢はず**: '思ひたのめど'를 받은 것이다. '逢はず'는 종지형이다.
5 **衣手**: 옷소매이다.
6 **あらし**: 산위에서 불어오는 바람이다.

어떤 책의 노래에 말하기를

3281 나의 남편은/ 기다려도 오잖네/ 기러기 소리/ 차갑게 울리네요/ (누바타마노)/ 밤도 깊어 버렸네/ 밤이 깊어서/ 산바람이 불므로/ 서 기다리는/ 나의 옷소매에요/ 내린 서리도/ 얼음처럼 얼었네/ 내리는 눈도/ 완전히 얼었네요/ 새삼스럽게/ 그대가 올 것인가/ (사나카즈라)/ 후에라도 만나자/ (오호후네노)/ 의지하려 하지만/ 현실적으론/ 그대 만날 수 없네/ 꿈에서나마/ 나타나 보여줘요/ 멋진 완전한 밤을

해설

나의 남편은 기다리고 있어도 오지를 않네. 기러기 울음소리도 차갑게 울리고 있네. 칠흑같이 어두운 밤도 깊어 버렸네. 밤이 깊어서 산바람이 불기 때문에, 서서 기다리고 있으면 내 옷소매에 내리는 서리도 차갑게 얼어붙네. 내리는 눈도 완전히 얼었네. 지금 새삼스럽게 그대가 어떻게 올 것인가. 덩굴풀이 벋어가서 끝에는 만나는 것처럼 그렇게 후에라도 만나자고 큰 배처럼 의지를 하려고 생각을 하지만 현실에서는 그대를 만날 수가 없네. 적어도 꿈에서나마 만나려고 하니 부디 꿈에 나타나 주기를 바라네. 멋진 충족한 밤에라는 내용이다.

눈도 꽁꽁 얼어붙는 밤에 기다리는 남편이 오지 않자 꿈에서라도 모습을 보여 달라는 노래이다. 3280번가의 다른 전승이다.

反歌

3282 옷소매에요/ 산바람이 불어서/ 차가운 밤을/ 그대 오지를 않아/ 혼자서 자는 걸까

해설

옷소매에 산바람이 불어서 차가운 밤인데, 그대가 오지를 않으니 혼자서 쓸쓸하게 자야 하는 것인가라는 내용이다.

추운 밤에 연인은 기다려도 오지를 오지 않고 쓸쓸하게 혼자서 자야 하는 외로움을 노래한 것이다.

3283 今更　戀友君二　相目八毛　眠夜乎不落　夢所見欲

今さらに[1]　戀ふとも君に　逢はめやも　寢る夜をおちず[2]　夢に見えこそ

いまさらに　こふともきみに　あはめやも　ぬるよをおちず　いめにみえこそ

左注 右四首

3284 菅根之　根毛一伏三向凝呂尓　吾念有　妹尓縁而者　言之禁毛　無在乞常　齋戸乎　石相穿居　竹珠乎　無間貫垂　天地之　神祇乎曽吾祈　甚毛爲便無見

菅の根の[3]　ねもころごろに[4]　わが思へる　妹に縁りては[5]　言の障も[6]　無くありこそと[7]　齋瓮[8]を　齋ひ掘り据ゑ　竹珠[9]を　間なく貫き垂れ　天地の　神祇をそ吾が祈む　甚もすべ無み

すがのねの　ねもころごろに　わがもへる　いもによりては　ことのさへも　なくありこそと　いはひべを　いはひほりすゑ　たかだまを　まなくぬきたれ　あめつちの　かみをそあがのむ　いたもすべなみ

左注 今案, 不可言之因妹者. 應謂之縁君也. 何則, 反歌云公之随意焉.

1 **今さらに**: '逢はめやも'에 연결된다.
2 **寢る夜をおちず**: 'おちず'는 빠지지 않는 것이다.
3 **菅の根の**: 'ね'의 음을 다음 구의 'ねもころごろに'의 'ね'에 접속시켰다.
4 **ねもころごろに**: 간절히.
5 **妹に縁りては**: 원인으로서.
6 **言の障も**: 장애. 원문의 '禁'을 'いみ'로 읽는 훈은 의미가 적합하지 않다.
7 **無くありこそと**: 희구를 나타내는 보조동사이다.
8 **齋瓮**: 제사용의 토기이다. 흙을 파고 놓는다.
9 **竹珠**: 대나무를 자른 管玉이다.

3283 새삼스럽게/ 그리워해도 그대/ 만날 수 있나/ 자는 밤 빠짐없이/ 꿈에 보여 주세요

해설

아무리 그리워한다고 해도 지금 새삼스럽게 어떻게 그대를 만날 수가 있겠나요. 그러니 적어도 잠을 자는 밤은 하룻밤도 빠짐없이 내 꿈에 꼭 나타나 주세요라는 내용이다.

직접 연인을 만날 수가 없으므로 꿈에서라도 만날 수 있기를 바라는 마음을 노래한 것이다.

曾倉 岑은, 長歌와 내용이 맞지 않는 것은 다른 데서 가져온 노래이기 때문이기도 하지만 長歌에서의 발전, 전개를 인정할 수도 있다고 하였다『萬葉集全注』 13, p.188].

좌주 위는 4수

3284 (스가노네노)/ 마음도 간절하게/ 내가 생각는/ 아내를 위해서는/ 말들의 방해도/ 없기를 바란다고/ 제사용 토기/ 조심해 파서 놓고/ 대나무 구슬/ 빼곡히 꿰어 늘여/ 하늘과 땅의/ 신들에게 내가 비네/ 그리움 방도 없어

해설

골풀 뿌리가 구석구석까지 뻗어가는 것처럼 그렇게 마음을 세심하게 다하여 간절하게 내가 생각하는 아내를 위해서는, 사람들이 시끄러운 말로 방해를 하는 일이 없기를 바라므로, 술을 담은 제사용 토기를 조심해서 흙을 파서 놓아두고, 대나무를 잘라서 만든 조각들을 구슬처럼 빼곡히 꿰어 늘어뜨려서 하늘과 땅의 신들에게 내가 비네. 그리움을 어떻게 할 방도가 없어서라는 내용이다.

'齋瓮'을 大系에서는, '신에게 바치는 술을 담은 신성한 병을 베개나 침상 주위를 파고 놓는다. 'ヘ(瓮)'는 조선어 pyön(甁)과 같은 어원. 이것은 甁의 중국 자음에서 온 말인가'라고 하였다『萬葉集』 3, p.368].

본문에 '妹に縁りては'로 되어 있는 것으로 보면 이 작품은 남성의 작품이 된다. 그러나 左注에서 '君に縁りては'로 해야 한다고 한 것은 이 작품을 여성의 작품으로 보았기 때문이다. 大系에서는, '長歌와 反歌는 권제13의 경우 반드시 동일 작자의 작품은 아니다. 따라서 이 노래도 반드시 여성의 작품으로만 볼 필요는 없을 것이다'고 하였다『萬葉集』 3, p.368]. 남성의 노래로 본 것이다. 注釋에서는 여성의 노래로 보고 左注처럼 'きみによりて'였던 것으로 보아야 한다고 하였다『萬葉集』 3, p.138]. 私注에서도 여성의 작품으로 보는 것이 자연스럽다고 하였다『萬葉集私注』 7, p.96].

大系처럼 長歌와 反歌가 반드시 동일 작자의 작품이라고 볼 필요는 없을 것 같다. 그러나 이 작품은 여성의 작품으로 보는 것이 좋을 것 같다.

좌주 지금 생각하건데 '妹に縁りては'라고 해서는 안 된다. 마땅히 '君に縁りては'로 해야 한다. 왜냐하면 즉, 反歌에 '君がまにまに'라고 되어 있기 때문이다.

反歌

3285 足千根乃　母尓毛不謂　裹有之　心者縦　公之随意

たらちねの[1]　母にも告らず　包めりし　心はよしゑ[2]　君がまにまに

たらちねの　ははにものらず　つつめりし　こころはよしゑ　きみがまにまに

或本歌曰

3286 玉手次　不懸時無　吾念有　君尓依者　倭文幣乎　手取持而　竹珠叫　之自二貫垂　天地之神叫曽吾乞　痛毛須部奈見

玉襷[3]　懸けぬ時なく　わが思へる　君に依りては[4]　倭文[5]幣を　手に取り持ちて　竹珠を繁に[6]貫き垂れ　天地の　神をそあが乞ふ[7]　甚もすべ無み

たまだすき　かけぬときなく　わがもへる　きみによりては　しつぬさを　てにとりもちて　たかだまを　しじにぬきたれ　あめつちの　かみをそあがこふ　いたもすべなみ

---

1 **たらちねの**: 연애의 감독자로서의 母를 형용한 것이다.
2 **よしゑ**: 방임, 체념의 뜻을 나타내는 감동사이다. 'よし', 'よしゑやし'라고도 한다.
3 **玉襷**: 玉은 미칭이다.
4 **君に依りては**: 3284번가와 다르며, 신에게 비는 이유이다.
5 **倭文**: 'しつ'는 전통적인 직물이다.
6 **繁に**: 빼곡하게라는 뜻이다.
7 **乞ふ**: 부탁하는 것이다.

反歌

3285　(타라치네노)/ 엄마께도 말 않고/ 감추고 있던/ 마음은 어찌 됐든/ 그대 맘대로 해요

해설

젖이 풍족한 어머니께도 말을 하지 않고 감추고 있던 마음은, 에이 어찌 됐든 그대의 기분대로 하세요라는 내용이다.

어머니의 당부의 말도 듣지 않고 연인과 만나고 싶다는 여성의 작품이다.

어떤 책의 노래에 말하기를

3286　(타마다스키)/ 생각 않는 때 없이/ 내가 생각는/ 그대를 위해서는/ 일본 직물을/ 손에 가지고서는/ 대나무 구슬/ 빼곡히 꿰어 늘여/ 하늘과 땅의/ 신들에게 내가 비네/ 그리움 방도 없어

해설

멜빵을 목에 거는 것처럼 그렇게 내 마음에 걸어 담아서 생각하지 않는 때가 없이 항상 내가 생각하며 그리워하는 그대를 위해서, 일본 문양을 넣은 직물을 손에 가지고, 대나무를 잘라서 만든 구슬을 빼곡히 꿰어 늘어뜨려서 하늘과 땅의 신들에게 내가 비네. 그리움을 어떻게 할 방법이 없어서라는 내용이다.

曾倉 岑은, 기원하는 목적이 직접적으로든 간접적으로든 나타나 있지 않고, 비슷한 노래인 3284번가보다 2구 적으므로 내용이 탈락된 것일 수도 있다고 보았다[『萬葉集全注』 13, p.184].

反歌

3287 乾坤乃　神乎禱而　吾戀　公以必　不相在目八方

天地の　神を祈りて　わが戀ふる　君いかならず[1]　逢はざらめやも

あめつちの　かみをいのりて　わがこふる　きみいかならず　あはざらめやも

或本歌曰[2]

3288 大船之　思憑而　木妨己　弥遠長　我念有　君尓依而者　言之故毛　無有欲得　木綿手次　肩荷取懸　忌戸乎　齋穿居　玄黄之　神祇二衣吾祈　甚毛爲便無見

大船の[3]　思ひたのみて　さな葛[4]　いや遠長く　わが思へる　君に依りては　言のゆゑ[5]も　無くありこそと　木綿襷[6]　肩に取り懸け　齋瓮を　齋ひ掘り据ゑ　天地の　神祇にそあが祈む　甚もすべ無み

おほふねの　おもひたのみて　さなかづら　いやとほながく　わがもへる　きみによりては　ことのゆゑも　なくありこそと　ゆふたすき　かたにとりかけ　いはひべを　いはひほりすゑ　あめつちの　かみにそあがのむ　いたもすべなみ

左注 右五首

1 **君いかならず**: 'い'는 강세의 뜻을 나타내는 조사이다.
2 **或本歌曰**: 3284번가에 대한 제2의 다른 전승가이다.
3 **大船の**: 의지하는 마음을 비유한 것이다.
4 **さな葛**: 'さ', 'な'는 미칭이다. 넝굴풀이 멀리까지 뻗어서 긴 모양을 다음 구에 연결시켰다.
5 **ゆゑ**: 재앙이다.
6 **木綿襷**: 목면으로 만든, 제사를 지낼 때의 복장이다.

反歌

3287 하늘과 땅의/ 신들에게 빌면서/ 내가 그리는/ 그대는 틀림없이/ 안 만날 수 있겠나

해설

하늘과 땅의 신들에게 빌면서 내가 그리워하는 그대는 어떻게 나를 만나지 않는 일이 있을 수가 있겠나요라는 내용이다.

천지 신들에게 빌기 때문에 연인이 반드시 자신을 만나 줄 것이라는 내용이다.

'君いかならず'의 'い'를 大系에서는, '조선어 조사 i와 같은 어원. 다만 以를 イ의 假名(가나)에 사용하는 것은 『日本書紀』에 10여 용례, 『萬葉集』에는 20, 下總國의 放人歌에 한정되어 있다. 따라서 이것은 자음假名으로 볼 것이 아니라 訓假名으로 보는 편이 좋을지도 모르겠다'고 하였다[『萬葉集』 3, p.369].

어떤 책의 노래에 말하기를

3288 (오호후네노)/ 의지해 생각하고/ (사나카즈라)/ 한층 더 오래도록/ 내가 생각는/ 그대를 위해서는/ 말들의 재앙도/ 없기를 바란다고/ 목면 천을요/ 어깨에 걸치고서/ 제사용 술병/ 조심해 파서 놓고/ 하늘과 땅의/ 신들에게 내가 비네/ 그리움 방도 없어

해설

큰 배처럼 의지가 된다고 생각하고 넝굴풀처럼 한층 더 오래도록 지속되었으면 하고 생각하고 있는 그대를 위해서는, 사람들의 방해하는 말로 인해 만나지 못하게 되는 재앙도 없었으면 좋겠다고 생각하여, 목면으로 만든 제사용 천을 어깨에 걸치고, 술을 담은 제사용 항아리를 조심해서 흙을 파서 놓아두고 하늘과 땅의 신들에게 내가 비네. 그리움을 어떻게 할 방도가 없어서라는 내용이다.

曾倉 岑은 권제3의 大伴坂上郞女의 〈祭神歌〉(379~380)의 일부를 빌어 이 노래를 지은 것일 것이라고 하였다[『萬葉集全注』 13, p.197].

좌주 위는 5수

3289 御佩乎　釼池之　蓮葉尓　渟有水之　徃方無　我爲時尓　應相登　相有君乎　莫寐等　母寸巨勢友　吾情　清隅之池之　池底　吾者不忍　正相左右二

御佩を[1]　劍の池の　蓮葉に　渟れる水の[2]　行方無み　わがする時に　逢ふべし[3]と　逢ひたる君を　な寢そと[4]　母聞せども[5]　わが情　清隅[6]の池の　池の底[7]　われは忍びず　ただに逢ふまでに

みはかしを　つるぎのいけの　はちすはに　たまれるみづの　ゆくへなみ　わがするときに　あふべしと　あひたるきみを　ないねそと　ははきこせども　わがこころ　きよすみのいけの　いけのそこ　われはしのびず　ただにあふまでに

反歌

3290 古之　神乃時従　會計良思　今心文　常不所念

古の　神の時より　逢ひけらし[8]　今の心も　常思ほえず[9]

いにしへの　かみのみよより　あひけらし　いまのこころも　つねおもほえず

左注　右二首

1 **御佩を**: 몸에 차는 물건이다. 'を'는 영탄을 나타낸다. 칼을 수식하는 것이다. '劍の池'는 應神천황 때에 만들어졌다.
2 **渟れる水の**: 잎에 둥글게 달라붙어 있어서 흩어지지 않는 물에다 자신의 심정을 중첩하였다. 앞으로 어떻게 하면 좋을지 판단이 서지 않는 마음이다.
3 **逢ふべし**: 강한 권유를 나타낸다.
4 **な寢そと**: 'な…そ'는 금지를 나타낸다.
5 **聞せども**: 'いふ'의 높임말이다. 'われは忍びず'에 이어진다. 함께 잠자리를 하면 안 된다고 들었지만 참을 수 없다. 앞의 'べし'의 강조가 작용하여 뒤의 'ただに逢ふ(함께 잠을 잔다)'와 호응한다.
6 **清隅**: 한결같음을 비유. 못의 소재지에 대해서는 여러 설이 있다.
7 **池の底**: 못 밑에 물이 가만히 고여 있는 모양을 'しのぶ로 연결시켰다.
8 **逢ひけらし**: 長歌를 받은 것이다.
9 **常思ほえず**: 보통 때와 다르다고는 생각되지 않는다. 이것도 長歌의 '忍びず'를 바꾼 것이다.

3289 (미하카시오)/ 츠루기(劍)의 연못의/ 연잎 위에요/ 붙어 있는 물처럼/ 앞 일 몰라서/ 내가 근심할 때에/ 만난다 해서/ 만난 그대인 것을/ 동침 말라고/ 어머니 말씀해도/ (와가코코로)/ 키요스미(清隅)의 연못의/ 못 바닥처럼/ 나는 참을 수 없네/ 직접 만날 때까지는

해설

커다란 칼이여. 츠루기(劍) 연못의 연잎 위에 달라붙어 있어서 어디로도 흘러가지 못하는 물방울처럼, 앞으로 어떻게 될지 아무것도 모르고서 내가 그대를 그리워하며 걱정하고 있을 때에, 만날 것이라는 신의 뜻대로 만난 그대인데, 잠자리를 함께 해서는 안 된다고 어머니가 말씀하셨지만, 나의 마음은 맑고 투명한 키요스미(清隅)의 못의 못 바닥처럼 깊이 가만히 참고만 있을 수가 없네. 직접 만나서 함께 잠을 자기까지는이라는 내용이다.

'御佩を'는 '劍'을 상투적으로 수식하는 枕詞이다. '劍の池'를 大系에서는, '奈良縣 橿原市 石川에 있는 인공 연못'이라고 하고, '清隅'는 '소재지는 奈良市 高樋町이라고 하기도 하고 大和郡 山市의 옛 東大寺의 清登莊이라고도 한다. 혹은 물이 맑고 투명하다는 뜻에서 劍池라고 한 것일까'라고 하였다[『萬葉集』 3, p.370]. '逢ふべしと'를 全集에서는, '만날 것이라고 하는 신의 뜻대로'로 해석하였다[『萬葉集』 3, p.407].

'わが情'은 '清'을 상투적으로 수식하는 枕詞이다. 마음이 맑고 깨끗하고 결백하다는 뜻에서 수식하게 된 것이라고 한다.

'吾者不忍'을 私注에서는 中西 進과 마찬가지로 '吾者不忍'으로 보았다[『萬葉集私注』 7, p.99]. 그러나 大系에서는 '吾者不妄'으로 보고, '나는 잊을 수 없네'로 해석하였다[『萬葉集』 3, p.370]. 注釋과 全集에서도 그렇게 보았다[(『萬葉集注釋』 13, p.143), (『萬葉集』 3, p.407)].

反歌

3290 아주 옛날의/ 신의 시대로부터/ 만나고 있네/ 지금의 마음도요/ 옛날과 다르잖네

해설

아주 먼 옛날의 신의 시대로부터 연인끼리는 사랑을 참을 수가 없어서 만나고 있었던 듯하네. 이 시대의 사람들의 마음도 옛날과 다르다고 생각되지 않네라는 내용이다.

옛날부터 연인들은 서로 사랑하기 때문에 만난다는 뜻이다.

'常不所念'을 大系・私注・注釋・全集에서는 '常不所忘'으로 보고, '今の心も 常思ほえず'를 '지금의 나의 마음도 늘 잊을 수가 없네'로 해석하였다.

좌주 위는 2수

3291 三芳野之　真木立山尓　青生　山菅之根乃　慇懃　吾念君者　天皇之　遣之万々[或本云, 王　命恐]　夷離　國治尓登[或本云, 天踈　夷治尓等]　群鳥之　朝立行者　後有　我可将戀奈客有者　君可将思　言牟爲便　将爲須便不知[或書, 有足日木　山之木末尓句也]　延津田乃歸之[或本, 無歸之句也]　別之數　惜物可聞

み吉野の　眞木[1]立つ山に　青く生ふる　山菅の根の[2]　ねもころに[3]　わが思ふ君は　大君の　遣[4]のまにまに[或る本に云はく[5], 大君の　みことかしこみ]　夷離る[6]　國治めにと[或る本に云はく[7], 天離る　夷治めにと]　群鳥の[8]　朝立ち行かば　後れたる　われか戀ひむな[9]　旅なれば　君か思はむ[10]　言はむすべ　せむすべ知らに[或る書に, あしひきの　山の木末に　の句あり[11]]　延ふ蔦の　行かくの[或る本に, 行かくの　の句なし[12]]　別のあまた[13]　惜しきものかも

みよしのの　まきたつやまに　あをくおふる　やますげのねの　ねもころに　わがもふきみは　おほきみの　まけのまにまに[あるほんにいはく, おほきみの　みことかしこみ]　ひなさかる　くにをさめにと[あるほんにいはく, あまざかる ひなをさめにと] むらとりの　あさだちゆかば　おくれたる　われかこひむな　たびなれば　きみかしのはむ　いはむすべ　せむすべしらに[あるしょに, あしひきの　やまのこぬれに　のくあり] はふつたの　ゆかくの[あるほんに, ゆかくの　くなし]　わかれのあまた　をしきものかも

---

1 **眞木**: 멋진 나무라는 뜻이다. 삼목, 회목 등이다.
2 **山菅の根の**: 'ね'의 소리를 다음에 접속시킨 것이다.
3 **ねもころに**: 마음을 다하여서.
4 **遣**: '任(ま)く'의 명사형이다.
5 **或る本に云はく**: 앞의 2구의 다른 전승이다.
6 **夷離る**: 夷는 시골. 먼 곳이다.
7 **或る本に云はく**: 앞의 2구의 다른 전승이다.
8 **群鳥の**: 아침에 새들이 시끄럽게 나는 모양으로 다음 구와 접속시켰다.
9 **戀ひむな**: 'な'는 영탄을 나타낸다.
10 **君か思はむ**: 앞의 我에 대해 君을 묘사한 것이다.
11 **山の木末に の句あり**: '木末に 延ふ'로 이어진다.
12 **行かくの の句なし**: 或本 쪽이 더 낫다.
13 **別のあまた**: '수가 많다, 양이 많다'는 뜻이다.

3291 요시노(吉野)의요/ 멋진 나무들 선 산/ 파랗게 나 있는/ 산 골풀 뿌리처럼/ 마음 다하여/ 내 사모하는 그댄/ 대왕님이요/ 임명을 하는 대로[어떤 책에 말하기를, 대왕님의요/ 명령 두려워해서]/ 멀리 떨어진/ 나라 다스리라고[어떤 책에 말하기를, (아마자카루)/ 시골 다스리라고]/ (무라토리노)/ 아침에 떠나가면/ 뒤에 남았는/ 나는 그립겠지요/ 여행이므로/ 그댄 생각할까요/ 말할 방법도/ 어찌할 바도 몰라[어떤 책에, (아시히키노)/ 산의 나무 끝에요 구가 있다]/ (하후츠타노)/ 가는 것의[어떤 책에, 가는 것의 구가 없다]/ 헤어짐이 너무나/ 안타까운 것이네

해설

멋진 나무들이 들어서 있는 요시노(吉野)의 산에 파랗게 나 있는 산의 골풀의 뿌리가 조밀한 것처럼, 그렇게 온 마음을 다하여서 내가 사모하는 그대는 왕이 임명을 하는 대로[어떤 책에 말하기를, 왕의 명령을 두려워해서] 도읍에서 멀리 떨어진 나라를 다스리라고[어떤 책에 말하기를, 하늘 저 건너편 멀리 떨어져 있는 시골을 다스리라고] 해서, 많은 새들이 아침에 둥지를 떠나서 날아가듯이 그렇게 아침에 그대가 떠나가 버리면 뒤에 남아 있는 나는 그대를 그리워하게 되겠지요. 산길을 걸어가야 하는 힘든 여행이므로 그대도 나를 생각해 줄 것인가요. 어떻게 말할 수도 없고, 또 어떻게 해야 좋을지 방법도 알 수가 없어서[어떤 책에, 힘들게 걸어가야 하는 산의 나무 끝에라는 구가 있다] 뻗어가는 담쟁이덩굴처럼 떠나가는[어떤 책에, 가는 것의 구가 없다] 이별이 너무나 안타까운 것이네라는 내용이다.

왕의 명령을 받아서 먼 곳으로 떠나가는 남성과의 작별을 슬퍼하는 여성의 노래이다.

私注에서는, '지방관이 되어서 부임하는 사람을 보내는, 여성의 입장에서의 노래이다. 권제9(1785번가)의, 神龜 5년의 笠金村의 작품과 거의 비슷하다. (중략) 金村의 작품이 민요화한 것일 것이다'고 하였다[『萬葉集私注』 7, p.104].

反歌

3292 打蟬之　命乎長　有社等　留吾者　五十羽早将待

うつせみの　命を長く　ありこそと　留れる[1]われは　齋ひて待たむ

うつせみの　いのちをながく　ありこそと　とまれるわれは　いはひてまたむ

左注 右二首

3293 三吉野之　御金高尓　間無序　雨者落云　不時曽　雪者落云　其雨　無間如　彼雪　不時如　間不落　吾者曽戀　妹之正香尓

み吉野の　御金の岳に[2]　間無くぞ　雨は降るとふ　時じくぞ[3]　雪は降るとふ　その雨の　間無きが如　その雪の　時じきが如　間もおちず[4]　われはそ戀ふる　妹が正香[5]に

みよしのの　みかねのたけに　まなくぞ　あめはふるとふ　ときじくそ　ゆきはふるとふ　そのあめの　まなきがごと　そのゆきの　ときじきがごと　まもおちず　われはそこふる　いもがただかに

1 **留れる**: 長歌는 아직 출발하기 전이므로 뒤에 남는 것은 미래의 일이지만 그 상태를 추량해서 말한 것이다.
2 **御金の岳に**: 金峯山이다.
3 **時じくそ**: 그 때도 아닌데, 그 때처럼이라는 뜻이다. 항상이라는 뜻이다.
4 **間もおちず**: 'おつ'는 빠지는 것이다.
5 **正香**: 'か'는 기색이다. 흡사 아내 같은 모습이다.

反歌

3292 (우츠세미노)/ 목숨이 오랫동안/ 이어지도록/ 남아 있는 나는요/ 빌면서 기다리죠

해설

현실에서의 목숨이 오랫동안 지속되었으면 좋겠다고 바라면서, 그대가 떠나고 나서 혼자 남게 되면 나는요 몸을 삼가하고 빌면서 기다리지요라는 내용이다.

목숨이 오랫동안 이어지기를 바라는 것은 누구의 목숨인가에 대해 상대방 남성의 목숨이라고 보는 설도 있지만 작자의 목숨이라고 보는 설도 있다. 상대방 남성의 목숨이 안전하기를 바라는 뜻이겠다.

曾倉 岑은, '齋ふ'를 자신의 목숨이 안전하고 길기를 바라는 예가 없으므로 상대방 남성의 목숨이 안전하고 길기를 바라는 노래라고 하였다[『萬葉集全注』 13, p.206].

좌주 위는 2수

3293 요시노(吉野)의요/ 미카네(御金) 봉우리에/ 끊임없이/ 비는 온다고 하네/ 정한 때 없이/ 눈이 내린다 하네/ 그 내리는 비/ 끊임이 없듯이/ 그 내리는 눈/ 정한 때가 없듯이/ 쉬지 않고 늘/ 나는 그리워하네/ 아내 그 사람을요

해설

요시노(吉野)의 미카네(御金) 봉우리에 끊임없이 비는 내린다고 하네. 정한 때도 없이 늘 눈이 내린다고 하네. 그 내리는 비가 끊임이 없듯이, 그 내리는 눈이 정해 놓은 때가 없듯이 그렇게 나는 쉬지 않고 늘 그리워하네. 아내 바로 그 사람을이라는 내용이다.

쉬지 않고 항상 아내를 그리워한다는 뜻이다.

全集에서는, '25번가인 天武천황의 작품, 26번가인 或本歌의 語句와 공통적인 부분이 많으며, 또 3260번가와도 비슷하다. 이 작품들은 가요적인 성격을 가지고 있어서 전후 관계를 판정하기가 힘들다'고 하였다[『萬葉集』 3, p.409].

反歌

3294 三雪落　吉野之高二　居雲之　外丹見子尓　戀度可聞

み雪降る　吉野の岳に　ゐる雲の[1]　外に見し子に　戀ひ渡るかも

みゆきふる　よしののたけに　ゐるくもの　よそにみしこに　こひわたるかも

左注 右二首

3295 打久津　三宅乃原従　當土　足迹貫　夏草乎　腰尓魚積　如何有哉　人子故曽　通簀文吾子　諾々名　母者不知　諾々名　父者不知　蜷腸　香黒髪丹　真木綿持　阿邪左結垂　日本之　黄楊乃小櫛乎　抑刺　々細子　彼曽吾孋

うち日さつ[2]　三宅の原ゆ　直土に　足踏み貫き[3]　夏草を　腰になづみ[4]　如何なるや[5]　人の子ゆゑそ　通はす[6]も吾子　諾な[7]諾な　母は知らじ　諾な諾な　父は知らじ　蜷の腸　か黒き[8]髪に　眞木綿以ち　あざさ[9]結ひ垂れ　大和の　黄楊の小櫛[10]を　抑へ挿す　刺細[11]の子　それそわが妻

うちひさつ　みやけのはらゆ　ひたつちに　あしふみぬき　なつくさを　こしになづみ　いかなるや　ひとのこゆゑそ　かよはすもあご　うべなうべな　ははしらじ　うべなうべな　ちちはしらじ　みなのわた　かぐろきかみに　まゆふもち　あざさゆひたれ　やまとの　つげのをくしを　おさへさす　さすたへのこ　それそわがつま

1 **ゐる雲の**: 밖을 비유한 것이다.
2 **うち日さつ**: 'うち日射す'가 변한 것이다. 궁중을 찬미하는 것으로 지명 屯倉(미야케)을 수식한다.
3 **足踏み貫き**: 맨발로 흙을 강하게 밟는다. 발에 흙이 묻는 모습을 다음에 열거해서 고난을 강조한 것이다.
4 **腰になづみ**: 원래 물에 담그고 고통하는 것이다.
5 **如何なるや**: 'や'는 영탄을 나타낸다.
6 **通はす**: '通ふ'의 경어이다. 여기까지가 부모의 물음이고 다음부터는 남자의 대답이다.
7 **諾な**: '諾なり'의 축약형이다. 상대방에게 동의하는 것이다.
8 **か黒き**: 'か'는 접두어이다.
9 **あざさ**: 荇. 오늘날의 노랑어리연꽃이다.
10 **黄楊の小櫛**: 黄楊은 빗 재료로 적합해서 많이 사용되었다. 각 지역에 특산지가 있었다.
11 **刺細**: 敷妙, 白妙 등과 같은 유형일 것이지만 정확한 뜻은 알 수 없다. 원문 '々'를 'ト'의 오자로 보고 'うらくはし子'라고 하는 설도 버리기 힘들다.

反歌

3294 눈이 내리는/ 요시노(吉野)의 산의요/ 구름과 같이/ 먼발치서 본 아이/ 계속 그리워하네

해설

눈이 내리는 요시노(吉野) 산에 걸려 있는 구름처럼 그렇게 먼발치에서 본 아이를 계속 그리워하고 있네라는 내용이다.

長歌에서는 아내를 그리워한다고 하였는데 여기에서는 멀리서 본 사람을 그리워한다고 하고 있으므로 내용이 어긋난다. 이것에 대해 曾倉 岑은, '같은 자리에서 長歌에 이어 불리어진 노래를 反歌로 했기 때문일 것이며 좌중의 흥을 돋우기 위한 것으로 보았다[『萬葉集全注』 13, p.212].

좌주 위는 2수

3295 (우치히사츠)/ 미야케(三宅) 들을 통해/ 직접 흙을요/ 발로 밟고서는/ 여름의 풀을/ 허리에 받으며/ 자아 어떠한/ 사람의 아이 땜에/ 다니네 내 자식은/ 그래요 그래요/ 어머닌 모르죠/ 그래요 그래요/ 아버진 모르죠/ (미나노와타)/ 새까만 머리칼에/ 고운 면으로/ 노랑어리 연꽃을/ 야마토(大和)의/ 아름다운 빗을요/ 눌러서 꽂은/ 사스타헤(刺細) 아이/ 그것이 나의 아내

해설

해가 빛나는 미야케(三宅) 들을 지나서 직접 흙을 발로 밟고, 여름의 무성한 풀이 허리에까지 자란 것을 헤치고 고생하면서 힘들게, 자아 어떤 여자아이 때문에 다니고 있는 것인가 내 아들은. 정말 그래요 맞아요. 어머니는 모르겠지요. 정말 그래요 맞아요. 아버지는 모르겠지요. 다슬기의 창자처럼 새까만 머리카락에 좋은 고급면으로 노랑어리연꽃을 묶어서 드리우고 야마토(大和)의 黃楊으로 만든 아름다운 빗을 눌러서 꽂은 사스타헤(刺細) 아이, 바로 그 아이가 나의 아내이지요라는 내용이다.

앞부분은 부모가 묻고, 뒷부분은 아들이 대답하는 형식으로 되어 있다. 아들이 힘든 길을 마다하지 않고 다니고 있는 상대방 여성이 누구인지를 묻는 부모의 물음에 대해 아들이 연인을 설명하고 있는 형식이다. 이 내용으로 보면 일본 고대 결혼에서는 부모의 허락을 받아서 정식으로 결혼을 하지 않고 남성이 여성 집에 찾아가는 경우도 많았으므로 남성의 부모는 자식의 아내에 대해서 잘 모르기도 했던 것이라 생각된다.

曾倉 岑은, '답하는 사람도 작품상으로는 아들이 부모에게 대해서 하고 있지만, 실제로는 같은 동료끼리이므로 어디의 누구라고 하는 관심사를 일부러 눈치 못 채게 얼버무려 넘겨서 태연히 시치미를 떼고 떠벌린 것이 아닐까. 이 노래는 이 지방의 屯倉을 관리하는 관료들 사이에서 불리어진 것이 아닐까'라고 하였다[『萬葉集全注』 13, p.217].

反歌

3296 父母尓　不令知子故　三宅道乃　夏野草乎　菜積来鴨

父母に　知らせぬ子ゆゑ　三宅道の　夏野の草を　なづみくる[1]かも

ちちははに　しらせぬこゆゑ　みやけぢの　なつののくさを　なづみくるかも

左注 右二首

3297 玉田次　不懸時無　吾念　妹西不會波　赤根刺　日者之弥良尓　烏玉之　夜者酢辛二　眠不睡尓　妹戀丹　生流爲便無

玉襷[2]　懸けぬ時無く　わが思ふ　妹にし逢はねば　あかねさす[3]　晝はしみらに　ぬばたまの　夜はすがらに　眠も寢ずに　妹に戀ふるに　生けるすべ[4]なし

たまだすき　かけぬときなく　わがおもふ　いもにしあはねば　あかねさす　ひるはしみらに　ぬばたまの　よるはすがらに　いもねずに　いもにこふるに　いけるすべなし

1 **なづみくる**: 보통 다니는 길을 통하지 않고 말도 타지 않고.
2 **玉襷**: 어깨에 걸치는 것(かけ)으로 다음 구의 'かけ'에 연결시켰다.
3 **あかねさす**: 지치꽃의 뿌리에 의한 염색이 'あかね(아카네)'이다. 붉은 색을 띠는 해에서 낮을 수식한다.
4 **生けるすべ**: すべ는 방법이다.

反歌

3296 부모에게도/ 알리잖은 애여서/ 미야케(三宅) 길의/ 여름 들판의 풀에/ 고생을 하며 오네

해설

아버지에게도 어머니에게도 알리지 않은 아이이므로 미야케(三宅)로 가는 길의, 여름 들판에 난 무성한 풀을 헤치며 고생을 하며 오는 것이네라는 내용이다.

아직 부모에게도 알리지 않은 사람이므로 몰래 힘들게 만나러 가는 것을 노래한 것이다.

좌주 위는 2수

3297 (타마다스키)/ 걸지 않은 때 없이/ 내가 생각는/ 아내를 만나지 않고/ (아카네사스)/ 낮은 하루 온종일/ (누바타마노)/ 밤은 밤이 새도록/ 잠도 안자고/ 아내를 생각하면/ 살아갈 방법 없네

해설

아름다운 멜빵을 늘 걸고 있듯이 그렇게 마음에 걸어 생각하지 않은 때가 없이 항상 내가 생각하는 아내를 만나지 않고 있으므로 해가 비추는 낮에는 하루 온종일, 그리고 칠흑같이 깜깜한 밤은 밤이 새도록 잠도 자지를 않고 아내를 그리워하고 있으면 어떻게 살아갈지 방법이 없는 것이네라는 내용이다.

아내를 만나지 못하고 있으므로 밤낮없이 그리워하는 고통이 심한 것을 노래한 것이다.

'晝はしみらに'를 全集에서는, 'しみらに는 장시간에 걸쳐서 쉬지 않고 동작하는 것을 나타내는 부사'라고 하였다[『萬葉集』 3, p.398].

反歌

3298 縦恵八師　二々火四吾妹　生友　各鑿社吾　戀度七目

よしゑやし[1]　死なむよ吾妹　生けりとも　かくのみこそ吾が　戀ひ渡りなめ

よしゑやし　しなむよわぎも　いけりとも　かくのみこそあが　こひわたりなめ

左注 右二首

3299 見渡尓　妹等者立志　是方尓　吾者立而　思虚　不安國　嘆虚　不安國　左丹柒之　小舟毛鴨　玉纒之　小楫毛鴨　榜渡乍毛　相語益遠

見渡しに　妹らは立たし　この方に　われは立ちて　思ふそら[2]　安けなくに　嘆くそら　安けなくに　さ丹漆の[3]　小舟もがも　玉纒の　小楫も[4]がも　漕ぎ渡りつつも　語らはましを[5]

みわたしに　いもらはたたし　このかたに　われはたちて　おもふそら　やすけなくに　なげくそら　やすけなくに　さにぬりの　をぶねもがも　たままきの　をかぢもがも　こぎわたりつつも　かたらはましを

左注 或本歌頭句云, 己母理久乃　波都世乃加波乃　乎知可多尓　伊母良波多々志　己乃加多尓　和礼波多知弖

右一首

1 **よしゑやし**: 방임, 체념의 뜻을 나타내는 감동사이다.
2 **思ふそら**: 이하 8구는 1520번가와 거의 같다. 憶良의 작품이 전승된 것이라 생각된다.
3 **さ丹漆の**: 'さ'는 접두어이다. 아름다운 배는 문학적 상상의 표현이다.
4 **玉纒の 小楫も**: 아름다운 나무껍질로 감은 노이다.
5 **語らはましを**: 원문의 '益'은 여러 이본에는 '妻'로 되어 있다.

反歌

3298 아아 좋아요/ 죽고 말거요 그대/ 살아 있어도/ 이렇게만 이 내 몸은/ 그리워만 하겠지

해설

아아 좋아요. 이제 나는 죽어 버려야지요. 나의 아내여. 살아 있다고 해도 그대를 만나지도 못하고 이렇게 나는 계속 그리워만 하고 있어야겠지요라는 내용이다.

曾倉 岑은, '長歌가 혼자 부른 것이라면 反歌는 상대방을 향해 부른 것이다. (중략) 강렬한 열정의 표현은 상대방의 마음을 움직이는 효과가 기대된다. 그러나 무책임한 제삼자에게는 골계로 비칠 수도 있겠다. 오히려 후자를 노린 노래가 아닐까 생각된다'고 하였다[『萬葉集全注』 13, p.221].

좌주 위는 2수

3299 건너편 쪽에/ 아내가 서고는요/ 이쪽 편에는/ 이내 몸이 서서/ 생각는 몸은/ 편안하지 않고/ 탄식하는 몸/ 편안하지 않아/ 붉은 칠을 한/ 작은 배 있다면/ 가죽을 감은/ 노가 있다면요/ 저어서 건너가서는/ 얘기하고 싶은 걸

해설

바라다 보이는 건너편 쪽에는 아내가 서고 이쪽 편에는 내가 서서, 생각하는 몸은 편안하지를 않고 탄식하는 몸은 편안하지를 않으니 붉은 칠을 한 작은 배가 있다면 좋겠네. 가죽을 감은 노가 있다면 좋겠네. 그렇다면 노를 저어서 건너편으로 건너가서는 아내에게 내 마음을 이야기하고 싶은 것을이라는 내용이다.

私注에서는, '憶良의 七夕歌를 간략하게 한 것 같은 작품이다. 憶良의 작품이 민요화되어 사람들의 사랑의 노래에 이용된 것일 것이다. 이 형식으로도 역시 은하수의 노래로 볼 수 없는 것은 아니지만 그것은 憶良의 작품에서 온 것이 남아 있으므로 여기에서는 인간의 일이라고 보아야만 할 것이다'고 하였다[『萬葉集私注』 7, p.111]. 曾倉 岑도 七夕 전설은 1년에 한번만 만날 수 있다는 것이 중요한데 이 노래는 그런 기본 요소가 없으므로 칠석가가 아니라 憶良의 작품을 바탕으로 하여 지어진 것으로 보았다[『萬葉集全注』 13, p.224]. 全集에서는, '3299번가는, 권제8의 1520번가인 七夕歌와 같은 語句가 많아서 七夕歌로 보아도 되겠지만, 或本歌 형식을 따른다면 泊瀨 지방의 민요가 된다'고 하였다[『萬葉集』 3, p.412].

좌주 어떤 노래의 첫 구에 말하기를, '(코모리쿠노)/ 하츠세(泊瀨)의 강의요/ 저쪽 편에는/ 아내가 서고는요/ 이 쪽 편에는/ 이내 몸은 서서' 위는 1수

3300 忍照　難波乃埼尓　引登　赤曽朋舟　曽朋舟尓　綱取繋　引豆良比　有雙雖爲　曰豆良賓　有雙雖爲　有雙不得叙　所言西我身

おし照る　難波[1]の崎に　引き上る　赤のそほ舟[2]　そほ舟に　綱取り繋け　引こづらひ[3]　ありなみ[4]すれど　言ひづらひ　ありなみすれど　ありなみ得ずぞ　言はれにしわが身

おしてる　なにはのさきに　ひきのぼる　あけのそほぶね　そほぶねに　つなとりかけ　ひこづらひ　ありなみすれど　いひづらひ　ありなみすれど　ありなみえずぞ　いはれにしわがみ

左注　右一首

3301 神風之　伊勢乃海之　朝奈伎尓　来依深海松　暮奈藝尓　来因俣海松　深海松乃　深目師吾乎　俣海松乃　復去反　都麻等不言登可　思保世流君

神風の　伊勢の海の　朝凪ぎに　來寄る深海松[5]　夕凪ぎに　來寄る俣海松　深海松の　深めしわれを　俣海松の　復行き反り　妻と言はじとか　思ほせる君

かむかぜの　いせのうみの　あさなぎに　きよるふかみる　ゆふなぎに　きよるまたみる　ふかみるの　ふかめしわれを　またみるの　またゆきかへり　つまといはじとか　おもほせるきみ

左注　右一首

1 **難波**: 온통 해가 비치는 難波라는 뜻이다.
2 **赤のそほ舟**: 'そぼ'는 붉은 흙이다. 'そほ舟'는 붉은 칠을 한 官船이다.
3 **引こづらひ**: 'つらふ'는 '連ぶ'로, '연속해서…한다'는 뜻이다
4 **ありなみ**: 'ありいな(否)み'의 축약형이라고 한다. 'あり'는 '계속…한다'는 뜻이다
5 **來寄る深海松**: 해초를 말한다. 바다 아래 깊이 있으므로 '深みる', 줄기가 여러 갈래로 갈라져 있어서 '俣みる'라고 한다. 각각, 'ふか, また'에 의해 뒤의 구들을 이끈다.

3300 (오시테루)/ 나니하(難波)의 곶에서/ 거슬러 가는/ 붉은 색 칠을 한 배/ 붉은 색 배에/ 벼리 묶어 끌듯/ 계속하여서/ 항상 부정하지만/ 계속 말하며/ 항상 부정하지만/ 부정을 할 수 없어/ 소문이 나 버린 내 몸

해설

해가 눈부시게 비치는 나니하(難波)의 곶으로부터 강을 거슬러 올라가는 붉은 색을 칠한 배. 붉은 칠을 한 배에 벼리를 묶어서 끌듯이 계속하여서 항상 아니라고 부정을 하지만, 계속 이런 저런 구실을 대어 말을 하여서 아니라고 항상 부정을 하지만 부정을 할 수가 없어서 소문이 나버린 내 몸이네라는 내용이다. 연인과의 사이를 사람들에게 사랑하는 사이가 아니라고 부정을 했지만 결국은 부정을 할 수 없어서 소문이 나고 말았다는 뜻이다. 私注에서는, '難波에 나란히 있는 배를 비유로 하여, 항상 나란히 함께 있을 수 없는, 즉 사랑을 성취하여 함께 살 수 없는 것을 탄식한 노래로 생각된다'고 하였다[『萬葉集私注』 7, p.113]. 全集에서는, '노래 마지막이 7·7·7로 끝나고 있다. 오래된 가요의 형식을 따르고 있는 것일 것이다'고 하였다[『萬葉集』 3, p.413].

좌주 위는 1수

3301 (카무카제노)/ 이세(伊勢)의 바다의/ 아침뜸에요/ 밀려오는 청각채/ 저녁뜸에요/ 밀려오는 청각채/ (후카미루노)/ 깊이 생각한 나를/ (마타미루노)/ 다시 돌아와서는/ 아내라고 안 부르려/ 생각는가요 그대

해설

神風이 부는 이세(伊勢) 바다의 파도가 잠잠한 아침뜸에 밀려오는 청각채, 파도가 잠잠한 저녁뜸에 밀려오는 俣海松, 청각채처럼 마음 깊이 그대를 생각한 나를, 俣海松처럼 내 곁으로 다시 돌아와서 아내라고 부르지 않으려고 생각을 하고 있는 것일까. 그대는이라는 내용이다.

상대방 남성을 생각하고 있지만, 찾아오지 않으므로 원망하며 외로움을 노래한 것이다. 曾倉 岑은, "また行き歸り'라고 하는 것을 사용한 예가 없으므로 일반적이지 않은 것이고, 남자를 향하여서 직접 '아내라고 부르지 않으려고 생각하는가'라고 하는 것도 일반적이지 않으므로 이 여자는 보통의 여자가 아니라 유녀로 보아야만 하지 않을까'라고 하였다[『萬葉集全注』 13, p.229]. '神風の'는 '伊勢'를 상투적으로 수식하는 枕詞이다. 海松은 청각채이다. '深海松'의 '深'과 '深めしわれを'의 '深'이 같고, '俣海松'의 '俣'와 '復行き反り'의 '復'의 발음이 같은 'また'이므로 이용한 것이다. 私注에서는, '권제2(135번가)의 人麿의 작품을 모방한 것이라 보아도 좋다. 그것이 민요화된 것이다'고 하였다[『萬葉集私注』 7, p.114]. 全集에서는, '이 노래도 7·7·7형식으로 끝나고 있지만, つまといはじとかもは 字余り. 혹은 원문 끝의 '聞'이 없는 陽明문고본을 따라 つまといはじとか라고 해야 할까'라고 하였다[『萬葉集』 3, p.414].

좌주 위는 1수

3302 紀伊國之　室之江邊尓　千年尓　障事無　万世尓　如是将在登　大舟之　思恃而　出立之　清瀲尓　朝名寸二　来依深海松　夕難岐尓　来依縄法　深海松之　深目思子等遠　縄法之　引者絶登夜　散度人之　行之屯尓　鳴兒成　行取左具利　梓弓　々腹振起　志乃岐羽矣　二手挾　離兼　人斯悔　戀思者

紀の國の　室の江[1]の邊に　千年に　障る事無く　萬代に　かくもあらむと[2]　大船の　思ひたのみて　出で立ちの[3]　清き渚に　朝凪ぎに　來寄る深海松[4]　夕凪ぎに　來寄る縄苔　深海松の　深めし子らを　縄苔の　引かば絶ゆとや　里人の　行きの集ひ[5]に　泣く兒なす　靫取りさぐり[6]　梓弓　弓腹[7]振り起し　しのき羽[8]を　二つ手挾み　放ちけむ　人し悔しも[9]　戀ほしく思へば

きのくにの　むろのえのへに　ちとせに　さはることなく　よろづよに　かくもあらむと　おほふねの　おもひたのみて　いでたちの　きよきなぎさに　あさなぎに　きよるふかみる　ゆふなぎに　きよるなはのり　ふかみるの　ふかめしこらを　なはのりの　ひけばたゆとや　さとびとの　ゆきのつどひに　なくこなす　ゆぎとりさぐり　あづさゆみ　ゆはらふりおこし　しのきはを　ふたつたばさみ　はなちけむ　ひとしくやしも　こほしくおもへば

左注　右一首

1 **室の江**: 牟婁온천이 있는 田邊灣의 강어귀.
2 **かくもあらむと**: 가능한 것도 불가능한 것도 아닌 평범한 생활을 꿈꾸는 서민인 것 같다. 이에 대해 뒷부분에 방해자로 등장하는 사람의 태도는 위엄이 대단한 관료인가.
3 **出で立ちの**: 바로 근처의 여기에서도 생활성이 보인다.
4 **來寄る深海松**: 밀려오는 깊은 바다의 청각채이다.
5 **行きの集ひ**: 歌垣(일종의 성적제의), 小集樂(をづめ) 같은 것이다.
6 **靫取りさぐり**: 앞의 구를 '泣く赤子がはって行き, 物をさぐり取り'로 받아서 '靫さぐり靫取りさぐり'로 이어가는 것이다.
7 **弓腹**: 활의 휜 부분이다.
8 **しのき羽**: 무슨 뜻인지 알 수 없다.
9 **人し悔しも**: '悔し'는 자신의 후회로 여기에서는 다소 부적합하다.

3302 키(紀)의 나라의/ 무로(室)의 강 주변에/ 천년 동안/ 방해하는 일 없이/ 만대까지도/ 이렇게 있고 싶다/ (오호후네노)/ 믿으며 생각했네/ 바로 근처의/ 깨끗한 물가에요/ 아침뜸에요/ 밀려오는 청각채/ 저녁뜸에요/ 밀려오는 바다 김/ (후카미루노)/ 깊이 사랑한 애를/ (나하노리노)/ 당기면 끊어질까/ 마을 사람들/ 모이는 歌垣에서/ 우는 애처럼/ 화살 통 더듬어서/ 가래나무 활/ 줌통을 세우고서는/ 깃 달린 화살/ 두 개를 손에 잡고/ 쏘려고 하는/ 사람 증오스럽네/ 그립게 생각이 되면

해설

키(紀) 나라의 무로(室) 강 주변에 천년 동안이나 끝없이 아무런 사고도 없고, 만대까지 언제나 이렇게 있고 싶다고, 큰 배처럼 믿음직스럽게 생각해 왔네. 그런데 바로 근처의 눈앞의 깨끗한 물가에, 아침뜸에 밀려오는 청각채, 저녁뜸에 밀려오는 바다 김, 그 청각채처럼 깊이 사랑한 아이를 바다 김처럼 당기면 나와의 사이가 끊어질까 하고, 마을 사람들이 모여서 노래하며 남녀가 짝짓기를 하기도 하는 歌垣에서, 울고 있는 아이가 기어가서 물건을 더듬어 잡듯이, 화살통을 더듬어서 멋진 가래나무로 만든 활의 줌통을 세우고는, 깃이 달린 화살 두 개를 손에 잡고 쏘듯이 두 사람 사이를 벌어지게 방해를 해 버린 사람이 증오스럽네. 그녀가 계속 그립게 생각이 되면이라는 내용이다.

歌垣에서, 작자가 생각하는 여성과의 사이가 멀어지도록 방해한 사람이 원망스럽다는 뜻이다.

曾倉 岑은, '연회석에서 웃음을 유발시키는 노래'로 보았다[『萬葉集全注』 13, p.235].

'縄苔'를 大系에서는, '새끼줄처럼 길고 가는 김'이라고 하였다[『萬葉集』 3, p.376].

'泣く兒なす'를 私注에서는, '마을 사람들이 집회하고 있는 곳에, 아이가 울며 가도 상대를 해 주지 않고 내버려둔다는 것으로 계속되는 것이라 생각된다. 그렇지 않으면 마을 사람들이 가서 모인다는 구가 연결되는 곳이 없어진다'고 하였다[『萬葉集私注』 7, p.116]. 大系에서는 枕詞로 보고, '아이가 젖을 더듬어 찾듯이'로 해석하였다[『萬葉集』 3, p.376]. 注釋에서도 枕詞로 보았다[『萬葉集注釋』 13, p.166].

'人し悔しも'의 '人'을 여성 자신으로 보는 설도 있지만, 大系와 注釋, 全集에서는 中西 進과 마찬가지로 제삼자로 보았다[(大系 『萬葉集』 3, p.377), (『萬葉集注釋』 13, p.167), (全集 『萬葉集』 3, p.415)]. 그러나 私注에서는 상대방 남자로 보았다[『萬葉集私注』 7, p.117]. 私注에서는 이 작품을, '남자에게 버림을 받은, 또는 단절된 여자가 여전히 그리워하며 원망하는 내용이다'고 하였다[『萬葉集私注』 7, p.117]. 여성의 노래로 본 것인데 작품 내용을 보면 남성의 작품인 것 같다.

좌주 위는 1수

3303 里人之　吾丹告樂　汝戀　愛妻者　黄葉之　散乱有　神名火之　此山邊柄[或本云, 彼山邊]　烏玉之　黒馬尓乗而　河瀬乎　七湍渡而　裏觸而　妻者會登　人曽告鶴

里人の　われに告ぐらく　汝が戀ふる　愛し夫[1]は　黄葉の　散りまがひたる[2]　神名火[3]の　この山邊から[或る本に云はく, その山邊]　ぬばたまの　黒馬に乗りて　川の瀬を　七[4]瀬渡りて　うらぶれて　夫は[5]逢ひきと　人そ告げつる[6]

さとびとの　われにつぐらく　ながこふる　うつくしつまは　もみちはの　ちりまがひたる　かむなびの　このやまへから[あるほんにいはく, そのやまへ]　ぬばたまの　くろまにのりて　かはのせを　ななせわたりて　うらぶれて　つまはあひきと　ひとそつげつる

反歌

3304 不聞而　黙然有益乎　何如文　公之正香乎　人之告鶴

聞かずして　黙然も[7]あらましを　何しかも　君が正香[8]を　人の告げつる

きかずして　もだもあらましを　なにしかも　きみがただかを　ひとのつげつる

左注　右二首

1 **愛し夫**: 'つま'는 상대방이라는 뜻으로 남편, 아내 양쪽 모두에 사용된다. 反歌를 보면 남편의 작품이 된다. 그러나 이 反歌는 후에 첨부된 것으로 보인다. 3284번가 左注 참조.
2 **散りまがひたる**: 'まがふ'는 '目交ふ'로 시야가 어지러운 것을 말한다. 죽음에 관해서도 사용한다.
3 **神名火**: 신선. 이하 죽은 사람이 길을 가는 것이다.
4 **七**: 수가 많은 것을 말한다. 끝없는 저곳으로 건너간다.
5 **夫は**: 이미 앞에서 '夫'를 나타내고 있으므로 중복된 것이다.
6 **人そ告げつる**: 挽歌에서 다른 사람이 알리는 형태이다.
7 **黙然も**: 말을 하지 않고 있는 것이다.
8 **正香**: 바로 그 사람 모습이다.

3303 마을 사람이/ 나에게 고하기를/ 그대 그리는/ 사랑스런 남편은/ 단풍잎이요/ 떨어져 흩어지는/ 카무나비(神名火)의/ 이 산 근처로부터[어떤 책에 말하기를, 그 산 근처요]/ (누바타마노)/ 검은 말을 타고서/ 강의 여울을/ 끝없이 건너가서/ 기운이 빠진/ 남편을 만났다고/ 사람이 알려 줬네

해설

마을 사람이 나에게 고하여 말하기를, 그대가 그리워하는 사랑스러운 남편은, 단풍잎이 떨어져 흩어지는 카무나비(神名火)의 이 산 근처로부터[어떤 책에 말하기를, 그 산의 근처] 검은 말을 타고 강의 여울을 끝없이 건너가서 기운이 빠진 남편을 마을 사람이 만났다고, 그 마을 사람이 알려 주었네라는 내용이다.

사랑하는 사람이 사망하였다는 소식을 들었다는 여성의 노래이다. 그런데 소식을 들었다고 했을 뿐 작자의 슬픈 감정 등은 나타나 있지 않다. '愛妻者'를 中西 進은 '愛し夫'로 보아 남편으로 보았다. 注釋에서도 中西 進과 마찬가지로 남편으로 보았다[『萬葉集注釋』 13, p.168]. 全集에서도, '反歌에는 '君がただか'라고 되어 있고, '君'은 일반적으로 남성에 대한 존칭이므로 여기에서도 여성의 노래로 보고 이 노래의 '妻'는 남편의 뜻으로 본 설을 따른다'고 하였다[『萬葉集』 3, p.415]. 그러나 曾倉 岑은, 아내로 보았다[『萬葉集全注』 13, p.236]. 노래의 내용으로나 反歌로 보아 '妻'는 남편이라고 생각되며 따라서 이 작품은 여성이 부른 것이라 생각된다. 中西 進은, '본래 挽歌였으며, 뒷부분을 죽음의 길로 생각하지 않으면 사랑의 相聞'이라고 하였다. 私注에서는, '이별한 배우자의 소식을 마을 사람에게서 듣는 형식이다. 거기에 대한 감동은 反歌에 표현되어 있다. (중략) 이 작품도 挽歌로 생각하고 싶지만 反歌 쪽은 오히려 相聞 그대로 보는 것이 자연스럽다고 생각된다. 혹은 본래는 挽歌이었던 것을, 이별한 배우자를 대상으로 하는 相聞으로 바꾼 것인가, 혹은 죽은 사람을 그리워하는 마음을 가지고 相聞으로 분류한 것인가'라고 하였다[『萬葉集私注』 7, p.119]. 이처럼 이 작품을 挽歌로 보는 경우도 있고, 相聞으로 보는 경우도 있다.

反歌

3304 듣지를 말고/ 있었으면 좋았을 걸/ 무엇 때문에/ 그 사람의 모습을/ 남이 알려 준 걸까

해설

차라리 듣지를 말았더라면 탄식을 하지 않고 있을 수 있었던 것을. 무엇 때문에 사랑하는 그 사람의 모습을 다른 사람이 알려 주어서 탄식을 하게 하는가라는 내용이다.

남편의 좋지 않은 소식을 들은 작자가 차라리 그런 소식을 듣지 말았더라면 하고 노래한 것이다. 남편의 어떠한 상태에 대한 소식을 들었는지는 말하지 않고 있으므로 알 수 없는데 사망의 소식이라고 보는 설과 살아 있는 남편의 근래의 모습에 대한 소식이라는 설 등이 있다. 全集에서는, '사랑하는 사람에 대한 슬픈 소식을 듣고 놀라, 그것을 전해 준 사람을 원망하는 형식은 挽歌에 예가 많이 보인다'고 하였다[『萬葉集』 3, pp.415~416]. 曾倉 岑은, '겨우 안정이 된 마음이 다시 흔들렸다고, 연인의 모습을 전해 준 사람에게 불평하는 형식의 노래이다. 挽歌로도 相聞으로도 볼 수 있지만 相聞으로 보고 싶다. 이별한 사람의 근황을 듣고 듣지 않는 것이 좋았다고 말하는 것은 살아 있는 상태에서는 가능하지만 사별에서는 심리적으로 어렵다고 생각되기 때문이다'고 하였다[『萬葉集全注』 13, p.240].

좌주 위는 2수

問答

3305 物不念　道行去毛　青山乎　振放見者　茵花　香未通女　櫻花　盛未通女　汝乎曽母　吾丹依云　吾叫毛曽　汝丹依云　荒山毛　人師依者　余所留跡序云　汝心勤

物思はず[1]　道行く行くも[2]　青山を[3]　ふり放け見れば　つつじ花[4]　香少女　櫻花　榮少女　汝をそも[5]　われに寄すとふ[6]　われをもそ　汝に寄すとふ　荒山も[7]　人し寄すれば　寄そる[8]とぞいふ　汝が心ゆめ[9]

ものもはず　みちゆくゆくも　あをやまを　ふりさけみれば　つつじはな　にほえをとめ　さくらばな　さかえをとめ　なをそも　われによすとふ　われをもそ　なによすとふ　あらやまも　ひとしよすれば　よそるとぞいふ　ながこころゆめ

---

1 **物思はず**: 아무 생각도 없이. 무심코 경치를 보고 그리움이 일어난 노래이다.
2 **道行く行くも**: 당시에는 종지형을 중복했다.
3 **青山を**: 뒤에 나오는 '荒山'과 반대이다.
4 **つつじ花**: 연인을 연상하였다.
5 **汝をそも**: 'そ'와 'も'는 강조의 뜻을 나타낸다.
6 **われに寄すとふ**: 사람들의 소문을 신경 쓰는 한편, 사람들이 소문내는 것도 기뻐한다.
7 **荒山も**: 이상이 靑山의 아름다운 소녀와 사람들의 소문이 일어나는 것에 대해, 荒山도.
8 **寄そる**: '寄す'의 파생어이다.
9 **ゆめ**: 결코. 금지와 호응한다. 본래 'ゆ(忌)む'의 명령형이다.

問答

3305 생각도 없이/ 길을 가고 가면서/ 푸른 산을요/ 멀리 쳐다보면요/ 철쭉꽃처럼/ 아름다운 소녀/ 벚꽃처럼요/ 빛나는 소녀여/ 그대를요/ 나하고 소문 내네/ 이 몸의 일을/ 너와 연관 짓네/ 황량한 산도/ 사람들 소문내면/ 맺어진다고 하네/ 그대 마음 절대로

해설

아무런 생각도 없이 길을 계속 걷고 걸어가면서 무심코 푸른 산을 쳐다보면 철쭉꽃이 아름답네. 그 철쭉꽃처럼 아름다운 소녀여. 벚꽃이 아름답네. 그 벚꽃처럼 아름답게 빛나는 소녀여. 그렇게 아름다운 그대를 세상 사람들은 나하고 관련이 있다고 소문을 내고 있네. 나를 그대와 관련을 지어서 소문을 내고 있네. 못생긴 황량한 산이라도 사람들이 소문을 내면 그 소문처럼 맺어진다고 하네. 그대의 마음이여, 절대로 방심하지 말아요라는 내용이다.

사람들이 아름다운 소녀와 작자를 연관시켜서 소문을 내고 있으니 맺어질 것이라고 기뻐하면서 소녀에게도 다른 사람에게 신경을 쓰는 일이 없도록 조심하라고 당부하는 노래이다.

大系에서는, '이 노래에 대한 답으로 3307번가가 직접 연결되어 있었던 것은 아닐까. 그것을 남자의 노래(3305), 여자의 노래(3307) 둘로 분리해 버리고 그 사이에 3305번가의 反歌로 3306번가가 삽입된 것일 것이다. 그로 인해 3305번가의 마지막 한 구는 약간 변경되었을 것이다. 3305번가와 3306번가, 또 3305번가와 3307번가의 연결은 자연스럽지 않다. 3309번가와 같은 형식이라면 자연스럽다'고 하였다[『萬葉集』 3, p.379].

曾倉 岑은, '道行く行くも, 青山, つつじ花, 櫻花' 등의 무대가 야외이고 계절이 歌垣의 시기임을 나타내고 있으므로, '이 문답은 歌垣에서의 문답을 모방하여 지어진 것'으로 추정하였다[『萬葉集全注』 13, p.244].

'荒山も 人し寄すれば 寄そるとぞいふ'는, 산도 사랑을 하고 결혼을 한다는 인식을 보여준다. 『萬葉集』에 그런 작품들이 있다.

'ながこころゆめ'는, 소문이 나면 마음이 동요되기 쉬운데, 그러지 말고 조심하라는 뜻이다.

3309번가와 유사하다.

反歌

3306 何爲而　戀止物序　天地乃　神乎禱迹　吾八思益

いかにして　戀ひ止むものぞ　天地の　神を祈れど　吾は思ひ益る

いかにして　こひやむものぞ　あめつちの　かみをいのれど　あはもひまさる

3307 然有社　年乃八歳叫　鑽髪乃　吾同子叫過　橘　末枝乎過而　此河能　下文長　汝情待

然れこそ[1]　年の八歳を[2]　切り髪の[3]　吾同子[4]を過ぎ　橘の　末枝[5]を過ぎて　この川の　下にも長く　汝が情待て

しかれこそ　としのやとせを　きりかみの　よちこをすぎ　たちばなの　ほつえをすぎて　このかはの　したにもながく　ながこころまて

反歌

3308 天地之　神尾母吾者　禱而寸　戀云物者　都不止来

天地の　神をもわれは　祈りてき　戀とふものは　さね[6]止まずけり

あめつちの　かみをもわれは　いのりてき　こひとふものは　さねやまずけり

---

1 **然れこそ**: 3305번가의 '汝が心ゆめ'를 받는다. 다음에서 말하듯이 조심해서 기다려 왔다는 뜻이다.
2 **年の八歳を**: '八'은 다수를 나타낸다. 이하 시기의 경과가 '八歳'가 된다.
3 **切り髪の**: 어깨까지 머리카락을 자른 うない放髪이다. 머리가 길어 어깨를 넘어 묶게 되면 성인이 된다.
4 **吾同子**: 같은 나이 또래의 아이라는 뜻이지만, 나이로는 성년이 되기 전의 아이이다.
5 **末枝**: 가지 끝에 열매가 달리는 모양을 '赤ら橘'이라고 한다(『古事記』 應神천황조). 성인이 된 여성을 형용한 것이다.
6 **さね**: 결코.

反歌

3306 어떻게 하면/ 그리움 멈출 건가/ 하늘과 땅의/ 신들에게 빌어도/ 나는 더욱 그립네

해설

어떻게 하면 그리움이 멎을 수 있을 것인가. 천지의 신들에게 빌어도 효력이 없고 나는 더욱 그 사람이 그립네라는 내용이다.

천지의 신들에게 빌어도 연인을 만날 수가 없고 그리움은 깊어지기만 하므로 혼자 탄식하는 노래이다.

3307 그러기에요/ 팔년이란 동안도/ (키리카미노)/ 같은 또래 지나/ 홍귤나무의/ 열매 맺는 때 지나/ 이 강처럼요/ 마음속으로 오래/ 그대 맘 기다렸네

해설

깊이 그대를 생각했으므로 팔년이라는 오랜 세월을, 어깨까지 머리카락을 자른 같은 나이 또래를 지나서 홍귤나무의 가지 끝에 열매가 맺히는 성년의 때를 지나서, 이 강의 바닥처럼 마음속으로 오랫동안 몰래, 그대의 마음이 나에게로 향하기를 기다리고 있었지요라는 내용이다.

앞의 남성의 노래에 대해 여성이 답한 것이다. 曾倉 岑은 3309번의 문답가를 둘로 나누어서 독립시키고 각각 反歌를 첨부한 것으로 보았다[『萬葉集全注』 13, p.250].

反歌

3308 하늘과 땅의/ 신들에게도 나는/ 빌었었지요/ 사랑이라는 것은/ 결코 멈추지 않네

해설

하늘과 땅의 신들에게도 나는 계속 빌었네. 그래도 사랑이라는 것은 결코 멈추는 일이 없네라는 내용이다. 사랑이 멈추지 않으므로 신에게 만나게 해 달라고 빌었다는 뜻이겠다. 私注에서는, '이 反歌도 長歌와는 관련되는 곳이 없다고도 볼 수 있다. 앞의 노래의 反歌와 조응하는 문답의 답가이다. 長歌는 長歌로 문답을 하고 反歌에는 反歌를 가지고 따로따로 문답을 하고 있는 것으로 보아도, 人麿의 가집처럼 反歌가 없는 것이 원형이었을 것이다'고 하였다[『萬葉集私注』 7, p.125]. 大系에서도, '3306, 3308번가는 反歌로서 앞의 노래와의 연관성이 좋지 않다. 권제13의 편자는 長歌에는 反歌가 있어야만 한다고 생각을 했던 것 같으며 따라서 무리하게 反歌를 첨부한 흔적이 있다'고 하였다[『萬葉集』 3, p.380]. 全集에서는, '이 反歌는 3306번가와 조응하고 있다. 여성의 작품이다'고 하고는 민요일 것이라고 보았다[『萬葉集』 3, p.417].

柿本朝臣人麿之集歌

3309 物不念　路行去裳　青山乎　振酒見者　都追慈花　尓太遙越賣　作樂花　佐可遙越賣　汝乎叙母　吾尓依云　吾乎叙物　汝尓依云　汝者如何念也　念社　歳八年乎　斬髮　与知子乎過　橘之　末枝乎須具里　此川之　下母長久　汝心待

物思はず　路行く行くも　青山を　ふり放け見れば　つつじ花　香少女　櫻花　榮少女　汝をぞも　われに寄すとふ　われをぞも　汝に寄すとふ　汝はいかに思ふや[1]　思へこそ[2]　歳の八年を　切り髮の　よち子を過ぎ　橘の　末枝を過ぐり[3]　この川の　下にも長く　汝が心待て

ものもはず　みちゆくゆくも　あをやまを　ふりさけみれば　つつじはな　にほえをとめ　さくらばな　さかえをとめ　なをぞも　われによすとふ　われをぞも　なによすとふ　なはいかにもふや　おもへこそ　としのやとせを　きりかみの　よちこをすぎ　たちばなの　ほつえをすぐり　このかはの　したにもながく　ながこころまて

左注　右五首

---

1 **汝はいかに思ふや**: 여기까지는 남자의 물음이다.
2 **思へこそ**: 여기서부터는 여자의 답이다.
3 **過ぐり**: '過ぐ'에 완료의 뜻이 포함된 동사인가.

카키노모토노 아소미 히토마로(柿本朝臣人麿)의 책의 노래

3309 생각도 없이/ 길을 가고 가면서/ 푸른 산을요/ 멀리 쳐다보면요/ 철쭉꽃처럼/ 아름다운 소녀/ 벚꽃처럼요/ 빛나는 소녀여/ 그대를요/ 나하고 소문 내네/ 이 몸의 일을/ 너와 연관 짓네/ 그댄 어찌 생각나요/ 생각하므로/ 팔년이란 동안도/ (키리카미노)/ 같은 또래 지나/ 홍귤나무의/ 열매 맺는 때 지나/ 이 강처럼요/ 마음속으로 오래/ 그대 맘 기다렸네

해설

아무런 생각도 없이 길을 걷고 걸어가면서 무심코 푸른 산을 쳐다보면 철쭉꽃이 아름답네. 그 철쭉꽃처럼 아름다운 소녀여. 벚꽃이 아름답네. 그 벚꽃처럼 빛나는 소녀여. 그렇게 아름다운 그대를 세상 사람들은 나하고 관련이 있다고 소문을 내고 있네. 나를 그대와 관련을 지어서 소문을 내고 있네. 그대는 어떻게 생각을 하나요. 그대를 깊이 생각을 했으므로 팔년이라는 오랜 세월을, 어깨까지 머리카락을 자른 같은 나이 또래를 지나서, 홍귤나무의 가지 끝에 열매가 맺히는 성년의 때를 지나서, 이 강의 바닥처럼 마음속으로 몰래 오래도록, 그대의 마음이 나에게로 향하기를 기다리고 있었지요라는 내용이다.

아름다운 소녀를 작자와 관련을 지어서 소문이 나고 있는데 소녀는 어떻게 생각하는지, 소녀의 마음이 작자에게로 기울어지기를 오랜 기간 동안 기다렸다는 것을 노래하고 있다.

이 작품의 앞부분은 3305번가와 유사하고 뒷부분은 3307번가와 유사하다.

大系에서는, '이 노래 쪽이 자연스럽다. 3305번가와 3307번가 두 작품의 원래의 모습일 것이다'고 하였다[『萬葉集』 3, p.381].

曾倉 岑은, '이 작품은 歌垣의 문답처럼 지어졌지만 실제로는 다른 유흥의 자리에서 불리어진 것은 아닐까 생각한다'고 추정하였다[『萬葉集全注』 13, p.254].

좌주 위는 5수

3310 隱口乃　泊瀬乃國尓　左結婚丹　吾来者　棚雲利　雪者零来　左雲理　雨者落来　野鳥　雉動　家鳥　可鷄毛鳴　左夜者明　此夜者昶奴　入而且将眠　此戸開爲

隱口の[1]　泊瀬の國に　さ結婚に[2]　わが來れば　たな[3]曇り　雪は降り來　さ曇り　雨は降り來　野つ鳥[4]　雉はとよむ　家つ鳥　鷄も鳴く　さ夜は明け[5]　この夜は明けぬ　入りてかつ寢む[6]　この戸開かせ

こもりくの　はつせのくにに　さよばひに　わがきたれば　たなくもり　ゆきはふりく　さくもり　あめはふりく　のつとり　きぎしはとよむ　いへつとり　かけもなく　さよはあけ　このよはあけぬ　いりてかつねむ　このとひらかせ

反歌

3311 隠来乃　泊瀬小國丹　妻有者　石者履友　猶来々

隱口の　泊瀬小國[7]に　妻しあれば　石[8]は履めども　なほし來にけり

こもりくの　はつせをくにに　つましあれば　いしはふめども　なほしきにけり

1 **隱口の**: 산에 둘러싸인 나라라는 뜻이다.
2 **さ結婚に**: 'さ'는 접두어이다.
3 **たな**: 완전히라는 뜻이다.
4 **野つ鳥**: 이하 4구는 새벽을 묘사한 것이다.
5 **さ夜は明け**: 이하 2구는 부르는 노래로 반복한 것이다.
6 **入りてかつ寢む**: 정확하게는 'かつ入りかつ寢む'이다. 어중간하게 자는 것이다. 잠시라도 들어가서 자고 싶다.
7 **泊瀬小國**: '小'는 친애의 정을 나타낸다.
8 **石**: 답가에 의하면 泊瀬 강 속에 있는 돌이다.

3310 (코모리쿠노)/ 하츠세(泊瀨)의 나라에/ 결혼을 하러/ 내가 왔었는데/ 온통 흐려서/ 눈은 내리네요/ 어둑하게/ 비는 내리네요/ (노츠토리)/ 꿩은 울고 있네요/ (이헤츠토리)/ 닭도 우네요/ 날이 밝아서/ 이 밤은 새었네요/ 들어가 자고 싶네/ 이 문을 열어줘요

해설

산으로 둘러싸인 하츠세(泊瀨)의 나라에 결혼을 하러 내가 왔는데, 하늘은 온통 흐려서 눈은 내리네. 어둑어둑하게 비는 내리네. 야생의 새인 꿩은 시끄럽게 울고 있네. 집에서 기르는 닭도 우네. 날이 밝아서 이 밤도 새었네. 들어가서 잠시라도 함께 잠을 자고 싶네. 그러니 이 문을 열어 주세요라는 내용이다.

날씨는 좋지 않고 이미 새벽이 되었으므로 여성의 집에 들어가서 함께 잠을 자고 싶으니 문을 열어 달라고 하는 남성의 노래이다.

일본의 신과 천황의 구혼가에 이러한 유형이 보인다.

中西 進은, '『古事記』에 八千矛를 주인공으로 하여 채용된 가요와 원형은 같다. 泊瀨의 神事 歌物語'라고 하였다. 大系에서는, '『古事記』, 『日本書紀』에도 비슷한 노래가 있으며, 구혼의 노래라고도 해야 할 존재가 알려져 있다. 아마도 연극의 대사처럼 불리어지고 동작을 동반하였을 것이다. 이 노래에 대한 답이 3312번가이다. 3311번가인 反歌는, 권제13의 편찬자에 의해 삽입된 것은 아닐까'라고 하였다[『萬葉集』 3, pp.381~382].

反歌

3311 (코모리쿠노)/ 하츠세(泊瀨)의 나라에/ 아내 있으므로/ 돌은 밟지만도요/ 역시 찾아서 왔네

해설

산으로 둘러싸인 하츠세(泊瀨)의 나라에 아내가 있기 때문에, 泊瀨 강 속의 돌을 밟으며 힘이 들지만 강을 건너서 역시 찾아서 왔네라는 내용이다.

힘든 길도 마다하지 않고 사랑하는 아내가 있기 때문에 찾아왔다는 뜻이다. 그러나 아내에게 말하는 것이 아니라 혼자 부르고 있다.

長歌와 내용이 맞지 않으므로, 후에 덧붙여진 것이라고 하는 것이 통설이다.

'石'은 이 작품만 보면, 산길을 걸으면서 밟는 돌인지 강 속의 돌인지 알 수 없는데 私注에서는 산길의 돌이라고 보았다[『萬葉集私注』 7, p.129]. 그러나 中西 進은 답가인 3313번가로 미루어 泊瀨 강 속에 있는 돌이라고 보았다. 3312번가가 3310번가에 답한 노래로 보이므로, 3312번가의 反歌인 3313번가에서 강 속의 돌이라고 한 것을 보면 中西 進의 설이 맞는 것 같다.

3312 隠口乃　長谷小國　夜延爲　吾天皇寸与　奥床仁　母者睡有　外床丹　父者寐有　起立者　母可知　出行者　父可知　野干玉之　夜者昶去奴　幾許雲　不念如　隠孋香聞

隠口の　泊瀬小國に　よばひ爲す[1]　わが天皇[2]よ　奥床に　母は寢たり　外床に　父は寢たり　起き立たば　母知りぬべし[3]　出で行かば　父知りぬべし[4]　ぬばたまの[5]　夜は明け行きぬ　幾許[6]も　思ふ如ならぬ　隠妻[7]かも

こもりくの　はつせをくにに　よばひせす　わがすめろきよ　おくとこに　はははねたり　とどこに　ちちはねたり　おきたたば　ははしりぬべし　いでゆかば　ちちしりぬべし　ぬばたまの　よはあけゆきぬ　ここだくも　おもふごとならぬ　こもりづまかも

反歌

3313 川瀬之　石迹渡　野干玉之　黒馬之来夜者　常二有沼鴨

川の瀬の　石ふみ渡り　ぬばたまの　黒馬の來る夜は　常に[8]あらぬかも[9]

かはのせの　いしふみわたり　ぬばたまの　くろまのくるよは　つねにあらぬかも

左注 右四首

1 **よばひ爲す**: 'す'는 경어이다.
2 **わが天皇**: 천황을 주역으로 한 경우의 노래이다. 가요의 주역은 자유롭게 바뀐다.
3 **母知りぬべし**: ぬべし'는 틀림없이 그렇게 된다는 뜻이다.
4 **父知りぬべし**: 다음에 이리저리 하는 동안에라는 느낌이 들어 있다.
5 **ぬばたまの**: 연애를 숨겨야 하는 어두움이다.
6 **幾許**: 양이나 질이 많은 것이다.
7 **隠妻**: 다른 사람에게 알리지 않은 아내이다.
8 **常に**: 'つね'는 변하지 않는 것이다.
9 **あらぬかも**: 'かも'는 願望을 나타낸다.

3312 (코모리쿠노)/ 하츠세(泊瀨)의 나라에/ 구혼을 하는/ 우리들의 왕이여/ 안쪽 침상에/ 어머니 자네요/ 문 쪽 자리/ 아버지 자네요/ 일어난다면/ 어머니 알겠지요/ 나간다면요/ 아버지 알겠지요/ (누바타마노)/ 날은 새어 버렸네/ 정말 이렇게/ 생각처럼 되지 않는/ 숨겨논 아내인가

해설

산으로 둘러싸인 하츠세(泊瀨)의 나라에 나에게 구혼을 하러 온 왕이여. 방 안쪽의 잠자리에는 어머니가 자고 있네요. 바깥쪽인 문 쪽의 잠자리에는 아버지가 자고 있네요. 만약 내가 일어난다면 어머니가 알아 버리겠지요. 만나러 밖으로 나간다면 아버지가 알아 버리겠지요. 캄캄한 밤은 새어 버렸네. 정말 이다지도 생각처럼 되지 않는 숨겨 놓은 아내인가. 나는이라는 내용이다.

작자에게 구혼을 하러 온 상대방 남성을 'わが天皇よ'라고 하고, 밖으로 나가고 싶지만 나가면 부모가 알아 버릴 것이므로 나가지 못하고 애를 태우는 동안에 날이 새어 버린 것을 한탄하는 노래이다.

私注에서는, '물음에 대한 여자의 답이다. '天皇'이라고 부르고 있지만, 물론 서민 계층간에 성립한 민요인 것은 생활양식으로 보아도 명백하다. 그런 계층의 혼인 형태의 하나의 묘사로도 흥미가 있다'고 하였다[『萬葉集私注』 7, p.130].

大系에서는 이 작품을 3310번가의 답가로 보았다[『萬葉集』 3, p.383]. 曾倉 岑도 이 작품을 3310번가에 대한 응답의 노래로 보았다[『萬葉集全注』 13, p.260].

反歌

3313 강의 여울의/ 돌을 밟고 건너서/ (누바타마노)/ 검은 말이 오는 밤은/ 변함없이 있었으면

해설

강의 여울의 돌을 밟으며 힘들게 건너서 검은 말을 타고 그대가 찾아오는 밤은 변함없이 항상 있었으면 좋겠네라는 내용이다.

강여울의 돌을 밟고 말을 타므로 상대방이 힘은 들겠지만 그래도 매일 찾아왔으면 좋겠다는 뜻이다.

長歌에서는 남성이 구혼을 하러 와도 부모 때문에 나가지 못하는 것으로 되어 있다. 그런데 反歌에서는 남성이 매일 찾아왔으면 좋겠다고 하여 長歌와 내용이 맞지 않다.

권제13에는 이처럼 長歌와 反歌의 내용이 맞지 않는 경우가 많이 보인다.

좌주 위는 4수

3314 次嶺經　山背道乎　人都末乃　馬従行尓　己夫之　歩従行者　毎見　哭耳之所泣　曽許思尓　心之痛之　垂乳根乃　母之形見跡　吾持有　真十見鏡尓　蜻領巾　負並持而　馬替吾背

つぎねふ[1]　山城道を　他夫の　馬より[2]行くに　己夫し　歩より行けば　見るごとに　哭のみし泣かゆ[3]　そこ思ふに　心し痛し　たらちねの[4]　母が形[5]見と　わが持てる　眞澄鏡に　蜻蛉領巾[6]　負ひ竝め持ちて　馬買へ[7]わが背

つぎねふ　やましろぢを　ひとづまの　うまよりゆくに　おのづまし　かちよりゆけば　みるごとに　ねのみしなかゆ　そこもふに　こころしいたし　たらちねの　はははがかたみと　わがもてる　まそみかがみに　あきづひれ　おひなめもちて　うまかへわがせ

反歌

3315 泉川　渡瀬深見　吾世古我　旅行衣　蒙沾鴨

泉川　渡瀬深み　わが背子が　旅行き衣　濡れにけるかも[8]

いづみがは　わたりぜふかみ　わがせこが　たびゆきころも　ぬれにけるかも

1 **つぎねふ**: 'つぎね(花筏)'가 나 있는 산그늘이라는 뜻이다. 山城을 상투적으로 수식하는 枕詞이다
2 **馬より**: 'より'는 수단을 말한다.
3 **哭のみし泣かゆ**: '泣く'를 강조한 것이다.
4 **たらちねの**: 보호자로서의 母를 말한다. 젖이 많다는 뜻이다.
5 **母が形**: 모습을 그리워하게 하는 것이다. 여기에서는 지금 말하는 기념물이다.
6 **蜻蛉領巾**: 잠자리 날개처럼 투명한 너울이다. 너울은 목에 거는 긴 천으로 원래는 주술적 도구이다. 후에 장식으로 되었다.
7 **馬買へ**: 'かふ'는 바꾸는 것으로 원래 물물교환이다. 말은 그 당시 한 마리에 쌀 5石(1석은 약 80킬로그램)에서 9石이었다.
8 **濡れにけるかも**: 말을 타고 건너가면 젖지 않는다.

3314 (츠기네후)/ 야마시로(山城) 길을/ 남의 남편은/ 말을 타고 가는데/ 나의 남편은/ 걸어가고 있으니/ 볼 때마다요/ 많이 울게 되네요/ 생각하면요/ 마음이 아프네요/ (타라치네노)/ 어머니 기념물로/ 내가 가졌는/ 좋은 거울에다가/ 투명한 너울/ 함께 지고 가져가/ 말을 사세요 그대

해설

야마시로(山城)로 가는 길을, 다른 사람의 남편은 말을 타고 가는데 나의 남편은 걸어서 가고 있으니 볼 때마다 소리를 내어서 많이 울게 되네요. 그것을 생각하면 마음이 아프네요. 젖이 많은 어머니에게서 받은 기념물로 내가 가지고 있는 좋은 거울에 잠자리 날개같이 얇은 투명한 좋은 너울을 함께 등에 지고 시장에 가지고 가서 그것으로 말을 사세요. 나의 남편이여라는 내용이다.

다른 사람은 말을 타고 가는데 남편은 걸어가는 것이 마음이 아프므로, 자신의 친정어머니에게 받은 좋은 거울과 너울을 팔아서 말을 사라고 노래하고 있다.

曾倉 岑은 이 작품을 '하급관료의 아내의 작품'으로 추정하였다[『萬葉集全注』 13, p.264].

全集에서는 '負ひ並め持ちて'의 '負ひ'를, '미상. 끈을 달아서 어깨에 메고 가는 뜻인가. 또 追ひ로 해석해서 값의 부족한 부분을 충당하라는 뜻으로 해석하는 설도 있다'고 하였다[『萬葉集』 3, p.420].

反歌

3315 이즈미(泉) 강의/ 여울이 깊으므로/ 나의 남편이/ 여행을 하는 옷은/ 젖어 버렸겠네요

해설

이즈미(泉) 강의, 건너는 여울이 깊으므로 나의 남편이 여행을 하며 입고 있는 옷은 젖어 버렸겠네요라는 내용이다.

남편이 말을 타지 않고 걸어서 여울을 건너기 때문에 입고 있는 옷이 젖어 버렸을 것이라고 걱정하는 마음을 담은 노래이다.

'蒙沾鴨'을 '젖어 버렸네'로 해석하는 경우[大系 『萬葉集』 3, p.384]와 '젖어 버렸겠네요'로 해석을 하는 경우[(『萬葉集私注』 7, p.134), (全集 『萬葉集』 3, p.410), (『萬葉集注釋』 13, p.190)]가 있다. '蒙沾鴨'을 '젖어 버렸네'로 해석하면 여성은 남편과 동행하고 있는 것이 된다. '젖어 버렸겠네요'로 해석을 하면 여성은 집에서 남편의 옷이 젖었을 것이라고 생각하는 것이 된다.

或本反歌曰

3316 清鏡　雖持吾者　記無　君之歩行　名積去見者

眞澄鏡　持てれど[1]われは　驗なし　君が歩行より　なづみ[2]行く見れば

まそかがみ　もてれどわれは　しるしなし　きみがかちより　なづみゆくみれば

3317 馬替者　妹歩行将有　縦惠八子　石者雖履　吾二行

馬買はば　妹歩行ならむ　よしゑやし　石は履むとも　吾は二人行かむ

うまかはば　いもかちならむ　よしゑやし　いしはふむとも　あはふたりゆかむ

左注　右四首

1 **持てれど**: 서민이 가지기 힘든 것이지만.
2 **なづみ**: 본래 물에 젖어서 고생하며 가는 것을 말한다.

어떤 책의 反歌에 말하기를

3316 좋은 거울을/ 가졌지만 나는요/ 보람 없네요/ 그대가 걸어서요/ 젖으며 가는 것 보면

해설

좋은 거울을 가지고 있지만 나는 그것을 가진 보람이 없네요. 그대가 강을 걸어서 건너느라고 옷이 젖어 힘들게 가는 것을 보면이라는 내용이다.

長歌의 내용을 그대로 요약한 것이다.

이상 3수는 여성이 부른 것이다.

3317 말을 산다면/ 그댄 걸어야겠지/ 에이 좋아요/ 돌은 밟는다 해도/ 나는 둘이 가고 싶네

해설

만약 말을 산다면 그대는 걸어야겠지요. 에이 그래도 좋아요. 돌을 밟고 힘이 든다고 해도 나는 그대와 둘이서 걸어가고 싶네요라는 내용이다.

말을 사게 되면 남성은 좋겠지만 아내는 걸어야 하므로, 차라리 힘들더라도 둘이서 함께 걸어가자는 뜻이다. 3314번가에 대해 남성이 답한 노래이다.

이 작품의 내용을 보면 3314번가를 부른 여성은 남편과 함께, 말을 탄 다른 일행들과 동행하고 있는 것이 된다. 3315번가에서 '蒙沾鴨'을 '젖어 버렸네'로 해석하는 경우와 '젖어 버렸겠네요'로 해석을 하는 경우가 있는데, '젖어 버렸겠네요'로 해석을 하면 여성은 남편과 동행하지 않고 있는 것이 된다.

曾倉 岑은 이 작품을 '하급관료의 작품'으로 보면서 공적인 여행에 아내를 동반하는 일 등으로 미루어 보아 다소 허구적이라고 하였다[『萬葉集全注』 13, p.270].

좌주 위는 4수

3318 木國之　濱因云　鰒珠　将拾跡云而　妹乃山　勢能山越而　行之君　何時来座跡　玉桙之　道尓出立　夕卜乎　吾問之可婆　夕卜之　吾尓告良久　吾妹兒哉　汝待君者　奥浪　来因白珠　邊浪之　緑流白珠　求跡曽　君之不来益　拾登曽　公者不来益　久有　今七日許　早有者　今二日許　将有等曽　君者聞之二々　勿戀吾妹

紀の國の 濱に寄るとふ　鰒珠[1]　拾はむといひて　妹の山　背の山越えて　行きし君　何時來まさむと　玉桙の[2]　道に出で立ち　夕卜[3]を　わが問ひしかば　夕卜の　われに告らく[4]　吾妹子や　汝が待つ君は　沖つ波　來寄する白珠　邊つ波の　寄する白珠　求むとそ　君が[5]來まさぬ　拾ふとそ　君は來まさぬ　久にあらば　今七日だみ[6]　早くあらば　今二日だみ　あらむとそ　君は聞しし[7]　な戀ひそ吾妹

きのくにの　はまによるとふ　あはびたま　ひりはむといひて　いものやま　せのやまこえて　ゆきしきみ　いつきまさむと　たまほこの　みちにいでたち　ゆふうらを　わがとひしかば　ゆふうらの　われにのらく　わぎもこや　ながまつきみは　おきつなみ　きよするしらたま　へつなみの　よするしらたま　もとむとそ　きみがきまさぬ　ひりふとそ　きみはきまさぬ　ひさにあらば　いまなぬかだみ　はやくあらば　いまふつかだみ　あらむとそ　きみはきこしし　なこひそわぎも

1 **鰒珠**: 전복 속에 있는 구슬. 진주를 말한다.
2 **玉桙の**: 아름답게 장식을 한 '桙(창)'를 땅에 세운 길이라는 뜻이다. '道'를 상투적으로 수식하는 枕詞이다.
3 **夕卜**: 저녁 무렵에 길에 나가서 지나가는 사람들의 말을 듣고 길흉을 판단하는 점이다.
4 **われに告らく**: 이하 마지막까지 점의 내용이다.
5 **君が**: '君'의 주어가 중복되는 느낌이 있는데 앞의 것을 주어의 제시로 하고 이것을 주어로 본다.
6 **今七日だみ**: 7일은 많은 날이다. 'だみ'는 정도를 말한다.
7 **聞しし**: '聞す'는 경어이다.

3318 키(紀)의 나라의/ 해변에 밀려오는/ 전복의 구슬/ 줍는다고 말하고는/ 아내의 산을/ 남편의 산 넘어서/ 떠나간 그대/ 언제 올 건가 하고/ (타마호코노)/ 길에 나가서 서서/ 저녁 점을요/ 내가 쳐 보았더니/ 저녁의 점이/ 나에게 말하길/ 나의 아내여/ 네 기다리는 남편/ 바다의 파도/ 실어오는 진주를요/ 해변의 파도/ 실어오는 진주를/ 찾고 있어서/ 남편이 오지 않네/ 줍고 있어서/ 남편은 오지 않네/ 오래 걸린다면/ 이제 칠일 정도고/ 만일 빠르다면/ 앞으로 이일 정도/ 걸릴 것이라/ 그대는 말을 했네/ 걱정 마요 아내여

해설

키(紀)의 나라의 해변에 밀려오는 전복의 구슬인 진주를 줍는다고 말하고 아내의 산, 남편의 산을 넘어서 떠나간 그대는 언제나 올 것인가 하고 궁금해서 아름답게 장식을 한 창을 세워 놓은 길에 나가서 서서 저녁 때 길을 오가는 사람이 하는 말을 듣고 점을 내가 쳐 보았더니, 저녁의 그 점괘가 나에게 말하기를, '나의 아내여. 그대가 기다리는 남편은 바다의 파도가 물결에 실어오는 진주를, 해변의 파도 실어오는 진주를 찾고 있느라 돌아오지 않는 것이네. 줍고 있느라고 남편이 돌아오지 않는 것이네. "돌아오기까지 오래 걸린다면 이제 칠일 정도이고, 만일 빠르다면 앞으로 이틀 정도가 걸릴 것이겠지"라고 그대의 남편은 말을 했네. 그러니 너무 걱정하지 말아요 아내여'라고 하네라는 내용이다.

이 작품이 문답에 들어 있는 이유는 명확하지 않다.

曾倉 岑은, 남편이 진주를 주우려고 여행을 떠난 것, 아내도 남편의 안부보다 언제 돌아올 것인지에 대해서만 생각하는 것 등으로 미루어 이 작품을 허구성이 있다고 하였다[『萬葉集全注』 13, p.274].

'吾妹子'는 일반적으로 남성이 자신의 아내를 말하는 것이지만, 여기에서는 저녁에 길에 나가서 친 점괘에서 여성에게 말한 것이다.

反歌

3319　杖衝毛　不衝毛吾者　行目友　公之将来　道之不知苦

杖衝きも　衝かずもわれは　行かめども　君が來まさむ　道の知らなく

つゑつきも　つかずもわれは　ゆかめども　きみがきまさむ　みちのしらなく

3320　直不徃　此従巨勢道柄　石瀬踏　求曽吾来　戀而爲便奈見

直に行かず[1]　此ゆ巨勢道から[2]　石瀬踏み　求めそわが來し　戀ひてすべなみ

ただにゆかず　こゆこせぢから　いはせふみ　とめそわがこし　こひてすべなみ

1 **直に行かず**: 다른 작품의 경우와 마찬가지로 다른 사람의 눈을 꺼려서인가.
2 **此ゆ巨勢道から**: 3322번가에 의하면 코세(巨勢)를 지나서 우지(宇智)에 갔던 것인가.

反歌

3319 작대 짚어도/ 짚지 않아도 나는/ 가고 싶지만/ 그대가 돌아오는/ 길을 알지 못하네

해설

지팡이를 짚어도 짚지 않아도 나는 어떻게 해서든지 그대를 마중하러 가고 싶지만 그대가 돌아오는 길을 알지 못하네라는 내용이다.

남편이 돌아오는 것을 기다리기가 힘들어서 마중하러 가고 싶지만 오는 길을 알지 못한다는 뜻이다.

'君が來まさむ 道の知らなく'는 주로 挽歌에 사용되는 표현이다.

曾倉 岑은, '가지 않는 것을 전제로 하면서, 이렇게 가고 싶은데 갈 수 없다고 노래하고 있는 것처럼 느껴진다. 이러한 노래는 도읍에 남아 있는 관료의 아내들에 의해 즐겁게 불리어진 것일까. 그보다도 여행을 떠난 관료들이 즐거워할 노래가 아닐까'라고 하였다[『萬葉集全注』 13, p.276].

3320 바로 가지 않고/ 예서 코세(巨勢) 길 지나/ 돌 여울 밟고/ 찾아서 나는 왔네/ 그리움 방도 없어

해설

사람들이 보통 다니는 길로 바로 가지를 않고 여기에서 코세(巨勢) 길을 지나서 여울의 돌을 밟고 힘들게 그대를 찾아서 나는 왔네. 너무나 그리워서 어떻게 할 방법이 없었으므로라는 내용이다.

여성 작자가, 자신이 있는 곳에서 紀伊國으로 가는데, 사람들을 만날까 두려워해서 바로 가지 않고 巨勢 길을 지나서 돌 여울을 건너서 힘들게 둘러서 왔다는 뜻이다.

이 작품은 3257번가와 거의 같다.

大系와 注釋에서는 中西 進과 마찬가지로 여성이 남성의 뒤를 따라간 노래로 보았다[(『萬葉集』 3, p.385), (『萬葉集注釋』 13, p.195)]. 全集에서도, '제2구에 '巨勢道から'로 되어 있고, 더구나 제4구에 또 '求めそわが來し'로 되어 있는 것에 의하면, 작자(여성)는 남편의 뒤를 따라서 巨勢까지 간 것이 된다. 그러나 다른 노래를 여기에 삽입한 것으로도 생각할 수 있으므로 남성의 노래로 볼 수도 있다. 가요적인 노래에는 다른 작자의 작품을 넣기도 하는 경우가 적지 않다'고 하였다[『萬葉集』 3, p.422]. 여성의 노래로 보면서도 삽입가요성을 생각하면 남성의 노래로도 볼 수 있다고 하였다. 曾倉 岑도 여성이, 남성이 있는 곳을 찾아간다는 뜻이 자연스럽다고 하고 여성의 노래로 보았다. 그리고 3319번가의 작자와 같은 사람의 심리가 발전한 것이라고 하기에는 부자연스러움이 있는데, 허구이므로 상관이 없겠지만 앞의 아내보다 적극적인 아내를 연출하여 노래를 부른 것인지도 모른다고 하였다[『萬葉集全注』 13, p.278]. 그러나 私注에서는 이 작품을, '남성의 입장이며, 紀伊에 가려고 하여 출발한 것이지만 바로 가지 않고 중간에 다시 돌아왔다는 뜻으로 長歌의 물음에 답한 것일 것이다'고 하였다[『萬葉集私注』 7, p.138]. 남성의 노래로 보았기 때문에 '直に行かず'를 목적지까지 끝까지 가지 않고 연인이 보고 싶어서 가던 길을 가지 않고 다시 돌아왔다는 뜻으로 해석을 한 것이다.

3321 左夜深而　今者明奴登　開戸手　木部行君乎　何時可将待

さ夜更けて　今は明けぬと[1]　戸を開けて　紀へ行きし君を　何時とか待たむ

さよふけて　いまはあけぬと　とをあけて　きへゆきしきみを　いつとかまたむ

3322 門座　娘子内尓　雖至　痛之戀者　今還金

門に座し　娘子は[2]宇智に　至るとも[3]　いたくし戀ひば　今[4]還り來む

かどにゐし　おとめはうちに　いたるとも　いたくしこひば　いまかへりこむ

左注　右五首

1 **今は明けぬと**: 여러 가지 생각을 하는 동안 지나가는 시간의 경과를 말한다.
2 **娘子は**: 본래 문 앞에서 사랑했던 처녀이다.
3 **至るとも**: 3320번가에 의하면 宇智까지 마중을 와 있다. 매우 가깝지만 여전히 그리우면이라는 뜻이다.
4 **今**: 3318번가의 2일에서 7일에 대해.

3321 밤 깊어져서/ 지금은 날 밝았다/ 문을 열고는/ 키(紀)로 떠나는 그대를/ 언제라 기다릴까

해설

밤이 깊어져서 지금은 이미 날이 밝았다고 해서 문을 열고는 이렇게 키(紀)로 떠나는 그대를 언제 돌아올 것이라고 생각하며 기다리면 좋을까라는 내용이다.

私注에서는, '일단 돌아온 남자가 하룻밤을 보내고 드디어 목적지인 紀伊로 떠나는 것을 배웅하는 여성의 노래이다'고 하였다『萬葉集私注』 7, p.138].

앞의 작품에서 남편은 이미 떠난 것으로 되어 있는데 이 작품에서는 '紀へ行きし君を'로 되어 있으므로 바로 위의 작품과는 시점이 맞지 않다. 全集에서는, '앞의 長歌와 같은 때에 지어진 것으로도 볼 수 있다'고 하였다『萬葉集』 3, p.422].

3322 문에 있었던/ 그녀는 우치(宇智)까지/ 와 있지만요/ 그렇게 그리우면/ 지금 바로 돌아오자

해설

문에 있었던 그녀는 우치(宇智)까지 가깝게 와 있지만, 그래도 그렇게 그리우면 지금 바로 돌아오자라는 내용이다.

'娘子内尓'를 中西 進은 '娘子は宇智に'로 보았다. 그렇게 보면 宇智까지 간 사람은 여성이 된다. 그러나 大系 · 私注 · 注釋에서는 '郎子内尓'로 보고, '문 앞에 있던 남자는 宇智까지 간다고 하더라도 내가 이렇게 그리워하고 있으면 지금이라도 돌아오겠지'로 해석하였다. 그러나 '内尓'를 '宇智に'로 본 것은 동일하다.

그러나 注釋에서는 '娘子内尓'의 '娘子'를 中西 進과 마찬가지로 '娘子'로 보았지만 '内尓'는 한자의 뜻 그대로 보고, '문 앞에서 나를 배웅하던 아내는 드디어 집안으로는 들어가겠지만 그대가 나를 매우 그리워한다면 곧 돌아오지요'로 해석하였다『萬葉集注釋』 13, p.196].

中西 進은 이 작품을 남자의 노래이며, 앞의 4수의 여자의 노래와 문답을 이룬다고 하였다.

曾倉 岑은, '앞의 노래의 아내의 탄식을 주위 사람이 위로하는 형태로 보는 것이 좋으며, 이 사람이 어떠한 사람인지는 물을 필요가 없다'고 하였다『萬葉集全注』 13, p.282].

좌주 위는 5수

譬喩謌

3323 師名立　都久麻左野方　息長之　遠智能小菅　不連尓　伊苅持来　不敷尓　伊苅持来而置而　吾乎令偲　息長之　遠智能子菅

階立つ[1]　筑摩左野方[2]　息長の　遠智[3]の小菅　編まなくに[4]　い苅り持ち來[5]　敷かなくにい苅り持ち來て　置きて[6]　われを偲はす[7]　息長の　遠智の小菅[8]

しなたつ　つくまさのかた　おきながの　をちのこすげ　あまなくに　いかりもちき　しかなくに　いかりもちきて　おきて　われをしのはす　おきながの　をちのこすげ

左注 右一首

---

1 **階立つ**: 'しな'는 級(층계, 계단), 계단을 만들어 세운다는 뜻인가.
2 **筑摩左野方**: '筑摩'는 滋賀縣의 지명이다. 그곳의 'さのかた(사노카타)'
3 **遠智**: '筑摩'와 가까운 곳이다. 지명을 열거하는 예는 石上布留 등. 여기에서는 같은 종류의 식물을 나열한다.
4 **編まなくに**: '編む·敷く'에 함께 잔다는 뜻이 내포되어 있다. '小菅'에 여성이라는 愚意가 있다.
5 **い苅り持ち來**: '苅り'에 여성을 손에 넣는다는 뜻이 내포되어 있다.
6 **置きて**: 그런 마음이 들게 해 놓고 오지 않는다.
7 **われを偲はす**: 나로 하여금 남성을 그리워하게 한다. 여기서 종지한다.
8 **遠智の小菅**: 다시 경물로 노래를 끝맺는 것은 집단적 노래의 특징이다.

비유가

3323 (시나타츠)/ 츠쿠마(筑摩) 사노카타(左野方)/ 오키나가(息長)의/ 오치(遠智)의 등골풀/ 짜지도 않고/ 베어 가지고 와/ 깔지도 않고/ 베어 가지고 와서/ 두고는/ 나를 그립게 하네/ 오키나가(息長)의/ 오치(遠智)의 등골 풀

해설

계단을 만드는 츠쿠마(筑摩)의 사노카타(左野方), 오키나가(息長)의 오치(遠智)의 등골풀을 짜지도 않을 것이면서 베어 가지고 와서, 깔지도 않을 것이면서 베어 가지고 와서 던져두고는 나를 그립게 하네. 오키나가(息長)의 오치(遠智)의 등골풀이네. 나는이라는 내용이다.

데려다 놓고는 잠자리도 함께 하지 않고 방치한 채, 작자로 하여금 그리움만 불러일으키는 남성을 원망하는 여성의 노래이다.

中西 進은 '左野方'을 지명으로 보았다. 그러나 私注에서는 덩굴풀의 일종으로 보았다. 그리고 '息長'은, '近江 북쪽, 지금의 米原 부근에서 湖北을 伊吹麓에 걸쳐서의 호칭이다'고 하고, '遠智'는 '息長의 작은 지명이지만, 여기에서는 먼 곳이라는 뜻으로 꼭 지명일 필요는 없다'고 한 뒤 이 작품을 息長 지방의 가요'로 보았다(『萬葉集私注』 7, p.142).

曾倉 岑도 이 작품을 '息長 지방의 가요'로 보았다(『萬葉集全注』 13, p.284).

좌주 위는 1수

挽謌

3324 挂纒毛　文恐　藤原　王都志弥美尓　人下　満雖有　君下　大座常　徃向　年緒長　仕来　君之御門乎　如天　仰而見乍　雖畏　思憑而　何時可聞　日足座而　十五月之　多田波思家武　登　吾思　皇子命者　春避者　殖槻於之　遠人　待之下道湯　登之而　國見所遊　九月之　四具礼乃秋者　大殿之　砌志美弥尓　露負而　靡芽子乎　珠手次　懸而所偲　三雪零　冬朝者　刺楊　根張梓矣　御手二　所取賜而　所遊　我王矣　烟立　春日暮　喚犬追馬鏡　雖見不飽者　万歳　如是霜欲得常　大船之　憑有時尓　涙言　目鴨迷　大殿矣　振放見者　白細布　餝奉而　内日刺　宮舎人方[一云, 者]　雪穂　麻衣服者　夢鴨　現前鴨跡　雲入夜之　迷間　朝裳吉　城於道従　角障經　石村乎見乍　神葬　々奉者　徃道之　田付叫不知　雖思　印乎無見　雖歎　奥香乎無見　御袖　徃觸之松矣　言不問　木雖在　荒玉之　立月毎　天原　振放見管　珠手次　懸而思名　雖恐有

懸けまくも[1]　あやに恐し[2]　藤原の　都しみみに[3]　人はしも　滿ちてあれども　君はしも　多く坐せど[4]　行き向ふ　年の緒[5]長く　仕へ來し　君の御門を　天の如　仰ぎて見つつ　畏けど　思ひたのみて　何時しかも　日足らしまして[6]　十五月の　滿しけむと　わが思へる　皇子の命は[7]　春されば　殖槻[8]が上の　遠つ人　松[9]の下道ゆ　登らして　國見あそばし　九月の　時雨の秋は　大殿の　砌しみみに[10]　露負ひて　靡ける萩を　玉襷　懸けて偲はし　み雪ふる　冬の朝は　刺楊　根張梓を[11]　御手に　取らしたまひて　遊ばしし[12]　わが大君を　煙立つ[13]　春の日暮し　眞澄鏡[14]　見れど飽かねば　萬歲に　かくしもがもと[15]　大船の

1 **懸けまくも**: 입 밖에 내어서 말하는 것이다. 끝부분도 '懸け'로 조응한다.
2 **あやに恐し**: 신기하게.
3 **都しみみに**: 긴밀하게 충만한 것이다.
4 **多く坐せど**: 많은 것에서 하나를 취하는 형식은 송축하는 노래의 앞부분에 보이는 것이 특징이다.
5 **年の緒**: 긴 것을 '…緒'라고 한다.
6 **日足らしまして**: 양육한다는 뜻인 'ひたす'의 경어이다. 뒷부분을 보면 어린 나이에 사망한 듯하다.
7 **皇子の命は**: 누구인지 알 수 없다. '…の命'은 挽歌에서 많이 사용하는 경칭이다.
8 **殖槻**: 奈良縣 大和郡 山市. 황자와 이 땅과의 관계는 확실하지 않다.
9 **遠つ人 松**: 소나무에 '待つ'의 의미를 중첩하여 소나무를 수식한 것이다.
10 **砌しみみに**: 건물의 난간 밑에서 빗물을 받는 섬돌이다.
11 **根張梓を**: 버들은 가지를 꺾어서 꽂아 놓아도 뿌리를 잘 내린다. 'はる'는 활시위를 당기는 것과 중첩하여 표현한 것이다.
12 **遊ばしし**: 실제로는 사냥 흉내를 내며 궁중에서 놀았던 것이겠다.
13 **煙立つ**: 희미하게 흐린 것이다.
14 **眞澄鏡**: 잘 닦은 거울이라는 뜻으로 '見る'를 수식하는 것이다.
15 **かくしもがもと**: 'がもと'는 願望을 나타내는 조사이다.

挽歌

3324 말하는 것도/ 무척 두렵지만요/ 후지하라(藤原)의/ 도읍에 무척 많이/ 사람들은요/ 차도록 있지만요/ 귀한 사람도/ 매우 많이 있지만/ 가고 또 오는/ 세월 오랜 동안을/ 모시고 왔던/ 왕자 있던 궁전을/ 하늘처럼요/ 올려 바라다보며/ 두렵지만도/ 듬직히 생각하고/ 언제일 건가/ 성인이 되시어서/ 보름달처럼/ 완전하실 거라고/ 내가 생각한/ 왕자님께옵서는/ 봄이 되면요/ 우에츠키(植槻) 높은 곳의/ (토오츠히토)/ 소나무 밑의 길을/ 올라가서는/ 쿠니미(國見)를 하고요/ 구월이 되어/ 소낙비 오는 가을/ 있는 궁전의/ 난간 밑 섬돌 근처/ 이슬을 맞고/ 흔들리는 싸리를/ (타마다스키)/ 맘으로 감상하고/ 눈이 내리는/ 겨울의 아침에는/ (사시야나기)/ 가래나무의 활을/ 손에다가요/ 들어 잡으시고는/ 사냥하시던/ 우리의 왕자님을/ 안개가 피는/ 봄날 하루 온종일/ (마소카가미)/ 봐도 싫증 안 나니/ 언제까지나/ 이렇게 모시려고/ (오오후네노)/ 의지하고 있던 때/ 울며 말하니/ 눈이 잘못된 건가/ 멋진 궁전을/ 우러러 바라보면/ 흰 천으로요/ 덮어 장식을 하고/ (우치히사스)/ 궁정의 舍人들도[또는 말하기를, 은]/ 아주 새하얀/ 삼베옷 입었으니/ 꿈인 걸까/ 생시인 것일까/ (쿠모리요노)/ 당황하고 있을 때/ (아사모요시)/ 키노헤(城上) 길을 지나/ (츠노사와후)/ 이와레(磐餘)를 보면서/ 신격으로서/ 장례를 치르므로/ 가야할 길의/ 방향도 알 수 없고/ 생각을 해도/ 보람이 없고요/ 탄식을 해도/ 끝이 없으므로/ 왕자님 소매/ 스치고 간 소나무를/ 말을 못하는/ 나무이긴 하지만/ (아라타마노)/ 달이 바뀔 때마다/ 넓은 하늘을/ 우러러 바라보며/ (타마다스키)/ 맘에 담아 그리자/ 무척 두렵지만요

해설

입 밖으로 말을 내어서 하는 것도 무척 두렵네. 후지하라(藤原)의 도읍에는 사람들이 무척 많이 넘치고 있지만 그리고 귀한 사람들도 매우 많이 있지만, 가고 또 오는 세월 오랜 동안을 모시고 왔던 왕자가 있던 궁전을 하늘처럼 올려다보며 심히 두렵기는 하지만 듬직하게 생각하고 왕자가 성인이 되어서 보름달처럼 충만하게 되는 것은 언제일까, 빨리 그렇게 되었으면 좋겠다고 생각하였네. 내가 그렇게 생각한 왕자는 봄이 되면 우에츠키(植槻) 부근의, 멀리 있는 사람을 기다린다는 뜻도 있는 소나무 밑의 길을 걸어서 산에 올라가서는, 나라를 바라보며 예축을 하는 의식인 쿠니미(國見)를 하고, 9월이 되어 소낙비가 내리는 가을에는, 궁전의 난간 밑 섬돌 쪽에 온통 이슬을 맞고서 흔들리는 싸리를 멜빵을 목에 거는 것처럼 맘에 담아서 감상을 하고, 눈이 내리는 겨울의 아침에는 삽목한 버들이 뿌리를 넓게 벋어가는

賴める時に　泣き言ふに[16]　目かも迷へる[17]　大殿を　ふり放け見れば　白栲に　飾りまつりて　うち日さす[18]　宮の舎人も[一は云はく，は]　栲の穂の[19]　麻衣着れば[20]　夢かも　現かもと　曇り夜の　迷へる間に　麻裳よし[21]　城上の道ゆ　角さはふ[22]　石村を見つつ　神葬り葬り奉れば　行く道の　たづき[23]を知らに　思へども　しるしを無み　嘆けども　奥處を無み御袖　行き觸れし松を[24]　言問はぬ　木にはあれども　あらたまの[25]　立つ月ごとに　天の原ふり放け見つつ[26]　玉襷　懸けて偲はな　畏かれども

かけまくも　あやにかしこし　ふぢはらの　みやこしみみに　ひとはしも　みちてあれども　きみはしも　おほくいませど　ゆきむかふ　としのをながく　つかへこし　きみのみかどを　てんのごと　あふぎてみつつ　かしこけど　おもひたのみて　いつしかも　ひたらしまして　もちつきの　たたはしけむと　わがもへる　みこのみことは　はるされば　うゑつきがうへの　とほつひと　まつのしたぢゆ　のぼらして　くにみあそばし　ながつきの　しぐれのあきは　おほとのの　みぎりしみみに　つゆおひて　なびけるはぎを　たまたすき　かけてしのはし　みゆきふる　ふゆのあしたは　さしやなぎ　ねはりあづさを　おほみてに　とらしたまひて　あそばしし　わがおほきみを　けぶりたつ　はるのひくらし　まそかがみ　みれどあかねば　よろづよに　かくしもがもと　おほふねの　たのめるときに　なきいふに　めかもまとへる　おほとのを　ふりさけみれば　しろたへに　かざりまつりて　うちひさす　みやのとねりも[あるはいはく，は]　たへのほの　あさぎぬければ　いめかも　うつつかもと　くもりよの　まとへるほとに　あさもよし　きのへのみちゆ　つのさはふ　いはれをみつつ　かむはふり　はふりまつれば　ゆくみちの　たづきをしらに　おもへども　しるしをなみ　なげけども　おくかをなみ　おほみそで　ゆきふれしまつを　ことどはぬ　きにはあれども　あらたまの　たつつきごとに　あまのはら　ふりさけみつつ　たまたすき　かけてしのはな　かしこかれども

16 **泣き言ふに**: '泣き言ふ'는 죽음의 소식을 듣고라는 뜻이다. 죽음을 의미하는 표현은 항상 분명하지 않다.
17 **目かも迷へる**: 뒷부분의 모습을 자신의 눈의 착각으로 말한 것이다.
18 **うち日さす**: 해가 비춘다는 뜻으로 궁전을 상투적으로 수식하는 枕詞이다.
19 **栲の穂の**: 'ほ'는 끝부분이다. 흰색이 눈에 스며든다는 뜻이다.
20 **麻衣着れば**: 麻衣는 상복이다. 'ける'는 'き(着)たる'의 축약형이다.
21 **麻裳よし**: 좋은 품질의 삼베옷을 생산하는 紀에서, 같은 소리인 '城(키)'을 상투적으로 수식하게 된 枕詞이다. 이하 장례 행렬의 모습이다.
22 **角さはふ**: 암석의 뾰족한 부분이 방해가 된다는 뜻으로 'いは'를 상투적으로 수식하는 枕詞이다. '磐余'가 매장지이다.
23 **たづき**: 방법이다.
24 **行き觸れし松を**: 바라다보는 대상이다. 소나무를 추억거리로.
25 **あらたまの**: 새로운 혼이라는 뜻으로 年, 月 등을 상투적으로 수식하는 枕詞이다.
26 **ふり放け見つつ**: 'さく'는 시선을 멀리하는 것이다.

것처럼 크게 활시위를 당긴, 가래나무로 만든 활을 손에 잡고 사냥을 했네. 우리 왕자를, 아지랑이가 이는 긴 봄날 하루 온종일 잘 닦은 거울을 보듯이 아무리 보아도 싫증이 나지 않으므로 영원히 후대까지 이렇게 있었으면 좋겠다고 생각하며 큰 배처럼 든든하게 의지를 하고 있었을 때에, 왕자가 사망했다고 울며 말을 하므로 눈도 흐릿해진 것일까. 궁전을 바라보면 흰 천으로 덮어서 장식을 하고, 해가 빛나는 궁정의 舍人들도[또는 말하기를, 은] 흰 삼베 상복을 입고 있으니 이것이 꿈인가 생시인가 하고 흐린 밤처럼 마음이 혼란스러워져 있을 때, 좋은 품질의 삼베옷이 많이 생산되므로 그것으로 유명한 키노헤(城上)의 길을 지나서 바위 부리가 뾰족해서 방해가 많다는 뜻을 이름으로 한 이와레(磐餘)를 보면서 신령스럽게 장례를 치르네. 나는 어떻게 길을 갈까 방향도 알 수 없고 아무리 생각을 해도 보람도 없고 탄식을 하는 끝도 알지를 못하므로, 왕자의 소매가 닿아서 스치고 지나간 소나무를 말을 하지 못하는 나무이기는 하지만 새롭게 달이 바뀔 때마다 넓은 하늘을 우러러 보면서 멜빵을 목에 걸듯이 마음에 담아서 그리워하자. 무척 두렵기는 하지만이라는 내용이다.

私注에서는, '권제2의 199번가를 바탕으로 하고 그 전후의 人麿의 挽歌 작품을 보완하여 傳誦에 대비했던 것이라고 할 수 있다. (중략) 지명 배치에 괴리가 보이는 것도 그 때문이며 실제적인 지명의 고증에는 도움이 되지 않을지도 모른다. 이러한 노래는 반쯤 직업적인 노래하는 사람이 있어서 장송 때 등에 요청을 받아서 부른 것인지도 모른다. 내용은 藤原京왕자의 挽歌이지만 그것에 구애되지 않고 어디에서나 불렀던 것일까. 지도자 입장인 개인이 지은 것이 일반 민요 속에 들어가는 과정을 어느 정도 암시하고 있다고 하는 의미에서는 여전히 주의해서 연구할 필요가 있을 것이다. 물론 세부적인 것까지 藤原京시대의 형태가 보존되어 있다고는 생각되지 않는다'고 하였다[『萬葉集私注』 7, pp.150~151].

大系에서는, '권제1, 2, 3에 들어 있는 많은 挽歌의 어구와 공통적인 것이 적지 않다. 여기에 권제2의 柿本人麿의 挽歌와 공통적인 어구가 두드러진다'고 하였다[『萬葉集』 3, p.389].

曾倉 岑은 이 작품을, '89구로 이루어진, 권제 13에서 가장 긴 노래이다. (중략) 이 작품에는 人麻呂적이지 않은 표현이 많고 후대적인 표현이 존재한다. 이것으로 보면 人麻呂가 지은 것이라는 설도, 人麻呂 주변에서 지은 것이라는 설도 인정할 수 없게 될 것이다. 단순한 전승상의 오류라고도 말하기 힘들다. 후대 사람에 의한 개작설도 만엽집이 人麻呂를 존중하는 태도로 보면 거의 있을 수 없는 일이다. 남은 것은 후대 사람이 人麻呂의 작품을 본떠서 모방하여 혹은 모방하여 지었다고 하는 생각이다. 왕자도 전체로 허구적인 존재일 것이다. 도읍인 藤原과 殖槻와의 거리도, '오랫동안 섬겼다'고 하면서 '성인이 되어서 보름달처럼 충만하게 되는 것은 언제일까'라고 하고, '영원히 후대까지 이렇게 있었으면 좋겠다'고 하는 모순도, 그리고 생전의 왕자의 행동이 상세하면서도 개성이 인정되지 않는 것도 전반은 왕자를 친근하게 섬긴 것처럼 되어 있는데 사망한 직후에는 舍人들이 밖에 있고 마지막에는 관련이 있는 소나무와 연관을 지어서 생각한다고 하는 작자 주체의 위치가 불확실한 것도, 사실에 근거한 작품이 아니기 때문이 아닐까'라고 하였다[『萬葉集全注』 13, p.299].

'日足らしまして'에 대해 全集에서는, 'ヒタル는 태어나서 자란다는 뜻. 성인이 되는데 필요한 날수가 충족되었다는 뜻일 것이다. 이 말로 보면 이 왕자가 藤原 땅에 도읍이 있었던 持統 8(694)년부터 和銅 3(710)년까지 사이에 나이가 젊어서 죽은 弓削왕자, 文武천황 등의 일이 아닐까 하고 상상된다'고 하였다[『萬葉集』 3, pp.423~424].

反歌

3325 角障經　石村山丹　白栲　懸有雲者　皇可聞

つのさはふ　石村の山に　白栲に　懸れる雲は　大君[1]にかも

つのさはふ　いはれのやまに　しろたへに　かかれるくもは　おほきみにかも

左注 右二首

3326 礒城嶋之　日本國尓　何方　御念食可　津礼毛無　城上宮尓　大殿乎　都可倍奉而　殿隠々座者　朝者　召而使　夕者　召而使　遣之　舎人之子等者　行鳥之　群而待　有雖待不召賜者　剣刀　磨之心乎　天雲尓　念散之　展轉　土打哭杼母　飽不足可聞

磯城島[2]の　大和の國に　いかさまに　思ほしめせか　つれも無き　城上の宮に　大殿を仕へ奉りて[3]　殿隠り　隠り在せば[4]　朝には　召して使はし[5]　夕には　召して使はし　つかはしし　舎人の子らは　行く鳥の　群がりて待ち　あり待てど　召し賜はねば　劍刀　磨ぎし心を[6]　天雲に　思ひはぶらし[7]　展轉び　ひづち泣けども[8]　飽き足らぬかも[9]

しきしまの　やまとのくにに　いかさまに　おもほしめせか　つれもなき　きのへのみやに　おほとのを　つかへまつりて　とのごもり　こもりいませば　あしたには　めしてつかはし　ゆふへには　めしてつかはし　つかはしし　とねりのこらは　ゆくとりの　むらがりてまち　ありまてど　めしたまはねば　つるぎたち　とぎしこころを　あまくもに　おもひはぶらし　こいまろび　ひづちなけども　あきだらぬかも

左注 右一首

---

1 **大君**: 원문에는 皇으로 되어 있다.
2 **磯城島**: 大和를 상투적으로 수식하는 枕詞이다.
3 **仕へ奉りて**: 殯宮에서 봉사하는 것이다. 주어는 궁중의 신하들이다.
4 **隠り在せば**: 죽은 자로 진정된다는 뜻이다.
5 **召して使はし**: 이하 'つかはし'의 반복으로 침통한 분위기를 더한다. 뒤의 '待ち'도 마찬가지이다. 장례 노래의 전형이다.
6 **磨ぎし心を**: 예리한 마음, 날카로운 마음이다.
7 **思ひはぶらし**: 'はぶる'는 던져 버린다는 뜻이다. 이상 2구는 뛰어난 표현이다.
8 **ひづち泣けども**: 옷이 젖도록 우는 것이다.
9 **飽き足らぬかも**: '飽く'는 충분하다는 뜻이다. 아무리 울어도 충분하지 않다.

反歌

3325 (츠노사하후)/ 이하레(石村)의 산에요/ 흰 천처럼요/ 걸려 있는 구름은/ 왕자인 것인가요

해설

뾰족한 바위가 험한 이하레(石村)의 산에 흰 천처럼 걸리어 있는 구름은 우리의 왕자인 것인가라는 내용이다.

고대 일본인들은 구름, 연기 등을 죽은 사람의 혼이라고 생각을 하였다.

좌주 위는 2수

3326 (시키시마의)/ 야마토(大和)의 나라에/ 어떠하다고/ 생각을 하셨길래/ 연고도 없는/ 키노헤(城上)의 궁전에/ 큰 궁전을요/ 건축을 하시고는/ 궁전에 숨어/ 숨어 계시다 보니/ 아침이 되면/ 불러서 쓰시고요/ 저녁이 되면/ 불러서 쓰시고요/ 불러 쓰셨던/ 토네리(舍人) 녀석들은/ (유쿠토리노)/ 떼 지어 기다리고/ 기다리지만/ 부르심이 없으니/ (츠루기타치)/ 단단히 먹은 마음/ 하늘 구름에/ 흩어 던져 버리고/ 몸부림치며/ 울며 젖어 있지만/ 마음 풀리지 않네

해설

시키시마(磯城島)인 야마토(大和)의 나라에, 어떻게 생각을 하였길래 아무 연고도 없는 키노헤(城上)의 궁전에 큰 궁전을 건축하여 그 궁전에 숨어 있으니, 아침이 되면 불러서 쓰고 저녁이 되면 불러서 쓰고 그렇게 불러서 썼던 측근의 舍人들은 공중을 나는 새처럼 무리를 지어서 부르기를 기다리고 기다리지만 왕자가 사망하여 부르지 않으니, 잘 간 칼처럼 단단히 먹은 마음을 지금의 구름 저쪽으로 흩어서 던져 버리고 몸부림을 치며 눈물에 옷이 젖을 정도로 울고 있지만 안타까운 마음은 풀리지 않네라는 내용이다.

'大殿を 仕へ奉りて 殿隱り'는 빈궁을 만들고 그 속에 들어가 있다는 뜻으로 사망하여서 무덤에 들어가 있다는 것을 의미한다.

私注에서는, '이 작품도 앞의 長歌와 마찬가지로, 권제2의 人麿의 挽歌를 합친 것임을 알 수 있다'고 하였다[『萬葉集私注』 7, p.154].

曾倉 岑은 이 작품도 3324번가와 마찬가지로 후대 사람이 人麻呂의 작품을 모방하여 지은 것이라고 보고, 예를 들면 중하급 관리들이 전대의 왕자의 죽음과 장례를 상정하여 그 挽歌를 지었다고 해도 그렇게 동떨어진 것은 아니라고 생각된다고 하였다[『萬葉集全注』 13, pp.306~307].

좌주 위는 1수

3327 百小竹之　三野王　金厩　立而飼駒　角厩　立而飼駒　草社者　取而飼旱　水社者　d挹而飼旱　何然　大分青馬之　鳴立鶴

百小竹の[1]　三野の王　西[2]の厩　立てて飼ふ駒　東[3]の厩　立てて飼ふ駒　草こそば　取りて飼ふがに[4]　水こそば　汲みて飼ふがに　何しかも　葦毛[5]の馬の　嘶え[6]立ちつる

もものしのの　みののおほきみ　にしのうまや　たててかふこま　ひむかしのうまや　たててかふこま　くさこそば　とりてかふがに　みづこそば　くみてかふがに　なにしかも　あしげのうまの　いはえたちつる

1 **百小竹の**: 작은 대나무가 많이 나 있는 美野라는 뜻으로 三野(美濃)를 상투적으로 수식하는 枕詞이다. 이하 내용은 三野王의 장례 때의 모습이다.
2 **西**: 원문 '金'의 표기는 오행설에 의한 것이다. 동서남북은 각각 목화금수에 해당한다.
3 **東**: 원문 '角'의 표기는 五聲에 의한 것이다. 동서남북은 각각 角徵尙羽에 해당한다.
4 **取りて飼ふがに**: 'がに'는 정도를 추량한 것이다.
5 **葦毛**: 푸르고 흰 털이 섞인 말이다. 원문 '靑馬'는 인상이 푸르다는 뜻에서 사용한 것인가.
6 **嘶え**: 'いななく'는 'いはゆ'의 속어이다.

3327 (모모시노노)/ 미노(三野)의 대왕이여/ 서쪽 마구간에/ 세워서 키우는 말/ 동쪽 편의 마구간에/ 세워서 키우는 말/ 풀일랑은요/ 베어서 먹이는데/ 물일랑은요/ 길어서 먹이는데/ 무엇 때문에/ 푸르고 흰색 털 말/ 울고 있는 것인가

해설

작은 대나무가 많이 난 아름다운 들판(美野)이라는 뜻을 이름으로 한 미노(三野)의 대왕이 서쪽 마구간에 세워서 키우는 말, 동쪽 편의 마구간에 세워서 키우는 말, 풀은 베어서 먹이는데 물은 길어서 먹이는데 무엇 때문에 푸르고 흰색 털이 섞인 말은 울고 있는 것인가라는 내용이다.

三野王이 사망하였으므로 말도 운다는 뜻이다.

'西の厩 立てて飼ふ駒'를 注釋에서는 中西 進과 마찬가지로, '서쪽 마구간에 세워서 키우는 말'로 해석하였다[『萬葉集注釋』 7, p.217]. 그러나 大系 · 私注 · 全集에서는 '서쪽에 마구간을 세워서 키우는 말'로 해석하였다[(大系 『萬葉集』 3, p.391), (『萬葉集私注』 7, p.154), (全集 『萬葉集』 3, p.427)]. 원문이 '金厩 立而飼駒 角厩 立而飼駒'로 되어 있다. '金厩' 다음에 조사를 표기하지 않았으므로, '서쪽 마구간에'로도 '서쪽 마구간을'으로도 해석할 수 있겠지만 '서쪽에 마구간 세워서'로 해석하는 것이 더 좋을 듯하다.

'三野王'을 大系에서는, '栗隈王의 아들, 橘 諸兄 · 牟漏여왕의 父인 美努王. 壬申의 난 이후 天武천황 때에 벼슬을 하였고 日本書紀 편찬에도 참여하였다'고 하였다[『萬葉集』 3, p.391].

私注에서는, '三野王은 橘 諸兄의 父인 美努王이라고 말해지지만 슬픔의 표현이 간접적인 것을 보면 美濃 지방에 살았던 호족 중에, 신분은 어찌됐든 그렇게 불리던 사람이 있었고 또는 있었다고 전설적으로 생각되던 호사스러운 생활이 사망한 후에 쇠락해 가는 것을 노래한 것인지도 모른다'고 하였다[『萬葉集私注』 7, p.155].

曾倉 岑은, '특색이 있는 挽歌이다. (중략) 만엽집 전체를 통해서도 그렇지만 挽歌에도 인명이 들어간 예는 적다. 들어가 있는 것은 어떠한 사람인가 하면 전설상의 인물과 그것에 준해서 생각할 수 있는 사람이다. (중략) 예외가 있다면 후루히(古日)뿐이다. 의례성이 농후한 것이 예상되는 천황 · 황자 · 황녀 · 왕의 挽歌에 이름이 들어간 예는 이 작품 외에는 없다. 이것은 三野王이 작자에게 전설상의 인물이 아니라고 하더라도 상당히 먼 간접적인 존재이며 이 노래가 장례가 · 의례가와는 다른 인식에서 지어진 것을 추측하게 한다'고 하였다[『萬葉集全注』 13, pp.310~311].

反歌

3328 衣袖[1] 大分青馬之 嘶音 情有鳬 常従異鳴

衣手 葦毛の馬の 嘶え聲 情[2]あれかも 常ゆ異に鳴く

ころもで あしげのうまの いはえこゑ こころあれかも つねゆけになく

左注 右二首

3329 白雲之 棚曳國之 青雲之 向伏國乃 天雲 下有人者 妾耳鴨 君尓戀濫 吾耳鴨 夫君尓戀礼薄 天地 満言 戀鴨 胷之病有 念鴨 意之痛 妾戀叙 日尓異尓益 何時橋物 不戀時等者 不有友 是九月乎 吾背子之 偲丹爲与得 千世尓物 偲渡登 万代尓 語都我部等始而之 此九月之 過莫呼 伊多母爲便無見 荒玉之 月乃易者 将爲須部乃 田度伎乎不知石根之 許凝敷道之 石床之 根延門尓 朝庭 出座而嘆 夕庭 入座戀乍 烏玉之 黒髪敷而人寐 味寐者不宿尓 大船之 行良行良尓 思乍 吾寐夜等者 數物不敢鴨

白雲の たなびく國[3]の 青雲の 向伏す[4]國の 天雲の 下なる人は 吾のみかも[5] 君に戀ふらむ 吾のみかも 君に戀ふれば 天地に 言を満てて[6] 戀ふれかも 胸の病みたる 思へかも 心の痛き 吾が戀ぞ 日に異に益る 何時はしも[7] 戀ひぬ時とは あらねども この九月を わが背子が 偲ひにせよと 千世にも 偲ひわたれと 萬代に 語り繼がへと 始めてし[8]

1 **衣袖**: 옷소매. 흰 바탕에 검정, 갈색, 여러 색이 섞인 말(あしげ)의 털빛 같은 옷이 있었는가.
2 **情**: 三野王의 죽음을 애도하는 마음이다.
3 **たなびく國**: 다음의 國과 동격이다.
4 **向伏す**: 저 쪽에 드리워져 있다.
5 **吾のみかも**: 이 구 이하 4구는 자문자답이다.
6 **言を満てて**: '天地に 思ひ足らはし'(3258번가)와 같은 생각이다.
7 **何時はしも**: 'はしも'는 강조를 나타낸다.
8 **始めてし**: 사랑의 시작이다. 언약을 하였다.

反歌

3328 (코로모데)/ 푸르고 흰색 털 말/ 우는 소리는/ 마음 있어서일까/ 평소와 달리 우네

해설

푸르고 흰색 털이 섞인 말이 우는 소리는, 미노(三野)왕을 애도하는 마음이 있어서일까. 평소와 다르게 울고 있네라는 내용이다.

曾倉 岑은 이 작품을, '집단이 모인 자리에서 불리어진 것으로 보았다[『萬葉集全注』 13, p.313].

좌주 위는 2수

3329 흰 구름이요/ 걸려 있는 나라에/ 푸른 구름이/ 드리워진 나라에/ 하늘 구름의/ 밑에 있는 사람은/ 나 혼자서만/ 그대 사랑하는가/ 나 혼자서만/ 그대 사랑하므로/ 하늘과 땅에/ 말을 가득 채워서/ 사랑해선가/ 가슴이 병이 나네/ 생각해선가/ 마음이 아프네요/ 나의 사랑은/ 날로 더욱 커지네/ 어느 때라도/ 사랑하지 않는 때/ 없지만도요/ 이 구월달일랑은/ 나의 남편이/ 추억을 하라고요/ 천년까지/ 그리워하라고요/ 만대까지도/ 말로 해 전하라고/ 시작하였던/ 지금 구월달이요/ 지나가는 걸/ 어찌할 방도 없어/ (아라타마노)/ 달이 바뀌어 가니/ 어찌 할 방법/ 그 방법을 몰라서/ 바위부리가/ 울퉁불퉁한 길을/ 침상과 같이/ 펼쳐진 바위 길로/ 아침에는요/ 나가서 탄식하고/ 저녁에는요/ 들어와 생각하고/ (누바타마노)/ 검은 머리 풀고서/ 남들이 자는/ 숙면을 못하고서/ (오호후네노)/ 안절부절 못하고/ 생각하면서/ 내가 잠자는 밤은/ 셀 수도 없을 정도네

この九月の　過ぎまくを　いたもすべ無み　あらたまの[9]月のかはれば　爲むすべの[10] たどきを知らに　石が根の　凝しき道の　石床の　根延へる門に　朝には　出で居て嘆き　夕には　入り居戀ひつつ　ぬばたまの　黒髪敷きて　人の寢る　味眠は寢ずに　大船の　ゆくらゆくらに　思ひつつ　わが寢る夜らは　數みも敢へぬかも

しらくもの　たなびくくにの　あをくもの　むかぶすくにの　あまくもの　したなるひとは　あのみかも　きみにこふらむ　あのみかも　きみにこふれば　あめつちに　ことばをみてて　こふれかも　むねのやみたる　おもへかも　こころのいたき　あがこひぞ　ひにけにまさる　いつはしも　こひぬときとは　あらねども　このながつきを　わがせこが　しのひにせよと　ちよにも　しのひわたれと　よろづよに　かたりつがへと　はじめてし　このながつきの　すぎまくを　いたもすべなみ　あらたまの　つきのかはれば　せむすべの　たどきをしらに　いはがねの　こごしきみちの　いはとこの　ねはへるかどに　あしたには　いでゐてなげき　ゆふへには　いりゐこひつつ　ぬばたまの　くろかみしきて　ひとのぬる　うまいはねずに　おほふねの　ゆくらゆくらに　おもひつつ　わがぬるよらは　よみもあへぬかも

左注　右一首

9 **あらたまの**: 새로운 혼이라는 뜻으로 年, 月을 상투적으로 수식하는 枕詞이다.
10 **爲むすべの**: 이하 3274번가와 거의 같은 내용이다.

해설

흰 구름이 걸려 있는 나라에, 또 푸른 구름이 멀리 드리워진 나라에, 하늘의 구름 밑에 살고 있는 사람들 중에 나 혼자서만이 그대를 사랑하고 있는 것일까. 나 혼자서만 그대를 이렇게 깊이 사랑하고 있으므로 하늘과 땅이 가득 찰 정도로 사랑하는 말을 하며 그 정도로 마음을 다해 사랑하기 때문인가. 가슴에 병이 나네. 그 정도로 생각하기 때문인가. 마음이 아프네. 나의 사랑은 날로날로 더욱 깊어지네. 어느 때라도 사랑을 하지 않는 때는 없지만 나의 남편이 특히 이 구월을 추억을 하는 달로 하라고 말하고, 천대까지나 그리워하라고, 만대까지나 말하여 전하라고 말을 한 이 구월달이 드디어 지나가려고 하는 것을 어떻게 할 방도가 없네. 새로 달이 바뀌어 가니 어떻게 하면 좋을지 그 방법을 알 수가 없고 놓여 있는 바위부리가 울퉁불퉁한 험한 길의, 침상처럼 바위가 계속 이어지는 길을 향하여 아침에 문을 나서서 탄식하고 저녁에는 들어와서 그리워하며 칠흑 같은 검은 머리카락을 풀고 남들이 잠을 잔다고 하는 그런 달콤한 잠도 자지를 못하고서, 큰 배에 흔들리듯이 안절부절 안정을 하지 못하고 이것저것 생각을 하면서 내가 잠을 자는 밤은 셀 수도 없을 정도이네라는 내용이다.

'黒髪敷きて 人の寢る'로 보아 여성의 작품임을 알 수 있다. 3274번가의 뒷부분과 거의 같은 내용이다.

이 작품을 中西 進은, '사랑의 노래가 挽歌에 흘러 들어가 사용된 것'이라고 하였다.

全集에서는, '앞부분은 相聞, 중간은 挽歌로 되었다가 마지막은 相聞으로도 挽歌로도 볼 수 있는 내용이다. 그런 구성은 2수가 혼합되었다는 설, 相聞 속에 挽歌가 들어갔다고 하는 설 등 여러 가지 설이 있다'고 하였다[『萬葉集』 3, p.429].

曾倉 岑은, '사랑하는 남편을 잃은 아내의 마음을 절절히 노래한 것은 아니다. 남편의 죽음을 맹렬히 탄식하는 아내, 남편의 유언에 극히 충실한 아내를 연출하고 있는 것이며, 더구나 전체적으로 볼 때 연출이 과다한 작품이라고 생각된다. 듣는 사람도 이러한 아내를 동정하기보다는 오히려 그것을 즐기고 있었을 것이다. 생이별이든 사별이든 관계가 없는 타인의 슬픈 이별은, 그 표현이 과장되면 과장될수록 재미있는 것이다. 노래가 불리어진 곳은 오히려 장례의식과 관계가 없는 곳일 것이다. 장례와 관계가 있다고 해도 그 중심에서 상당히 벗어난 때, 장소라고 생각된다. 넓은 의미에서의 挽歌의 문학화의 하나의 방향을 나타내는 것이라고도 말할 수 있다'고 하였다[『萬葉集全注』 13, p.318].

좌주 위는 1수

3330 隠来之　長谷之川之　上瀬尓　鵜矣八頭漬　下瀬尓　鵜矣八頭漬　上瀬之　年魚矣令咋　下瀬之　鮎矣令咋　麗妹尓　鮎遠惜　投左乃　遠離居而　思空　不安國　嘆空　不安國　衣社薄　其破者　繼乍物　又母相登言　玉社者　緒之絶薄　八十一里喚鶏　又物逢登曰　又毛不相物者　孋尓志有来

隠口の　泊瀬の川の　上つ瀬に　鵜を八頭潜け[1]　下つ瀬に　鵜を八頭潜け　上つ瀬の　年魚を食はしめ[2]　下つ瀬の　鮎を食はしめ　麗し妹に　鮎を惜しみ[3]　投ぐる箭の　遠離り居て　思ふそら　安けなくに　嘆くそら　安けなくに　衣こそば　それ[4]破れぬれば　繼ぎつつも　またも合ふと言へ　玉こそは　緒の絶えぬれば　括りつつ　またも合ふと言へ　またも逢はぬものは　妻[5]にしありけり

こもりくの　はつせのかはの　かみつせに　うをやつかづけ　しもつせに　うをやつかづけ　かみつせの　あゆをくはしめ　しもつせの　あゆをくはしめ　くはしいもに　あゆををしみ　なぐるさの　とほざかりゐて　おもふそら　やすけなくに　なげくそら　やすけなくに　きぬこそば　それやれぬれば　つぎつつも　またもあふといへ　たまこそは　をのたえぬれば　くくりつつ　またもあふといへ　またもあはぬものは　つまにしありけり

1 **鵜を八頭潜け**: 물에 잠기게 하는 것이다. 사다새를 이용해서 물고기를 잡는 것은 각 지역에서 행해졌다.
2 **食はしめ**: 'くはしめ(麗し女)'의 발음을 다음에 연결시켰다.
3 **鮎を惜しみ**: 'をし'는 애석하다는 뜻으로 아내 그 사람에 대한 애석한 마음을 포함한다.
4 **それ**: 강조를 나타낸다.
5 **妻**: 사망한 아내이다.

3330 (코모리쿠노)/ 하츠세(泊瀨)의 강의요/ 위쪽 여울에/ 사다새 잠수시켜/ 아래 여울에/ 사다새 잠수시켜/ 위쪽 여울의/ 은어를 먹게 하고/ 아래 여울의/ 은어를 먹게 하듯/ 고운 아내 위해/ 은어 소중히 해/ (나구루사노)/ 멀리 떨어져 있어/ 생각는 몸도/ 편안하지 않고/ 탄식하는 몸/ 편안하지 않고/ 옷이라면요/ 찢어졌다고 해도/ 기워 붙이면/ 다시 만난다고 하네/ 구슬이라면/ 끈 끊어지더라도/ 당겨 묶어서/ 다시 만난다고 하네/ 다시 만날 수 없는 것은/ 아내인 것 같으네요

해설

산에 둘러싸인 하츠세(泊瀨) 강의 위쪽 여울에 사다새를 많이 잠수시켜서, 아래 여울에 사다새를 많이 잠수시켜서 위쪽 여울의 은어를 먹게 하고, 아래쪽 여울의 은어를 먹게 하여, 그 먹게 한다는 말처럼 아름다운 아내를 위해서 은어를 소중하게 여기는 그런 사랑스러운 아내로부터, 멀리 던지는 창처럼 멀리 떨어져 있어서 생각하는 마음도 편안하지를 않고, 탄식하는 마음도 편안하지를 않는데, 옷이라면 찢어졌다고 해도 기워 붙이면 다시 만난다고 하네. 구슬이라면 끈이 끊어진다고 해도 당겨 묶으면 다시 만난다고 하네. 그런데 두 번 다시 만날 수 없는 것은 아내인 것 같으네라는 내용이다.

이 작품을 挽歌로 보기도 하고 相聞으로 보기도 한다.

全集에서는, '아내를 잃은 泊瀨 지방의 어민이 탄식하는 노래이다. 7·7·7로 끝맺는 것은 민요에 많이 보이는 형식'이라고 하였다[『萬葉集』 3, p.430].

曾倉 岑은, '泊瀨 지방의 어민의 노래에 지식인이 후반을 덧붙인 것이 이 노래가 아닐까. 다만 원래의 노래는 挽歌가 아니라 은어를 잡기 위해 아내와 헤어져 있는 것을 탄식하는 노래가 아닐까 생각한다'고 하였다[『萬葉集全注』 13, p.322].

'投ぐる箭の'는, 물고기를 잡기 위해 창을 멀리 던진다는 뜻으로 '遠'을 상투적으로 수식하는 枕詞이다. 大系에서는, '箭은 矢. 조선어 sal(矢)과 같은 어원의 말'이라고 하였다[『萬葉集』 3, p.393].

'括(くく)りつつ'를 원문에서 '八十一里喚鷄'로 표기한 것은 구구단을 이용한 것이다. '九九(くく)'가 '八十一'이기 때문이다. 'つつ'를 '喚鷄'로 표기한 것은 닭을 부를 때 'ᄎᄎ'라고 하였기 때문이다. 모두 戱書이다.

3331 隠来之　長谷之山　青幡之　忍坂山者　走出之　宜山之　出立之　妙山叙　惜　山之　荒巻惜毛

隱口の　長谷の山　青幡の[1]　忍坂の山は　走出の[2]　宜しき山の　出立の[3]　妙しき山ぞ　あたらしき[4]　山の　荒れまく惜しも

こもりくの　はつせのやま　あをはたの　おさかのやまは　はしりでの　よろしきやまの　いでたちの　くはしきやまぞ　あたらしき　やまの　あれまくをしも

3332 高山与　海社者　山随　如此毛現　海随　然真有目　人者花物曽　空蟬与人

高山と　海こそは　山ながら　かくも現しく[5]　海ながら　然眞ならめ[6]　人は花物そ[7]　うつせみの[8]世人

たかやまと　うみこそは　やまながら　かくもうつしく　うみながら　しかまさならめ　ひとははなものそ　うつせみのよひと

左注　右三首

---

1 **青幡の**: 산이 늘어서 있는 것을 형용한 것이다.
2 **走出の**: 산의 모습을 묘사한 것이다.
3 **出立の**: '走出の'와 마찬가지로 산의 모습을 묘사한 것이다.
4 **あたらしき**: 소중하게 생각되어 안타까운 마음이다.
5 **現しく**: 형용사 'うつし'.
6 **眞ならめ**: 형용동사 'まさなり'.
7 **花物そ**: 변하는 것이다. 허망한 것이다.
8 **うつせみの**: 'うつしみ(現し見)'는 실제로 보는 것, 현실 경험을 말한다.

3331 (코모리쿠노)/ 하츠세(長谷)의 산의요/ (아오하타노)/ 오사카(忍坂)의 산은요/ 벋어가는 게/ 아주 좋은 산이고/ 솟은 모양이/ 아름다운 산이네/ 더할 것 없는/ 산이요/ 황폐해짐 아쉽네

해설

산에 둘러싸인 하츠세(長谷) 산인, 푸른 깃발과 같은 오사카(忍坂)의 산은, 옆으로 나란히 늘어서서 벋어가는 모양이 아주 좋은 산이고 높이 솟은 모양이 아름다운 산이네. 더할 나위 없이 소중한 산이 황폐해져 가는 것이 아쉽네라는 내용이다.

'走出之 宜山之 出立之'를 注釋과 全集에서는 中西 進과 마찬가지로 산의 모습을 형용한 것으로 보았다 [(『萬葉集注釋』 13, p.231), (『萬葉集』 3, p.430)]. 그러나 大系와 私注에서는, 집에서 달려 나간 곳의, 바로 눈앞이라는 뜻으로 해석하였다[(『萬葉集』 3, p.394), (『萬葉集私注』 7, p.163)]. '宜しき山の, 妙しき山ぞ, あたらしき' 등으로 보면 산의 모습이라고 보는 것이 좋을 듯하다. '荒れまく惜しも'를 私注에서는 '소원해져 가는 것이 아쉽다'로 해석하였다[『萬葉集私注』 7, p.163]. 中西 進은, '본래 산을 찬양한 노래이다. 『日本書紀』 雄略천황 6년조에 실려 있다. 장례 노래로는 나라를 찬양하는 노래가 필요했다. 『古事記』 景行천황조의 倭健의 죽음 부분 등'이라고 하였다. 全集에서는, '『日本書紀』 雄略천황조의, 천황이 泊瀨의 들에서 산과 들의 모습을 보고 불렀다고 하는 'こもりくの 泊瀨の山は 出で立ちの 宜しき山 走り出の 宜しき山の こもりくの 泊瀨の山は あやにうらぐはし あやにうらぐはし'라는 노래와 부분적으로 같다. 이 산에는 舒明천황의 무덤과 鏡王女의 무덤이 있다. 이 노래에는 애상의 느낌이 인정되지 않지만, 挽歌로 인정한 편찬자는 여기에 육친을 장사하고 부른 노래로 해석했을 것이다. 5·3·7의 종지 형식이다'고 하였다[『萬葉集』 3, p.431]. 曾倉 岑은, '산을 찬양한 노래를 개변한 挽歌'라고 하였다[『萬葉集全注』 13, p.325].

3332 높은 산이랑/ 바다야말로/ 산 본연대로/ 이리 현실에 있고/ 바다 그대로/ 이렇게 진실하네 / 사람은 꽃과 같네요/ 현실세계의 사람은

해설

높은 산과 바다야말로 산 본연대로 이렇게 현실 세계에 분명하게 있고, 바다도 본연 그대로 이렇게 여전히 진실하게 있는 것이겠지. 그런데 사람은 꽃과 같은 것이네. 현실세계의 사람은이라는 내용이다.

산과 바다는 변함이 없지만 이 세상의 인간은 꽃과 같이 변하여 가는 허망한 존재라는 뜻이다. 私注에서는, '위의 3작품에는 내용적으로 관련성이 없다. 아마 다른 3수가 합쳐진 것으로 장송 등의 경우에 부르기 위하여 함께 묶어진 것이겠다. 이 작품은 자연은 변하지 않는데 비해 인간은 변하기 쉬운 것을 탄식한 노래이다. 장례 끝에 부르는 데는 어울리는 노래라고 할 수 있다'고 하였다[『萬葉集私注』 7, p.166]. 曾倉 岑은, '노래의 내용으로 보아 지식인, 관료들을 중심으로 한 사람들의 노래이며, 그 자리의 목적에서 다소 벗어난 의식 속에서 노래 불리어지고 향유된 것은 아닐까 생각된다'고 하였다[『萬葉集全注』 13, pp.327~328].

좌주 위는 3수

3333 王之　御命恐　秋津嶋　倭雄過而　大伴之　御津之濱邊従　大舟尓　真梶繁貫　旦名伎尓　水手之音爲乍　夕名寸尓　梶音爲乍　行師君　何時来座登　大卜置而　齋度尓　狂言哉　人之言釣　我心　盡之山之　黄葉之　散過去常　公之正香乎

大君の　御命恐み　秋津島[1]　倭を過ぎて　大伴の　御津の濱邊ゆ[2]　大船に　眞楫繁貫き[3]　朝凪ぎに　水手の聲しつつ　夕凪ぎに　楫の音しつつ　行きし君　何時來まさむと　卜置きて　齋ひ渡るに　狂言[4]や　人の言ひつる　わが心[5]　筑紫の山の　黄葉の　散り過ぎにきと[6]　君が正香[7]を

おほきみの　みことかしこみ　あきづしま　やまとをすぎて　おほともの　みつのはまへゆ　おほふねに　まかぢしじぬき　あさなぎに　かこのとしつつ　ゆふなぎに　かぢのとしつつ　ゆきしきみ　いつきまさむと　うらおきて　いはひわたるに　たはごとや　ひとのいひつる　わがこころ　つくしのやまの　もみちばの　ちりすぎにきと　きみがただかを

反歌

3334 狂言哉　人之云鶴　玉緒乃　長登君者　言手師物乎

狂言や　人の言ひつる　玉の緒の　長く[8]と君は　言ひて[9]しものを

たはごとや　ひとのいひつる　たまのをの　ながくときみは　いひてしものを

左注 右二首

---

1 **秋津島**: 풍요한 국토라는 뜻으로 倭를 상투적으로 수식하는 枕詞이다.
2 **御津の濱邊ゆ**: 難波의 항구이다.
3 **眞楫繁貫き**: 'ま'는 '片'의 반대이며, 배의 양쪽 현의 노라는 뜻이다.
4 **狂言**: 죽음을 알리는 소식에 관용적으로 쓰이는 표현이다.
5 **わが心**: 걱정을 끝없이 한다는 뜻에서 'つくし'를 수식한다. '筑紫'는 남편이 부임한 곳이다.
6 **散り過ぎにきと**: 죽음을 낙엽에 비유하였다.
7 **君が正香**: 바로, 그 모습이다.
8 **長く**: 두 사람의 사이가 오래도록.
9 **言ひて**: 'て'는 완료를 나타낸다.

3333 우리 왕의요/ 명령을 두려워해/ (아키즈시마)/ 야마토(倭)를 지나서/ 오호토모(大伴)의/ 미츠(御津)의 해변에서/ 커다란 배에/ 노를 양쪽에 달고/ 아침뜸에요/ 선원 소리 맞추고/ 저녁뜸에요/ 노 젓는 소리 내며/ 떠나간 그대/ 언제 돌아올가고/ 점을 치고는/ 조심하며 있는데/ 당치않은 말/ 사람이 말하는가/ (와가코코로)/ 츠쿠시(筑紫)의 산의요/ 단풍잎처럼/ 죽어 버렸다 하네/ 그대 현실의 몸을

해설

왕의 명령을 두려워해서 풍요한 나라인 야마토(大和)를 지나서 오호토모(大伴)의 미츠(御津)의 해변에서 큰 배에다 노를 양쪽에 많이 달고 바람이 잠잠한 아침뜸에는 선원이 소리를 내어서 맞추고, 바람이 잠잠한 저녁뜸에는 노를 젓는 소리를 내며 출발한 그대가 언제나 돌아올 것인가 하고 점을 치고는 몸을 조심하여 삼가하며 근신하며 지내고 있는데, 무슨 당치도 않은 황당한 말을 사람이 말하는 것인가. 내 마음을 다한다는 뜻을 이름으로 한 츠쿠시(筑紫) 산의 단풍잎이 떨어지는 것처럼 그렇게 나의 남편은 떠나가 버렸다고 하네. 그대의 사망 소식을 들었네라는 내용이다.

남편이 왕의 명령을 받고 배를 타고 부임지로 떠났는데 부임지에서 사망하였다는 소식을 듣고 탄식하는 노래이다.

反歌

3334 황당한 말을/ 사람은 한 것일까/ (타마노오노)/ 오래라고 그대는/ 말하였던 것인데

해설

당치도 않은 황당한 말을 사람은 한 것일까. 구슬을 꿴 끈처럼 오래도록 함께 하자고 그대는 말을 하였던 것을이라는 내용이다.

두 사람의 관계를 오래 지속해 나가자고 말했던 사람이 사망하였다는 황망한 소식을 듣고 슬퍼한 노래이다.

좌주 위는 2수

3335 玉桙之　道去人者　足檜木之　山行野徃　直海　川徃渡　不知魚取　海道荷出而　惶八神之渡者　吹風母　和者不吹　立浪母　踈不立　跡座浪之　塞道麻　誰心　勞跡鴨　直渡異六　直渡異六

玉桙の　道[1]行く人は　あしひきの　山行き野行き　ただうみの[2]　川行き渡り　鯨魚取り　海道に出でて　畏きや　神の渡は[3]　吹く風も　和には吹かず　立つ波も　凡には立たず　とゐ波の[4]　塞れる道を　誰が心　いたはしとかも[5]　直渡りけむ[6]　直渡りけむ

たまほこの　みちゆくひとは　あしひきの　やまゆきのゆき　ただうみの　かはゆきわたり　いさなとり　うなぢにいでて　かしこきや　かみのわたりは　ふくかぜも　のどにはふかず　たつなみも　おほにはたたず　とゐなみの　さやれるみちを　たがこころ　いたはしとかも　ただわたりけむ　ただわたりけむ

---

1 **玉桙の 道**: 아름답게 장식을 한 창을 세운 길이다.
2 **ただうみの**: 바다와 같다는 뜻인가.
3 **神の渡は**: 바다의 신이 지배를 하는 험한 곳이다. 渡는 배가 건너가는 곳이다.
4 **とゐ波の**: 높은 파도이다.
5 **いたはしとかも**: 'いたはし'는 '勞はし'. 불쌍하다는 뜻이다.
6 **直渡りけむ**: 노래 끝에 같은 구를 반복하는 것은 가요의 특징이다.

3335 (타마호코노)/ 길을 가는 사람은/ (아시히키노)/ 산 넘고 들을 가서/ 바다와 같은/ 강을 넘어 건너서/ 고래를 잡는/ 바닷길로 나가서/ 무시무시한/ 신이 있는 험한 곳/ 부는 바람도 / 순하게 불지 않고/ 치는 파도도/ 잔잔히 치지 않고/ 높은 파도가/ 방해를 하는 길을/ 누구 마음을/ 애처롭다 여겨서/ 바로 건너갔는가/ 바로 건너갔는가

해설

아름답게 장식을 한 창을 세운 길을 가는 사람은, 발을 끌며 힘들게 가야 하는 험한 산을 넘고 들을 지나가서 바다와 같은 강을 넘어 건너서, 고래를 잡는 바닷길로 나가서 무서운 바다의 신이 있는 험난한 곳에는 부는 바람도 순하게 불지를 않고 치는 파도도 잔잔하게 치지를 않고, 높은 파도가 배가 나아가는 것을 가로막아 방해를 하는 길을, 누구 마음을 애처롭다고 생각해서 무리하게 바로 건너간 것일까. 바로 건너간 것일까라는 내용이다.

물에 빠져 죽은 사람을 보고 지은 노래이다.

中西 進은, '이하 9수는 해변의, 여행하다 사망한 사람을 애도한 挽歌이다'고 하였다.

私注에서는, '3339번가와의 관계를 먼저 생각 할 수 있다. 이 작품은 3339번가의 시작 부분을 독립시키고, 2수를 매듭짓는데 그 결말 부분을 가지고 하고 있다. 3339번가에서는 작자의 경험으로 노래하고 있는데, '道行く人は'의 구를 덧붙여서 길을 가는 자의 행동으로 말하고 있다. 마지막 구를 반복한다고 하면, 그것이 전승을 위한 민요인 것은 한층 분명하게 된다'라고 하였다[『萬葉集私注』 7, p.171].

曾倉 岑은 이 작품을 '순수한 行路死人歌가 아니라, 그 주변적 의미를 가진 노래로 지어져, 다음의 노래와 함께 노래불리어진 것은 아닐까 생각한다'고 하였다[『萬葉集全注』 13, p.337].

'いたはしとかも'를 全集에서는, '물에 빠져 죽은 사람은 누구를 위해서 위험을 무릅쓰고 항해를 한 것인가 하고 그 동기를 억측해서 말한다'고 하였다[『萬葉集』 3, p.433].

3336 鳥音之　所聞海尓　高山麻　障所爲而　奥藻麻　枕所爲　蛾葉之　衣谷不服尓　不知魚取　海之濱邊尓　浦裳無　所宿有人者　母父尓　真名子尓可有六　若䓗之　妻香有異六　思布　言傳八跡　家問者　家乎母不告　名問跡　名谷母不告　哭兒如　言谷不語　思鞆　悲物者　世間有　世間有

鳥が音の　きこゆる海に[1]　高山を　隔になして　沖つ藻[2]を　枕になし[3]　蛾羽[4]の　衣だに着ずに　鯨魚取り　海の濱邊に　うら[5]もなく　宿れる人は　母父に　愛子にかあらむ　若草の[6]　妻かありけむ　思ほしき　言傳てむやと[7]　家問へば　家[8]をも告らず　名を問へど　名だにも告らず　泣く兒如す　言[9]だにいはず　思へども　悲しきものは　世間にあり[10]　世間にあり

とりがねの　きこゆるうみに　たかやまを　へだてになして　おきつもを　まくらになし　ひひるはの　きぬだにきずに　いさなとり　うみのはまへに　うらもなく　やどれるひとは　おもちちに　まなごにかあらむ　わかくさの　つまかありけむ　おもほしき　ことつてむやと　いへとへば　いへをものらず　なをとへど　なだにものらず　なくこなす　ことだにいはず　おもへども　かなしきものは　よのなかにあり　よのなかにあり

---

1 **きこゆる海に**: 죽은 사람을 둘러싸고 있는 처절한 풍경이다. 이하 제8구까지 누워 있는 침상의 모습이며, '障·枕·衣' 모두 보통과 다른 것을 말한다.
2 **沖つ藻**: 바다 밑의 해초이다.
3 **枕になし**: 'なし'는 그렇게 하면 안 되는 것을 그렇게 하는 것이다.
4 **蛾羽**: 나방을 총칭한 것이다. 날개는 얇고 약하다. '蛾衣'는 비단을 말한다.
5 **うら**: 살아 있는 사람으로서의 마음이다.
6 **若草の**: 싱그럽게 눈에 띄는 모습이다.
7 **言傳てむやと**: 죽은 사람의 말을 내가 전한다.
8 **家**: 주로 혈연관계를 말한다.
9 **言**: 위의, 집·이름이라는 내용이 있는 말에 대하여, 단지 말을 하는 것이다.
10 **世間にあり**: 끝에 같은 구를 반복하는 것은 가요의 특징이다.

3336 (토리가네노)/ 들려오는 바다에/ 높은 산을요/ 방풍벽으로 하고/ 바다 해초를/ 베개로 하고서/ 나방 날개의/ 옷조차 입지 않고/ (이사나토리)/ 바다의 해변 가에/ 무심하게도/ 누워 자는 사람은/ 부모에게는/ 사랑스런 아이겠지/ (와카쿠사노)/ 아내가 있을 건가/ 생각을 하는/ 말을 전해 줄까고/ 집을 물으면/ 집도 말하지 않고/ 이름 물어도/ 이름도 말하잖고/ 우는 애 같은/ 말도 하지를 않네/ 생각하지만/ 슬픈 것은 말이죠/ 세상 속에 있네요/ 세상 속에 있네요

해설

새들이 우는 소리가 쓸쓸하게 들려오는 바다에, 높은 산을 바람을 막는 방풍벽으로 하고 바다의 해초를 베개로 하고, 나방의 날개와 같은 얇은 옷조차 입지 않고, 고래를 잡는 바다의 해변 가에 아무 생각도 없이 누워 자고 있는 사람은 부모에게는 사랑스러운 자식이었겠지. 어린 풀 같은 싱그러운 아내가 있을 것인가. 마음에 생각하는 말을 그 가족들에게 전해 줄까 하고 생각을 해서 집이 어디인지 물으면 집이 어디인지도 말하지를 않고, 이름이 무엇인지 물어도 이름도 말하지 않고 마치 흐느껴 우는 아이 같은 말조차 하지를 않네. 아무리 생각을 하고 생각을 해도 슬픈 것은 세상일인 것이네. 세상일인 것이네라는 내용이다.

'所聞海尓'의 '所聞'을 大系와 私注에서는 中西 進과 마찬가지로 '들려오는'으로 해석하였다[(『萬葉集』 3, p.397), (『萬葉集私注』 7, p.172)]. 그러나 注釋과 全集에서는, 'かしま'로 읽고 지명으로 보았다[(『萬葉集注釋』 13, p.241), (『萬葉集』 3, p.433)].

曾倉 岑은, '전형적인 行路死人歌'라고 하였다[『萬葉集全注』 13, p.342].

反歌

3337 母父毛　妻毛子等毛　高々二　来跡待異六　人之悲紗

母父も　妻も子どもも　高高に[1]　來むと待ちけむ[2]　人の悲しさ

おもちちも　つまもこどもも　たかだかに　こむとまちけむ　ひとのかなしさ

3338 蘆檜木乃　山道者将行　風吹者　浪之塞　海道者不行

あしひきの　山道は行かむ　風吹けば　波の塞れる　海道は行かじ

あしひきの　やまぢはゆかむ　かぜふけば　なみのさやれる　うなぢはゆかじ

---

1 **高高に**: 기다리는 마음을 표현한 것이다.
2 **來むと待ちけむ**: 죽은 사람이다.

反歌

3337 어미아비도/ 아내도 아이도요/ 목을 빼고는/ 올까고 기다리는/ 사람의 슬픔이여

해설

어머니도 아버지도 아내도 아이도 온 가족이 목을 빼고는 돌아오기를 기다리고 있을 것인, 이 죽은 사람의 애달픔이여라는 내용이다.

죽은 사람의 온 가족이 기다리고 있을 것을 생각하며 안타까워한 노래이다.

3340번가와 유사하다. 제4구의 '來むと待ちけむ'가 3340번가에서는 '來むと待つらむ'으로 되어 있을 뿐이다.

3338 (아시히키노)/ 산길로 가야겠네/ 바람이 불면/ 파도가 일어 막는/ 바다 길 안 가려네

해설

힘이 들어서 다리를 끌며 걸어야 하는 힘든 산길로 가야 하겠네. 바람이 불면 파도가 일어나서 앞으로 나아가는 것을 막는 바다 길은 가지 않으려네라는 내용이다.

죽은 사람을 보고 바다 길의 위험성을 깨달은 노래이다. 죽은 사람에 대한 직접적인 안타까움은 드러나 있지 않다.

曾倉 岑은, '일련의 노래들 중에서 가족을 전연 노래하지 않은 것은 3335번가와 이 작품뿐이다. 이 노래에는 3335번가에 있던 죽은 사람에 대한 것조차 말하지 않고 있다. (중략) 길을 가다가 죽은 사람을 보고 지은 노래인 行路死人歌의 기능을 다하지 못한 노래라고 생각하지 않을 수 없다. 동시에 서정적인 작품으로서도 다른 노래와 조화를 이루지 못하며 그 때문에 다른 책의 노래의 反歌에서 제외된 것은 아닐까'라고 하였다『萬葉集全注』 13, p.344].

或本歌[1]

備後國神嶋濱, 調使首, 見屍作歌一首并短謌

3339 玉桙之 道尓出立 葦引乃 野行山行 潦 川徃渉 鯨名取 海路丹出而 吹風裳 母穂丹者不吹 立浪裳 箟跡丹者不起 恐耶 神之渡乃 敷浪乃 寄濱部丹 高山矣 部立丹置而 細潭矣 枕丹巻而 占裳無 偃爲公者 母父之 愛子丹裳在将 稚草之 妻裳有等将 家問跡 家道裳不云 名矣問跡 名谷裳不告 誰之言矣 勞鴨 腫浪能 恐海矣 直渉異将

玉桙の 道に出で立ち あしひきの 野行き山行き[2] ただうみの 川行き渡り 鯨魚取り 海路に出でて 吹く風も おほには吹かず 立つ波も のどには立たず 恐きや 神の渡の 重波の[3] 寄する濱邊に 高山を 隔に置きて 沖つ藻を 枕に纏きて うらも無く 偃せる[4] 君は 母父の 愛子にもあらむ 若草の 妻もあるらむ 家問へど 家道もいはず 名を問へど 名だにも告らず 誰が言を いたはしみ[5]かも とゐ波の 恐き海を 直渡りけむ[6]

たまほこの みちにいでたち あしひきの のゆきやまゆき ただうみの かはゆきわたり いさなとり うみぢにいでて ふくかぜも おほにはふかず たつなみも のどにはたたず かしこきや かみのわたりの しきなみの よするはまへに たかやまを へだてにおきて おきつもを まくらにまきて うらもなく こやせるきみは おもちちの まなごにもあらむ わかくさの つまもあるらむ いへとへど いへぢもいはず なをとへど なだにものらず たがことを いたはしみかも とゐなみの かしこきうみを ただわたりけむ

1 **或本歌**: 앞의 3335번가와 3336번가 2수를 바탕으로 한 文人의 작품으로 집단이 부른 노래이다. 그 文人의 이름을 調使首라고 전하였다. 이러한 과정은 山上憶良의 竹取歌, 志賀 어부의 노래 등에 보인다. 이 과정은 柿本人麿의 臨死歌(223번가 이하)의 성립 과정과도 같다.

2 **野行き山行き**: 3335번가의 산과 들이 서로 바뀐다. 따라서 'あしひきの'가 산에서 멀어졌다. 바뀐 것은 뒤에도 있다.

3 **重波の**: 'しき'는 반복되는 것이다.

4 **偃せる**: 'こゆ(臥)'의 경어이다. 挽歌에 많이 사용한다.

5 **いたはしみ**: 힘들게 생각한다. 신경을 쓰며 걱정하고 애처롭게 여긴다.

6 **直渡りけむ**: 창작가로 되었으므로 반복이 없어졌다.

어떤 책의 노래

키비노 미치노시리(備後)國의 카미시마(神嶋) 해변에서, 츠키노 오미노 오비토(調使首)가 시체를 보고 지은 노래 1수와 短歌

3339 (타마호코노)/ 길을 나서 출발해/ (아시히키노)/ 들을 가고 산을 가/ 바다와 같은/ 강을 넘어 건너서/ 고래를 잡는/ 바닷길로 나가서/ 부는 바람도/ 순하게 불지 않고/ 치는 파도도/ 잔잔히 치지 않고/ 무시무시한/ 신이 있는 험한 곳/ 첩첩한 파도/ 밀려드는 해변에/ 높은 산을요/ 방풍벽으로 하고/ 바다 해초를/ 베개로 하고서는/ 무심하게도/ 누워 있는 그대는/ 부모에게는/ 사랑스런 아이겠지/ (와카쿠사노)/ 아내도 있겠지요/ 집을 물어도/ 집 가는 길 말 않고/ 이름 물어도/ 이름도 말하잖고/ 누구의 말을/ 안타깝게 여겼나/ 높은 파도가/ 무서운 바다를요/ 바로 건너려 했나

해설

아름답게 장식을 한 창을 세운 길을 나서서 출발해서는 아픈 발을 끌며 가야 하는 힘든 들판을 지나가고 산을 넘어가서 바다와 같은 강을 건너가서 고래를 잡는 깊은 바닷길로 나가서, 부는 바람도 순하게 불지를 않고 치는 파도도 잔잔히 치지를 않고 무시무시한 바다의 신이 있는 험한 곳의 겹겹한 파도가 밀려드는 해변에, 높은 산을 바람을 막는 방풍벽으로 하고 바다 해초를 베개로 하고서는 아무런 생각도 없이 무심하게도 누워 있는 그대는 부모에게는 사랑스러운 자식이었겠지. 어린 풀 같은 싱그러운 아내도 있었겠지. 그대의 집에 소식을 알려 주려고 그대 집으로 가는 길을 물어도 말을 하지 않고 그대 이름을 물어도 이름도 말을 하지 않네. 누구의 말을 애처롭게 여겼던 것이기에 높은 파도가 치는 무서운 바다를 한사코 건너려고 했던 것인가라는 내용이다.

이 작품은 3335번가 중간에 3336번가를 넣어서 이용해서 만든 작품이다.

私注에서는, 제목의 '神嶋'에 대해, '지금의 高島일지 모른다'고 하였다『萬葉集私注』 7, p.178].

'調使首'에 대해서는 이견이 많다. 私注에서는 使는 衍字이고 調首가 성이므로 이름이 빠진 것으로 보고 이 작품이 人麿의 작품을 모방한 것이므로 人麿 이전의 작품으로는 볼 수가 없다고 하였다『萬葉集私注』 7, p.180]. 注釋에서는 調를 氏, 使를 姓, 首를 이름으로 하여 완전한 씨명으로 볼 수 있다고 하였다[『萬葉集注釋』 13, pp.246~247]. 全集에서는, "首'는 姓, '調使'는 '調使主'의 약칭인가'라고 하였다『萬葉集』 3, p.532].

反歌

3340　母父裳　妻裳子等裳　高々丹　来将跡待　人乃悲

母父も　妻も子どもも　高高に　來むと待つらむ　人の悲しさ

おもちちも　つまもこどもも　たかだかに　こむとまつらむ　ひとのかなしさ

3341　家人乃　将待物矣　津煎裳無　荒礒矣巻而　偃有公鴨

家人の[1]　待つらむものを　つれもなき[2]　荒礒を[3]纏きて　偃せる君かも

いへびとの　まつらむものを　つれもなき　ありそをまきて　こやせるきみかも

3342　細潭　偃爲公矣　今日々々跡　将来跡将待　妻之可奈思母

沖つ藻に　偃せる君を　今日今日と　來むと待つらむ　妻し悲しも

おきつもに　こやせるきみを　けふけふと　こむとまつらむ　つましかなしも

1 **家人の**: 부모와 처자 등이다.
2 **つれもなき**: 죽은 자의 무덤을 수식하는 것으로 많이 사용한다.
3 **荒礒を**: 거친 암석이 있는 해안이다.

反歌

3340 어미아비도/ 아내도 아이도요/ 목을 빼고는/ 올까고 기다리는/ 사람의 슬픔이여

해설

어머니도 아버지도 아내도 아이도 온 가족이 목을 빼고는 돌아오기를 기다리고 있을 것인, 이 죽은 사람의 애달픔이여라는 내용이다.

3337번가와 유사하다. 제4구의 '來むと待つらむ'가 3337번가에서는 '來むと待ちけむ'로 되어 있을 뿐이다.

3341 집 사람들이/ 기다리고 있을 걸/ 연고도 없는/ 거친 바위를 베고/ 누워 있는 그대인가

해설

집에서 부모와 처자 등 가족들이 기다리고 있을 것인데 아무런 연고도 없는 거친 바위를 베고 누워 있는 그대여라는 내용이다.

3340번가에서는 기다리고 있을 가족들의 슬픔을 생각하고 노래하였는데 이 작품에서는 사망한 사람에게 중점을 두고 노래하였다.

3342 바다풀에요/ 누워 있는 그대를/ 오늘인가고/ 오기를 기다리는/ 아내가 가엽네요

해설

바다풀을 베고 누워 있는 그대를, 오늘은 올 것인가 오늘은 올 것인가 하고 오기를 기다리고 있을 그대의 아내가 가엽네요라는 내용이다.

남편이 사망하였다는 사실도 모르고 돌아오기를 손꼽아 기다리고 있을, 사망한 사람의 아내의 안타까운 마음을 담은 노래이다.

3343 汭浪 来依濱丹 津煎裳無 偃爲公賀 家道不知裳

浦波の 來寄する濱に つれもなく 偃せる君が 家道知らずも

うらなみの きよするはまに つれもなく こやせるきみが いへぢしらずも

左注 右九首

3344 此月者 君将来跡 大舟之 思憑而 何時可登 吾待居者 黄葉之 過行跡 玉梓之 使之云者 螢成 髣髴聞而 大土乎 火穂跡而 立居而 去方毛不知 朝霧乃 思或而 杖不足 八尺乃嘆 々友 記乎無見跡 何所鹿 君之将座跡 天雲乃 行之随尓 所射宍乃 行文将死跡 思友 道之不知者 獨居而 君尓戀尓 哭耳思所泣

この月は 君來まさむと 大船の 思ひたのみて 何時しかと[1] わが待ち居れば 黄葉の 過ぎていにきと[2] 玉梓の 使の言へば 螢なす[3] ほのかに聞きて 大地を 炎と踏みて 立ちて居て 行方も知らず 朝霧の 思ひ惑ひて 杖足らず[4] 八尺の嘆 嘆けども 驗を無みと 何處にか 君が坐さむと 天雲の 行きのまにまに 射ゆ猪鹿の[5] 行きも死なむと 思へども 道の知らねば 獨り居て 君に戀ふるに 哭のみし泣かゆ[6]

このつきは きみきまさむと おほふねの おもひたのみて いつしかと わがまちをれば もみちばの すぎていにきと たまづさの つかひのいへば ほたるなす ほのかにききて おほつちを ほのほとふみて たちてゐて ゆくへもしらず あさぎりの おもひまとひて つゑたらず やさかのなげき なげけども しるしをなみと いづくにか きみがまさむと あまくもの ゆきのまにまに いゆししの ゆきもしなむと おもへども みちのしらねば ひとりゐて きみにこふるに ねのみしなかゆ

---

1 **何時しかと**: 원망을 나타낸다.
2 **過ぎていにきと**: 죽음을 상투적으로 표현하는 것이다.
3 **螢なす**: 이하 4구는 주된 문맥과 거리가 있다.
4 **杖足らず**: 1杖은 10척이며, 8척은 1杖이 되지 않는다. 8척은 길다는 뜻이다. 긴 한숨을 쉬는 것이다.
5 **射ゆ猪鹿の**: 'ゆ'는 수동을 나타낸다.
6 **哭のみし泣かゆ**: 우는 것을 강조한 표현이다.

3343 잔잔한 파도/ 밀려드는 해변에/ 연고도 없이/ 누워 있는 그대의/ 집 가는 길 모르네

해설

잔잔한 파도가 밀려드는 해변에 아무런 연고도 없이 누워 있는 그대의 집으로 가는 길을 모르네라는 내용이다. 사망한 사람의 가족들에게 사실을 알려 주려고 해도 그 사람의 집으로 가는 길을 모른다고 노래하였다. 私注에서는, '이 작품도 人麿의 작품을 모방한 것이라고 보아도 좋다'고 하였다『萬葉集私注』 7, p.182].

좌주 위는 9수

3344 이번 달에는/ 그대 돌아올 거라/ (오호후네노)/ 믿으며 생각하고/ 언제일까고/ 내가 기다리면요/ (모미치바노)/ 떠나가 버렸다고/ (타마즈사노)/ 심부름꾼 말하니/ (호타루나스)/ 어렴풋이 듣고서/ 땅을 말이죠/ 불 끄듯이 밟고서/ 서도 앉아도/ 어찌할 바 몰라서/ (아사기리노)/ 생각이 어지러워/ (츠에타라즈)/ 8척 같은 긴 한숨/ 내쉬지만요/ 효과가 없으므로/ 어느 곳에요/ 그대가 있을까고/ (아마쿠모노)/ 흘러가는 대로요/ (이유시시노)/ 찾아가서 죽자고/ 생각하지만/ 길을 알지 못하니/ 혼자 있으며/ 그대 그리워하다/ 소리 내어 우네요

해설

이번 달에는 그대가 틀림없이 돌아올 것이라고 큰 배를 의지하듯이 그렇게 믿고 생각하고는 언제일까 빨리 왔으면 하고 내가 기다리고 있는데, 단풍잎이 떨어지듯이 그렇게 사망해 버렸다고 아름다운 지팡이를 가진 심부름꾼이 말을 전하니, 반딧불처럼 어렴풋이 듣고서는 불을 끄듯이 땅을 팔짝팔짝 뛰며 밟고, 서 있어도 앉아 있어도 어떻게 해야 할지 몰라서 아침 안개가 자욱하여 앞을 분간할 수 없듯이 생각이 어지러워서 1杖은 되지 않는 8척 같은 긴 한숨을 내쉬지만 아무런 효과가 없으므로, 어디에 그대가 있을까 하고 하늘 구름이 떠가는 대로 화살을 맞아 부상당한 멧돼지나 사슴처럼 찾아가서 죽으려고 생각하지만, 그런데 가는 길을 알지 못하므로 혼자 가만히 있으며 그대를 그리워하고 있으면 소리를 내어서 울어 버리게 되네라는 내용이다.

이 작품에는 枕詞가 많이 사용되었다. 曾倉 岑은 이 작품이, '3333번가와 마찬가지로 지방에서 사망한 관료의 아내의 입장의 노래이다. (중략) 柿本人麻呂의 泣血哀慟歌의 영향이 인정되는 것이다. 드디어 만날 수 있을 것이라고 말하는데 사망하였다는 소식을 듣고 큰 충격을 받는다. 여기까지는 세부적으로 차이가 나고 표현 효과도 다르지만 큰 흐름은 같다. 그대로 있을 수 없어서 행동하는 것이 人麻呂이다. 행동하려고 생각하지만 길을 알지 못해서 단념하고 혼자 우는 것이 이 노래이다. (중략) 이 노래가 상식적이다'고 하였다『萬葉集全注』 13, pp.358~359]. 『만엽집』에서 산 사람이 죽은 사람을 따라 죽으려고 하는 내용은 이 작품에서만 보인다. 그것에 대해 曾倉 岑은, '이 작품이 현실의 죽음에 직면하고 있지 않은 허구적인 작품이기 때문일 것이다. (중략) 듣는 사람과 독자의 흥미를 강하게 의식한 허구적인, 이야기적인 작품이기 때문일 것이다. 드물게 강한 표현을 사용하면서도 전체적으로 상식적인 것도 작품의 성격에 의한 것이라 생각된다'고 하였다『萬葉集全注』 13, p.359].

反歌

3345 葦邊徃　鴈之翅乎　見別　公之佩具之　投箭之所思

葦邊ゆく　雁の翅を[1]　見るごとに　君がう佩ばしし[2]　投箭し[3]思ほゆ

あしへゆく　かりのつばさを　みるごとに　きみがおばしし　なげやしおもほゆ

左注 右二首. 但, 或云此短歌者, 防人之妻所作也. 然則應知長歌亦此同作焉.

3346 欲見者　雲居所見　愛　十羽能松原　小子等　率和出将見　琴酒者　國丹放甞　別避者　宅仁離南　乾坤之　神志恨之　草枕　此羈之氣尓　妻應離哉

見欲しきは[4]　雲居に見ゆる　うるはしき[5]　十羽の松原　小子ども[6]　いざわ[7]出で見む　こと[8]離けば　國に放けなむ[9]　こと離けば　家に放けなむ　天地の　神し恨めし　草枕　この旅の日に　妻離くべしや[10]

みほしきは　くもゐにみゆる　うるはしき　とばのまつばら　わらはども　いざわいでみむ　ことさけば　くににさけなむ　ことさけば　いへにさけなむ　あめつちの　かみしうらめし　くさまくら　このたびのけに　つまさくべしや

---

1 **雁の翅を**: 기러기 날개를 화살에 사용하였다.
2 **佩ばしし**: 경어. 화살을 화살통에 넣어서 짊어졌다.
3 **投箭し**: '投ぐ'는 쏘는 것이다.
4 **見欲しきは**: 마음을 위로하기 위하여. 뒷부분의 내용을 보면 여행길에서 아내가 죽은 듯하다.
5 **うるはしき**: 단정한 아름다움에 마음이 끌린다.
6 **小子ども**: 'わらば'는 남겨진 아이인가. '子ども'는 동행자이다.
7 **いざわ**: 'いざ'와 같다.
8 **こと**: '~와 같이(如)'라는 뜻이다. 부사적으로 사용되어 '이왕이면'의 가정 조건을 나타낸다.
9 **國に放けなむ**: 'なむ'는 願望을 나타낸다. 家, 國(고향)이라면 그래도 견딜 수 있다.
10 **妻離くべしや**: 'や'는 강한 부정을 동반한 의문을 나타낸다.

反歌

3345 갈대숲 가는/ 기러기의 날개를/ 볼 때마다요/ 그대가 차고 있던/ 화살이 생각나네요

해설

갈대가 나 있는 물가를 날아가는 기러기의 날개를 볼 때마다 그대가 차고 있던 화살이 생각나네요라는 내용이다.

기러기 날개를 화살 끝에 꽂았던 듯하다. 그래서 기러기 날개를 볼 때마다 남편의 화살을 생각하며 남편을 그리워하게 된다는 뜻이다.

좌주 위는 2수. 다만, 혹은 말하기를 '이 短歌는 防人(관동지방에서 파견된 수비병)의 아내가 지은 것이다'고 하였다. 그렇다면 長歌도 또 이것과 같이 지어졌다는 것을 알 수 있다.

3346 보고 싶은 건/ 구름 너머 보이는/ 참 아름다운/ 토바(十羽)의 마츠바라(松原)/ 모든 사람들/ 자아 나가서 보자/ 헤어진다면/ 고향서 헤어지자/ 헤어진다면/ 집에서 헤어지자/ 하늘과 땅의/ 신이 원망스럽네/ (쿠사마쿠라)/ 이 여행을 하는 날/ 아내 잃어 좋을까

해설

보고 싶다고 생각하는 것은 구름 저 멀리 보이는 아름다운 토바(十羽)의 마츠바라(松原)이네. 모두들 자아 사이좋게 나가서 구경을 해 보자. 헤어진다면 이왕이면 고향에서 헤어지자. 헤어진다면 이왕이면 집에서 헤어지자. 하늘과 땅의 신이 원망스럽네. 풀을 베고 자야 하는 힘든 이 여행을 하는 날에 아내를 잃어버려도 되는 것인가라는 내용이다.

全集에서는, '挽歌的인 내용이라고 생각되지 않고 오히려 성적제의의 일종인 歌垣 같은 놀이에서 유인하는 가요의 단편이었던 것인가 생각된다. 아마도 다음 구와의 사이에 가사가 있었던 것이 없어지고 다른 창작가 종류와 결합한 것일 것이다'고 하였다(『萬葉集』 3, p.438].

私注에서는, '挽歌에 들어 있으므로 挽歌로 이해해 왔지만, 아마도 사실은 그렇지 않고 이별을 원망하는 여성의 입장에서의 민요일 것이다. 분류가 반드시 절대적이지 않은 것은 앞에서 가끔 보았다. 또 전반과 후반이 거의 독립된 것이라 보아도 좋을 정도로 다른 작품이다. (중략) 전반은 이른바 序劇이라고도 할 수 있는 것이며, 후반의 비극적인 호소를 듣기 위한 사람들에게 말하고 있는 것이라고 보아도 좋다'고 하였다(『萬葉集私注』 7, p.188].

曾倉 岑은, 이 작품에서 國見 · 歌垣的 요소를 인정하고, 이 노래도 개인의 체험에 바탕한 서정시로 생각해서는 안 되고 그렇게 많지는 않다고 해도 때로 일어날 수 있는 지방관으로 부임한 사람들의 경험처럼 해서 만들어진, 말하자면 문학적인 挽歌라고 생각된다고 하였다(『萬葉集全注』 13, pp.364~366].

反歌

3347 草枕　此羈之氣尓　妻放　家道思　生爲便無 [或本歌曰, 羈乃氣二爲而]

草枕　この旅の日に　妻放り[1]　家道思ふに　生けるすべ無し[2][或る本の歌に云はく, 旅の日にして]

くさまくら　このたびのけに　つまさかり　いへぢおもふに　いけるすべなし[あるほんのうたにいはく, たびのけにして]

左注　右二首

---

1 **妻放り**: 자동사이다.
2 **生けるすべ無し**: 212번가의 변형이다.

反歌

3347 (쿠사마쿠라)/ 이 여행하는 날에/ 아내 떠나니/ 집 갈 길 생각하면/ 살아갈 방법 없네[어떤 책의 노래에 말하기를, 여행을 하는 날에]

해설

풀 베개를 베고 잠을 자야 하는 힘든 여행을 하는 날에 아내가 사망하여 멀리 떠나가 버렸으므로 고향으로 돌아갈 길을 생각하면 살아갈 방법도 떠오르지 않네[어떤 책의 노래에 말하기를, 여행을 하는 날에 있어서]라는 내용이다.

아내와 사별한 슬픔을 노래한 것이다.

大系와 注釋에서는 中西 進과 마찬가지로 아내와 사별한 남성의 작품으로 보았다. 그러나 私注에서는, 이 작품도 '이별을 당한 여성의 탄식인 것은 長歌의 후반과 같다'고 하였다[『萬葉集私注』 7, p.189].

좌주 위는 2수

만엽집

권 제14

東謌[1]

3348 奈都素妣久　宇奈加美我多能　於伎都渚尓　布祢波等杼米牟　佐欲布氣尓家里

夏麻引く[2]　海上潟[3]の　沖つ渚に[4]　船はとどめむ　さ夜更けにけり[5]

なつそびく　うなかみがたの　おきつすに　ふねはとどめむ　さよふけにけり

左注 右一首, 上總國歌

3349 加豆思加乃　麻萬能宇良末乎　許具布祢能　布奈妣等佐和久　奈美多都良思母

葛飾[6]の　眞間の浦廻[7]を　漕ぐ船の　船人騒く[8]　波立つらしも[9]

かづしかの　ままのうらまを　こぐふねの　ふなびとさわく　なみたつらしも

左注 右一首, 下總國歌

1 **東謌**: 東山·東海 二道에 속하는 나라 중, 東山道는 信濃에서, 東海道는 遠江에서 동쪽 12국의 노래 230수(이외에 다른 전승의 노래도 있다)를 실었다. 첫 부분에는 도읍에 전승되던 風俗歌 5수를 싣고, 그 뒤에는 相聞·雜歌 등으로 분류하였다.

2 **夏麻引く**: 무슨 뜻인지 알 수 없다. 'うなひ' 등을 수식한다. '여름에 마를 뿌리째 뽑는 이랑(畝:うね)'이라는 뜻으로 수식하는가.

3 **海上潟**: 下總에도 같은 이름의 郡이 있지만 左注를 보면 上總이라고 생각된다.

4 **沖つ渚に**: '渚'는 얕은 여울이다. 배를 대기에 편리하다.

5 **さ夜更けにけり**: 'けり'는 문득 깨달았다는 느낌이다.

6 **葛飾**: 下總 國府 부근이다. 지금의 千葉縣 市川市. 431번가에 이미 보였다.

7 **浦廻**: '浦ま'는 '浦み', '浦わ'와 같다고 생각된다.

8 **船人騒く**: '眞間(まま)'은 벼랑이라는 뜻으로, 國廳은 그 위에 있었다. 거기에서 내려다본 광경으로 관료의 입장에서의 작품일 것이다.

9 **波立つらしも**: '騒く(뱃사람들이 법석대는 것)'에 바탕을 한 추량이다. 파도가 이는 것을 실제로 보고 있는 것은 아니다.

東歌

3348 (나츠소비쿠)/ 우나카미(海上) 갯벌의/ 얕은 여울에/ 배를 정박시키자/ 벌써 밤이 깊었네

해설

여름에 마를 뿌리째 뽑는 이랑이라는 뜻을 이름으로 한 우나카미(海上) 갯벌의 얕은 여울에 배를 정박시키자. 벌써 밤이 깊어 버렸네라는 내용이다.

이 노래와 유사한 작품으로는 권제3의 274번가, 권제7의 1176번가와 1229번가가 있다.

大系에서는, '이런 작품이 민요화한 것인가'라고 하였다[『萬葉集』 3, p.408]. 私注에서도, '上總海上의 선착장에 전해지던 민요일 것이다'고 하였다[『萬葉集私注』 7, p.198]. 注釋에서도 민요로 보았다[『萬葉集注釋』 14, p.9]. 그러나 水島義治는, '이 1수의 성조 내지 리듬은 短歌의 것이지 민요의 것은 아니다. 한 단어도 잘못 사용된 것이 없으므로 도회지 사람의 작품과 다름이 없다. 이 점에서 확실히 '東歌'는 아닌 것이다. 자발적으로 어업에 종사하며 그것으로 세상을 살아가는 사람의 생활 노래가 아닌 것은 확실하다'고 하였다[『萬葉集全注』 14, p.21].

좌주 위의 1수는, 카미츠후사(上總)國의 노래

3349 카즈시카(葛飾)의/ 마마(眞間)의 포구를요/ 노 젓는 배의/ 선원들 시끄럽네/ 파도가 이는가 봐

해설

카즈시카(葛飾)의 마마(眞間)의 포구를 노 젓는 배의 선원들이 부산을 떨고 있네. 아마도 파도가 일기 시작했는가 보다라는 내용이다.

이 작품은 권제7의 1228번가와 유사하다.

大系에서는, '3348 · 3349번가와 유사한 노래가 권제7의 1229 · 1228번가에 연속하여 있는 것은 생각할 가치가 있는 문제'라고 하였다[『萬葉集』 3, p.408].

좌주 위의 1수는, 시모츠후사(下總)國의 노래

3350 筑波祢乃　尓比具波麻欲能　伎奴波安礼杼　伎美我美家思志　安夜尓伎保思母

筑波嶺[1]の　新桑繭[2]の　衣はあれど[3]　君[4]が御衣し[5]　あやに[6]着欲しも

つくはねの　にひぐはまよの　きぬはあれど　きみがみけしし　あやにきほしも

左注 或本歌曰, 多良知祢能 又云, 安麻多伎保思母

或る本の歌に云はく, たらちねの[7] 又云はく, あまた着欲しも[8]

あるほんのうたにいはく, たらちねの またいはく, あまたきほしも

3351 筑波祢尓　由伎可毛布良留　伊奈乎可母　加奈思吉兒呂我　尓努保佐流可母

筑波嶺に　雪かも降らる[9]　否をかも[10]　かなしき[11]兒ろ[12]が　布[13]乾さるかも

つくはねに　ゆきかもふらる　いなをかも　かなしきころが　にのほさるかも

左注 右二首, 常陸國歌

1 **筑波嶺**: 常陸의 國府 서쪽의 산이다. 'ね'는 여기에서는 산의 정상이 아니다.
2 **桑繭**: 桑繭은 桑蠶이다. 桑子라는 단어도 있다. 고치라는 말이다. 새로 고치에서 실을 뽑아 만든 비단옷을 말한다.
3 **あれど**: '자주 있지만'이라는 뜻이다.
4 **君**: 족장. 國府의 관료들을 가리키는 것인가.
5 **御衣し**: 'けし'는 'けす(입는다의 경어)'의 명사형이다.
6 **あやに**: 마음이 안정되지 않고 들뜬 모양이다.
7 **たらちねの**: 첫 구가 다른 전승이다. 젖이 많다는 뜻으로 母를 상투적으로 수식하는 枕詞이지만 여기에서는 母를 가리킨다.
8 **あまた着欲しも**: 마지막 구가 다른 전승이다.
9 **雪かも降らる**: '降らる'는 '降れる'의 사투리이다.
10 **否をかも**: 'を'는 間投詞이다.
11 **かなしき**: 매우 사랑받는다.
12 **兒ろ**: 'ろ'는 접미어이다.
13 **布**: 'ぬの'의 사투리이다.

3350 츠쿠하(筑波) 산의/ 새 고치실로 만든/ 비단옷 있지만/ 그대가 입으신 옷/ 공연히 입고 싶네

해설

츠쿠하(筑波) 산에 새로 난 뽕잎으로 키운 누에의 고치로 뽑은 실로 짠 좋은 비단 옷도 있지만 그대가 입은 옷이 공연히 입고 싶네라는 내용이다.

中西 進은, '옷을 받는 것은 사랑을 받는다는 뜻이며, 이 작품은 서민 여성의 입장에서의 노래'라고 하였다. 水島義治는, '고대인의 생각에서 보면 상대방의 옷을 입고 싶다고 하는 것은 상대방의 혼을 원하는 것이며, 자신이 연모하는 사람의 사랑을 얻고 싶다는 의미이다. 단순하게 도읍에서 내려온 관료의 의복을 보고 그것을 부러워한 것은 아니다'고 하였다『萬葉集全注』 14, p.25].

좌주 다른 책의 노래에서는 말하기를, 어머니의요 또는 말하기를, 정말 입고 싶네요

3351 츠쿠하(筑波) 산에/ 눈이 내리고 있나/ 아닌 것일까/ 사랑스런 그녀가/ 천을 말리고 있나

해설

츠쿠하(筑波) 산에 눈이 내리고 있는 것일까. 그렇지 않은 것일까. 사랑스러운 그 아이가 천을 말리고 있는 것일까라는 내용이다.

이 작품이 筑波山에 눈이 내린 것을 노래한 것인지, 흰 천을 말리고 있는 것을 노래한 것인지 분명하지 않다.

中西 進은, '筑波山이 흰 것에 흥미를 느낀 서민들의 노래로 나중에는 관료들도 즐기게 된, '催馬樂' 같은 노래이다. 시작 부분 5수 중에서 이 작품에만 사투리가 있다'고 하였다.

私注에서는, '눈 풍경을 노래한 것이 아니라 筑波山 기슭의 마을의 생업으로, 흰 천을 눈으로 착각할 정도로 널어서 말리고 있는 것을 노래한 것은 말할 필요가 없다'고 하였다『萬葉集私注』 7, p.203]. 注釋에서도 私注의 설을 따른다고 하였다『萬葉集注釋』 14, p.15]. 그러나 水島義治는, '筑波山에 눈이 온 것을 보고, 사랑하는 여인이 천을 말리는 것을 노래한 것으로 본 종래의 설에 따르고 싶다'고 하였다『萬葉集全注』 14, p.28].

좌주 위의 2수는, 히타치(常陸)國의 노래

3352 信濃奈流　須我能安良能尓　保登等藝須　奈久許惠伎氣婆　登伎須疑尓家里

信濃なる　須賀[1]の荒野に　ほととぎす　鳴く聲聞けば　時[2]すぎにけり

しなのなる　すがのあらのに　ほととぎす　なくこゑきけば　ときすぎにけり

左注 右一首, 信濃國歌

相聞[3]

3353 阿良多麻能　伎倍乃波也之尓　奈乎多弖天　由吉可都麻思自　移乎佐伎太多尼

あらたまの[4]　伎倍[5]の林に　汝を立てて[6]　行きかつましじ[7]　寝を先立たね[8]

あらたまの　きへのはやしに　なをたてて　ゆきかつましじ　いをさきだたね

1 **信濃なる 須賀**: 長野縣 松本市 부근이라고도, 小縣郡 眞田町 부근이라고도 한다.
2 **時**: 시기를 말한다. 황량한 들판에서 두견새 소리를 듣고 깨닫는 시간의 경과, 귀경 시기가 늦어지는 것, 사별 후에 시간이 경과하는 것 등 다양하게 생각할 수 있다. 지방 관료의 애송가였을 것이다.
3 **相聞**: 연애 감정을 노래한 노래. 이하 민중에 의해 불린 집단 가요이다.
4 **あらたまの**: 遠江의 郡 이름이다. 濱名湖 북쪽.
5 **伎倍**: 柵(き)에 속한 戶(へ)라는 설, 伎人(베 짜는 사람)의 戶라는 설이 있으나 미상이다. 지명일 것이다.
6 **汝を立てて**: 여행을 떠나는 남편을 아내가 숲속에 서서 배웅하는 것인가.
7 **行きかつましじ**: 'ましじ'는 'まじ'와 같다.
8 **寝を先立たね**: 'ね'는 希求를 나타내는 종조사이다.

3352 시나노(信濃)의요/ 스가(須賀)의 황야에서/ 두견새가요/ 우는 소리 들으면/ 시간이 지나 갔네

해설

시나노(信濃)의 스가(須賀)의 황량한 들에서 두견새가 우는 소리를 들으면 시간이 지나갔네라는 내용이다.

제5구의 '時すぎにけり'는 어떤 시간이 지나간 것을 말한 것인지 분명하지 않다.

全集에서는, '이 時의 내용에 대해 귀경의 예정 시기, 남편이 돌아올 때, 연인과 만나야 할 시기, 파종 시기 등 여러 설이 있다. 두견새는 철새이며 초여름에 와서 우는 것으로 모심기 하는 때이기도 하므로 이 소리를 농사를 재촉하는 것으로 본 설도 있었다. 이 노래도 본래는 농경생활에서 생겨난 것일 것이다'고 하였다『萬葉集』 3, p.446].

작품의 '시나노(信濃)의요 스가(須賀)의 황야에서'와 같은 내용으로 보면 남성이 자신의 귀경의 예정 시기에 대해서 노래한 것으로 보인다.

좌주 위의 1수는, 시나노(信濃)國의 노래

相聞

3353 아라타마의/ 키헤(伎倍)의 숲속에다/ 그대를 두고/ 떠나갈 수가 없네/ 잠을 먼저 잡시다

해설

아라타마의 키헤(伎倍)의 숲속에다 그대를 세워 놓은 채로 나는 떠나갈 수가 없네. 그러니 함께 잠을 먼저 잡시다라는 내용이다.

'先立つ'는 어떤 일을 먼저 하는 것이다.

中西 進은, '집단적으로 여행을 떠나는 남자의 장난스런 노래인가. 또는 伎倍의 제사에 여성이 지명되어 떠날 때의 남성의 노래인가'라고 하였다.

'寢を先立たね'를 全集에서는 야외에서 동침하는 것이라고 하였다.

3354 伎倍比等乃　萬太良夫須麻尓　和多佐波太　伊利奈麻之母乃　伊毛我乎杼許尓

伎倍人の　斑衾[1]に　綿[2]さはだ[3]　入りなましもの[4]　妹が小床に[5]

きへひとの　まだらぶすまに　わたさはだ　いりなましもの　いもがをどこに

左注 右二首, 遠江國歌

3355 安麻乃波良　不自能之婆夜麻　己能久礼能　等伎由都利奈波　阿波受可母安良牟

天の原[6]　富士の柴山[7]　木の暗の　時[8]移りなば[9]　逢はずかもあらむ

あまのはら　ふじのしばやま　このくれの　ときゆつりなば　あはずかもあらむ

1 **伎倍人の 斑衾**: 도래계의 기술자들에 의해 염색된 옷일 것이다. 衾은 침구이다. 伎倍 지방 사람의 침구를 지식으로 말한 것이다.
2 **綿**: 絹綿. 풀솜이다.
3 **さはだ**: 많이.
4 **入りなましもの**: 이 구에 문맥의 전환이 있으며, 이하 내가 주격이 된다. 'な'는 완료로 강조의 뜻을 나타낸다. 'まし'는 현실에 반대되는 가정이다.
5 **妹が小床に**: '小'는 가련한 정을 나타내는 접두어이다.
6 **天の原**: 하늘이 넓은 것을 말한 것이다.
7 **富士の柴山**: 富士(후지)산 기슭에 잡목들이 늘어선 것을 말한 것이다.
8 **木の暗の 時**: 푸른 잎이 무성하여 나무 밑에 그늘이 생긴 초여름 무렵이다.
9 **移りなば**: 'うつり'와 같다.

3354 키헤(伎倍) 사람의/ 반점 무늬 침구에/ 풀솜이 많이/ 들어가 있다면요/ 그녀의 침상에요

해설

키헤(伎倍)의 사람이 사용하는 반점 무늬의 침구에 풀솜이 많이 들어가 있다면 나도 그 아이의 침상에 항상 들어가고 싶은 것이네라는 내용이다.

사랑하는 여인의 침상에 들어가 함께 흡족하게 있고 싶다는 뜻이다.

좌주 위의 2수는, 토호츠아후미(遠江)國의 노래

3355 넓은 하늘의/ 후지(富士) 산의 잡목들/ 나무 밑 그늘/ 때가 지나고 나면/ 만날 수가 없게 될까

해설

넓은 하늘에 솟아 있는 후지(富士) 산의 잡목들의 잎이 무성해져서 나무 밑에 그늘이 생기는 때가 지나가 버리면 만날 수가 없게 될 것인가라는 내용이다.

'天の原'을 大系에서는 '富士'를 수식하는 枕詞로 보았다[『萬葉集』 3, p.410]. 水島義治도 枕詞로 보았다[『萬葉集全注』 14, p.39].

中西 進은, '富士山 잡목림에서 이 계절에 일하는 남자의 노래인가'라고 하였다.

全集에서는, "'木の暗'에 유의해서 해석하면 만나야 할 시기가 지나가는 것을 아쉬워하는 노래가 된다. 신록의 나무 그늘에서 만나기로 한 것이 된다. 'ゆつる(지나다)'에 충실하게 해석한다면, 어두워져서 만날 약속 시간에 상대방이 오지 않는 것을 탄식하는 노래가 된다. 일단 앞의 해석을 취한다'고 하였다[『萬葉集』 3, p.447].

3356 不盡能祢乃　伊夜等保奈我伎　夜麻治乎毛　伊母我理登倍婆　氣尓餘波受吉奴

富士の嶺の　いや[1]遠長き　山路をも　妹がり[2]とへば[3]　日に及ばず[4]來ぬ

ふじのねの　いやとほながき　やまぢをも　いもがりとへば　けによばずきぬ

3357 可須美爲流　布時能夜麻備尓　和我伎奈婆　伊豆知武吉弖加　伊毛我奈氣可牟

霞ゐる[5]　富士の山びに[6]　わが來なば　何方向きてか　妹が嘆かむ

かすみゐる　ふじのやまびに　わがきなば　いづちむきてか　いもがなげかむ

3358 佐奴良久波　多麻乃緒婆可里　古布良久波　布自能多可祢乃　奈流佐波能其登

さ寢らくは[7]　玉の緒ばかり[8]　戀ふらくは　富士の高嶺の　鳴澤[9]の如

さぬらくは　たまのをばかり　こふらくは　ふじのたかねの　なるさはのごと

1 **いや**: 점점.
2 **妹がり**: 아내의 곁이다.
3 **とへば**: 'といへば'의 축약형이다.
4 **日に及ばず**: 'け'는 日. 'よばず'는 'およばず(미치지 않다, 걸리지 않다)'의 축약형이다. 당시 富士山 기슭을 하루에 지나가는 것은 어려웠으므로 사랑하는 마음을 과장한 것인가.
5 **霞ゐる**: 안개가 움직이지 않고 끼어 있다.
6 **富士の山びに**: 'び'는 주변이다. 안개가 끼지 않아도 넓은데, 안개까지 끼어 있는 산기슭이라는 뜻이다.
7 **さ寢らくは**: 'さ'는 접두어이다. '寢らく'는 잠을 자는 것이다.
8 **玉の緒ばかり**: 여기에서는 짧은 것을 비유한 것이다.
9 **鳴澤**: 물의 흐름이 빠른 못이라는 뜻으로 西湖 남쪽의 鳴澤이라고 하는 설과, 떨어지는 돌이 구르는 大澤이라고 하는 설이 있다. 격렬함을 비유한 것이다.

3356 후지(富士) 산의요/ 무엇보다 멀고 긴/ 산길조차도/ 아내 곁이라 하니/ 하루 못 걸려 왔네

해설

후지(富士) 산의 무엇보다도 멀고 긴 산길조차도, 아내 곁으로 간다고 생각하니 하루도 걸리지 않고 온 것이네라는 내용이다.

멀고 힘든 길도, 사랑하는 여인을 만난다고 생각하니 빨리 도착할 수 있었다는 뜻이다.

3357 안개가 끼인/ 후지(富士) 산기슭까지/ 내가 왔을 때/ 어느 쪽 향하여서/ 아내 탄식을 할까

해설

안개가 끼어 있는 후지(富士) 산의 산기슭까지 내가 왔을 때쯤, 아내는 어느 쪽을 향하여서 탄식을 하고 있을까라는 내용이다.

안개 때문에 아내는, 남성이 어디에 있는지를 알지 못해서 탄식한다는 뜻이다.

私注에서는, '아내를 집에 남겨 두고 여행하는 사람의 입장에서 노래하고 있다'고 하였다[『萬葉集私注』 7, p.209].

3358 잠자는 것은/ 구슬 끈처럼 짧고/ 그리운 것은/ 후지(富士)의 높은 곳의/ 격류처럼 강하네

해설

사랑하는 사람과 함께 잠을 잔 것은 구슬 끈처럼 짧은데, 그리운 것은 후지(富士) 산 높은 곳의 물이 세차게 흐르는 것처럼 격렬하네라는 내용이다.

사랑하는 사람과 함께 충분한 잠을 자지도 못했는데 그리움은 너무 심하다는 뜻이다.

或本歌曰, 麻可奈思美　奴良久波思家良久　佐奈良久波　伊豆能多可祢能　奈流佐波奈須与

或る本の歌に曰はく, ま愛しみ[1]　寢らくはしけらく[2]　さ鳴らくは[3]　伊豆の高嶺の[4]　鳴澤なす[5]よ

あるほんのうたにいはく, まかなしみ　ぬらくはしけらく　さならくは　いづのたかねの　なるさはなすよ

一本歌曰, 阿敝良久波　多麻能乎思家也　古布良久波　布自乃多可祢尓　布流由伎奈須毛

一本の歌に曰はく, 逢へらくは[6]　玉の緒しけや[7]　戀ふらくは　富士の高嶺に　降る雪なすも

あるほんのうたにいはく, あへらくは　たまのをしけや　こふらくは　ふじのたかねに　ふるゆきなすも

3359 駿河能宇美　於思敝尓於布流　波麻都豆良　伊麻思乎多能美　波播尓多我比奴[一云, 於夜尓多我比奴]

駿河の海　磯邊に[8]生ふる　濱つづら[9]　汝をたのみ　母に[10]違ひぬ[一は云はく, 親に違ひぬ]

するがのうみ　おしへにおふる　はまつづら　いましをたのみ　ははにたがひぬ[一云, おやにたがひぬ]

左注　右五首, 駿河國歌

1 **ま愛しみ**: 'ま'는 접두어이다. 'み'는 'ので(~이므로)'라는 뜻이다.
2 **寢らくはしけらく**: 'しげる(繁)'의 반대말인 'しける'가 있었던 것인가. 'しけし(『古事記』 神武천황조)와 같은 어원인가. 드문드문한 것이다.
3 **さ鳴らくは**: 'さ'는 접두어이다. 소문이 시끄러운 것이다.
4 **伊豆の高嶺の**: 伊豆山인가.
5 **鳴澤なす**: 'なす'는 '~와 같은' 것이다.
6 **逢へらくは**: '逢へらく'는 '逢へり'의 명사형이다.
7 **玉の緒しけや**: 'や'는 강한 부정을 동반한 의문을 나타낸다.
8 **磯邊に**: 'おし'는 'いそ'의 사투리이다.
9 **濱つづら**: 바닷가에 나 있는 덩굴 풀. 덩굴이 길게 벋어가는 모양을 다음 구에 접속시켰다.
10 **母に**: 母는 딸의 연애 감시자로서 가끔 등장한다.

어떤 책의 노래에 말하기를, 사랑스럽게/ 잠 잔 것은 잠시이고/ 사람들 소문/ 이즈(伊豆)의 높은 곳의/ 격류처럼 심하네

해설

어떤 책의 노래에 말하기를, 사랑스럽게 생각을 해서 함께 잠을 잔 것은 잠시인데, 사람들의 소문은 이즈(伊豆)의 높은 곳에서 세차게 흘러내리는 격류처럼 시끄럽네라고 하였다.

다른 책의 노래에 말하기를, 만나는 것은/ 구슬 끈처럼 짧고/ 그리운 것은/ 후지(富士)의 높은 곳에/ 내리는 눈과 같네

해설

다른 책의 노래에는 말하기를, 그녀와 만나는 시간이 짧은 것은 구슬 끈에도 미치지 않을 정도인데, 그리운 것은 후지(富士) 산의 높은 곳에 끊임없이 내리는 눈처럼 끊임이 없네라고 하였다.

3359 스루가(駿河)의 바다/ 물가에 자라나는/ 해변 덩굴풀/ 그대를 의지하여/ 어머니 거역했네[혹은 말하기를, 부모를 거역했네]라는 내용이다.

해설

스루가(駿河) 해안의 물가에 자라나는 해변의 덩굴풀이 길게 벋어가는 것처럼, 그렇게 길게 오래도록 그대를 의지하며 신뢰해서 어머니를 거역했네[혹은 말하기를, 부모를 거역했네]라는 내용이다.

좌주 위의 5수는, 스루가(駿河)國의 노래

3360 伊豆乃宇美尓　多都思良奈美能　安里都追毛　都藝奈牟毛能乎　美太礼志米梅楊

伊豆の海に　立つ白波の　ありつつも[1]　繼ぎなむも[2]のを　亂れしめめや[3]

いづのうみに　たつしらなみの　ありつつも　つぎなむものを　みだれしめめや

或本歌曰, 之良久毛能　多延都追母　都我牟等母倍也　美太礼曽米家武

或る本の歌に曰はく, 白雲の[4]　絶えつつも　繼がむと思へや[5]　亂れそめけむ

あるほんのうたにいはく, しらくもの　たえつつも　つがむともへや　みだれそめけむ

左注 右一首, 伊豆國歌

---

1 **ありつつも**: 변함없이 계속.
2 **繼ぎなむも**: 사랑의 관계를. 'む'는 의지를 나타낸다.
3 **亂れしめめや**: 사랑의 불안에 마음이 혼란스러워지는 것이다. 'しめ'는 사역, 'や'는 강한 부정을 동반한 의문을 나타낸다.
4 **白雲の**: 사라졌다가는 다시 일어나는 모양을 다음에 접속시켰다.
5 **繼がむと思へや**: 생각하기 때문인가. '亂れ'는 마음이 변하는 것이다.

3360 이즈(伊豆)의 바다에/ 이는 흰 파도처럼/ 변함이 없이/ 계속하여 갈 것을/ 혼란하게 할 건가

해설

이즈(伊豆) 바다에 흰 파도가 끊임없이 일어나듯이, 그렇게 변함이 없이 두 사람이 사랑을 계속하여 갈 것인 것을. 어떻게 그대의 마음을 혼란스럽게 하는 일이 있을 것인가라는 내용이다.

어떤 책의 노래에 말하기를, 흰 구름처럼/ 끊어질 듯이/ 계속하려 생각해/ 어지럽게 되었나

해설

어떤 책의 노래에는 말하기를, 흰 구름처럼 끊어질 듯 끊어질 듯하면서 계속하려고 생각을 해서, 그대의 마음은 혼랍스럽게 되기 시작했나라고 하였다.

中西 進은 상대방의 마음이 어지럽게 된 것으로 보았다. 全集에서도 그렇게 보았다[『萬葉集』 3, p.449]. 그러나 私注에서는, '흰 구름처럼 끊어져도 끊어져도 사랑을 계속하려고 생각하는가. 생각하지는 않는다. 그래서 우리들의 사랑도 혼란스럽게 되기 시작한 것일 것이다'고 하였다[『萬葉集私注』 7, p.213]. 두 사람의 사랑이 혼란스럽게 되기 시작한 것으로 보았다. 그런데 水島義治는, 작자 자신의 마음이 혼란스럽게 되기 시작한 것으로 보았다[『萬葉集全注』 14, p.55]. 이처럼 마음이 혼란스럽게 된 주체를 상대방, 두 사람 모두, 작자 자신으로 보는 설들이 있다. 자신의 마음이 끊어질 듯하면서 계속하려고 생각하기 때문에 작자의 마음이 혼란스럽게 되었다면 이런 노래를 부를 리가 없을 것이다. 3360번가에서도 상대방의 마음을 혼란스럽게 할 일이 없을 것이라는 내용을 노래하였으므로 이 작품에서도 상대방의 마음이 혼란스럽다는 뜻으로 보는 것이 좋을 듯하다.

좌주 위의 1수는, 이즈(伊豆)國의 노래

3361 安思我良能　乎弖毛許乃母尓　佐須和奈乃　可奈流麻之豆美　許呂安礼比毛等久

足柄[1]の　彼面此面に　刺す罠[2]の　か鳴る間しづみ[3]　兒ろ吾紐解く

あしがらの　をてもこのもに　さすわなの　かなるましづみ　ころあれひもとく

3362 相模祢乃　乎美祢見可久思　和須礼久流　伊毛我名欲妣弖　吾乎祢之奈久奈

相模嶺[4]の　小峰見かくし[5]　忘れ來る[6]　妹が名呼びて　吾を哭し泣くな[7]

さがむねの　をみねみかくし　わすれくる　いもがなよびて　あをねしなくな

或本歌曰, 武蔵祢能　乎美祢見可久思　和須礼遊久　伎美我名可氣弖　安乎祢思奈久流

或る本の歌[8]に曰はく, 武蔵嶺の　小峰見かくし　忘れ行く[9]　君が名かけて[10]　吾を哭し泣くる

あるほんのうたにいはく, むざしねの　をみねみかくし　わすれゆく　きみがなかけて　あをねしなくる

---

1 **足柄**: 足柄山이다.
2 **彼面此面に 刺す罠**: 짐승을 잡는 덫이다. 걸리면 울리는 장치로 그 때의 소리와 짐승을 엿보아 조용히 하고 있을 동안이 대조가 된다.
3 **か鳴る間しづみ**: 'か鳴る'는 귀찮게 우는 것이다.
4 **相模嶺**: 大山을 시작으로 하는 相模의 여러 산이다.
5 **見かくし**: 보는 것을 숨긴다는 뜻이다.
6 **忘れ來る**: 자연히 잊게 된다. '忘れ貝'·'忘れ形見' 등도 마찬가지이다. 뒤에 남겨진 상태가 되는 것이다.
7 **吾を哭し泣くな**: 부르는 행위 그 자체를 울게 한다고 한 것인가.
8 **或る本の歌**: 지명을 '武蔵'으로 바꾸어서 노래한 것이다.
9 **忘れ行く**: 남성의 노래 '來る'에 대응하는 여성의 표현이다.
10 **君が名かけて**: 입 밖으로 내어서.

3361 아시가라(足柄)의/ 이쪽저쪽에다가/ 친 그물처럼/ 시끄러움 멎을 때/ 아이와 난 옷끈 푸네

해설

아시가라(足柄) 산의 이쪽저쪽에 짐승을 잡기 위해서 친 그물에 짐승이 걸려 그 그물장치에서 시끄러운 소리가 나듯이 시끄러운 사람들의 소문이 조용한 사이에 그 아이와 나는 옷끈을 풀고 자네라는 내용이다.

'足柄山'을 大系에서는, '神奈川縣 足柄上郡, 足柄下郡'이라고 하였다[『萬葉集』 3, p.412].

私注에서는, '사람들이 없고 사람들이 모르는 남녀의 밀회를 찬미한 것일 것이다. 덫을 많이 치는 足柄 산지 지방에서 발달한 민요일 것은 말할 필요가 없다'고 하였다[『萬葉集私注』 7, pp.215~216]. 水島義治는, '기껏해야 7, 8평의 竪穴 주거, 거기에 평균 6, 7명의 가족이 섞여서 자는 상태이다. 그 속에서 가족이 잠들어 조용하기를 기다려서 옷끈을 풀고 사랑을 나누는 것이다. 앞의 3구는 밭일을 하는 사이에 산 속에 들어가서 덫을 치고 짐승을 잡는 농민들의 일상생활에 바탕한 것이며, 가족의 눈을 피해서 만나는 것을 말하기 위한 序詞로 적절하다. 이 1수는 결코 산에서의 밀회를 노래한 것은 아니다'고 하였다 [『萬葉集全注』 14, p.60].

3362 사가무(相模) 산이/ 작은 산 감추듯이/ 겨우 잊고 온/ 아내 이름 불러서/ 나를 울게 말아요

해설

사가무(相模) 산들이 작은 봉우리를 감추어 버리듯이, 겨우 잊고 온 산 저편의 아내의 이름을 불러서 나를 울게 하지 말아요라는 내용이다.

大系에서는, '항상 보이는 사가무(相模) 산의 작은 봉우리를 보고는 보지 않은 척 하듯이, 애써 잊고 온 아내의 이름을 무심코 입 밖에 내어서 부르고 나는 울어 버렸네'로 해석하였다[『萬葉集』 3, p.412]. 여행을 하는 남성이 집에 있는 여성의 이름을 부르고는 울어 버렸다는 뜻이다.

어떤 책의 노래에 말하기를 무자시(武藏) 산이/ 작은 산 감추듯이/ 잊고서 가는/ 그대 이름 부르고/ 나를 울게 하네요

해설

어떤 책의 노래에는 말하기를 무자시(武藏) 산이 작은 산을 감추듯이 그렇게 나를 잊고 가는 그대의 이름을 입으로 불러서, 나를 울게 하는 것이네요라고 하였다.

집에 있는 여성이, 여행을 떠난 남성의 이름을 부르고는 울어 버렸다는 뜻이다.

3363 和我世古乎　夜麻登敝夜利弖　麻都之太須　安思我良夜麻乃　須疑乃木能末可

わが背子を　大和へ遣りて　まつしだす[1]　足柄山の　杉の木の間か[2]

わがせこを　やまとへやりて　まつしだす　あしがらやまの　すぎのこのまか

3364 安思我良能　波祜祢乃夜麻尓　安波麻吉弖　實登波奈礼留乎　阿波奈久毛安夜思

足柄の　箱根の山に　粟[3]蒔きて　實とはなれるを　逢はなくもあやし

あしがらの　はこねのやまに　あはまきて　みとはなれるを　あはなくもあやし

或本歌末句曰, 波布久受能　比可波与利己祢　思多奈保那保尓

或る本の歌の末句[4]に曰はく, 蔓ふ葛の　引かば[5]寄り來ね[6]　心なほなほに

あるほんのうたのまつくにいはく, はふくずの　ひかばよりこね　しだなほなほに

---

1 **まつしだす**: 뜻이 명확하지 않다. 기다리는 사이의 특별한 행위로 생각된다.
2 **杉の木の間か**: 'か'는 영탄을 나타낸다.
3 **粟**: '逢ば'와 소리가 같은 것을 이용한 것이다. 그 당시에 개인이 개간하는 밭은 세금의 대상이 되지 않았으므로 산지를 개간하는 일이 있었다.
4 **或る本の歌の末句**: 지명만 같은 다른 노래이다.
5 **引かば**: 마음을 끈다.
6 **寄り來ね**: 希求를 나타내는 종조사이다.

3363 나의 남편을/ 야마토(大和)로 보내고/ 기다리는요/ 아시가라(足柄)의 산의/ 삼나무 사이인가

해설

나의 남편을 야마토(大和)로 떠나보내고, 돌아오기를 기다리며 있는 아시가라(足柄) 산의 삼나무 사이인가라는 내용이다.

'まつしだす'는 난해구이다. 大系 · 注釋 · 全注에서는 기다리며 서 있는 것으로 해석을 하였다[(『萬葉集』 3, p.412]), (『萬葉集注釋』 14, p.40), (『萬葉集全注』 14, p.64)]. 그러나 私注에서는 사람이 아니라 '소나무가 서 있는' 것으로 해석하였다[『萬葉集私注』 7, p.218]. 全集에서는 소나무와 기다리는 뜻을 함께 말한 것으로 추정하였다[『萬葉集』 3, p.451]. 제5구가 '삼나무 사이인가'이므로 삼나무 사이에 소나무가 서 있다는 해석은 어색하다. 소나무가 아니라 작자인 여성이 남편을 기다리며 서 있는 것으로 보는 것이 좋겠다.

3364 아시가라(足柄)의/ 하코네(箱根)의 산에다/ 조를 뿌려서/ 결실은 하였는데/ 못 만나니 이상하네

해설

아시가라(足柄)의 하코네(箱根) 산에 조를 뿌려서 그것은 결실을 하였는데 연인을 만나지 못해서 이상하네라는 내용이다.

'粟'과 '逢ば'의 일본어 발음이 모두 'あば'로 같은 것을 이용한 노래이다.

어떤 책의 노래의 끝구에 말하기를, 덩굴풀처럼/ 끌면 다가오세요/ 순수한 마음으로

해설

어떤 책의 노래의 끝구에는 말하기를, 번어가는 덩굴풀처럼 끌면 그대로 다가오세요. 순수한 마음으로라고 하였다.

3365 可麻久良乃　美胡之能佐吉能　伊波久叡乃　伎美我久由倍伎　己許呂波母多自

鎌倉の　見越の崎[1]の　岩崩の[2]　君が悔ゆべき　心は持たじ

かまくらの　みごしのさきの　いはくえの　きみがくゆべき　こころはもたじ

3366 麻可奈思美　佐祢尓和波由久　可麻久良能　美奈能瀬河伯尓　思保美都奈武賀

ま愛しみ[3]　さ寝に吾は行く　鎌倉の　美奈の瀬川に[4]　潮満つなむ[5]か

まかなしみ　さねにわはゆく　かまくらの　みなのせがはに　しほみつなむか

3367 母毛豆思麻　安之我良乎夫祢　安流吉於保美　目許曽可流良米　己許呂波毛倍杼

百づ島[6]　足柄小舟　歩き多み　目こそ離るらめ　心は思へど

ももづしま　あしがらをぶね　あるきおほみ　めこそかるらめ　こころはもへど

1 **見越の崎**: 稲村ヶ崎인가.
2 **岩崩の**: 파도에 의해 암석이 무너진 장소를 말한다.
3 **ま愛しみ**: 'ま'는 접두어이다. 'み'는 'ので(~이므로)'라는 뜻이다.
4 **美奈の瀬川に**: 稲瀬川이다. 하구는 조수의 간만이 있고, 지금은 옅은 여울이 없어서 건널 수가 없다.
5 **潮満つなむ**: 'なむ'는 'らむ'의 사투리이다.
6 **百づ島**: 足柄小舟(足柄山에서 나는 삼목으로 만든 배)를 상투적으로 수식하는 枕詞이다.

3365 카마쿠라(鎌倉)의/ 미고시(見越)의 곶의요/ 바위 깨지듯/ 그대가 후회를 할/ 마음 갖지 않아요

해설

카마쿠라(鎌倉)의 미고시(見越) 곶의 무너진 바위처럼, 그렇게 그대가 후회를 할 마음을 나는 가지지 않을 것이다는 내용이다.

상대방에 대한 마음이 변하지 않을 것이라는 뜻이다.

3366 사랑스러워/ 자러 나는 가네요/ 카마쿠라(鎌倉)의/ 미나(美奈)의 여울에는/ 밀물이 되었을까

해설

마음으로부터 사랑스럽다고 생각해서 나는 그녀와 잠을 자려고 가네. 카마쿠라(鎌倉)의 미나(美奈)의 여울에는 물이 차지 않았을까라는 내용이다.

강 건너편에 있는 연인을 만나러 가는데, 물이 차서 건너기가 힘든 것은 아닐까 하고 걱정하는 남성의 노래이다.

3367 (모모즈시마)/ 아시가라(足柄) 작은 배/ 외출할 일 많아/ 만나러 갈 수 없네/ 마음은 생각해도

해설

많은 섬을 도는, 아시가라(足柄) 산의 삼목으로 만든 작은 배처럼 외출할 일이 많아서 만나러 갈 수가 없는 것일 뿐이네. 마음으로는 생각하고 있지만이라는 내용이다.

여성을 만나러 갈 수 없는 남성이, 자신이 바빠서 그렇다고 변명하는 노래이다.

그러나 私注에서는 '歩き多み'를 '여러 여성 곁을 다니는 것을 비유한 것'이라고 보고 '足柄小舟처럼 갈 곳이 많아서 만나기가 힘든 것이겠지. 나는 마음으로는 생각을 하고 있지만'으로 해석하였다『萬葉集私注』 7, pp.222~223]. 여성의 노래로 본 것이다. 이렇게 해석하면 바람기 있는 남성을 빈정거리는 노래가 된다. 大系에서도, '足柄小舟는 돌 곳이 많아서 만나주지 않는 것이겠지. 마음으로는 생각을 하고 있어도'라고 해석하였다『萬葉集』 3, p.413]. 그러나 私注와는 달리 '心は思へど'를 남성이 여성을 생각해주는 것으로 보았다. 이렇게 보면, 남성을 기다리며 아마도 바빠서 그럴 것이라고 스스로를 위로하는 여성의 노래가 된다. 注釋 · 全集 · 全注에서도 大系와 마찬가지로 해석을 하였다[(『萬葉集注釋』 14, p.45), (『萬葉集』 3, p.452), (『萬葉集全注』 14, p.75)].

3368 阿之我利能　刀比能可布知尓　伊豆流湯能　余尓母多欲良尓　故呂河伊波奈久尓

足柄の　土肥の河内に　出づる湯の[1]　よにもたよら[2]に　兒ろが言はなくに[3]

あしがりの　とひのかふちに　いづるゆの　よにもたよらに　ころがいはなくに

3369 阿之我利乃　麻萬能古須氣乃　須我麻久良　安是加麻可左武　許呂勢多麻久良

足柄の　崖[4]の小菅の　菅枕　何故か巻かさむ　兒ろせ[5]手枕

あしがりの　ままのこすげの　すがまくら　あぜかまかさむ　ころせたまくら

3370 安思我里乃　波故祢能祢呂乃　尓古具佐能　波奈都豆麻奈礼也　比母登可受祢牟

足柄の　箱根の嶺ろの　和草の[6]　花つ妻[7]なれや[8]　紐解かず寝む

あしがりの　はこねのねろの　にこぐさの　はなつづまなれや　ひもとかずねむ

---

1 **出づる湯の**: 湯河原 온천이다. 뜨거운 물이 끊어지지 않는 모습이 다음 구 전체에 이어진다.
2 **たよら**: 絶ゆら.
3 **言はなくに**: 역접을 나타낸다.
4 **崖**: 벼랑이다. 지명으로 보는 설도 있다.
5 **兒ろせ**: 'せ'는 'す'의 명령형이다.
6 **和草の**: 부드러운 풀이라고 하는 설과 둥굴레라고 하는 설 등이 있다.
7 **花つ妻**: 신선하고 아름다운 아내.
8 **なれや**: 'や'는 부정을 동반한 의문을 나타낸다. 신부라고는 할 수 없는 여인이여, 함께 잠을 자자는 뜻이 된다. 야유가 내포되어 있다.

3368 아시가리(足柄)의/ 토히(土肥)의 카후치(河内)에/ 솟는 탕처럼/ 결코 끊어진다곤/ 그녀 말하지 않는데

해설

아시가리(足柄)의 토히(土肥)의 카후치(河内)에서 솟아나는 온천처럼 결코 두 사람 사이가 끊어진다고는 그녀가 말하지 않는데라는 내용이다.

계속 두 사람의 사이가 이어질 것이라고 상대방 여성은 말하지만, 두 사람의 관계가 끊어지는 것은 아닐까 하고 불안을 느끼는 남자의 노래이다.

私注에서는, '자신에 대한 여성의 지조가 높은 것을 칭찬하고 있다'고 하였다(『萬葉集私注』 7, p.224].

3369 아시가리(足柄)의/ 벼랑 골풀로 만든/ 골풀 베개를/ 어찌하여 베는가/ 그대 하게 팔베개

해설

아시가리(足柄)의 벼랑의 골풀로 만든 골풀 베개를 어찌하여 베개로 하는가요. 사랑스러운 그대여. 하세요. 나의 팔베개를이라는 내용이다.

거친 골풀을 베개로 하지 말고 자신의 팔을 베개로 베고는 함께 잠을 자자는 뜻이다.

3370 아시가리(足柄)의/ 하코네(箱根)의 산의요/ 등굴레 같은/ 새 신부인 것인가요/ 옷끈 안 풀고 잘까

해설

아시가리(足柄)의 하코네(箱根) 산의 둥굴레 같은 새 신부라면 옷끈을 풀지 말고 잠을 잘까라는 내용이다.

상대방 여성이 새 신부라면 옷끈을 풀지 않고 자겠지만 그렇지 않으니 옷끈을 풀고 함께 자자는 뜻이다. 中西 進은 야유가 들어 있다고 하였다. 大系 · 私注 · 注釋 · 全注에서도 모두 그렇게 해석하였다.

全集에서는, '아시가리(足柄)의/ 하코네(箱根)의 산의요/ 둥굴레 같은/ 새 신부인 건가요/ 혼자서 자다니요'로 해석하였다(『萬葉集』 3, p.452].

3371 安思我良乃　美佐可加思古美　久毛利欲能　阿我志多婆倍乎　許知弖都流可毛

足柄の　御坂[1]畏み　曇夜の[2]　吾が下延へを　言出[3]つるかも

あしがらの　みさかかしこみ　くもりよの　あがしたばへを　こちでつるかも

3372 相模治乃　余呂伎能波麻乃　麻奈胡奈須　兒良波可奈之久　於毛波流留可毛

相模路の　余綾[4]の濱の　眞砂[5]なす　兒らは愛しく　思はるるかも

さがむぢの　よろきのはまの　まなごなす　こらはかなしく　おもはるるかも

左注 右十二首, 相模國歌

---

1 **御坂**: 足柄 고개. 御坂은 신이 있는 고개라는 뜻이다.
2 **曇夜の**: 어둠에 둘러싸인 모양을 '下延へ'에 연결시킨다.
3 **言出**: 'こと(言)いで(出)'의 축약형이다.
4 **余綾**: 相模의 國府(神奈川縣 小田原市 國府律町) 부근의 바다이다.
5 **眞砂**: 'まなご'는 사랑스러운 아이를 말하기도 한다.

3371 아시가라(足柄)의/ 고개가 두려워서/ (쿠모리요노)/ 나의 속마음을요/ 입 밖에 내 버렸네

해설

아시가라(足柄)의, 신이 있는 고개가 두려워서 어두운 나의 마음속에 가득 차 있는 것을 입 밖에 내어 버렸네라는 내용이다.

고개를 넘기가 힘들어서 마음속에 가득 차 있던 아내의 이름을 말해 버렸다는 뜻이다. 일본 고대사회에 있어서 연인의 이름을 말하는 것은 금기였다.

全集에서는, '고개를 올라가느라 힘든 나머지, 감추는 일이 있어서 고개의 신이 힘들게 한다고 생각을 해서 늘 조심하던 것을 잊어 버리고 연인의 이름과 자신의 행위를 고백한 것을 후회한 노래'라고 하였다 [『萬葉集』 3, p.453]. 水島義治는, '아내의 이름을 입 밖에 내었다고 해도 그것은 아내를 그리워해서가 아니라 어떻게 하든 신에게 속죄하고 두려운 고개를 무사히 통과하기 위한 것이다. 그러기 위해서는 가장 소중한 것을 공물로 바치지 않으면 안 된다. 그것은 누구에게도 말해서는 안 된다고 하는 사랑하는 여인의 이름이다. 그러나 이름과 실체는 같은 것이므로 신에게 사랑하는 여인의 이름을 말하는 것은 신에게 그 여인을 바치는 것이 된다. 그렇게 하지 않을 수 없었던 자신에 대한 혐오와 타부를 범한 것에 대한 불안, 그것도 있겠지만 이 노래의 저변에는 사랑하는 여인의 이름을 숨기지 않으면 안 되는 폐쇄적 사회의 신의 위력에 대한 반발 혹은 저항이 있을지도 모른다'고 하였다 [『萬葉集全注』 14, p.84].

3372 사가무(相模) 길의/ 요로키(余綾)의 해변의/ 고운 모래양/ 소녀 사랑스럽게/ 생각이 드는 군요

해설

사가무(相模)를 통과하는 길의, 요로키(余綾)의 해변의 아름다운 모래와 같이 그 소녀는 사랑스럽게 생각이 되는군요라는 내용이다.

좌주 위의 12수는, 사가무(相模)國의 노래.

3373 多麻河伯尓　左良須弖豆久利　佐良左良尓　奈仁曽許能兒乃　己許太可奈之伎

多麻川[1]に　曝す手作[2]　さらさらに[3]　何そこの兒の　ここだ愛しき

たまがはに　さらすてづくり　さらさらに　なにそこのこの　ここだかなしき

3374 武蔵野尓　宇良敝可多也伎　麻左弖尓毛　乃良奴伎美我名　宇良尓低尓家里

武蔵野に　占へ象燒き[4]　現實にも[5]　告らぬ君が名　占に出にけり

むざしのに　うらへかたやき　まさてにも　のらぬきみがな　うらにでにけり

3375 武蔵野乃　乎具奇我吉藝志　多知和可礼　伊尓之与比欲利　世呂尓安波奈布与

武蔵野の　小岫[6]が雉　立ち別れ　去にし宵より　背ろに逢はなふよ

むざしのの　をぐきがきぎし　たちわかれ　いにしよひより　せろにあはなふよ

1 **多麻川**: 동경의 多摩川이다.
2 **曝す手作**: 손으로 짠 베이다. 물에 씻어서 말려서 완성시킨다.
3 **さらさらに**: 'さらす'의 소리를 받은 것이다.
4 **象燒き**: 사슴의 어깨뼈 등을 태워서 탄 모습으로 점을 치는 것이다. 이 구는 제5구로 연결된다.
5 **現實にも**: 어떤 현실에 있어서도. 현실은 점에 대해서 말한다.
6 **小岫**: 산의 동굴이다.

3373 타마(多麻) 강에서/ 씻어 말리는 벤 양/ 계속 새롭게/ 어찌하여 이 소녀/ 이리 사랑스럽나

해설

타마(多麻) 강에서 씻어서 말리는, 손으로 짠 베처럼 계속 새롭게, 어찌하여 이 소녀는 이토록 사랑스러운 것인가라는 내용이다.

全集에서는, "この兒'의 'この'는 가까이에 있는 것을 가리키는 지시어이므로 자신의 손에 가지고 있는 것을 가리킨다. 포옹하고 있을 때와 같은 기분을 노래한 것이겠다. 베를 씻어서 말리는 작업을 하는 사람들의 생활에서 나온 것이겠다'라고 하였다[『萬葉集』 3, p.453].

3374 무자시(武藏) 들에/ 짐승 뼈로 점치니/ 현실에서도/ 말 안 한 그대 이름/ 점에 나와 버렸네

해설

무자시(武藏) 들에서 사람들이 풀로 점을 치기도 하고 짐승 뼈를 태워서 점을 치기도 하니 현실에서는 내가 입에도 올린 적이 없는 그 사람의 이름이 점괘에 나와 버렸네라는 내용이다.

자신은 말하지도 않았는데 연인의 이름이 점괘에 나와 버렸으므로 당황스럽다는 뜻이다.

3375 무자시(武藏) 들의/ 산의 작은 굴의 꿩/ 날아가듯이/ 떠나 버린 밤부터/ 그 사람을 못 만나네

해설

무자시(武藏) 들의 작은 굴에 있던 꿩들이 흩어져서 날아가듯이, 그렇게 사랑하는 그 사람이 떠나가 버린 밤부터 그 사람을 만나지 못하네라는 내용이다.

'小岫'를 작은 동굴로 보기도 하고 절벽으로 보기도 한다.

떠나가고 나서 돌아오지 않는 남편을 그리워하는 여성의 노래이다.

3376 古非思家波　素弖毛布良武乎　牟射志野乃　宇家良我波奈乃　伊呂尓豆奈由米

戀しけは　袖も振らむを[1]　武蔵野の　うけらが花の[2]　色に出なゆめ[3]

こひしけは　そでもふらむを　むざしのの　うけらがはなの　いろにづなゆめ

或本歌曰，伊可尓思弖　古非波可伊毛尓　武蔵野乃　宇家良我波奈乃　伊呂尓㐰受安良牟

或る本の歌に曰はく，いかにして　戀ひばか[4]妹に　武蔵野の　うけらが花の　色に出ずあらむ

あるほんのうたにいはく，いかにして　こひばかいもに　むざしのの　うけらがはなの　いろにでずあらむ

3377 武蔵野乃　久佐波母呂武吉　可毛可久母　伎美我麻尓末尓　吾者余利尓思乎

武蔵野の　草は諸向き[5]　かもかくも　君がまにまに　吾は寄りにしを[6]

むざしのの　くさはもろむき　かもかくも　きみがまにまに　あはよりにしを

1 **袖も振らむを**: 소매를 흔들어 혼을 부르며 그리움의 고통에서 벗어난다.
2 **うけらが花の**: 눈에 띄지 않는 것으로 다음 구에 이어진다.
3 **出なゆめ**: 'な'는 금지를 나타낸다. 'ゆめ'는 결코라는 뜻이다.
4 **戀ひばか**: 어떻게 사모하면 겉으로 드러나지 않을까.
5 **草は諸向き**: 한쪽으로 쏠리는 것의 반대이다. 가끔 바람에 쏠리듯이 저렇게도 이렇게도.
6 **寄りにしを**: 'を'는 역접적 영탄을 나타낸다.

3376 그리워지면/ 소매를 흔들지요/ 무자시(武藏) 들의/ 삽주의 꽃과 같이/ 드러내지 말아요

해설

그리워지면 내가 소매를 흔들지요. 그러니 무자시(武藏) 들의 삽주꽃처럼, 드러나게 사람들 눈에 띄는 행동을 하지 말아요. 절대로라는 내용이다.

두 사람의 사랑에 대한 소문이 날까 두려워하는 여성의 노래이다.

어떤 책의 노래에 말하기를, 어떻게 하면/ 아내 그리운 마음/ 무자시(武藏) 들의/ 삽주의 꽃과 같이/ 드러나지 않을까요

해설

어떤 책의 노래에는 말하기를, 어떻게 하면 아내에 대한 그리운 마음이, 무자시(武藏) 들의 삽주 꽃과 같이 사람들 눈에 띄지 않고 있을 수 있을까요라고 하였다.

위의 작품에 대한 답가로 남성의 노래이다.

3377 무자시(武藏) 들의/ 풀 좌우로 쏠리나/ 어찌 되었든/ 그대의 기분대로/ 나는 기울었는데

해설

무자시(武藏) 들의 풀은 좌우로 마음대로 쏠리지만 어찌 되었든 그대의 기분대로 나는 마음이 기울어 버렸었는데라는 내용이다.

'武蔵野の 草は諸向き'를 大系 · 全集 · 全注에서도 中西 進과 마찬가지로 해석을 하였다[(大系 『萬葉集』 3, p.415), (全集 『萬葉集』 3, p.454), (『萬葉集全注』 14, p.96)].

그러나 私注에서는, '무자시(武藏) 들의 풀이 한쪽으로 쏠리듯이'로 해석하였다[『萬葉集私注』 7, p.233].

3378 伊利麻治能　於保屋我波良能　伊波爲都良　比可婆奴流々々　和尓奈多要曽祢

入間路の　大家が原の[1]　いはゐ蔓[2]　引かばぬるぬる[3]　吾にな絶えそね[4]

いりまぢの　おほやがはらの　いはゐつら　ひかばぬるぬる　わになたえそね

3379 和我世故乎　安杼可母伊波武　牟射志野乃　宇家良我波奈乃　登吉奈伎母能乎

わが背子を　何どかも言はむ[5]　武蔵野の　うけらが花の　時無き[6]ものを

わがせこを　あどかもいはむ　むざしのの　うけらがはなの　ときなきものを

1 **大家が原の**: 埼玉縣 川越市의 동남쪽이다.
2 **いはゐ蔓**: 순채인가.
3 **引かばぬるぬる**: 'ぬる'는 풀린다는 뜻의 동사이다.
4 **吾にな絶えそね**: 그대는 나에게. 'な…そね'는 금지를 나타낸다.
5 **何どかも言はむ**: 속마음을 표현하는 말을 알지 못한다.
6 **時無き**: 삽주꽃의 개화 시기가 오랜 것을 말한다. 언제라고 때를 정하지 말고 항상.

3378 이리마(入間) 길의/ 오호야가(大家が)의 들의/ 순채와 같이/ 끌면요 풀리듯이/ 나에게 끊지 말아

해설

이리마(入間) 길의 오호야가(大家が) 들의 순채의 덩굴을 끌면 줄줄 계속되는 것처럼 나와의 사이를 끊지 말아요라는 내용이다.

상대방과 계속 사이가 이어지기를 바라는 노래이다.

3416번가와 비슷한 내용이다.

3379 나의 남편을/ 어찌 말하면 될까/ 무자시(武蔵) 들의/ 삽주의 꽃과 같이/ 정한 때가 없는 걸

해설

나의 남편을 어떻게 표현하면 좋을지 모르겠네. 무자시(武蔵) 들의 삽주 꽃이 오래 피어 있듯이 그렇게 정한 때가 없이 항상 그리운 것을이라는 내용이다.

'うけらが花の 時無きものを'를 中西 進은 여성이 남성을 항상 그리워하는 것으로 보았다. 大系 · 注釋 · 全集 · 全注도 그렇게 해석하였다[(大系『萬葉集』 3, p.416), (『萬葉集注釋』 14, p.59), (全集『萬葉集』 3, p.454), (『萬葉集全注』 14, p.100)]. 그러나 私注에서는, '시도 때도 없이 언제나 연인이 찾아오므로, 그것을 무엇이라고 부르면 좋을까 하고 노래 부르고 있는 것이다. 당사자의 작품이라고 하면 좀 이상하지만 민요이고, 그렇게 항상 여자에게 찾아오는 남자를 야유하기 위한 노래로, 단지 여성이 부르는 형식을 취한 것이겠다'고 하였다[『萬葉集私注』 7, p.235]. 남성이 항상 여성을 찾아오는 뜻으로 해석하였다. 항상 찾아오는 남성을 야유한다는 것은 『만엽집』의 相聞의 노래로 볼 때 맞지 않는 것 같다. 여성이 남성을 그리워하는 노래로 보아야 할 것 같다.

3380 佐吉多萬能　津尓乎流布祢乃　可是乎伊多美　都奈波多由登毛　許登奈多延曽祢

埼玉の　津[1]に居る船の　風を疾み　綱は絶ゆとも[2]　言な絶えそね

さきたまの　つにをるふねの　かぜをいたみ　つなはたゆとも　ことなたえそね

3381 奈都蘇妣久　宇奈比乎左之弖　等夫登利乃　伊多良武等曽与　阿我之多波倍思

夏麻引く[3]　宇奈比[4]を指して　飛ぶ鳥の[5]　到らむとそよ　吾が下延へ[6]し

なつそびく　うなひをさして　とぶとりの　いたらむとそよ　あがしたはへし

左注 右九首, 武蔵國歌

3382 宇麻具多能　祢呂乃佐左葉能　都由思母能　奴礼弖和伎奈婆　汝者故布婆曽毛

馬來田の[7]　嶺ろの小竹葉の　露霜の　濡れて[8]別きな[9]ば　汝は戀ふば[10]そも[11]

うまぐたの　ねろのささはの　つゆしもの　ぬれてわきなば　なはこふばそも

---

1 **埼玉の 津**: 利根川의 선착장이다.
2 **綱は絶ゆとも**: 세상의 방해가 심해서 만나지 못하게 되더라도.
3 **夏麻引く**: 무슨 뜻인지 알 수 없다. 'うなひ' 등을 수식한다. '여름에 마를 뿌리째 뽑는 이랑(畝:うね)'이라는 뜻으로 수식하는가.
4 **宇奈比**: 多摩川을 끼는 동경·川崎의 지명이다.
5 **飛ぶ鳥の**: 일상 눈에 보이는 풍경이다.
6 **吾が下延へ**: '延へ'는 벋어가는 것이다. 마음속에 생각을.
7 **馬來田の**: 千葉縣 木更津市 부근이다.
8 **濡れて**: 아침 이슬과 서리에 젖어서 돌아간다.
9 **別きな**: 'な'는 완료의 조동사이다.
10 **汝は戀ふば**: '戀ふば'는 미상이다. '戀ひむ'의 사투리인가.
11 **そも**: 'そ'는 계조사이며 'も'는 영탄을 나타낸다.

3380 사키타마(埼玉)의/ 선착장에 있는 배/ 바람이 심하여/ 벼리가 끊어져도/ 말은 끊지 말아요

해설

사키타마(埼玉)의 선착장에 있는 배는 바람이 심하여 벼리가 끊어지듯이, 그렇게 관계가 끊어진다고 해도 사랑의 말만은 끊지 말아 주기를 바라네라는 내용이다.

찾아오지는 않는다고 해도 소식은 전해 달라는 뜻이 되겠다.

大系·注釋·全集에서는 中西 進과 마찬가지로 해석하였다[(大系『萬葉集』3, p.416), (『萬葉集注釋』14, p.60), (全集『萬葉集』3, p.455)]. 그러나 私注와 全注에서는, '사키타마(埼玉)의 선착장에 있는 배는 바람이 심하여 벼리가 끊어진다고 해도 자신들의 사랑은 끊어지지 말라'로 해석하였다[(『萬葉集私注』7, p.236), (『萬葉集全注』14, p.101)]. 제4, 5구의 '綱は絶ゆとも 言な絶えそね'를 보면 관계가 끊어져서 찾아오지 않는다고 해도 소식은 끊지 말라는 뜻으로 보는 것이 좋겠다.

3381 (나츠소비쿠)/ 우나히(宇奈比)를 향하여/ 나는 새처럼/ 도착을 하려고요/ 나는 생각을 하네

해설

여름에 마를 뿌리째 뽑는 이랑이라는 뜻을 이름으로 한 우나히(宇奈比)를 향하여 날아가는 새처럼 반드시 출발을 해서 가려고 나는 마음속에 결정을 했네라는 내용이다.

좌주 위의 9수는, 므자시(武蔵)國의 노래

3382 우마구타(馬來田)의/ 산의 조릿대 잎의/ 이슬 서리에/ 젖어서 헤어지면/ 그댄 그리겠지요

해설

우마구타(馬來田)의 산의 조릿대 잎에 내려 있는 이슬과 서리에 젖어서 그대의 곁을 떠나 헤어져서 오고 나면, 아마도 그대는 나를 그리워하겠지요라는 내용이다.

3383 宇麻具多能　祢呂尓可久里爲　可久太尓毛　久尓乃登保可婆　奈我目保里勢牟

馬來田の　嶺ろに隱り居　かくだに[1]も　國の遠かば[2]　汝が目欲りせむ[3]

うまぐたの　ねろにかくりゐ　かくだにも　くにのとほかば　ながめほりせむ

左注　右二首, 上總國歌

3384 可都思加能　麻末能手兒奈乎　麻許登可聞　和礼尓余須等布　麻末乃弖胡奈乎

葛飾の　眞間の手兒奈[4]を　まことかも　われに寄す[5]とふ　眞間の手兒奈を

かづしかの　ままのてこなを　まことかも　われによすとふ　ままのてこなを

1 **かくだに**: 'かく'는 처음 2구를 가리킨다. 'だに'는 한 개를 강조해서 말하는 용법이다.
2 **國の遠かば**: 國은 고향이다. 家보다 큰 단위이다. '遠かば'는 '遠けば'의 사투리이다. 여기에서는 확정 조건을 나타낸다.
3 **汝が目欲りせむ**: 汝는 아내를 말한다. 'む'는 추량을 나타낸다.
4 **眞間の手兒奈**: 上總 國府 부근의 유명한 미녀. 여러 명이 있었다고 생각된다.
5 **われに寄す**: 사람들의 소문이 두 사람 사이를 가깝다고 말한다.

3383 우마구타(馬來田)의/ 산에 가리워 있네/ 그럴 뿐인데/ 고향 먼 것 같으니/ 그대 그리운 게지

해설

우마구타(馬來田)의 산에 내 고향은 가리워져 있네. 단지 그럴 정도일 뿐인데 고향이 먼 것처럼 생각이 되므로 그대가 그리운 것이겠지요라는 내용이다.

中西 進은, 실제 고향이 멀지 않은데 작자가 먼 것처럼 느끼고 있는 것으로 해석하였다. 그러나 大系·私注·全集에서는 실제로 먼 것으로 해석하였다[(大系『萬葉集』3, p.417), (『萬葉集私注』7, p.239), (全集『萬葉集』3, p.456)]. 그러나 水島義治는, '우마구타(馬來田)의 산에 가리워져 있는 것만으로도 이렇게 그리운데, 더욱 고향이 멀어지면 그대를 얼마나 만나고 싶을까'로 해석을 하였다[『萬葉集全注』14, p.107].

좌주 위의 2수는, 카미츠후사(上總)國의 노래

3384 카즈시카(葛飾)의/ 마마(眞間)의 테고나(手兒奈)를/ 정말인가요/ 나와 소문을 내네/ 마마(眞間)의 테고나(手兒奈)를

해설

카즈시카(葛飾)의 유명한 미녀인 마마(眞間)의 테고나(手兒奈)를 정말인가, 나와 관련이 있다고 사람들이 소문을 내네. 마마(眞間)의 테고나(手兒奈)를이라는 내용이다.

私注에서는, '마마(眞間)의 테고나(手兒奈)가 이미 전설화 되어 있으므로 그와 같이 아름다운 사람을 자신과 같은 보잘 것 없는 사람과 연관시켜서 말하는 것에 대해, 정말일까 하고 의문을 가지면서 감탄하고 있는 것이다. 그러나 이것도 手兒奈 예찬을 동기로 하여 성립된 민요로 보인다'고 하였다[『萬葉集私注』7, p.240].

3385 可豆思賀能　麻萬能手兒奈我　安里之婆可　麻末乃於須比尓　奈美毛登杼呂尓

葛飾の　眞間の手兒奈が　ありしばか[1]　眞間の磯邊[2]に　波もとどろに[3]

かづしかの　ままのてこなが　ありしかば　ままのおすひに　なみもとどろに

3386 尓保杼里能　可豆思加和世乎　尓倍須登毛　曽能可奈之伎乎　刀尓多弖米也母

鳰鳥の[4]　葛飾早稲[5]を　饗す[6]とも　その愛しきを　外に立てめや[7]も

にほどりの　かづしかわせを　にへすとも　そのかなしきを　とにたてめやも

3387 安能於登世受　由可牟古馬母我　可豆思加乃　麻末乃都藝波思　夜麻受可欲波牟

足の音せず　行かむ駒もが[8]　葛飾の　眞間の繼橋[9]　やまず通はむ

あのおとせず　ゆかむこまもが　かづしかの　ままのつぎはし　やまずかよはむ

左注 右四首, 下總國歌

1 **ありしばか**: 'しばか'는 'せばか'의 사투리인가.
2 **磯邊**: 물가이다.
3 **波もとどろに**: 사람들이 소문내는 것을 비유한 것이다.
4 **鳰鳥の**: 논병아리가 물에 들어가는 것[潜(かず)く]에서 '葛飾'을 수식한다.
5 **早稲**: 처음으로 수확한 쌀이다.
6 **饗す**: 신에게 바친다. 新嘗의 神事의 밤은 방문하는 남자를 피해 몸을 조심한다.
7 **外に立てめや**: 'や'는 강한 부정을 동반한 의문을 나타낸다.
8 **行かむ駒もが**: 'もが'는 원망을 나타낸다.
9 **繼橋**: 판자를 이어서 만든 다리이다.

3385 카즈시카(葛飾)의/ 마마(眞間)의 테고나(手兒奈)가/ 있었더라면/ 마마(眞間)의 물가에서/ 파도 시끄럽겠지

해설

카즈시카(葛飾)의, 그 아름다운 미녀인 마마(眞間)의 테고나(手兒奈)가 만약 있었더라면 마마(眞間)의 물가의 파도도 시끄러울 정도로 사람들은 소문을 내었을 것이겠지라는 내용이다.

'ありしかば '를 大系에서는 '있었기 때문에'로 보고, '마마(眞間)의 테고나(手兒奈)가 있었기 때문에 마마(眞間)의 물가의 파도도 시끄러울 정도로 사람들은 소문을 내었던 것이다'로 해석하였다(『萬葉集』 3, p.417].

全集에서는, '마마(眞間)의 테고나(手兒奈)가 있었을 때, 마마(眞間)의 물가 일대에서는 시끄러운 파도처럼 사람들이 테코나의 미모를 떠들썩하게 말했던 것이다'로 해석하였다(『萬葉集』 3, p.456].

3386 (니호도리노)/ 카즈시카(葛飾) 올벼를/ 바칠 때라도/ 그 사랑하는 사람/ 밖에 세워 놓겠나

해설

논병아리가 물속으로 들어간다고 하는 뜻을 이름으로 한 카즈시카(葛飾)의 올벼를 신에게 바치는 때라고 해서 사랑하는 그 사람을 어찌 밖에 그대로 세워 놓을 수가 있겠는가라는 내용이다.

신에게 올벼를 바치는 행사를 하는 날 밤은 남자를 집에 들일 수가 없지만, 그래도 사랑하는 사람을 밖에 세워 놓을 수가 없다는 뜻이다.

3387 발소리 안 내고/ 가는 말이 있다면/ 카즈시카(葛飾)의/ 마마(眞間)의 널판다리/ 끊임없이 다닐 걸

해설

말발굽 소리를 내지 않고 가는 말이 있었으면 좋겠네. 그렇다면 카즈시카(葛飾)의 마마(眞間)의 널판다리를 건너서 사랑하는 여인의 곁으로 끊임없이 다닐 수 있을 것인데라는 내용이다.

말발굽 소리를 내지 않고 가는 말이 있으면 사람들이 눈치를 채지 못할 것이므로 마음 놓고 항상 사랑하는 여인 곁으로 다닐 수 있을 것이라는 뜻이다.

좌주 위의 4수는, 시모츠후사(下總)國의 노래

3388 筑波祢乃　祢呂尓可須美爲　須宜可提尓　伊伎豆久伎美乎　爲祢弖夜良佐祢

筑波嶺の　嶺ろに霞居　過ぎかてに[1]　息づく[2]君を　率寝てやらさね[3]

つくはねの　ねろにかすみゐ　すぎかてに　いきづくきみを　ゐねてやらさね

3389 伊毛我可度　伊夜等保曽吉奴　都久波夜麻　可久礼奴保刀尓　蘇提波布利弖奈

妹が門　いや遠そきぬ[4]　筑波山　隠れぬ程に　袖ば振りてな[5]

いもがかど　いやとほそきぬ　つくはやま　かくれぬほとに　そでばふりてな

3390 筑波祢尓　可加奈久和之能　祢乃未乎可　奈伎和多里南牟　安布登波奈思尓

筑波嶺に　かか[6]鳴く鷲の　音のみをか　なき渡りなむ　逢ふとは無しに

つくはねに　かかなくわしの　ねのみをか　なきわたりなむ　あふとはなしに

1 **過ぎかてに**: 'かて'는 할 수 있다는 뜻이다. 'に'는 부정. 집단의 여성이 노동하는 곳의 옆을.
2 **息づく**: 탄식을 한다.
3 **率寝てやらさね**: 'さ'는 경어, 'ね'는 권유를 나타낸다.
4 **遠そきぬ**: 멀리 물러갔다는 뜻이다.
5 **袖ば振りてな**: 'て'는 강조의 뜻을, 'な'는 願望을 나타낸다.
6 **かか**: 의성어이다.

3388 츠쿠하(筑波) 산의/ 정상에 안개 끼어/ 움직이잖듯/ 한숨짓는 사람을/ 데려와 잠 자세요

해설

츠쿠하(筑波) 산의 봉우리에 안개가 끼어서 움직이지 않듯이 지나가기가 힘들어서 한숨을 짓는 사람을 데려와서 잠을 자세요라는 내용이다.

사랑하는 여성의 집을 지나가지 못하고 탄식하는 남성을 데려와서 잠을 자라는 뜻이다. 제삼자가 노래한 것이다.

3389 아내의 집 문/ 한층 멀어졌네요/ 츠쿠하(筑波) 산에/ 가려지기 전에요/ 소매 흔들어 주자

해설

아내 집의 문은 한층 멀어져 버렸네. 아내 집이 츠쿠하(筑波) 산에 가려서 보이지 않게 되기 전에 옷소매를 흔들어 주자라는 내용이다.

사랑하는 여인과 헤어져서 떠나온 남성의 노래이다.

3390 츠쿠하(筑波) 산에/ 까까 우는 수린양/ 소리를 내어/ 울며 지내는 걸까/ 만나는 일도 없이

해설

츠쿠하(筑波) 산에서 까까 하고 우는 독수리처럼 소리를 내어서 울며 날을 보내는 것일까. 만나는 일도 없이라는 내용이다.

사랑하는 사람을 만나지 못해서 슬프게 지내는 여성의 노래이다.

3391 筑波祢尓　曽我比尓美由流　安之保夜麻　安志可流登我毛　左祢見延奈久尓

筑波嶺に　背向に[1]見ゆる　葦穂山[2]　悪しかる科も[3]　さね[4]見えなくに[5]

つくはねに　そがひにみゆる　あしほやま　あしかるとがも　さねみえなくに

3392 筑波祢乃　伊波毛等杼呂尓　於都流美豆　代尓毛多由良尓　和我於毛波奈久尓

筑波嶺の　岩もとどろに[6]　落つる水[7]　よにもたゆらに[8]　わが思はなくに

つくはねの　いはもとどろに　おつるみづ　よにもたゆらに　わがおもはなくに

3393 筑波祢乃　乎弖毛許能母尓　毛利敝 須恵　波播已毛礼杼母　多麻曽阿比尓家留

筑波嶺の　彼面此面に　守部[9]据ゑ　母い[10]守れども　魂そ逢ひにける

つくはねの　をてもこのもに　もりべすゑ　ははいもれども　たまそあひにける

---

1 **背向に**: 뒷면이다.
2 **葦穂山**: 지금의 足尾山이다. 같은 소리로 다음 구에 연결시켰다.
3 **悪しかる科も**: 결점이다. 책망을 받아야 할 점이다.
4 **さね**: 실로.
5 **見えなくに**: 상대방은 왜 마음이 바뀌었는가.
6 **とどろに**: 부사이다.
7 **落つる水**: 남녀(みな)川이다.
8 **たゆらに**: 끊어질 듯이.
9 **守部**: 山守部이다.
10 **母い**: 'い'는 강조의 뜻을 나타내는 조사이다. 조선어 계통인가.

3391 츠쿠하(筑波) 산서/ 뒤쪽으로 보이는/ 아시호(葦穂) 산아/ 좋지 않은 점은요/ 전연 보이지 않네

해설

츠쿠하(筑波) 산에서 뒤쪽으로 보이는 아시호(葦穂) 산이여. 나쁜 점도 전연 보이지 않네라는 내용이다.

大系와 注釋에서는 中西 進과 같이 해석을 하고, '무언가 결점이 있으면 체념이라도 할 텐데'로 해석하였다[『萬葉集』 3, p.418), (『萬葉集注釋』 14, p.72)]. 이렇게 해석하면 남성의 노래로도 여성의 노래로도 볼 수 있겠으며 상대방에게 결점이 없어서 체념하기가 힘든다는 뜻이 된다. 私注에서는, '처녀를 예찬한 지방 민요이다. 마을의 큰 길 등에서, 걸어다니는 처녀들의 앞에서 불렀을 것이다. 나의 소년 시절 축제를 하는 날에 그와 비슷한 광경을 볼 기회가 가끔 있었다'고 하였다[『萬葉集私注』 7, p.245]. 처녀에게 결점이 없다고 남성이 노래한 것으로 보았다. 그러나 水島義治는, "자신에게는 아무 결점도 없는데'하는, 남자의 방문이 끊어진 여성의 탄식'으로 보았다[『萬葉集全注』 14, p.122]. 여성의 노래로 본 것이다.

3392 츠쿠하(筑波) 산의/ 바위도 울리면서/ 떨어지는 물/ 끊어져 버린다고/ 나는 생각하지 않네

해설

츠쿠하(筑波) 산의, 바위도 울릴 정도로 세차게 떨어지는 물처럼 그렇게 끊어진다고는 나는 전연 생각을 하지 않네라는 내용이다.

두 사람 사이가 끊어질 것이라고는 생각하지 않으니 상대방도 안심하라는 뜻이다.

'よにもたゆらに'를 私注에서는, '동요하는 마음을'으로 해석하였다[『萬葉集私注』 7, p.246]. 全集에서도 비슷하게, '조금도 불안한 마음을'으로 해석하였다[『萬葉集』 3, p.458]. 水島義治는, '격렬한 마음이지 어정쩡한 마음을'으로 해석하였다[『萬葉集全注』 14, p.123]. 여성의 노래로도 남성의 노래로도 볼 수 있겠다.

3393 츠쿠하(筑波) 산의/ 이쪽저쪽에다가/ 산지기 두듯/ 어머니가 지켜도/ 혼이 만나 버렸네요

해설

츠쿠하(筑波) 산의 이쪽저쪽에다가 산지기를 두고 산을 지키듯이, 어머니가 나를 지키고 감시를 하지만 그 사람과 혼이 만나 버렸네라는 내용이다.

사랑하는 사람과 마음이 맞으면 어머니의 감시도 어떤 방해도 두렵지 않다는 뜻이다.

私注에서는, '현실적으로 마음이 만나면 방해를 받아도 만날 수 있다'고 하는 것으로 보았다[『萬葉集私注』 7, p.247].

3394 左其呂毛能　乎豆久波祢呂能　夜麻乃佐吉　和須良許婆古曽　那乎可家奈波賣

さ衣の[1]　小筑波嶺ろの　山の崎[2]　忘ら[3]來ばこそ　汝を懸けなはめ[4]

さごろもの　をづくはねろの　やまのさき　わすらこばこそ　なをかけなはめ

3395 乎豆久波乃　祢呂尓都久多思　安比太欲波　佐波太奈利努乎　萬多祢天武可聞

小筑波の[5]　嶺ろに月立し[6]　間夜は　さはだ[7]なりのを[8]　また寢てむかも

をづくはの　ねろにつくたし　あひだよは　さはだなりのを　またねてむかも

3396 乎都久波乃　之氣吉許能麻欲　多都登利能　目由可汝乎見牟　左祢射良奈久尓

小筑波の　繁き木の間よ　立つ鳥の　目ゆ[9]か汝を見む　さ寢ざらなくに

をつくはの　しげきこのまよ　たつとりの　めゆかなをみむ　さねざらなくに

1 **さ衣の**: '衣の緒(を)'---'小(を)'로 이어진다. 'さ衣の'의 친애감에서 '汝'에 연결된다.
2 **山の崎**: 여기까지 여자의 집이 보인다.
3 **忘ら**: '忘り'의 사투리이다.
4 **懸けなはめ**: 'かけ'는 입 밖에 낸다는 뜻이다. 'なば'는 부정의 조동사이고, 'め'는 추량조동사이다.
5 **小筑波の**: '小'는 친애의 정을 나타낸다.
6 **月立し**: '立し'는 '立ち'의 사투리이다.
7 **さはだ**: 많다는 뜻이다.
8 **なりのを**: 'なりぬるを'의 사투리이다.
9 **目ゆ**: 'ゆ'는 '~에 의해'라는 뜻이다.

3394 (사고로모노)/ 츠쿠하(筑波)의 산의요/ 산의 끝자락/ 잊고 왔다면은요/ 이름 안 불렀겠지

해설

츠쿠하(筑波) 산의 산의 끝자락, 만약 그대를 잊고 왔다면 그대의 이름을 부르는 일도 없을 것이겠지라는 내용이다.

사랑하는 사람을 잊지 않고 왔기에 이름을 부른다는 뜻이다. 사랑하는 여인과 작별하고 돌아가는 길에, 여인의 집이 보이지 않게 될 지점에서 여인을 잊지 못하여 그 이름을 불러 본다는 뜻이다.

水島義治는 '小筑波嶺ろの 山の崎'를 '츠쿠하(筑波) 산의/ 산 끝자락아'와 같이 호격으로 해석하고 이 산이 아내를 은유한 것으로 보았다[『萬葉集全注』 14, p.125].

3395 즈쿠하(小筑波)의요/ 산에 달이 떠서요/ 못 만나는 밤/ 많아졌지만서도/ 다시 잠자고 싶네

해설

즈쿠하(筑波) 산에 새로 달이 떠서, 그동안 만나지 못한 밤이 많아져 버렸지만 다시 함께 잠을 자고 싶네라는 내용이다.

사랑하는 사람과 만나지 못한 지 오래 되었지만 다시 달이 바뀌었으니 함께 잠을 자고 싶다는 뜻이다.

3396 츠쿠하(筑波)의요/ 무성한 나무 새로/ 나는 새처럼/ 눈으로 그대 보나/ 함께 잠도 못 자고

해설

츠쿠하(筑波) 산의 무성한 나무 사이로 나는 새처럼, 사람들 눈이 많은 가운데서 먼발치서 그대를 보는 것인가. 함께 잠을 자지도 못하고라는 내용이다.

'目ゆか汝を見む さ寝ざらなくに'를 私注에서는 中西 進과 마찬가지로, '눈으로만 보아야 하는가. 함께 잠을 자지 않고는 있을 수 없는데'로 해석하였다[『萬葉集私注』 7, p.250]. 아직 함께 잠을 자지 않은 것으로 본 것이다. 그러나 大系에서는, '눈으로만 보아야 하는가. 함께 잠을 잔 사이인데'로 해석하였다[『萬葉集』 3, p.419]. 注釋 · 全集 · 全注에서도 그렇게 해석하였다[(『萬葉集注釋』 14, p.78), (『萬葉集』 3, p.459), (『萬葉集全注』 14, p.128)]. 두 사람은 이미 함께 잠을 잔 것으로 해석하였다. 어느 쪽으로도 해석이 가능하다. 과거에 이미 두 사람이 잠을 잔 사이이든 아닌 사이이든, 제5구의 내용은 현재 함께 잠을 잘 수 없어 다만 나무 사이로 연인을 보아야만 하는 안타까움을 노래한 것으로 보면 좋을 듯하다.

中西 進은 '小筑波'를 3395번가에서는 'をづくば'로 읽고 3396번가에서는 'をつくば'로 읽었다. 원문의 한자가 '乎豆久波', '乎都久波'로 되어 있어 다르기 때문이다. 그러나 全集에서는 모두 'をづくば'로 읽었다[『萬葉集』 3, p.459].

3397 比多知奈流　奈左可能宇美乃　多麻毛許曽　比氣波多延須礼　阿杼可多延世武

常陸なる　浪逆の海[1]の　玉藻こそ　引けば絶えすれ　何どか[2]絶えせむ

ひたちなる　なさかのうみの　たまもこそ　ひけばたえすれ　あどかたえせむ

左注　右十首, 常陸國歌

3398 比等未奈乃　許等波多由登毛　波尓思奈能　伊思井乃手兒我　許登奈多延曽祢

人皆の　言[3]は絶ゆとも　埴科[4]の　石井の手兒が[5]　言な絶えそね[6]

ひとみなの　ことはたゆとも　はにしなの　いしゐのてごが　ことなたえそね

3399 信濃道者　伊麻能波里美知　可里婆祢尓　安思布麻之奈牟　久都波氣和我世

信濃道[7]は　今の墾道　苅株に　足踏まし[8]むな　履はけわが背

しなのぢは　いまのはりみち　かりばねに　あしふましなむ　くつはけわがせ

1 **浪逆の海**: 지금의 利根川의 하구이다.
2 **何どか**: 무엇 때문에.
3 **人皆の 言**: 사랑의 말이다. 사람은 여성이다.
4 **埴科**: 長野縣 북부이다.
5 **石井の手兒が**: '石井'은 돌로 둘러싼 우물이며 소재불명이다. '手兒'는 1807번가.
6 **言な絶えそね**: 'な…そね'는 금지를 나타낸다.
7 **信濃道**: 大寶 2년(702) 12월부터 和銅 6년(713) 7월까지 12년에 걸쳐 만들어졌다.
8 **足踏まし**: 'し'는 경어이다.

3397 히타치(常陸)의요/ 나사카(浪逆)의 바다의/ 해초라면요/ 끌면 끊어지겠지/ 어찌 끊을 것인가

해설

히타치(常陸)의 나사카(浪逆)의 바다의 해초야말로 당기면 끊어지겠지. 그러나 나는 무엇 때문에 그 사람과의 관계를 끊을 것인가라는 내용이다.

바다의 해초는 당기면 끊어지지만 자신은 사랑하는 사람과의 관계를 끊지 않을 것이라고 하여 사랑을 맹세한 노래이다.

좌주 위의 10수는, 히타치(常陸)國의 노래

3398 모든 사람의/ 말은 끊어져도요/ 하니시나(埴科)의/ 이시이(石井)의 테고(手兒)의/ 말 끊어지지 말아

해설

누구 한사람 말을 걸어주지 않게 되더라도 하니시나(埴科)의 이시이(石井)의 테고(手兒)의 말만큼은 언제까지나 원하네라는 내용이다.

세상의 누구 한사람 말을 걸어주지 않더라도 하니시나(埴科)의 이시이(石井)의 테고(手兒)의 말만큼은 끊어지지 않았으면 좋겠네라는 뜻으로 이시이(石井)의 테고(手兒) 한 사람만 있으면 족하다는 뜻이다.

中西 進은 眞間의 手兒奈와 마찬가지로 평판이 있는 미녀에 관한 노래라고 하였다.

全集에서는, 마을에서 따돌림을 받아 아무도 말을 걸어 주지 않게 되더라도 이시이(石井)의 테고(手兒)와의 교제가 끊어지지 않게 해 주세요 하고 신에게 기원하는 것으로 해석하고, '다른 사람을 제치고 마을 사람이 공유하는 여성을 독점하는 것은 비난을 받을 일이며 마을에서 교제가 단절되는 원인이 되었다. 이 노래는 그러한 풍습을 배경으로 불리어진 것일 것이다'고 하였다(『萬葉集』 3, p.460).

3399 시나노(信濃) 길은/ 지금 만들어진 길/ 벤 그루터기/ 발로 밟게 되겠죠/ 신을 신어요 그대

해설

시나노(信濃)로 가는 길은 지금 막 새로 만들어진 길이네요. 가다가 나무를 벤 그루터기를 발로 밟게도 되겠지요. 그러니 발을 다치지 않도록 신을 신으세요. 그대여라는 내용이다.

나무를 베고 해서 만든 길이므로 나무 그루터기 등을 밟으면 발을 다칠 수가 있으니 신을 신어서 다치지 않게 조심하라는 뜻이다.

남편을 걱정하는 여성의 노래이다.

3400 信濃奈流　知具麻能河伯能　左射礼思母　伎弥之布美弖婆　多麻等比呂波牟

信濃なる　千曲の川の[1]　細石も[2]　君し踏みてば　玉と拾はむ[3]

しなのなる　ちぐまのかはの　さざれしも　きみしふみてば　たまとひろはむ

3401 中麻奈尓　宇伎乎流布祢能　許藝弖奈婆　安布許等可多思　家布尓思安良受波

中麻奈[4]に　浮き居る船の　漕ぎて去なば　逢ふこと難し　今日にしあらずは

なかまなに　うきをるふねの　こぎてなば　あふことかたし　けふにしあらずは

左注 右四首, 信濃國歌

3402 比能具礼尓　宇須比乃夜麻乎　古由流日波　勢奈能我素弖母　佐夜尓布良思都

日の暮に[5]　碓氷の山を　越ゆる日は　背なの[6]が袖も　さやに振らしつ[7]

ひのぐれに　うすひのやまを　こゆるひは　せなのがそでも　さやにふらしつ

---

1 **千曲の川の**: 信濃川의 일부이다.
2 **細石も**: 'さざれいし'의 축약형이다.
3 **拾はむ**: 중앙에서는 'ひりふ'라고 한다.
4 **中麻奈**: 지명이다. 어디인지 알 수 없다.
5 **日の暮れに**: 저녁 시각은 혼이 움직이는 시각으로 생각되어졌다.
6 **背なの**: 'な', 'の'는 모두 접미어이다.
7 **さやに振らしつ**: 지각된다. 눈으로 보는 것은 아니다. 'し'는 경어이다.

3400 시나노(信濃)의요/ 치구마(千曲)의 강의요/ 작은 돌조차/ 그대가 밟았다면/ 구슬로 주워야죠

해설

시나노(信濃)의 치구마(千曲) 강의 작은 돌이라고 해도 만약 그대가 밟은 것이라면 구슬로 생각하고 주워야지요라는 내용이다.

치구마(千曲) 강의 작은 돌은 남성이 강을 건널 때 밟아야 하는 불편한 것이지만, 그것도 상대방의 발이 닿았다면 귀한 구슬과 같은 것이므로 소중히 생각하여 줍겠다는 뜻이다.

3401 나카마나(中麻奈)에/ 떠서 있는 배를요/ 저어 떠나면/ 만나기 어렵겠죠/ 오늘이 아니라면요

해설

나카마나(中麻奈)에 떠 있는 배를 저어서 떠나듯이 떠나가 버리면 만나기가 어렵게 되겠지요. 오늘이 아니라면이라는 내용이다.

水島義治는, 배를 타고 떠날 남성의 노래로도 남아 있는 여성의 노래로도 볼 수 있으며, 아니면 하룻밤 맺어진 유녀의 애틋한 노래인지도 모른다고 하였다[『萬葉集全注』 14, pp.140~141].

떠나가는 남성의 노래로도 남아 있는 여성의 노래로도 볼 수 있지만 이별을 안타까워하는 여성의 노래라 생각된다.

좌주 위의 4수는, 시나노(信濃)國의 노래

3402 해질 무렵에/ 우수히(碓氷)의 고개를/ 넘는 날은요/ 남편의 옷소매도/ 확실히 흔들었네

해설

해질 무렵에 우수히(碓氷)의 고개를 넘는 날은, 남편이 옷소매를 확실히 흔드는 것을 알았습니다라는 내용이다.

여행을 떠나는 것인지 부역을 가는 것인지 떠나가는 남편이 옷소매를 흔들었다는 뜻이다.

'碓氷の山'을 大系에서는, '碓氷峠. 上野國과 信濃國 사이의 고개'라고 하였다[『萬葉集』 3, p.420].

'さやに振らしつ'를 中西 進은 눈으로 보는 것은 아니라고 하였다. 그러나 大系 · 私注 · 全集 · 全注에서는 모두 눈으로 확실히 보는 것으로 해석하였다. '해질 무렵에 우수히(碓氷)의 고개를 넘는 날'이라고 한 것을 보면 실제로 눈으로 보았다기보다는 마음으로 느낀 것이라고 보는 것이 좋을 듯하다.

3403 安我古非波　麻左香毛可奈思　久佐麻久良　多胡能伊利野乃　於久母可奈思母

吾が戀は　まさか[1]もかなし　草枕[2]　多胡の入野[3]の　奧もかなしも

あがこひは　まさかもかなし　くさまくら　たごのいりのの　おくもかなしも

3404 可美都氣努　安蘇能麻素武良　可伎武太伎　奴礼杼安加奴乎　安杼加安我世牟

上野　安蘇[4]の眞麻群[5]　かき抱き[6]　寢れど飽かぬを　何どか吾がせむ

かみつけの　あそのまそむら　かきむだき　ぬれどあかぬを　あどかあがせむ

3405 可美都氣努　乎度能多杼里我　可波治尓毛　兒良波安波奈毛　比等理能未思弖

上野　乎度の多杼里[7]が　川道にも　兒らは逢はなも[8]　一人のみして

かみつけの　をどのたどりが　かはぢにも　こらはあはなも　ひとりのみして

1 **まさか**: 현재.
2 **草枕**: 보통은 여행을 상투적으로 수식하는 枕詞이지만, 여기에서는 '여행(たび)'의 'た'와 '多胡(たご)'의 'た'가 소리가 같으므로 수식하게 된 것이다.
3 **多胡の入野**: 群馬縣 多野郡 吉井町. 入野는 산자락에 들어간 들이다.
4 **安蘇**: 上野와 下野에 공통으로 있는 지명이다.
5 **眞麻群**: 'ま'는 미칭이다.
6 **かき抱き**: 혼자 자는데 마 다발을 안고 자는 경험도, 상대방을 마 다발처럼 안고 함께 자는 잠도 나타낸다.
7 **乎度の多杼里**: 어디인지 알 수 없다.
8 **兒らは逢はなも**: 'なも'는 'なむ'와 같다. 願望을 나타낸다.

3403 나의 사랑은/ 지금도 슬프네요/ (쿠사마쿠라)/ 타고(多胡)의 이리노(入野)의/ 앞날도 슬프네요

해설

나의 사랑은 지금도 슬프네요. 타고(多胡)의 이리노(入野)의 미래도 슬프네요라는 내용이다.
절망적인 사랑을 노래한 것이다. 여성의 노래로도 남성의 노래로도 볼 수 있다.
中西 進은 이 작품을 뛰어난 작품이라고 하였다.

3404 카미츠케(上野)의/ 아소(安蘇)의 마 다발을/ 끌어안고서/ 자도 싫증나잖네/ 어쩌면 나는 좋아

해설

카미츠케(上野)의 아소(安蘇)의 마 다발을 끌어안고 자도 싫증이 나지를 않네. 충분하지 않으니 나는 어떻게 하면 좋은가라는 내용이다.
혹은 마 다발을 끌어안고 자듯이 사랑하는 사람을 안고 함께 잠을 자도 충분하지 않으니 그 이상 나는 어떻게 하면 좋은가라는 내용도 되겠다. 이 해석이 좋을 것 같다.
中西 進은, '마를 수확할 때의 노동가'라고 하였다.

3405 카미츠케(上野)의/ 오도(乎度)의 타도리(多杼里)의/ 강 길에서요/ 그 애 만나고 싶네/ 단지 혼자서만이

해설

카미츠케(上野)의 오도(乎度)의 타도리(多杼里)의 강을 따라 난 길에서라도 그 아이를 만나고 싶네. 단지 혼자서만이라는 내용이다.
'一人のみして'를 大系에서는 '한 사람만 와서'로 해석하였다[『萬葉集』 3, p.421]. 여성 한 사람으로 본 것이다. 그러나 私注에서는, '단지 나 한사람만이'로 해석하였다[『萬葉集私注』 7, p.260]. 작자인 남성 한 사람으로 본 것이다. 작자인 남성이 자신 혼자서만 여성을 만나고 싶다로 해석해야 할 것이다.

或本歌曰, 可美都氣乃　乎野乃多杼里我　安波治尓母　世奈波安波奈母　美流比登奈思尓

或る本の歌に曰はく, 上野　小野の多杼里が　逢は道[1]にも　背なは逢はなも　見る人なしに[2]

あるほんのうたにいはく, かみつけの　をののたどりが　あはぢにも　せなはあはなも　みるひとなして

3406 可美都氣野　左野乃九久多知　乎里波夜志　安礼波麻多牟惠　許登之許受登母

上野　佐野の莖立[3]　折りはやし[4]　吾は待たむゑ　今年來ずとも

かみつけの　さののくくたち　をりはやし　あれはまたむゑ　ことしこずとも

3407 可美都氣努　麻具波思麻度尓　安佐日左指　麻伎良波之母奈　安利都追見礼婆

上野　まぐはし[5]圓に　朝日さし　まぎらはしもな[6]　ありつつ[7]見れば

かみつけの　まぐはしまとに　あさひさし　まぎらはしもな　ありつつみれば

---

1 **逢は道**: 川道가 잘못 전해진 것을 '逢は道'로 이해한 것이다.
2 **見る人なしに**: 방해받는 일이 없이. '一人のみして'와 같은 것이다.
3 **佐野の莖立**: 푸른 야채를 총칭한 것이다.
4 **折りはやし**: 돌아오는 神事 집단을 기다리는 동작이다.
5 **まぐはし**: 신묘하다. 圓을 형용한 것이다. 圓은 소재를 알 수 없다. 圓方·圓野와 마찬가지로, 완곡한 지형을 말하는 지명이다.
6 **まぎらはしもな**: 눈부신 모양이다.
7 **ありつつ**: 계속…하면서.

어떤 책의 노래에 말하기를, 카미츠케(上野)의/ 오노(小野)의 타도리(多杼里)의/ 만나는 곳서/ 그 이 만나고 싶네/ 보는 사람도 없이

해설

어떤 책의 노래에 말하기를, 카미츠케(上野)의 오노(小野)의 타도리(多杼里)의 길이 만나는 곳에서 그 사람을 만나고 싶네. 두 사람이 만나는 것을 보는 사람도 없이라고 하였다.

'背'라고 하였으므로 여성의 노래이다.

'逢は道'의 '逢ば'는 뜻이 명확하지 않다. 大系에서는, 지명 '安波路'로 보았다[『萬葉集』 3, p.421]. 지명이라고 하더라도 두 사람이 만나는 뜻을 중요시하였음을 알 수 있다.

3406 카미츠케(上野)의/ 사노(佐野)의 푸른 야채/ 꺾어 꾸미고/ 나는 기다리지요/ 올해 오지 않아도

해설

카미츠케(上野)의 사노(佐野)의 푸른 풀을 꺾어서 장식을 하고 나는 그대를 기다리지요. 비록 금년에 오지 않아도라는 내용이다.

大系에서는 '佐野'를 '群馬縣 高崎市 동남부'라고 하고, '莖立'을 '특정한 야채만이 아니라 야채의 심이 있는 것, 나무의 싹이 나온 것이라고 하는 설이 있다'고 하였다[『萬葉集』 3, p.421].

'折りはやし'를 大系와 注釋에서는 '꺾어서 요리를 해서'로 해석하였다[(『萬葉集』 3, p.421), (『萬葉集注釋』 14, p.92)]. 水島義治도 그렇게 해석하였다[『萬葉集全注』 14, p.149]. 全集에서는, '미상. 혹은 박수를 치며 동작에 분위기를 더하는 뜻인가. 여기에서는 야채 등을 다지면서 무언가 외치는 것을 말하는가. 주술과 관계가 있을지도 모른다'고 하였다[『萬葉集』 3, p.462].

3407 카미츠케(上野)의/ 훌륭한 마토(圓)에요/ 아침 해 비춰/ 반짝여 눈부시네/ 계속 보고 있으면

해설

카미츠케(上野)의 멋진 마토(圓)에 아침 해가 비추듯이 그렇게 반짝반짝 빛이 나게 눈이 부시네. 계속 보고 있으면이라는 내용이다.

中西 進은 결혼을 축하하는 여성찬미가라고 하였다.

'麻具波思麻度尒'를 大系에서는, '眞桑島門'으로 보고 소재는 알 수 없다고 하였다[『萬葉集』 3, p.422]. 水島義治도 그렇게 보았다[『萬葉集全注』 14, p.151].

私注에서는, '4, 5구만으로 처녀 찬탄가의 하나로 볼 수도 있다'고 하였다[『萬葉集私注』 7, p.264].

3408 尓比多夜麻　祢尓波都可奈那　和尓余曽利　波之奈流兒良師　安夜尓可奈思母

新田山[1]　嶺には着かなな[2]　吾によそり[3]　間なる兒らし　あやに愛しも

にひたやま　ねにはつかなな　わによそり　はしなるこらし　あやにかなしも

3409 伊香保呂尓　安麻久母伊都藝　可奴麻豆久　比等登於多波布　伊射祢志米刀羅

伊香保ろに[4]　天雲い繼ぎ　かのまづく[5]　人とおたはふ[6]　いざ寢しめとら[7]

いかほろに　あまくもいつぎ　かのまづく　ひととおたはふ　いざねしめとら

3410 伊香保呂能　蘇比乃波里波良　祢毛己呂尓　於久乎奈加祢曽　麻左可思余加婆

伊香保ろの 岨の榛原[8]　ねもころに[9]　奥[10]をな兼ねそ　現在しよかば

いかほろの　そひのはりはら　ねもころに　おくをなかねそ　まさかしよかば

1 **新田山**: 群馬縣 太田市의 金山. 봉우리가 이어지지 않은 모양을, 함께 잠을[寢(嶺＝ね)] 자지 않는 것으로 암시하였다.

2 **着かなな**: 앞의 'な'는 부정의 조동사이며, 뒤의 'な'는 접속조사 'に'의 잘못된 소리이다.

3 **よそり**: '寄す'의 파생어이다.

4 **伊香保ろに**: 群馬縣 북쪽의 榛名山이다.

5 **かのまづく**: 미상이다. 'からみつく'가 변한 것인가.

6 **おたはふ**: 'わだ(穩)'의 반대가 'おた'인가. 상대방 남자가 사람들과 함께 떠든다.

7 **いざ寢しめとら**: 남자로 하여금 나와 함께 자게 하라는 뜻이다.

8 **榛原**: 개암나무 들이다.

9 **ねもころに**: 뿌리(ね)가 얽혀 있는 모양을 'ねもころに'에 연결시켰다.

10 **奥**: 현재의 반대이다. 미래를 말한다.

3408 니히타(新田) 산이/ 이어지지 않듯이/ 나와 소문난/ 어중간한 그 아이/ 묘하게 귀엽네요

해설

니히타(新田) 산의 봉우리가 이어지지 않듯이 함께 잠은 자지를 않고, 그러나 나에게 마음이 기울어지려고 하는 어중간한 그 아이가 신기하게 사랑스럽네라는 내용이다.

3409 이카호(伊香保) 산에/ 하늘 구름이 계속/ 끼어 있듯이/ 계속 모두 떠드네/ 자아 자게 하라고

해설

이카호(伊香保) 산에 하늘의 구름이 계속 일어나 걸리듯이 그렇게 사람들이 모두 계속 떠드네. 자아 잠을 자게 하라고라는 내용이다.

사람들이 두 사람 사이를 소문내어 떠들면서 두 사람이 함께 잠을 자라고 말한다는 내용이다. 注釋에서는, '사람들이 시끄럽게 소문을 내니 함께 자지 않겠는가'로 해석하였다『萬葉集注釋』 14, p.96]. 水島義治도 그렇게 해석하였다『萬葉集全注』 14, p.154]. 私注는 이 작품을 난해한 노래로 보았지만 비슷하게 해석하였다『萬葉集私注』 7, p.266].

3518번가(岩の上に い懸る雲の かのまづく 人そおたはふ いざ寢しめとら)와 유사하다.

3410 이카호(伊香保) 산의/ 옆의 잡목들처럼/ 여러 가지로/ 앞날을 걱정 마오/ 지금만 좋다면요

해설

이카호(伊香保) 산의 옆에 이런 저런 잡목들이 있는 것처럼 그렇게 이것저것 여러 가지로 앞날의 일을 걱정하지 말아요. 지금이 좋기만 하다면이라는 내용이다.

앞날을 걱정하는 여성에게, 현재만 좋다면 걱정하지 말라고 하는 남성의 노래이다. 남성과 여성의 생각 차이가 잘 드러난다.

3411 多胡能祢尓　与西都奈波倍弖　与須礼騰毛　阿尓久夜斯豆之　曽能可抱与吉尓

多胡の嶺に[1]　寄綱延へて　寄すれども　あに來や[2]しづし[3]　その顏よきに

たごのねに　よせつなはへて　よすれども　あにくやしづし　そのかほよきに

3412 賀美都家野　久路保乃祢呂乃　久受葉我多　可奈師家兒良尓　伊夜射可里久母

上野　久路保の嶺ろ[4]の　葛葉がた[5]　愛しけ兒らに　いや離り來も

かみつけの　くろほのねろの　くずはがた　かなしけこらに　いやざかりくも

3413 刀祢河泊乃　可波世毛思良受　多太和多里　奈美尓安布能須　安敞流伎美可母

利根川の　川瀨も知らず　ただ渡り　波に逢ふのす[6]　逢へる君かも

とねがはの　かはせもしらず　ただわたり　なみにあふのす　あへるきみかも

---

1 **多胡の嶺に**: 群馬縣 多野郡 吉井町 서남쪽의 산이다.
2 **あに來や**: 이미 왔는가. 이하 종지가 많은 것은 구송된 때문이다.
3 **しづし**: 잠긴다는 뜻이다.
4 **久路保の嶺ろ**: 赤城山中의 黑檜山이다.
5 **葛葉がた**: 덩굴이다.
6 **波に逢ふのす**: 'のす'는 'なす'와 같다. '~와 같이'라는 뜻이다. 만난 것을 크게 경탄하는 표현이다. 앞의 구에 세상 사람이 모른다는 寓意가 있다.

3411 타고(多胡)의 산에/ 밧줄을 매어 묶어/ 끌어당겨도/ 어찌 올 리 있는가/ 그 얼굴 잘났는데

해설

타고(多胡)의 산에 밧줄을 매어 묶어서 끌어당겨도 어찌 올 리가 있겠는가. 모르는 체 하고 있네. 그 아름다운 얼굴로라는 내용이다.

全集에서는, '난해한 노래이다. 미인에게 마음이 있어서 여러 가지로 손을 쓰지만 반응이 없다고 하는 노래인가'라고 하였다『萬葉集』 3, p.464].

3412 카미츠케(上野)의/ 쿠로호(久路保)의 산의요/ 칡덩굴처럼/ 사랑스런 아이와/ 헤어져서 왔다네

해설

카미츠케(上野)의 쿠로호(久路保) 산의 칡덩굴처럼 더욱 멀리, 사랑스런 아이와 헤어져서 왔다네라는 내용이다.

사랑스러운 사람을 떠나온 남성의 노래이다.

3413 토네(利根) 강의요/ 강여울도 모르고/ 그냥 건너다/ 파도 만난 것처럼/ 만나게 된 그대여

해설

토네(利根) 강의 얕은 여울인지도 분별하지 않고 그냥 건너다가 큰 물결을 뒤집어 쓴 것처럼 그렇게 딱 만나게 된 그대여라는 내용이다.

생각하던 사람을 뜻밖에 만나게 된 감동을 노래한 것이다.

3414 伊香保呂能　夜左可能爲提尓　多都努自能　安良波路萬代母　佐祢乎佐祢弖婆

伊香保ろの　八尺の堰塞に[1]　立つ虹の[2]　顯ろまでも　さ寢をさ寢てば[3]

いかほろの　やさかのゐでに　たつのじの　あらはろまでも　さねをさねてば

3415 可美都氣努　伊可保乃奴麻尓　宇惠古奈宜　可久古非牟等夜　多祢物得米家武

上野　伊香保の沼に　植ゑ子水葱[4]　かく戀ひむとや　種[5]求めけむ

かみつけの　いかほのぬまに　うゑこなぎ　かくこひむとや　たねもとめけむ

3416 可美都氣努　可保夜我奴麻能　伊波爲都良　比可波奴礼都追　安乎奈多要曽祢

上野　可保夜が沼[6]の　いはゐ蔓[7]　引かばぬれつつ　吾を[8]な絶えそね

かみつけの　かほやがぬまの　いはゐつら　ひかばぬれつつ　あをなたえそね

1 **八尺の堰塞に**: 관개용으로 물 흐름을 막는 설비이다.
2 **立つ虹の**: 불길한 것이 나타난 것으로 보았다.
3 **さ寢をさ寢てば**: 다음에 불안한 뜻이 있다.
4 **植ゑ子水葱**: 여성을 비유한 것이다.
5 **種**: 재료이다.
6 **可保夜が沼**: 어디인지 그 소재를 알 수 없다.
7 **いはゐ蔓**: 순채인가.
8 **吾を**: 나로 하여금.

3414 이카호(伊香保) 산의/ 크나큰 제방에요/ 선 무지갠 양/ 드러날 때까지요/ 계속 함께 잔다면

해설

이카호(伊香保) 산의 큰 제방에 선 무지개처럼 뚜렷하게 사람들에게 드러날 때까지 계속 함께 잠을 잔다면 얼마나 좋을까라는 내용이다.

私注에서는, '드러나는 것은 실제로는 두렵지만 거기까지 모험을 한다면 흡족할 것이라는, 마을의 청년다운 마음을 높은 용수로의 제방에선 무지개가 두드러진 것에 비유하여 노래한 것이다'고 하였다[『萬葉集私注』 7, p.271].

3415 카미츠케(上野)의/ 이카호(伊香保)의 늪에다/ 심은 물옥잠/ 이리 고통 당하려/ 씨앗 구했던 건가

해설

카미츠케(上野)의 이카호(伊香保) 늪에 심은 물옥잠과 같은 여인이여. 이렇게 사랑에 고통을 당하려고 씨앗을 구했던 것인가라는 내용이다.

고통을 당하려고 사랑을 시작한 것은 아닌데 사랑의 고통이 심하다는 것을 노래한 것이다.

3416 카미츠케(上野)의/ 카호야가(可保夜が)의 늪의요/ 순채와 같이/ 끌면요 풀리듯이/ 나를 끊지 말아요

해설

카미츠케(上野)의 카호야가(可保夜が) 늪의 순채의 덩굴을 끌면 줄줄 계속되는 것처럼 나와의 사이를 끊지 말아요라는 내용이다.

카미츠케(上野)의 카호야가(可保夜が) 늪의 순채의 덩굴을 끌면 줄줄 계속되는 것처럼 그렇게 두 사람 사이가 계속 되기를 원하니 사이를 끊지 말라고 하는 노래이다.

여성의 노래로도 남성의 노래로도 볼 수 있지만, 순채를 비유로 든 것을 보면 여성의 노래라고 생각된다.

3378번가와 비슷한 내용이다.

3417 可美都氣努　伊奈良能奴麻乃　於保爲具左　与曽尓見之欲波　伊麻許曽麻左礼[柿本朝臣人麿歌集出也]

上野　伊奈良の沼[1]の　大藺草[2]　よそに[3]見しよは　今こそまされ[柿本朝臣人麿の歌集に出づ[4]]

かみつけの　いならのぬまの　おほゐぐさ　よそにみしよは　いまこそまされ[かきのもとのあそみひとまろのかしゅうにいづ]

3418 可美都氣努　佐野田能奈倍能　武良奈倍尓　許登波佐太米都　伊麻波伊可尓世母

上野　佐野田[5]の苗の　占苗[6]に　事は定めつ　今は如何にせも[7]

かみつけの　さのたのなへの　むらなへに　ことはさだめつ　いまはいかにせも

1 **伊奈良の沼**: 어디인지 그 소재를 알 수 없다.
2 **大藺草**: '大藺'은 큰고랭이. 울창하고 무성한 모양이 멀리서 잘 보이는 것을 비유한 것이다.
3 **よそに**: 맹세를 하지 않고. '今'의 반대이다.
4 **柿本朝臣人麿の歌集に出づ**: 전해지던 노래이다.
5 **佐野田**: 群馬縣 高崎市 부근이다.
6 **占苗**: 'うら苗'의 사투리로 본다. 모로 점을 치는 것. 점을 치는 방법은 알 수 없다.
7 **今は如何にせも**: 'せも'는 'せむ'의 사투리이다.

3417 카미츠케(上野)의/ 이나라(伊奈良)의 늪의요/ 큰고랭인양/ 멀리서 본 때보다/ 지금 더욱 심하네[카키노모토노 아소미 히토마로(柿本朝臣人麿)의 가집에 나온다]

해설

카미츠케(上野)의 이나라(伊奈良)의 늪의 큰고랭이처럼 멀리서 보고 있기만 했을 때보다 사랑의 고통은 지금이 더욱 심하네[카키노모토노 아소미 히토미로(柿本朝臣人麿)의 가집에 나온다]라는 내용이다.

멀리서 보고 있을 때보다 만나고 난 후의 사랑의 고통이 오히려 더욱 심하다는 뜻이다.

3418 카미츠케(上野)의/ 사노(佐野)의 밭의 모의/ 모 점에 의해/ 일은 정해 버렸네/ 이제는 어떻게 할까

해설

카미츠케(上野)의 사노(佐野) 밭의 모를 가지고 친 모 점에 의해 일은 정해 버렸네. 이제는 어떻게 할까라는 내용이다.

'占苗'를 全集에서는, '못자리에서 뽑은 모 다발의 수를 세어서 길흉을 점치는 점의 일종인가'하고 이 노래를, '결혼 약속을 해 버렸지만 경솔하지 않았나 하고 반성하는 내용일 것이다'고 하였다[『萬葉集』 3, p.465]. 私注에서는, '구혼을 승낙한 후의, 여전히 동요하는 마음에 대한 탄식일 것이다. 여자의 입장일 것이다. 혹은 제2의 구혼자에 대한 거부를 위한 민요인가. 그렇다면 일반적으로 거부하는 경우에도 가장해서 이용되었을지도 모른다'고 하였다[『萬葉集私注』 7, p.275].

3419 伊可保世欲　奈可中次下　於毛比度路　久麻許曽之都等　和須礼西奈布母

伊香保せよ[1]　奈可□[2]　思ひとろ　隈こそしつと[3]　忘れせなふも

いかほせよ　なか□　おもひとろ　くまこそしつと　わすれせなふも

3420 可美都氣努　佐野乃布奈波之　登里波奈之　於也波左久礼騰　和波左可流賀倍

上野　佐野の舟橋[4]　取り放し　親は離くれど　吾は離かるがへ[5]

かみつけの　さののふなはし　とりはなし　おやはさくれど　わはさかるがへ

3421 伊香保祢尓　可未奈那里曽祢　和我倍尓波　由恵波奈家杼母　兒良尓与里弖曽

伊香保嶺に　雷な鳴りそね[6]　わが上には　故[7]は無けども　兒らによりてそ

いかほねに　かみななりそね　わがへには　ゆゑはなけども　こらによりてそ

1 **伊香保せよ**: ‘せ’는 ‘迫’, ‘よ’는 조사인가.
2 □: 원문의 ‘中(なか)’은 ‘奈可(なか)’ 발음을 나타내기 위한 것이다. ‘次下’는 무엇을 기입하려고 한 방주(傍注)가 혼입된 것이다.
3 **思ひとろ 隈こそしつと**: ‘思ひとる 隈こそしつれ’의 사투리인가.
4 **佐野の舟橋**: 배를 연결하고 그 위에 판자를 놓은 다리이다.
5 **吾は離かるがへ**: ‘がへ’는 ‘かば’의 사투리이다. 강한 부정을 동반한 의문을 나타낸다.
6 **雷な鳴りそね**: 시끄럽게 소문내지 말라는 寓意이다.
7 **故**: 방해, 지장.

3419 이카호(伊香保) 산의/ □/ 결정했던 일/ 얼마간은 한 것을/ 잊지 말아 주세요

해설

이카호(伊香保) 산의 좁은 사이로부터 □ 마음에 정한 일의 일부는 했는 것을. 잊지 말아 주세요라는 내용이다.

『萬葉集』 중에서 난해한 작품의 하나이다.

大系, 私注, 注釋에서는 해석을 하지 않았다. 全集에서는, '이카호(伊香保) 바람은 부는 날도 불지 않는 날도 있다고 하지만 나의 사랑만은 정한 때가 없네'로 해석하였다[『萬葉集』 3, p.466]. 水島義治는, '伊香保 산에 사는 그대여. 그대가 나 때문에 운 것을 기억합니다. 길모퉁이를 돌아서 온 것을 나는 결코 잊지 않아요'로 해석하였다[『萬葉集全注』 14, p.173].

3420 카미츠케(上野)의/ 사노(佐野)의 배 다리를/ 해체하듯이/ 부모는 떼려 해도/ 나는 이별 못 하네

해설

카미츠케(上野)의 사노(佐野)의, 배를 연결하여 만든 다리를 해체하듯이 부모는 그 사람과의 사이를 떼어 놓으려고 하지만 나는 어떻게 헤어질 수가 있을까라는 내용이다.

누가 방해를 해도 사랑하는 사람과 이별을 할 수 없다는 강한 의지를 나타낸 노래이다.

3421 이카호(伊香保) 산에/ 천둥아 치지 말아/ 나에게는요/ 지장은 없지마는/ 그 아이 위해서네

해설

이카호(伊香保) 산에 천둥이여 치지 말아 다오. 천둥이 치더라도 나에게는 아무런 지장은 없지만 그 아이를 위해서네라는 내용이다.

실제로 伊香保 지방은 천둥이 많이 치는 곳이라고 한다. 그러므로 천둥을 싫어하는 여인을 위해서 천둥이 치지 말라는 뜻으로 대부분 해석하였다. 그러나 中西 進은 두 사람의 관계에 대해 소문이 시끄러운 것을 뜻하기도 한다고 보았다. 이렇게 보면 두 사람 사이를 시끄럽게 소문내지 말라는 내용이 된다. 천둥 자체로 보기보다는 사람들의 소문으로 보는 것이 훨씬 의미가 깊어질 것이다.

3422 伊可保可是　布久日布加奴日　安里登伊倍杼　安我古非能未思　等伎奈可里家利

伊香保風　吹く日吹かぬ日　ありといへど　吾が戀[1]のみし　時無かりけり[2]

いかほかぜ　ふくひふかぬひ　ありといへど　あがこひのみし　ときなかりけり

3423 可美都氣努　伊可抱乃祢呂尓　布路与伎能　遊吉須宜可提奴　伊毛賀伊敝乃安多里

上野　伊香保の嶺ろに　降ろ雪の[3]　行き過ぎかてぬ[4]　妹が家のあたり

かみつけの　いかほのねろに　ふろよきの　ゆきすぎかてぬ　いもがいへのあたり

左注 右廿二首, 上野國歌

3424 之母都家野　美可母乃夜麻能　許奈良能須　麻具波思兒呂波　多賀家可母多牟

下野　三毳の山[5]の　小楢[6]のす　ま妙し兒ろは　誰が笥[7]か持たむ

しもつけの　みかものやまの　こならのす　まぐはしころは　たがけかもたむ

1 **吾が戀**: 사랑의 고통을 말한다.
2 **時無かりけり**: 정한 때가 없다.
3 **降ろ雪(よき)の**: '降る雪(ゆき)の'의 사투리이다. 'よき---ゆき'의 소리로 이어진다.
4 **行き過ぎかてぬ**: 'かて'는 할 수 있다는 뜻이다. 'ぬ'는 부정을 나타낸다.
5 **三毳の山**: 栃木縣 佐野市 동쪽이다. 오리신 신앙이 있는 산이다.
6 **小楢**: 어린 졸참나무이다.
7 **笥**: 식기. 아내가 되는 것이다.

3422 이카호(伊香保) 바람/ 부는 날 안 부는 날/ 있다고 하지만/ 나의 사랑만은요/ 정해진 때가 없네

해설

이카호(伊香保) 바람은 부는 날도 있고 불지 않는 날도 있다고 하지만, 나의 사랑의 고통은 정해진 때가 없네라는 내용이다.

사랑의 고통이 항상 계속되고 있다는 뜻이다.

권제15의 3670번가와 비슷하다.

3423 카미츠케(上野)의/ 이카호(伊香保)의 산에요/ 내린 눈처럼/ 지나치기 어렵네/ 아내의 집의 근처가요

해설

카미츠케(上野)의 이카호(伊香保) 산에 내리는 눈처럼 지나치기가 어렵네. 아내의 집의 근처여라는 내용이다.

아내의 집 근처를 그냥 지나쳐서 가기가 힘들다는 내용이다.

'雪'과 '行き'의 소리가 같은 'ゆき'인 것을 이용한 노래이다.

좌주 위의 22수는, 카미츠케(上野)國의 노래

3424 시모츠케(下野)의/ 미카모(三毳)의 산의요/ 졸참나문 양/ 아름다운 그 애는/ 누구 그릇 가지나

해설

시모츠케(下野)의 미카모(三毳) 산에 자라고 있는 어린 졸참나무처럼 아름다운 그 소녀는 어떤 남자를 남편으로 하고 식기를 가질 것인가라는 내용이다.

아름다운 아이는 자신의 아내가 되면 좋을 텐데, 어떤 남자의 아내가 되는 것일까라는 뜻이다.

3425 志母都家努　安素乃河泊良欲　伊之布麻受　蘇良由登伎奴与　奈我己許呂能礼

下野　安蘇の河原[1]よ　石踏まず　空ゆ[2]と[3]來ぬよ　汝が心告れ

しもつけの　あそのかはらよ　いしふまず　そらゆときぬよ　ながこころのれ

左注 右二首, 下野國歌

3426 安比豆祢能　久尓乎佐杼抱美　安波奈波婆　斯努比尓勢毛等　比毛牟須婆佐祢

會津嶺[4]の　國をさ遠み　逢はなは[5]ば　偲ひにせも[6]と　紐結ばさね[7]

あひづねの　くにをさどほみ　あはなはば　しのひにせもと　ひもむすばさね

1 **安蘇の河原**: 秋山川의 河源이다. 짧은 거리이지만 돌을 밟는 것이 된다.
2 **空ゆ**: 발도 땅에 닿지 않고. 'ゆ'는 '~로부터'라는 뜻이다.
3 **と**: '~로서'라는 뜻이다.
4 **會津嶺**: 磐梯山이다.
5 **逢はなは**: 會津에서 멀기 때문에 만나지 못한다고 한 것이다. 'なば'는 부정 조동사이다.
6 **偲ひにせも**: 'せも'는 'せむ'와 같다. 생각하는 것은 남자이다. 함께 묶는다.
7 **紐結ばさね**: 옷끈을 묶는 것은 사랑의 표시이다.

3425 시모츠케(下野)의/ 아소(安蘇)의 강을 통해/ 돌 밟지 않고/ 하늘 통해 왔지요/ 그대 마음 말해요

해설

시모츠케(下野)의 아소(安蘇)의 강을 통해서 돌을 밟지 않고 발도 땅에 닿지 않고 하늘을 통해 왔지요. 그러니 그대 마음을 말해 주세요라는 내용이다.

아소(安蘇)의 강을 통해서 물론 돌을 밟고 아프게 왔지만 그 고통은 아무것도 아니고, 사랑하는 여인을 만난다는 마음에 마치 하늘을 나는 듯한 기분으로 왔으니 본심을 자신에게 말해 달라고 하는 남성의 노래이다.

좌주 위의 2수는, 시모츠케(下野)國의 노래

3426 아히즈(會津) 산의/ 나라에서 멀므로/ 못 만날 때에/ 생각하기 위해서/ 옷끈 묶어 주세요

해설

아히즈(會津) 산이 있는 지역에서 멀기 때문에 만날 수가 없게 되면 상대방 생각을 할 수 있는 수단이 되도록 하기 위해서, 자아 옷끈을 묶어 주세요라는 내용이다.

'會津嶺'의 '會(あひ)'와 '逢は(あは)'의 발음이 유사한 것을 이용한 노래이다.

全集에서는, '표현상 무리가 있고, 작자의 성별도 불분명하다. 가요이기 때문일 것이다. 여행을 떠날 때 남편이 부른 노래라고 해 둔다'고 하였다『萬葉集』 3, p.467]. 私注에서는, '會津 지방의 산지를 넘어서 다른 마을의 처녀에게 다니는 남자의 입장일 것이다'고 하였다『萬葉集私注』 7, p.282].

3427 筑紫奈留　尓抱布兒由惠尓　美知能久乃　可刀利乎登女乃　由比思比毛等久

筑紫なる　にほふ兒ゆゑに　陸奥の　可刀利少女の[1]　結ひし紐解く

つくしなる　にほふこゆゑに　みちのくの　かとりをとめの　ゆひしひもとく

3428 安太多良乃　祢尓布須思之能　安里都々毛　安礼波伊多良牟　祢度奈佐利曽祢

安太多良の　嶺[2]に臥す鹿猪の[3]　ありつつも　吾は到らむ　寝處な去りそね

あだたらの　ねにふすししの　ありつつも　あれはいたらむ　ねどなさりそね

左注 右三首, 陸奥國歌

1 **可刀利少女の**: 香取社에 의한 지명이다. 여러 곳에 있다. 그 위에 비단 같은 소녀의 아름다움을 더하여 앞과 대비하였다.
2 **安太多良の嶺**: 福島縣 安達郡의 安達太良山이다.
3 **臥す鹿猪の**: 사슴과 맷돼지 같은 짐승은 자는 곳과 행동 범위를 바꾸지 않는다. 따라서 뒷부분의 비유가 된다.

3427 츠쿠시(筑紫)의요/ 아름다운 애 땜에/ 미치노쿠(陸奥)의/ 카토리(可刀利)의 소녀가/ 묶은 옷끈 풀었네

해설

츠쿠시(筑紫)의 아름다운 아이 때문에, 미치노쿠(陸奥)의 카토리(可刀利)의 소녀가 묶어 준 옷끈을 풀어 버렸네라는 내용이다.

카토리(可刀利)는, '香取, 縑(카토리)'과 소리가 같은 것을 이용한 것이다.

츠쿠시(筑紫)의 아이가 아름다워서, 고향인 陸奥의 연인인 카토리(可刀利)의 사랑을 배반하게 되었다는 뜻이다.

3457번가와 유사하다.

3428 아다타라(安太多良)의/ 산의 짐승과 같이/ 계속 있으며/ 나는 찾아가지요/ 침소 떠나지 마요

해설

아다타라(安太多良) 산에 있는 짐승이 자는 곳을 바꾸지 않는 것처럼 나는 언제까지나 변함이 없이 반드시 그대를 찾아가지요. 그러니 잠자는 곳을 떠나지 말아요라는 내용이다.

항상 찾아갈 것이니까 침소를 벗어나지 말고 기다리고 있으라고 말하는 남성의 노래이다.

좌주 위의 3수는, 미치노쿠(陸奥)國의 노래

譬喩謌[1]

3429 等保都安布美　伊奈佐保曽江乃　水乎都久思　安礼乎多能米弖　安佐麻之物能乎

遠江　引佐細江[2]の　澪標[3]　吾を頼めて[4]　あさましものを[5]

とほつあふみ　いなさほそえの　みをつくし　あれをたのめて　あさましものを

左注　右一首, 遠江國歌

3430 斯太能宇良乎　阿佐許求布祢波　与志奈之尓　許求良米可母与　余志許佐流良米

志太の浦[6]を　朝漕ぐ船は　由無しに　漕ぐらめかも[7]よ　由こさるらめ[8]

しだのうらを　あさこぐふねは　よしなしに　こぐらめかもよ　よしこさるらめ

左注　右一首, 駿河國歌

1 **譬喩謌**: 諷諭歌를 특히 분류하였다. 이 9수를 가지고 나라 이름이 확실한 노래는 끝난다.
2 **引佐細江**: 濱名湖 동북쪽이다.
3 **澪標**: 항로를 표시하는 것이다. 좁은 강이므로 얕기 때문에 별 도움이 되지 않는 것으로 알려져 있었을 것이다.
4 **頼めて**: 의지하게 한다.
5 **あさましものを**: 마음을 얕게 할 것이다.
6 **志太の浦**: 大井川 하구이다.
7 **漕ぐらめかも**: 'かも'는 강한 부정을 동반한 의문을 나타낸다.
8 **由こさるらめ**: '由こそあるらめ'의 축약형이다.

비유가

3429 토호츠아후미(遠江)/ 이사나호소(引佐細) 강의/ 표지와 같이/ 날 믿게 하고는/ 소원해질 것인 걸

해설

토호츠아후미(遠江) 이사나호소(引佐細) 강의 표지와 같이, 나로 하여금 믿고 의지하게 해 놓고는 나중에 멀어지게 될 것인 것을이라는 내용이다.

그럴듯한 말로 믿게 해 놓고는 실제로는 변하게 될 얕은 마음이라는 내용이다.

좌주 위의 1수는, 토호츠아후미(遠江)國의 노래

3430 시다(志太)의 포구를/ 아침에 노 젓는 배/ 이유도 없이/ 젓고 있는 것일까/ 이유가 있겠지요

해설

시다(志太)의 포구를 아침에 노 젓는 배는 이유도 없이 노를 젓고 있는 것일까요. 아니요. 틀림없이 이유가 있겠지요라는 내용이다.

사랑하는 여성의 집으로 가기 위해서 배를 젓고 있을 것이라는 뜻이다.

中西 進은 이 작품을, '여성의 집 주변을 맴도는 남성을 야유하는 형태의 노래'라고 하였다.

'志太の浦'를 大系에서는, '靜岡縣 志太郡. 駿河國 서쪽 끝. 遠江에 접해 있다'고 하였다[『萬葉集』 3, p.426].

좌주 위의 1수는, 스루가(駿河)國의 노래

3431 阿之我里乃　安伎奈乃夜麻尓　比古布祢乃　斯利比可志母與　許己波故賀多尓

足柄の　安伎奈の山[1]に　引こ船[2]の　後引かしもよ　ここば來がたに[3]

あしがりの　あきなのやまに　ひこふねの　しりひかしもよ　ここばこがたに

3432 阿之賀利乃　和乎可鷄夜麻能　可頭乃木能　和乎可豆佐祢母　可豆佐可受等母

足柄の　吾を可鷄山[4]の　穀の木[5]の　吾をかづさねも[6]　穀割かずとも[7]

あしがりの　わをかけやまの　かづのきの　わをかづさねも　かづさかずとも

1 **安伎奈の山**: 어디 있는지 소재를 알 수 없다.
2 **引こ船**: 끄는 배. 산 주위에서 만든 후에 물 쪽으로 끈다.
3 **來がたに**: 오기 힘들어서.
4 **可鷄山**: 矢倉嶽인가.
5 **穀の木**: 꾸지나무이다.
6 **吾をかづさねも**: 'ね', 'も'는 조사이다.
7 **穀割かずとも**: 'よし' 등이 생략되었다.

3431 아시가리(足柄)의/ 아키나(安伎奈)의 산에서/ 끄는 배처럼/ 뒤가 당겨지는 듯/ 매우 오기 힘드네

해설

아시가리(足柄)의 아키나(安伎奈) 산에서 뒤쪽을 잡고 끌어내리는 배처럼, 뒷머리가 잡아당겨지는 듯하네. 돌아오기 매우 힘이 드네라는 내용이다.

이렇게 보면 사랑하는 여인의 곁을 떠나기 힘들어 하는 남성의 노래가 된다. 注釋과 全集에서도 남성의 노래로 보았다[(『萬葉集注釋』 14, p.119), (『萬葉集』 3, p.469)]. 그러나 大系·私注·全注에서는, '아시가리(足柄)의 아키나(安伎奈)의 산에서 뒤쪽을 잡고 끌어내리는 배처럼, 돌아가는 남편을 뒤에서 끌어당기고 싶네. 내 곁으로 오는 것이 무척 힘이 들므로'로 해석하였다[(『萬葉集』 3, p.427), (『萬葉集私注』 7, p.287), (『萬葉集全注』 14, p.193)]. 여성의 노래로 본 것이다.

3432 아시가리(足柄)의/ 나를 카케(可鷄) 산의요/ 꾸지나무 양/ 나를 유혹하세요/ 껍질만 깎지 말고

해설

아시가리(足柄)의, 나를 마음에 둔다는 뜻을 이름으로 한 카케(可鷄) 산의 꾸지나무처럼 나를 유혹하면 좋겠네요. 나무껍질만 벗기지 말고라는 내용이다.

나무껍질을 벗기면서 일하고 있는 남성에게, 일만 하지 말고 자신을 유혹해 달라는 대담한 여성의 노래이다.

3433 多伎木許流　可麻久良夜麻能　許太流木乎　麻都等奈我伊波婆　古非都追夜安良牟

薪樵る　鎌倉山の　木垂る[1]木を　まつと汝が言はば　戀ひつつやあらむ

たきぎこる　かまくらやまの　こだるきを　まつとながいはば　こひつつやあらむ

左注　右三首, 相模國歌

3434 可美都家野　安蘇夜麻都豆良　野乎比呂美　波比尓思物能乎　安是加多延世武

上野　安蘇[2]山葛　野[3]を廣み　延ひに[4]しものを　何か[5]絶えせむ

かみつけの　あそやまつづら　のをひろみ　はひにしものを　あぜかたえせむ

3435 伊可保呂乃　蘇比乃波里波良　和我吉奴尓　都伎与良之母与　比多敝登於毛敝婆

伊香保ろ[6]の　岨の榛原[7]　わが衣に　着きよらしもよ　一重[8]と思へば

いかほろの　そひのはりはら　わがきぬに　つきよらしもよ　ひたへとおもへば

1 **木垂る**: 가지가 늘어진다는 뜻이다. 소나무는 늘어지지 않으므로 여자는 기다리고 있지 않다.
2 **安蘇**: 上野와 下野에 공통으로 있는 지명이다.
3 **野**: '野'는 경사진 곳이다.
4 **延ひに**: 관계가 지속되는 것을 비유한 것이다.
5 **何か**: 왜 그런 것인가.
6 **伊香保ろ**: 榛名山이다.
7 **岨の榛原**: 개암나무 열매와 껍질은 검은색의 염료이다. 여성을 寓意한 것이다.
8 **一重**: 여성의 마음이. 'ひたへ'는 'ひとへ'의 사투리이다.

3433 (타키기코루)/ 카마쿠라(鎌倉)의 산의/ 무성한 나무/ 기다린다 너 말하면/ 사랑으로 고통할까

해설

섶나무를 베는 낫이라는 뜻을 이름으로 한 카마쿠라(鎌倉) 산의 잎이 무성해서 가지가 늘어진 나무를 소나무라고 그대가 말을 한다면, 즉 기다린다고 그대가 말을 한다면 나는 이렇게 사랑 때문에 고통당하고 있을 것인가라는 내용이다.

여성이 기다린다고 말을 하지 않았기 때문에 고통당한다는 뜻이다.

소나무(松)'와 기다리다(待)'의 일본어 발음이 'まつ'로 같은 것을 이용한 노래이다.

'薪樵る'는 '鎌倉'을 상투적으로 수식하는 枕詞이다.

좌주 위의 3수는, 사가무(相模)國의 노래

3434 카미츠케노(上野)/ 아소(安蘇) 산의 덩굴풀/ 들이 넓어서/ 잘 벋어 갔는 것을/ 어찌 끊을 것인가

해설

카미츠케노(上野) 아소(安蘇) 산의 덩굴풀은 들이 넓어서 마음껏 잘 벋어 갔으므로 그것을 어찌 끊을 것인가라는 내용이다.

'延ひにしものを'를 大系에서는, 작자의 마음이 상대방 여성에게 깊이 가 있는 것으로 해석하였다[『萬葉集』 3, p.427]. 대부분의 주석서에서도 그렇게 해석하였다.

3435 이카호(伊香保) 산의/ 근처 개암나무 들/ 나의 옷에요/ 물이 들기가 쉽네/ 한결같다 생각하면

해설

이카호(伊香保) 산 근처의 개암나무 들판의 개암나무는 나의 옷에 물이 들기가 쉽네. 그대의 마음을 한 겹, 즉 다른 마음이 없는 한결같은 마음이라고 생각하면이라는 내용이다.

3436 志良登保布　乎尓比多夜麻乃　毛流夜麻乃　宇良賀礼勢奈那　登許波尓毛我母

白遠ふ[1]　小新田山の[2]　守る山の　末枯れ爲なな[3]　常葉にもがも[4]

しらとほふ　をにひたやまの　もるやまの　うらがれせなな　とこはにもがも

左注　右三首, 上野國歌

3437 美知乃久能　安太多良末由美　波自伎於伎弖　西良思馬伎那婆　都良波可馬可毛

陸奥の　安太多良[5]眞弓　彈き[6]置きて　反らしめ來なば[7]　弦着かめかも[8]

みちのくの　あだたらまゆみ　はじきおきて　せらしめきなば　つらはかめかも

左注　右一首, 陸奥國歌

1 **白遠ふ**: 'にひ'를 상투적으로 수식하는 枕詞이다.
2 **小新田山の**: 群馬縣 太田市의 金山이다.
3 **末枯れ爲なな**: 'なな'는 앞의 'な'는 금지, 뒤의 'な'는 願望을 나타낸다. 마음이 변하지 말라는 뜻이다.
4 **常葉にもがも**: 'がも'는 願望을 나타낸다.
5 **安太多良**: 福島縣 安達郡의 安達太良山이다.
6 **彈き**: 활을 당겨서 화살을 쏘는 것이다.
7 **反らしめ來なば**: 반대로 뒤집은 채로 온다면. 사랑을 속삭여 놓고는 그 후에 모르는 척 한다면.
8 **弦着かめかも**: 두 번 다시 사랑을 속삭일 수 없다.

3436 (시라토호후)/ 니히타(新田)의 산의요/ 지키는 산의/ 끝이 마르지 마요/ 늘 푸른 잎이 세요

해설

니히타(新田)의 산, 산지기가 지키는 산의 나무들처럼, 가지 끝이 마르는 일이 없기를 바라네. 항상 푸른 잎 그대로 있어 주세요라는 내용이다.

상대방의 사랑이 변함이 없기를 바라는 노래이다.

좌주 위의 3수는, 카미츠케(上野)國의 노래

3437 미치노쿠(陸奥)의/ 아다타라(安太多良) 좋은 활/ 화살을 쏘고서/ 활시위를 푼다면/ 시위가 걸릴까요

해설

미치노쿠(陸奥)의 아다타라(安太多良)에서 생산되는 좋은 활을 당겨서 쏘아 놓고, 활시위를 풀어 놓는다면 활시위가 걸릴까요라는 내용이다.

사랑을 말한 사이이지만 오래도록 소원한 상태에 있던 남성이 다시 접근하려고 하는 것을 거부한 여성의 노래이다.

注釋에서는, '彈き置きて'를 '활시위를 풀어 놓고'로 해석하였다. 그리고 제4구의 원문 '西良思馬伎那婆'를 '撥らしめきなば'로 훈독하고 '활은 사용하지 않을 때 활시위를 그대로 두면 휘어지는 성질이 있어서 탄력이 약해지므로 평소에는 활시위를 풀어 놓는 것이 상식인데 安太多良의 활이 특히 강하므로 활시위를 거는 것이 쉬운 일이 아닌 점만을 가지고 비유한 것일 것이다'는 佐佐木氏의 설을 따르고 있다. 그러면서 두 사람이 만나지 않고 있으면서 남성의 마음이 멀어진다면 다시 옛날의 상태로 돌아갈 수 있을까 하며 헤어지지 않으려는 마음을 비유한 것이라고 하였다[『萬葉集注釋』 14, p.128].

좌주 위의 1수는, 미치노쿠(陸奥)國의 노래

雜謌[1]

3438 都武賀野尓　須受我於等伎許由　可牟思太能　等能乃奈可知師　登我里須良思母

都武賀野[2]に　鈴が音[3]聞ゆ　可牟思太[4]の　殿の仲子し[5]　鷹狩すらしも

つむがのに　すずがおときこゆ　かむしだの　とののなかちし　とがりすらしも

或本歌曰, 美都我野尓　又曰, 和久胡思

或る本の歌に曰はく, 美都我野[6]に　また曰はく, 若子し

あるほんのうたにいはく, みつがのに　またいはく, わくごし

1 **雜謌**: 여기서부터는 國名을 알 수 없는 노래들을 배열하였다. 雜歌라고 해도 내용은 相聞의 노래들이다. 끝부분의 몇 작품은 정확한 雜歌이다.
2 **都武賀野**: 소재를 알 수 없다.
3 **鈴が音**: 매에게 단 방울이다.
4 **可牟思太**: 神志太인가(志太郡은 駿河·常陸 등에 있다). 소재를 알 수 없다.
5 **殿の仲子し**: 總領의 아들보다 활달하고 여성들에게 인기가 많았던가. '殿'은 지방 호족이나 수장 계급이다.
6 **美都我野**: 소재불명이다.

雜歌

3438 츠므가(都武賀) 들에/ 방울 소리 들려오네/ 카무시다(可牟思太)의/ 수장님의 차남이/ 매사냥을 하나 봐

해설

츠므가(都武賀) 들에서 방울 소리가 들려오네. 카무시다(可牟思太)의 수장님의 차남이 매사냥을 하고 있는가 보다라는 내용이다.

어떤 책의 노래에 말하기를, 미츠가(美都我) 들에 또 말하기를, 도련님이

해설

어떤 책의 노래에는 말하기를, 미츠가(美都我) 들에라고 하고 또 말하기를, 수장님의 차남이 아니라 도련님이라고 하였다.

3439 須受我祢乃　波由馬宇馬夜能　都追美井乃　美都乎多麻倍奈　伊毛我多太手欲

鈴が音の　早馬[1]驛家の　つつみ井[2]の　水をたまへな[3]　妹が[4]直手よ

すずがねの　はゆまうまやの　つつみゐの　みづをたまへな　いもがただてよ

3440 許乃河伯尓　安佐菜安良布兒　奈礼毛安礼毛　余知乎曽母弖流　伊弖兒多婆里尓[一云, 麻之毛安礼母]

この川に　朝菜洗ふ兒　汝も吾も　同輩兒[5]をそ持てる　いで兒賜りに[6][一は云はく, 汝も吾も]

このかはに　あさなあらふこ　なれもあれも　よちをそもてる　いでこたばりに[あるはいはく, ましもあれも]

1 **早馬**: 역에 항상 준비되어 있는 역마는 公使의 표시인 역 방울을 가졌다.
2 **つつみ井**: 돌로 둘러싼 우물이다.
3 **たまへな**: 'な'는 願望을 나타낸다.
4 **妹が**: 역에서 일하는 선량한 미인이 있었던 것인가. 石井의 手兒(3398번가)와 같다.
5 **同輩兒**: 같은 나이의 아이를 'よちこ'라고 한다. 성기의 은어인가.
6 **賜りに**: '賜らね'의 사투리이다.

3439 (스즈가네노)/ 역마를 둔 驛舍의/ 돌로 싼 우물/ 물을 받고 싶네요/ 그녀의 손에서요

해설

방울 소리가 들리는 역마를 둔 驛舍의, 돌로 싼 우물의 물을 받아 마시고 싶네요. 그녀의 손으로 직접 주는 물을이라는 내용이다.

'鈴が音の'를 大系에서는 '早馬'를 상투적으로 수식하는 枕詞로 보았다『萬葉集』 3, p.428].

'妹'를 水島義治는 유녀라고 보면서도 中西 進과 마찬가지로, '역에서 식사 · 숙박 등 잡다한 일을 하는 젊은 여성, 이른바 역가의 여성이었음이 틀림없다. 그중에 두드러지게 아름다운 미인이 있어서 소문이 난 일도 있었을 것이다'고 하였다『萬葉集全注』 14, p.206].

'つつみ井'을 私注에서는 말에게 물을 먹이기 위한 우물로 보고, 물을 달라고 하는 사람은, '여행객이 아니라 오히려 역의 기구를 방관하는 입장의 사람들 사이에서 성립한 것일 것'이라고 하였다『萬葉集私注』 7, p.297]. 全集에서는 물을 달라고 하는 사람은 공적인 일로 여행하는 사람이며, 여성은 유녀로 추정하였다『萬葉集』 3, p.471].

3440 이 강에서요/ 아침 야채 씻는 애/ 그대도 나도요/ 같은 또래 애 있네/ 자아 아이 주세요[또는 말하기를, 그대도 나도요]

해설

이 강에서요 아침에 야채를 씻는 사람이여. 그대도 나도 같은 나이 또래의 자식이 있네. 그러니 자아, 그대의 아이를 주세요[또는 말하기를, 그대도 나도요]라는 내용이다.

大系 · 私注 · 注釋 · 全集 · 全注 모두, 야채를 씻는 아이에게 달라고 한 아이는 자식이 아니라 여성의 성기로 보고 있다.

야채를 씻고 있는 처녀에게 결혼을 해 달라고 하는 뜻이다.

3441 麻等保久能　久毛爲尓見由流　伊毛我敵尓　伊都可伊多良武　安由賣安我古麻

ま遠くの[1]　雲居[2]に見ゆる　妹が家に　いつか到らむ　歩め吾が駒

まとほくの　くもゐにみゆる　いもがへに　いつかいたらむ　あゆめあがこま

柿本朝臣人麿歌集曰, 等保久之弖 又曰, 安由賣久路古麻

柿本朝臣人麿の歌集に曰はく[3], 遠くして 又曰はく, 歩め黒駒

かきのもとのあそみひとまろのかしゅうにいはく, とほくして まやいはく, あゆめくろごま

3442 安豆麻治乃　手兒乃欲妣左賀　古要我祢弖　夜麻尓可祢牟毛　夜杼里波奈之尓

東路の　手兒の呼坂[4]　越えがねて　山にか寝むも　宿は無しに

あづまぢの　てごのよびさか　こえがねて　やまにかねむも　やどりはなしに

1 **ま遠くの**: 'ま'는 접두어이다.
2 **雲居**: 구름과 같다.
3 **柿本朝臣人麿の歌集に曰はく**: 1271번가를 말한다.
4 **呼坂**: 소재를 알 수 없다.

3441 아득하게 먼/ 구름 속에 보이는/ 아내의 집에/ 언제 도착할 건가/ 걸어라 나의 말아

해설

멀리 구름 저쪽에 보이는 아내의 집에 언제 도착할 것인가. 걸어라 내가 탄 말이여라는 내용이다.
사랑하는 아내의 집에 빨리 도착하고 싶어서 말에게 빨리 걸으라고 재촉을 하는 남성의 노래이다.

카키노모토노 아소미 히토마로(柿本朝臣人麿)의 가집에 말하기를, 멀리 있어서 또 말하기를, 걸어라 검은 말아

해설

카키노모토노 아소미 히토마로(柿本朝臣人麿)의 가집에는 말하기를, 아내의 집이 멀리 있어서 또 말하기를, 걸어라 검은 말이여라고 하였다.

3442 아즈마(東) 길의/ 테고(手兒)의 요비사카(呼坂)/ 넘기 힘들어/ 산에서 자는 건가/ 잠잘 집도 없는데

해설

아즈마(東)國으로 가는 길의 테고(手兒)의 요비사카(呼坂)를 넘기가 힘들어서 산에서 자는 것인가. 잠을 잘 집도 없는데라는 내용이다.
산에서 잠을 자야만 하기도 하는, 여행이 힘든 것을 노래한 것이다.

3443 宇良毛奈久　和我由久美知尓　安乎夜宜乃　波里弖多弖礼波　物能毛比豆都母

うらも無く　わが行く道に　青柳の　張りて立てれば　物[1]思ひ出つも[2]

うらもなく　わがゆくみちに　あをやぎの　はりてたてれば　ものもひづつも

3444 伎波都久乃　乎加能久君美良　和礼都賣杼　故尓毛乃多奈布　西奈等都麻佐祢

伎波都久の　岡[3]の莖韮[4]　われ摘めど　籠にものたなふ[5]　背なと摘まさね[6]

きはつくの　をかのくくみら　われつめど　こにものたなふ　せなとつまさね

3445 美奈刀能　安之我奈可那流　多麻古須氣　可利己和我西古　等許乃敝太思尓

水門の　葦が中なる　玉小菅[7]　苅り來わが背子　床の隔に[8]

みなとの　あしがなかなる　たまこすげ　かりこわがせこ　とこのへだしに

---

1 **物**: 푸른 버들의 싹이 튼 것을 포함하는 이미지 모두.
2 **出つも**: 'いでつも'를 축약한 것이다.
3 **伎波都久の 岡**: 茨城縣 眞壁郡이라고 한다.
4 **莖韮**: 부추.
5 **籠にものたなふ**: 'のた'는 'みた'의 사투리인가. 'なふ'는 부정을 나타낸다.
6 **背なと摘まさね**: 마지막 구는 다른 사람이 부른 것이다.
7 **玉小菅**: 사랑하는 마음의 표시로서 美稱이다.
8 **隔に**: 'へだて'의 사투리이다.

3443 생각도 없이/ 내 걸어가는 길에/ 푸른 버들이/ 싹을 틔우고 있어/ 생각하게 되었네

해설

아무 생각도 하지 않고 내가 걸어가는 길에 푸른 버들이 싹을 틔우며 서 있는 것을 보니 문득 생각하게 되었네라는 내용이다.

여행 중에 버들이 싹을 틔운 것을 보고 고향 생각, 아내 생각을 하게 되었다는 뜻이다.

3444 키하츠쿠(伎波都久)의/ 언덕의 부추를요/ 나는 뜯지만/ 바구니 차지 않네/ 저 사람과 뜯어요

해설

키하츠쿠(伎波都久) 언덕의 부추를 나는 뜯지만 뜯어도 바구니에 가득 차지를 않네.—저 사람과 같이 뜯으세요라는 내용이다.

제1구부터 제4구까지는 작자인 여성이, 그리고 제5구는 다른 사람이 여성에게, 바구니를 채우는 방법을 알려주며 창화한 것이다.

남성과 같이 뜯으라는 것이다.

3445 강어귀의/ 갈대 속에 나 있는/ 등골풀을요/ 베어와요 그대여/ 잠자리 막으려고

해설

강어귀 쪽의 갈대 속에 나 있는 등골풀을 베어 오세요 그대여. 두 사람이 함께 잠을 잘 잠자리를 가리기 위해서라는 내용이다.

'床の隔に'를 全集에서는 '잠자리 주위에 치는 바람막이'로 해석하였다[『萬葉集』 3, p.473].

3446 伊毛奈呂我　都可布河伯豆乃　佐左良乎疑　安志等比登其等　加多理与良斯母

妹なろが　使ふ[1]川津の　ささら荻[2]　あしと人言　語りよらしも[3]

いもなろが　つかふかはづの　ささらをぎ　あしとひとごと　かたりよらしも

3447 久佐可氣乃　安努奈由可武等　波里之美知　阿努波由加受弖　阿良久佐太知奴

草陰の　安努な[4]行かむと　墾りし道　阿努は行かずて　荒草立ちぬ

くさかげの　あのなゆかむと　はりしみち　あのはゆかずて　あらくさだちぬ

3448 波奈治良布　己能牟可都乎乃　乎那能乎能　比自尓都久麻提　伎美我与母賀母

花散らふ　この向つ嶺の　乎那[5]の嶺の　洲[6]につくまで　君が齢もがも

はなぢらふ　このむかつをの　をなのをの　ひじにつくまで　きみがよもがも

1 **使ふ**: 씻는 곳으로 사용한다.
2 **ささら荻**: 'をぎ'는 갈대, 참억새 등의 총칭인가.
3 **よらしも**: 'よるらし'의 축약형이다.
4 **安努な**: '安努'는 伊勢인가, 遠江인가. 'な'는 'に'의 사투리이다.
5 **乎那**: 遠江 외에 있는 지명이다.
6 **洲**: 바다 가운데 있는 섬이다.

3446 그 소녀가요/ 사용하는 나루터/ 갈대 억새풀/ 좋지 않다 사람들/ 말하는 것 같네요

해설

그 소녀가 사용하는 나루터의 갈대 억새풀이 좋지 않다고 사람들은 말하는 것 같네요라는 내용이다.

사람들은 여성이 사귀고 있는 남성에 대해 나쁘게 말하고 있다는 뜻이다.

3447 (쿠사카게노)/ 아노(安努)에 가려고요/ 새로 만든 길/ 아노(阿努)는 가지 않고/ 잡초만 무성하네

해설

아노(安努)에 가려고 새로 만든 길이여. 아노(阿努)로는 가지 않고 잡초만 무성하네라는 내용이다.

아노(安努)로 가려고 길을 새로 만들었지만 사람들이 아노(安努)로 가지 않으므로 그 길에는 잡초만 무성하다는 뜻이다.

'草陰の'는 '安努'를 상투적으로 수식하는 枕詞인데 어떻게 수식하게 되었는지는 알 수 없다고 한다.

3448 꽃들이 지는/ 이 반대편 봉우리/ 오나(乎那) 봉우리/ 섬 돼 잠길 때까지/ 그대 살아 있기를

해설

꽃들이 지는 이 반대편 봉우리인 오나(乎那) 봉우리가 섬이 되어서 물에 잠길 때까지 그대는 오래도록 살아 있기를 바란다는 내용이다.

中西 進은 이 작품을, '관료가 지은 축하하는 노래'라고 하였다.

'もがも'는 希求를 나타낸다.

3449 思路多倍乃　許呂母能素弖乎　麻久良我欲　安麻許伎久見由　奈美多都奈由米

白妙の　衣の袖を　麻久良我[1]よ　海人漕ぎ來見ゆ　波立つなゆめ

しろたへの　ころものそでを　まくらがよ　あまこぎくみゆ　なみたつなゆめ

3450 乎久佐乎等　乎具佐受家乎等　斯抱布祢乃　那良敝弖美礼婆　乎具佐可知馬利

乎久佐[2]壯子と　乎具佐助男と[3]　潮舟[4]の　竝べて見れば　乎具佐勝ちめり

をくさをと　をぐさずけをと　しほふねの　ならべてみれば　をぐさかちめり

---

1 **麻久良我**: 어디인지 알 수 없다.
2 **乎久佐**: 지명인가.
3 **乎具佐助男と**: 嫡子(男)에 대해 차남을 말하는가.
4 **潮舟**: 물 위에 떠 있는 배이다.

3449 (시로타헤노)/ 옷소매를요 베는/ 마쿠라가(麻久良我)서/ 어부 저어 오네요/ 파도 절대 치지 마

해설

흰 옷소매를요 베개로 벤다는 뜻을 이름으로 한 마쿠라가(麻久良我)로부터 어부가 노를 저어서 오는 것이 보이네. 파도야 치지를 말아라 절대로라는 내용이다.

中西 進은 관료가 여행하면서 지은 노래로 보았다.

水島義治는, '배가 무사하기를 비는, 사람을 기다리는 여성의 애수가 절실하게 느껴진다. 멀리 여행을 떠난 남편을 기다리는 여성의 노래이기도 한가'라고 하였다[『萬葉集全注』 14, p.220]. 제4구에서 '海人漕ぎ來見ゆ'라고 하였으므로 남편을 기다리는 노래는 아님을 알 수 있다. 마쿠라가(麻久良我)의 지명에 흥미를 느끼고, 눈에 보이는 풍경을 노래한 것으로 보는 것이 좋겠다.

3450 오쿠사(乎久佐) 男과/ 오구사(乎具佐) 차남과를/ (시호후네오)/ 나란히 보면은요/ 오구사(乎具佐) 나은 듯해

해설

오쿠사(乎久佐) 남자와 오구사(乎具佐) 차남을 물 위에 나란히 떠 있는 배처럼 나란히 보면 오구사(乎具佐) 남자가 더 나은 듯하네라는 내용이다.

'潮舟の'는 '竝べ'를 상투적으로 수식하는 枕詞이다.

中西 進은 乎久佐 쪽이 낫다고 보았다.

私注에서도, '오구사의 젊은 사람보다는 장년이 더 좋게 보인다고 하는 노래이지만, 무엇 때문에 이러한 민요가 성립한 것일까. 오구사라고 하는 마을의, 다른 곳과 차이가 나는 생태를 야유하기 위한 것일까. 남자를 대상으로 한 것은 여성의 입장에서의 노래일 것이므로 나이가 어린 쪽을 취하는 것으로 보고, 乎久佐, 乎具佐 전설도 나왔을 것이지만, 실제로는 그렇게 단순하지 않다'고 하였다[『萬葉集私注』 7, p.308]. 그러나 大系 · 注釋 · 全集 · 全注에서는 乎具佐가 낫다고 보았다[(大系 『萬葉集』 3, p.431), 『萬葉集注釋』 14, p.147), (全集 『萬葉集』 3, p.473), (『萬葉集全注』 14, p.221)]. 원문에 '乎具佐可知馬利'라고 되어 있으므로 乎具佐가 낫다고 보아야 할 것이다.

中西 進은, '이야기가 있는 노래인가'라고 하였다.

3451 左奈都良能　乎可尓安波麻伎　可奈之伎我　古麻波多具等毛　和波素登毛波自

左奈都良[1]の　岡に粟蒔き　かなしきが[2]　駒はたぐとも　吾はそと追はじ[3]

さなつらの　をかにあはまき　かなしきが　こまはたぐとも　わはそともはじ

3452 於毛思路伎　野乎婆奈夜吉曽　布流久佐尓　仁比久佐麻自利　於非波於布流我尓

おもしろき[4]　野をばな焼きそ　古草に　新草まじり　生ひは生ふるがに[5]

おもしろき　のをばなやきそ　ふるくさに　にひくさまじり　おひはおふるがに

1 **左奈都良**: 어디인지 소재를 알 수 없다. 덩굴풀이 무성한 언덕이라는 뜻인가.
2 **かなしきが**: 사랑하는 사람의.
3 **そと追はじ**: 'そとも追はじ'의 축약형이다. 'そ'는 말을 쫓는 소리이다.
4 **おもしろき**: 정취가 느껴지는 것이다.
5 **生ひは生ふるがに**: '生ふる'는 '生ふ'를 강조한 표현이다. 'がに'는 'がね'의 사투리이다.

3451 사나츠라(左奈都良)의/ 언덕에 조를 뿌려/ 사랑하는 이/ 말이 먹는다 해도/ 나는 쫓지 않겠네

해설

사나츠라(左奈都良)의 언덕에 조를 뿌려서 그것을 사랑하는 사람의 말이 먹는다고 해도 나는 쉿쉿하면서 그 말을 쫓지 않겠네라는 내용이다.

中西 進은 가정의 노래로 장난기가 있다고 하였다.

'吾はそともはじ'를 大系·注釋·全集·全注에서는 中西 進과 마찬가지로 '말을 쫓지 않겠다'로 해석하였다. 조도 중요하지만 연인이 더욱 중요하다는 뜻이 된다. 그러나 私注에서는, '사나츠라(左奈都良)의 언덕에 조를 뿌려서 사랑하는 사람이 말을 나란히 해서 가자고 해도 나는 함께 가지 않겠네'로 해석하였다[『萬葉集私注』 7, p.308]. 이렇게 보면 연인보다 조가 더 중요하다는 뜻이 되는데, 『만엽집』 작품의 정서로 볼 때 무리한 해석이라고 생각된다.

3452 정취가 있는/ 들 태우지 말아요/ 먼저 난 풀에/ 새로 난 풀 섞여서/ 계속 해서 자라도록

해설

정취가 있는 좋은 들을 태우지 말아요. 먼저 난 풀에 새로 난 풀이 섞여서 계속해서 자라도록이라는 내용이다.

中西 進은 이 작품을, '들을 태우는 성적제의 때의 노래. 古와 新은 노인과 젊은이의 비유'라고 하였다.

'野をばな焼きそ'를 私注에서는, '들을 태우는 것은 화전, 즉 초목을 태워 버리고 파종하는 경작법이다. 武藏은 조선에서 이민 온 사람들이 많았고, 이 법이 성행해서 그 유적이 지금도 남아 있다고 하므로, 이것도 武藏 부근의 민요일 것이다'고 하고, 이 작품은 '화전법에 대해, 산야에 대한 애석의 정이 민요로 성립한 것으로 보인다. 혹은 새로 들어온 화전민에 대한, 먼저 살고 있던 사람들의 감정인지도 모른다'고 하였다[『萬葉集私注』 7, p.310]. 반드시 화전민과 관련된 것으로 볼 필요는 없을 것이다.

水島義治는, '이 노래는 伊勢物語(12단)에도 있다. 다만 첫 구가 '武藏野は'로 되어 있다'고 하였다[『萬葉集全注』 14, p.225]. 이 노래가 伊勢物語(12단)에 있는 작품과 유사하고 伊勢物語(12단)에서는 첫 구가 '武藏野は'로 되어 있으며, '武藏'이 私注에서 말하듯이 화전법이 성행했다면, 이 노래를 화전과 관련된 노래로 볼 수도 있겠다. 그러나 단순히 들을 태우는 것으로도 볼 수 있으므로 반드시 특정한 화전민과 관련된 것으로 볼 필요는 없을 것이다.

3453 可是能等能　登抱吉和伎母賀　吉西斯伎奴　多母登乃久太利　麻欲比伎尓家利

風の音の　遠き吾妹が　着せし衣　手本のくだり[1]　紕ひ來にけり

かぜのとの　とほきわぎもが　きせしきぬ　たもとのくだり　まよひきにけり

3454 尓波尓多都　安佐提古夫須麻　許余比太尓　都麻余之許西祢　安佐提古夫須麻

庭にたつ[2]　麻布小衾[3]　今夜だに　夫寄しこせね[4]　麻布小衾

にはにたつ　あさてこぶすま　こよひだに　つまよしこせね　あさてこぶすま

---

1 **手本のくだり**: 縦의 부분.
2 **庭にたつ**: 수확한 삼을 마당에 세운다는 뜻이다.
3 **麻布小衾**: 'て'는 '栲(たへ)'를 축약한 것인가. '小'는 친애의 정을 나타낸다.
4 **こせね**: 'こぜ'는 '來せ'.

3453 (카제노토노)/ 먼 곳의 내 아내가/ 입혀 준 옷은/ 소매 끝의 縱실이/ 풀리기 시작했네

해설

바람 소리처럼 먼 곳에 있는 나의 아내가 입혀 준 옷은, 소매 끝이 낡아서 날실이 풀리기 시작했네라는 내용이다.

집을 출발해서 떠나올 때 아내가 입혀 준 옷이 낡아서 실이 풀리기 시작할 정도로 시간이 많이 경과하였으므로 아내가 그립다는 뜻이겠다.

全集에서는, '防人 등, 아내와 멀리 떨어져서 생활하는 사람의 노래인가'라고 하였다[『萬葉集』 3, p.475]. 水島義治도 그렇게 보았다[『萬葉集全注』 14, p.226].

3454 (니하니타츠)/ 삼베로 만든 침구/ 오늘 밤만도/ 남편을 불러 다오/ 삼베로 만든 침구

해설

정원에 세워 둔 삼베로 만든 이부자리여. 오늘 밤만이라도 남편을 불러서 오게 해 다오. 삼베로 만든 이부자리여라는 내용이다.

中西 進은 이 작품을, '여성 집단의 노동가'로 보았다. 大系·私注·注釋·全注에서도 여성이 남편을 기다리는 노래로 보았다. 그러나 全集에서는 '都麻余之許西祢'를 '아내를 다오'로 해석하고, '혹은 아내가 남편을 가리키는 것이며 독수공방의 쓸쓸함에서 이불에게 말을 걸고 남자가 오기를 기다리는 노래라고도 생각할 수 있다'고 하였다[『萬葉集』 3, p.475].

相聞[1]

3455 古非思家婆　伎麻世和我勢古　可伎都楊疑　宇礼都美可良思　和礼多知麻多牟
戀しけば　來ませわが背子　垣つ柳　末[2]摘みからし　われ立ち待たむ[3]
こひしけば　きませわがせこ　かきつやぎ　うれつみからし　われたちまたむ

3456 宇都世美能　夜蘇許登乃敝波　思氣久等母　安良蘇比可祢弖　安乎許登奈須那
うつせみの　八十言の上は[4]　繁くとも　争ひかねて　吾を言なすな[5]
うつせみの　やそことのへは　しけくとも　あらそひかねて　あをことなすな

3457 宇知日佐須　美夜能和我世波　夜麻登女乃　比射麻久其登尓　安乎和須良須奈
うち日さす[6]　宮のわが背は[7]　倭女の　膝枕くごとに　吾を忘らす[8]な
うちひさす　みやのわがせは　やまとめの　ひざまくごとに　あをわすらすな

---

1 **相聞**: 사랑의 노래를 수록하였다. 3480번가까지 '正述心緒', 3481번가 이하는 人麿集을 모두로 하여 '寄物陳思'. 권제11, 12와 같은 분류법이다.
2 **末**: 벋어간 끝이다.
3 **立ち待たむ**: 앉아서 기다리는 것이 아닌 점에 과장이 있다.
4 **八十言の上は**: '八十言'은 많은 말이다. 힐문. '上ば'는 '~에 대해서'라는 뜻이다.
5 **言なすな**: '言なす'는 말로 하는 것이다. 'な'는 금지를 나타낸다.
6 **うち日さす**: 궁중을 상투적으로 수식하는 枕詞이다.
7 **宮のわが背は**: 호위병으로 상경하는 남성과 귀경하는 관료이다.
8 **忘らす**: 경어이다.

相聞

3455 그립다면요/ 오세요 나의 그대/ 담장 버들 끝/ 꺾어 마를 때까지/ 난 서서 기다리죠

해설

그립다면 오세요. 나의 사랑하는 사람이여. 담장의 버들의 싹을 꺾어 마를 때까지 나는 서서 그대를 기다리지요라는 내용이다.

그립다는 말을 남성으로부터 듣고는 자신에게로 찾아오라고 하는 여성의 노래이다.

3456 세상 사람들/ 여러 가지 소문이/ 무성하지만/ 다투기가 힘들어/ 내 말 하지 말아요

해설

세상 사람들이 말하는 여러 가지 소문이 무성하더라도, 그 소문과 다투기가 힘들어서 나에 관한 말을 쉽게 입밖에 내거나 하지 말아요라는 내용이다.

세상 소문에 져서 자신에 대한 말을 해 버리는 일이 없도록 하라고 당부하는 여성의 노래이다.

3457 (우치히사스)/ 궁으로 가는 남편/ 야마토(大和) 여인/ 무릎을 벨 때마다/ 나를 잊지 말아요

해설

찬란한 햇빛이 비치는 궁전으로 가는 나의 남편은 야마토(大和) 여인의 무릎을 벨 때마다 나를 잊지 말아요라는 내용이다.

水島義治는, '도읍에서 내려온 관료 등과 일시적으로 접하였던 東國 여성의 심정이 아니고, 자신의 남편을 衛士 등으로 도읍에 올려 보내는, 또는 보내고 있는 아내의 마음을 노래한 것이겠다'고 하였다[『萬葉集全注』 14, p.21].

3427번가 '츠쿠시(筑紫)의요/ 아름다운 애 땜에/ 미치노쿠(陸奥)의/ 카토리(可刀利)의 소녀가/ 묶은 옷끈 풀었네'는 다른 지역으로 간 남성이 그곳 여인이 아름다워서 고향의 아내를 배반하였다는 내용이다. 다른 지역으로 가는 남편을 아내들은 걱정하였던 것 같다.

3458 奈勢能古夜　等里乃乎加耻志　奈可太乎礼　安乎祢思奈久与　伊久豆君麻弖尓

汝背[1]の子や　等里の岡道[2]し　中だをれ　吾を[3]哭し泣くよ[4]　息衝くまでに

なせのこや　とりのをかぢし　なかだをれ　あをねしなくよ　いくづくまでに

3459 伊祢都氣波　可加流安我手乎　許余比毛可　等能乃和久胡我　等里弖奈氣可武

稲舂けば[5]　皹る[6]吾が手を　今夜もか　殿の若子が[7]　取りて嘆かむ

いねつけば　かかるあがてを　こよひもか　とののわくごが　とりてなげかむ

3460 多礼曽許能　屋能戸於曽夫流　尓布奈未尓　和我世乎夜里弖　伊波布許能戸乎

誰そこの　屋の戸押そぶる[8]　新嘗に[9]　わが背を遣りて　齋ふ[10]この戸を

たれそこの　やのとおそぶる　にふなみに　わがせをやりて　いはふこのとを

1 **汝背**: '背'의 애칭이다.
2 **等里の岡道**: 常陸인가.
3 **吾を**: 'を'는 간투조사이다.
4 **哭し泣くよ**: '泣く'를 강조한 것이다.
5 **稲舂けば**: 벼를 도정하는 것이다.
6 **皹る**: 손이 갈라지는 것이다.
7 **殿の若子が**: 가공의 사랑의 대상이다.
8 **押そぶる**: 八千矛 神謠에 'おそぶらひ'가 있다.
9 **新嘗に**: 새로 수확한 곡식을 신에게 바치는 神事이다.
10 **齋ふ**: 몸을 정결하게 하는 것이다.

3458 내 남편이여/ 토리(等里) 오카(岡) 길처럼/ 사이 늘어져/ 나는 울고 있네요/ 한숨을 쉴 정도로

해설

내 남편이여. 토리(等里) 오카(岡)의 길처럼 두 사람 사이가 멀어져서 나는 울고 있네요. 한숨을 쉴 정도로라는 내용이다.

'等里の岡道し 中だをれ'를 私注에서는, '손에 잡고 젓는 작은 노가 중간이 부러지듯이 교제가 중단된 때문에 탄식하는'것으로 해석하였다『萬葉集私注』 7, p.316]. 水島義治는, '토리(等里) 오카(岡) 길이 굽어져 그대의 모습이 보이지 않으므로'로 해석하였다『萬葉集全注』 14, p.21]. 全集에서는 난해한 것으로 보고 정확하게 해석하지 않았다.

토리(等里) 오카(岡) 길이 굽어져 있듯이 두 사람의 사이가 소원해져서 그리움에 울고 있다는 뜻으로 보면 좋을 듯하다.

3459 벼를 찧어서/ 갈라진 나의 손을/ 오늘 밤에도/ 수장의 도련님이/ 잡고 탄식할까요

해설

벼를 찧어서 갈라진 나의 손을 오늘 밤에도 젊은 도련님이 잡고 탄식할까요라는 내용이다.

中西 進은, '여성 집단의 벼 찧는 노래'라고 하였다.

私注에서는, '벼를 찧는 자의 노동가이다. 도련님도 노동을 미화하려고 하는 가련한 마음의 표시로 보인다'고 하였다『萬葉集私注』 7, p.317]. 全集에서는, '지방호족의 자제의 사랑을 받는 여종의 노래. 실은 벼를 찧는 여성이 부른 노동가'라고 하였다『萬葉集』 3, p.477].

3460 누구인가 이/ 집 문을 흔드는 자/ 新嘗을 위해/ 내 남편 멀리 하고/ 삼가는 이 집 문을

해설

도대체 누구인가. 이 집의 문을 흔드는 사람은. 새로 수확한 곡식을 신에게 바치기 위해 나의 남편조차 멀리 하고 몸을 깨끗이 하여 삼가하고 있는 이 집의 문을이라는 내용이다.

새로 수확한 곡식을 신에게 바치기 위해 남편조차 밖으로 내보내고 몸을 정결하게 하고 혼자 있는 여성의 집을, 오히려 좋은 기회라고 생각하고 접근한 남성을 책망하는 노래이다.

全集에서는, '신성한 밤에 혼자 근신하며 있는 남의 아내에게 접근하려고 하는 남성을 책망한 노래'라고 하였다『萬葉集』 3, p.477].

3461 安是登伊敞可　佐宿尓安波奈久尓　眞日久礼弖　与比奈波許奈尓　安家奴思太久流

何[1]と言へか　さ寢に逢はなくに[2]　眞日暮れて　宵なは來なに[3]　明けぬ時來る[4]

あぜといへか　さねにあはなくに　まひくれて　よひなはこなに　あけぬしだくる

3462 安志比奇乃　夜末佐波妣登乃　比登佐波尓　麻奈登伊布兒我　安夜尓可奈思佐

あしひきの[5]　山澤[6]人の　人さはに[7]　まな[8]といふ兒が　あやに愛しさ

あしひきの　やまさはびとの　ひとさはに　まなといふこが　あやにかなしさ

---

1 **何**: 무엇.

2 **さ寢に逢はなくに**: 제2구와 제3구 이하의 내용이 중복되는 것은 그 구들을 연이어서 불렀기 때문이다. 따라서 1, 2, 4구 끝에 휴지가 있다.

3 **宵なは來なに**: '宵には來ぬに'의 사투리이다.

4 **明けぬ時來る**: '明けぬ'의 'ぬ'는 'ぬる'. '來る'는 영탄이다.

5 **あしひきの**: 葺檜木이 나 있는 산이다.

6 **山澤**: 산 사이이다.

7 **人さはに**: 'さはに'는 많다는 뜻이다.

8 **まな**: 금지를 나타낸다. '愛子(まなご)'를 교묘하게 이용한 것이다. 제5구의 'あやに(부조리하게)'와 호응한다.

3461 무엇 때문일까/ 자러 만나지도 않고/ 날이 저물어/ 밤에는 오지 않고/ 새벽에야 오네요

해설

무엇 때문일까. 만나서 잠을 자는 일은 없고, 날이 저물어도 밤에는 오지 않고 새벽에야 오네요라는 내용이다.

새벽에야 찾아온 남성을 비난하는 여성의 노래이다.

水島義治는, '오랜 관계이지만 두 사람 사이는 남자가 새벽 무렵에 다른 여자의 집에서 돌아가는 길에 잠시 얼굴을 내미는 정도로 식어 있었다. 다른 여자에게 마음을 준 남자는 더 이상 이 여성과는 잠을 자기 위해서 만날 필요가 없게 된 것이다. 여자는 그것을 알고 있었다. 아무리 말해도 그 남자의 애정이 돌아오지 않는 것도. 여자는 슬픔을 억누르고 어째서 날이 샐 무렵에 찾아왔는가 하고 빈정거리듯 말할 뿐이다'고 하였다[『萬葉集全注』 14, p.239]. 지나치게 비약적인 해석이라고 할 수 있다. 늦게 온 사람을 단순하게 원망하는 노래로 보아도 될 것 같다.

3462 (아시히키노)/ 산 사이 사람 같이/ 사람들 많이/ 안 된다는 그 애가/ 되레 사랑스럽네

해설

나무들이 많은 산과 산 사이에 사는 사람 같이, 그렇게 많은 사람들이 안 된다고 하는 그 아이가 신기하게 사랑스럽네라는 내용이다.

많은 사람들이 안 된다고 하는 아이를 작자는 예외적으로 사랑스럽다고 한 노래이다. '麻奈登伊布兒我'를 '안 된다고 하는 그 애'로 해석하게 된 것은, 아마도 제5구의 'あやに(도리어, 이상하게)' 때문인 것 같다. 그러나 안 된다고 한 이유는 무엇인지 알 수 없다.

大系와 全集에서도 中西 進과 마찬가지로, '안 된다고 하는 아이'로 해석하였다[(大系 『萬葉集』 3, p.433), (全集 『萬葉集』 3, p.476)]. 그러나 私注에서는, '많은 사람 중에 마나라고 불리는 아이 한 사람만 사랑스럽다고 하는 민요적 영탄'이라고 하였다[『萬葉集私注』 7, p.319]. 'まな'를 여성의 이름으로 본 것이다. 注釋에서는, '많은 사람이 사랑스럽다고 하는'으로 해석하였다[『萬葉集注釋』 14, p.161]. 水島義治도 注釋처럼 해석하고 사랑의 불안을 노래한 것으로 보았다[『萬葉集全注』 14, p.240].

3463 麻等保久能　野尓毛安波奈牟　己許呂奈久　佐刀乃美奈可尓　安敝流世奈可母

ま遠くの　野にも逢はなむ[1]　心なく　里のみ中に　逢へる背な[2]かも

まとほくの　のにもあはなむ　こころなく　さとのみなかに　あへるせなかも

3464 比登其登乃　之氣吉尓余里弖　麻乎其母能　於夜自麻久良波　和波麻可自夜毛

人言の　繁きによりて　まを薦の[3]　同じ[4]枕は　吾は纏かじやも[5]

ひとごとの　しげきによりて　まをごもの　おやじまくらは　わはまかじやも

3465 巨麻尓思吉　比毛登伎佐氣弖　奴流我倍尓　安杼世呂登可母　安夜尓可奈之伎

高麗錦[6]　紐解き放けて　寝るが上に　何ど爲ろとかも[7]　あやに愛しき

こまにしき　ひもときさけて　ぬるがへに　あどせろとかも　あやにかなしき

1 **野にも逢はなむ**: 'なむ'는 願望을 나타낸다.
2 **背な**: '背な'는 '背子'. 'な'는 접미어이다.
3 **まを薦の**: 'ま', 'を'는 '枕'에 대한 친애의 정을 나타낸다.
4 **同じ**: 아내와 같다는 것이다.
5 **纏かじやも**: 'やも'는 강한 부정을 동반한 의문을 나타낸다.
6 **高麗錦**: 고구려 방식으로 짠 비단이다. 비싼 옷끈을 푼다는 뜻으로 사랑의 무게를 강조한 것이다.
7 **何ど爲ろとかも**: 사랑하는 마음에 어울리는 동작은 더 이상 보이지 않는다.

3463 멀리 떨어진/ 들에서 만났으면/ 배려심 없이/ 마을 한가운데서/ 만났던 남편이여

해설

사람들의 눈이 없는 먼 들에서라도 만나고 싶네. 그런데 배려심이 없이 마을 한가운데에서 만난 남편이여라는 내용이다.

두 사람의 관계가 사람들에게 알려지게 된 것을 안타까워하는 여성의 노래이다.

3464 사람들 말이/ 시끄럽다고 해서/ 거적으로 된/ 똑같은 베개를요/ 나는 베지 않을까

해설

사람들의 소문이 시끄럽다고 해서, 거적으로 만든 이 친숙한 베개를 아내와 함께 하지 않는 일이 어떻게 있을 수 있겠는가라는 내용이다.

세상 사람들의 소문이 아무리 시끄럽더라도 여인에 대한 사랑은 확실하다고 하는 남성의 노래이다.

3465 (코마니시키)/ 옷끈까지 풀고서/ 잤는 그 이상/ 어떡하라는 걸까/ 너무 사랑스럽네

해설

고구려 비단으로 만든 고급스러운 옷끈까지 풀고 함께 잠을 잤는데 그 이상 어떻게 하라고 하는 것일까. 너무 사랑스럽네라는 내용이다.

사랑하는 여인과 함께 잠을 잤는데도 너무 사랑스러워서 어떻게 할 수가 없다는 뜻이다.

3466 麻可奈思美　奴礼婆許登尓豆　佐祢奈敞波　己許呂乃緒呂尓　能里弖可奈思母

ま愛しみ[1]　寝れば言に出　さ寝なへ[2]ば　心の緒[3]ろに　乗りて愛しも

まかなしみ　ぬればことにづ　さねなへば　こころのをろに　のりてかなしも

3467 於久夜麻能　真木乃伊多度乎　等杼登之弖　和我比良可武尓　伊利伎弖奈左祢

奥山の　眞木の板戸[4]を　とどとして[5]　わが開かむに　入り來て寝さね[6]

おくやまの　まきのいたどを　とどとして　わがひらかむに　いりきてなさね

3468 夜麻杼里乃　乎呂能波都乎尓　可賀美可家　刀奈布倍美許曽　奈尓与曽利鶏米

山鳥の　尾ろの初麻に[7]　鏡懸け　唱ふ[8]べみこそ[9]　汝に寄そりけめ[10]

やまどりの　をろのはつをに　かがみかけ　となふべみこそ　なによそりけめ

---

1 **ま愛しみ**: 'ま'는 접두어이다. 참으로.
2 **さ寝なへ**: 'なへ'는 부정의 조사이다.
3 **緒**: 'を'는 긴 것에 붙는 접미어이다.
4 **眞木の板戸**: 관용적인 표현이다.
5 **とどとして**: 'とどとお(押)して'의 축약형이다. 제5구로 이어진다.
6 **入り來て寝さね**: 'さ'는 경어이다. 'ね'는 願望을 나타낸다.
7 **尾ろの初麻に**: 제일 먼저 수확한 삼이다. 공물처럼 드리운다.
8 **唱ふ**: 신을 제사지내는 모양이다. 呪文을 말한다. 결혼을 축하하는 제사이다.
9 **べみこそ**: 'べし'의 'ミ' 어법. '~해야만 하므로'.
10 **汝に寄そりけめ**: 'よそる'는 '寄せる' 상태로 한다.

3466 사랑스러워/ 잠자면 소문나고/ 잠을 안 자면/ 마음속에 길게요/ 걸려서 안타갑네

해설

너무 사랑스러워서 참을 수가 없어서 함께 잠을 자면 소문이 나고, 함께 잠을 자지 않으면 그녀가 마음을 온통 지배해서 견딜 수가 없네라는 내용이다.

이렇게 해도 문제이고, 저렇게 해도 문제이므로 사랑의 어려움을 절감한 남성의 노래라고 할 수 있다.

全集에서는, '상반되는 심리 두 가지를 나열하고 어떻게 하면 좋은가 하고 번민하는 표현'이라고 하였다[『萬葉集』 3, p.478].

3467 깊은 숲속의/ 나무로 만든 문을/ 쾅쾅 밀어서/ 제가 열어 드리면/ 들어와 주무세요

해설

깊은 숲속의 나무로 만든 문을 쾅쾅 밀어서 내가 열면 들어와서 잠을 자세요라는 내용이다.

3468 산의 새의요/ 꼬리 같은 첫 삼에/ 거울을 걸어/ 신에게 말을 하네/ 그대께 쏠리라고

해설

산새의 꼬리처럼 긴, 제일 먼저 수확한 삼에 거울을 걸고 신에게 말을 하네. 당연히 그렇게 될 것으로서 사람들의 소문이 나를 그대와 관련 짓겠지라는 내용이다.

해석이 까다로운 노래 중의 하나이다.

'*汝に寄そりけめ*'를 中西 進은, '나를 그대와 관련짓는 것'으로 해석하고 남성이 유혹하는 노래라고 하였다. 全集에서는, '그 처녀를 그대와 소문낸 것이겠지'로 해석하였다[『萬葉集』 3, p.478]. '*汝*'를 부모나 친구로 보았다. 大系에서는, '산새 꼬리 같은, 제일 먼저 수확한 삼에 거울을 걸고 신에게 주문을 말할 역할을 맡게 되어 있으므로(나는 그대의 아내가 될 예정) 당연히 소문이 난 것이겠지만(실제로는 난처하다)'으로 해석하여 여성의 노래로 보았다[『萬葉集』 3, p.345]. 水島義治도, '산새 꼬리는 아니지만 제일 먼저 수확한 삼에 거울을 걸고 주문을 말하게 될 예정. 즉 그대의 아내가 될 것이라고 생각했으므로 그대에게 마음을 기울인 것이지요'로 해석을 하였다[『萬葉集全注』 14, p.249].

이처럼 이 작품을 남성의 작품으로 보기도 하고 여성의 작품으로 보기도 한다.

3469 由布氣尔毛　許余比登乃良路　和賀西奈波　阿是曽母許与比　与斯呂伎麻左奴

夕占[1]にも　今夜と告らろ[2]　わが背なは　何そも今夜　よしろ[3]來まさぬ

ゆふけにも　こよひとのらろ　わがせなは　あぜそもこよひ　よしろきまさぬ

3470 安比見弖波　千等世夜伊奴流　伊奈乎加母　安礼也思加毛布　伎美末知我弖尔[柿本朝臣人麿哥集出也]

あひ見ては　千年や去ぬる　否を[4]かも　吾や然思ふ　君待ちがてに[柿本朝臣人麿の歌集に出づ]

あひみては　ちとせやいぬる　いなをかも　あれやしかもふ　きみまちがてに[かきのもとのあそみひとまるのかしゆうにいづ]

3471 思麻良久波　祢都追母安良牟乎　伊米能未尓　母登奈見要都追　安乎祢思奈久流

しまらくは[5]　寢つつもあらむを[6]　夢のみに　もとな[7]見えつつ　吾を哭し泣くる

しまらくは　ねつつもあらむを　いめのみに　もとなみえつつ　あをねしなくる

---

1 **夕占**: 저녁 무렵 사람들의 말을 듣고 길흉을 판단하는 점이다.
2 **今夜と告らろ**: '告らる'의 사투리인가. 중앙어는 '告らゆ'.
3 **よしろ**: 'よし'는 縱し. 'ろ'는 접미어인가.
4 **否を**: 'を'는 영탄이다.
5 **しまらくは**: 보통은 'しましく'라고 한다.
6 **寢つつもあらむを**: 함께 잠을 잘 수가 없다면.
7 **もとな**: 'もとなし'의 부사형이다.

3469 저녁 점에도/ 오늘 밤이라고 한/ 나의 남편은/ 무엇 땜에 오늘 밤/ 에이 오지 않는가

해설

저녁에 나가서 사람들의 말을 듣고 쳐 본 점에도, 오늘 밤에 온다고 한 나의 남편은 무엇 때문에 오늘 밤 오지 않는 것인가라는 내용이다.

남편을 기다리다가 오지 않자 한탄하는 여성의 노래이다.

3470 서로 만나고/ 천 년이 지난 걸까/ 아닌 것일까/ 내가 그리 생각나/ 그대 못 기다려서[카키노모토노 아소미 히토마로(柿本朝臣人麿)의 가집에 나온다]

해설

그대와 서로 만나고 난 뒤 천 년이 지난 것일까. 그렇지 않은 것일까. 내가 그렇게 생각하는 것일 뿐일까. 그대를 기다리기 힘들어서[카키노모토노 아소미 히토마로(柿本朝臣人麿)의 가집에 나온다]라는 내용이다.

사랑하는 사람을 기다리기 힘들다 보니 시간이 많이 흐른 것처럼 느껴진다는 뜻이다.

권제11의 2539번가와 같은 내용이다.

3471 잠시 동안은/ 편하게 자고 싶은데/ 꿈에서만요/ 공연하게 보여서/ 나를 울게 하네요

해설

이왕 만날 수가 없다면 잠시 동안은 편안하게 잠을 자고 싶은데, 꿈에서만 공연하게 사랑하는 사람이 보여서 나를 울게 하네요라는 내용이다.

기다려도 오지 않는 남성을 기다리는 여성의 노래이다. 남성의 노래로도 볼 수는 있겠다.

3472 比登豆麻等　安是可曽乎伊波牟　志可良婆加　刀奈里乃伎奴乎　可里弖伎奈波毛

人妻と　何かそ[1]をいはむ　然らばか　隣の衣を　借りて着なは[2]も

ひとづまと　あぜかそをいはむ　しからばか　となりのきぬを　かりてきなはも

3473 左努夜麻尓　宇都也乎能登乃　等抱可騰母　祢毛等可兒呂賀　於母尓美要都留

佐野山に　打つや[3]斧音の　遠か[4]ども　寝も[5]とか子ろが　面に見えつる

さのやまに　うつやをのとの　とほかども　ねもとかころが　おもにみえつる

3474 宇恵太氣能　毛登左倍登与美　伊ие弖伊奈婆　伊豆思牟伎弖可　伊毛我奈氣可牟

植竹[6]の　本さへ響み[7]　出でて去なば　何方向きてか　妹が嘆かむ

うゑだけの　もとさへとよみ　いでていなば　いづしむきてか　いもがなげかむ

1 **何かそ**: 남의 아내를 가리킨다. 강조의 조사 'そ'에 가깝다.
2 **着なは**: 'なは'는 부정의 조동사이다.
3 **打つや**: 'や'는 간투조사이다. 여기까지의 내용은 제3구까지 중복된다.
4 **遠か**: '遠け'의 사투리이다.
5 **寝も**: '寝む'의 사투리이다.
6 **植竹**: 자생하는 대나무를 말한다.
7 **本さへ響み**: 뿌리까지 울릴 정도로.

3472 남의 처라고/ 어찌 그런 말을 하나/ 그렇다면요/ 이웃집 사람 옷을/ 빌려 입지 않는가

해설

남의 아내라고 접하면 안 된다고 어떻게 그런 말을 하는 것인가. 그렇다면 이웃집 사람의 옷을 빌려서 입지 않는 것인가라는 내용이다.

中西 進은 '이웃집 사람의 옷을 빌려 입을 수가 있으니 다른 사람의 아내와도 사랑을 할 수 있지 않느냐고 장난하는 노래'라고 하였다.

私注에서는, '세상의 통념에 대한 반항이라기보다는 빈정거림, 풍자'로 보았다『萬葉集私注』 7, p.327].
全集에서는 이 작품을, '이웃의 옷은 빌리는데 어찌하여 다른 사람의 아내와 접해서는 안 된다는 것인가 하고 사회 통념에 반항하는 내용'으로 보았다『萬葉集』 3, p.480]. 水島義治는, '남의 아내에게 말을 걸다가 거부당한 남성'의 노래로 보았다『萬葉集全注』 14, p.255].

3473 사노(佐野)의 산에/ 찍는 도끼 소린 듯/ 멀긴 하지만/ 자자는 건가 그녀/ 모습이 보이네요

해설

사노(佐野) 산에서 찍는 도끼 소리가 멀리서 들리듯이 그렇게 멀리 떨어져 있기는 하지만 함께 잠을 자자는 것인가. 그녀의 모습이 언뜻 보이네요라는 내용이다.

아내의 모습이 언뜻 어른거리자 아내가 함께 잠을 자자고 하는 것이라고 생각하였다. 실은 작자가 아내 생각을 하면서 함께 잠을 자고 싶어하는 것이다.

'佐野山'을 大系에서는, '上野國 佐野. 高崎市 부근의 산'이라고 하였다『萬葉集』 3, p.435].

3474 자생 대나무/ 뿌리까지 울리듯/ 떠나 왔으므로/ 어느 쪽 향하여서/ 아내가 탄식할까

해설

자생하는 대나무 숲의 대나무 뿌리까지 바람이 울리듯이 그렇게 갑작스런 명령에 부산스럽게 떠나왔으므로, 어느 쪽을 향하여서 아내가 탄식할까라는 내용이다.

부역을 위해서인지 급히 떠난 남성이 집에 남아 있는 아내를 생각하는 노래이다. 全集에서는, '목적지가 어느 방향인지 작자 자신도 모르므로 한 말'이라고 하였다『萬葉集』 3, p.480]. 中西 進은, '防人의 노래인가'라고 하였다.

3475 古非都追母　乎良牟等須礼杼　遊布麻夜万　可久礼之伎美乎　於母比可祢都母

戀ひつつも　居らむとすれど　木綿間山[1]　隱れし君を　思ひかねつも

こひつつも　をらむとすれど　ゆふまやま　かくれしきみを　おもひかねつも

3476 宇倍兒奈波　和奴尓故布奈毛　多刀都久能　努賀奈敞由家婆　故布思可流奈母

諾[2]兒なは　吾に戀ふなも　立と月の　流なへ行けば　戀しかるなも

うべこなは　わぬにこふなも　たとつくの　のがなへゆけば　こふしかるなも

或本歌末句曰, 奴我奈敞由家杼　和奴由賀乃敞波

或る本の歌の末句に曰はく, 流なへ行けど　吾行かのへ[3]ば

あるほんのうたのまつくにいはく, ながなへゆけど　わぬゆかのへば

1 **木綿間山**: 어디 있는지 알 수 없다.
2 **諾**: 납득한다는 뜻이다.
3 **吾行かのへ**: 'のへ'는 'なへ'의 사투리이다. 부정의 뜻이다.

3475 그리워하며/ 참으려고 하지만/ 유후마(木綿間) 산을/ 넘어간 그대가요/ 생각이 나는군요

해설

그리워하면서도 참고 있으려고는 하지만, 유후마(木綿間) 산 저쪽으로 사라진 그대를 생각하니 견디기가 힘드네요라는 내용이다.

권제12의 3191번가와 유사하다. 大系에서는, '挽歌라고 하는 설이 있다'고 하였다『萬葉集』 3, p.436].

3476 정말 그 애는/ 나를 사랑하나 봐/ 달이 떠서요/ 흘러서 가면은요/ 고통스럽겠지요

해설

정말 그 아이는 나를 사랑하는 듯하네. 달이 뜨고 또 떠서 계속 시간이 흘러가면 사랑 때문에 고통스럽겠지요라는 내용이다.

내용이 다소 불분명하다. 아마도 세월이 흘러가는데 못 만나고 있으니 작자를 확실하게 사랑하고 있는 소녀는 그리움에 고통스러워하고 있을 것이라는 뜻이겠다.

私注에서는, '난해한 1수이지만 달의 방해로 남자를 피하고 있는 여자의 마음을, 남자의 입장에서 추량하고 있다고 보면 이해가 된다'고 하였다『萬葉集私注』 7, p.331].

어떤 책의 노래의 끝구에 말하기를, 흘러서 가지마는/ 내가 가지 않으니

해설

어떤 책의 노래의 끝구에는 말하기를, 흘러서 가지마는 내가 가지 않으므로라고 하였다.

3477 安都麻道乃　手兒乃欲婢佐可　古要弖伊奈婆　安礼波古非牟奈　能知波安比奴登母

東路の　手兒の呼坂[1]　越えて去なば[2]　吾は戀ひむな[3]　後は逢ひぬ[4]とも

あづまぢの　てごのよびさか　こえていなば　あれはこひむな　のちはあひぬとも

3478 等保斯等布　故奈乃思良祢尓　阿抱思太毛　安波乃敝思太毛　奈尓己曽与佐礼

遠しとふ　故奈の白嶺[5]に　逢ほ時も　逢はのへ[6]時も　汝にこそ寄され

とほしとふ　こなのしらねに　あほしだも　あはのへしだも　なにこそよされ

3479 安可見夜麻　久左祢可利曽氣　安波須賀倍　安良蘇布伊毛之　安夜尓可奈之毛

赤見山[7]　草根[8]苅り除け　逢はすがへ[9]　あらそふ[10]妹し　あやに愛しも

あかみやま　くさねかりそけ　あはすがへ　あらそふいもし　あやにかなしも

---

1 **手兒の呼坂**: 소재를 알 수 없다.
2 **越えて去なば**: 넘어가 버리면.
3 **戀ひむな**: 'な'는 영탄을 나타낸다.
4 **逢ひぬ**: 'ぬ'는 완료의 조동사이다.
5 **故奈の白嶺**: 어디 있는지 알 수 없다. 제1, 2구는, '遠し, 來な, 知らね'로 심정을 겹쳐서 말하고 있다.
6 **逢ほ時も 逢はのへ**: '逢ぽ'는 '逢ふ'의 사투리이다. 'のへ'는 'なへ'의 사투리이다.
7 **赤見山**: 栃木縣 佐野市.
8 **草根**: '根'은 '屋根·垣根'의 '根'과 마찬가지로 접미어이다.
9 **逢はすがへ**: 'す'는 친애를 나타내는 경어이다. 'がへ'는 '~의 위에'라는 뜻이다.
10 **あらそふ**: 부끄러워서 저항하는 것이다.

3477 아즈마(東) 길의/ 테고(手兒)의 요비(呼) 언덕/ 넘어서 가면요/ 나는 그립겠지요/ 후에는 만난다 해도

해설

아즈마(東)國으로 가는 길의 테고(手兒)의 요비(呼) 언덕을 그 사람이 넘어서 가 버리면 나는 그립겠지요. 후에는 다시 만날 수 있다고 하더라도라는 내용이다.

大系에서는, '3442번가의 返歌인가'라고 하였다『萬葉集』 3, p.346].

권제12의 3190번가와 유사하다.

3478 멀다고 하는/ 코나(故奈)의 시라(白) 산에/ 만날 때도요/ 만나지 않을 때도/ 그대에게 기우네

해설

멀다고 하는 코나(故奈)의 시라(白) 산, 그 이름처럼 먼 미래의 일은 알지를 못하고, 만날 때도 만나지 않을 때도 나의 마음은 그대에게 기울어져 있네라는 내용이다.

'汝にこそ寄されば'를 注釋에서도 中西 進과 마찬가지로, '나의 마음은 그대에게 기울어져 있네'로 해석하였다『萬葉集注釋』 14, p.176]. 水島義治도 유사하게 '나의 마음은 항상 그대의 것'으로 해석하였다『萬葉集全注』 14, p.263]. 그런데 私注에서는, '두 사람이 가깝다고 소문이 나 버렸다'로 해석하였다『萬葉集私注』 7, p.333]. 大系에서는, '사람들이 그대와 사이가 좋다고 소문을 내고 있는 것을(무엇 때문에 요즈음 만나 주지 않는 것인가)'이라고 해석하였다『萬葉集』 3, pp.436~437]. 全集에서도 그렇게 해석하였다『萬葉集』 3, p.481].

中西 進은 이 노래가 뛰어난 작품이라고 하였다.

3479 아카미(赤見) 산의/ 풀을 베어 놓고서/ 만나도 주고/ 저항했던 그녀가/ 무척 사랑스럽네

해설

아카미(赤見) 산의 풀을 베어 놓고 만나 주었을 뿐만 아니라 저항을 하는 그녀야말로 무척 사랑스럽네라는 내용이다.

'草根苅り除け 逢はすがへ'를 大系에서는, '승낙을 하고 만났는데 부끄러워해서 저항하는'으로 해석하였다『萬葉集』 3, p.437]. 그런데 '逢はすがへ'를 全集에서는, '몸을 맡길 건가고'로 해석하였다『萬葉集』 3, p.481]. 水島義治도 全集과 마찬가지로 해석하고 남녀의 미묘한 심리를 노래한 것으로 보았다『萬葉集全注』 14, p.267]. 제5구를 보면 大系의 해석이 맞을 것 같다.

3480 於保伎美乃　美己等可思古美　可奈之伊毛我　多麻久良波奈礼　欲太知伎努可母

大君の　命隈み[1]　愛し妹が　手枕離れ　夜立ち來のかも[2]

おほきみの　みことかしこみ　かなしいもが　たまくらはなれ　よだちきのかも

3481 安利伎奴乃　佐恵々々之豆美　伊敞能伊母尓　毛乃伊波受伎尓弖　於毛比具流之母

あり衣の[3]　さゑさゑ[4]しづみ　家の妹に　物[5]言はず來にて[6]　思ひ苦しも[7]

ありきぬの　さゑさゑしづみ　いへのいもに　ものいはずきにて　おもひぐるしも

左注 柿本朝臣人麿歌集中出. 見上已訖也.

---

1 **命隈み**: 防人歌 등의 유형적인 표현이다.
2 **來のかも**: '來ぬかも'의 사투리이다.
3 **あり衣の**: 蛾衣. 비단옷을 말한다.
4 **さゑさゑ**: 의태어이다.
5 **物**: 작별하는 말이다.
6 **言はず來にて**: 'に'는 완료의 'ぬ'이다.
7 **思ひ苦しも**: 제대로 안 된다는 뜻이다. 고통은 아니다.

3480 우리 대군의/ 명령 두려워해서/ 사랑하는 아내/ 손 베개 이별하고/ 밤에 떠나서 왔네

해설

왕의 명령을 두려워해서, 사랑하는 아내의 손 베개를 이별하고 밤에 출발을 해서 떠나왔네라는 내용이다. 관동지방에서 파견된 수비병사인 防人이나 부역을 떠난 사람의 노래일 것이다.

水島義治는, '실제로 출발한 것은 아침이었을 것이다. 그것을 밤에 떠났다고 한 것은 시적 허위로 진실이었다'고 하였다[『萬葉集全注』 14, p.269].

여기까지 26수는 마음을 바로 노래한 '正述心緒'에 속한다.

3481 (아리키누노)/ 사각사각 처지듯/ 집의 아내에게/ 작별 말을 못하고 와/ 마음이 괴롭네요

해설

얇은 좋은 비단 옷이 사각사각 처지듯이 그렇게 마음이 가라앉아서, 집에 있는 아내에게 제대로 작별의 말도 하지 못하고 왔으므로 아내가 못 견디게 그립다는 내용이다.

全集에서는 '술렁거림 속에 빠져서(너무 바빠서) 집에 있는 아내와 말도 하지 못하고 왔으므로 그리워서 견딜 수 없네'로 해석하였다.

'さゐさゐしづみ'의 'さゐさゐ'는 뜻을 확실하게 알 수 없다. 그러나 부산스럽다는 뜻인 'さやさや'와 대체로 같은 의미로 보고 있다. 'しづみ(沈)'는 '잠기다 빠진다'는 뜻인데 '부산스러운 일에 빠져서', 즉 '너무 바쁘다 보니'로 해석을 할 수도 있고, '부산스러운 일이 가라앉고 보니', 즉 '바쁜 일이 다 끝나고 보니'로 해석을 할 수도 있다. 앞의 경우와 같이 '너무 바쁘다 보니'로 해석을 하면 길을 떠나기 전에 준비 등 여러 가지로 일이 바빴음을 말하는 것이 되고, '바쁜 일이 다 끝나고 보니'로 해석을 하면 길을 떠나 목적지에 도착하여 바쁜 일을 대체로 다 끝내고 시간적으로나 정신적으로나 여유가 생긴 상태를 말하는 것이 된다. 그런데 '바쁜 일이 다 끝나고 보니'로 해석을 하면 떠나오기 전에는 바쁜 상태가 아니었는데 아내에게 말도 못하고 왔다는 것도 의미가 통하지 않을 뿐만 아니라 일이 다 끝나고 나서야 아내에 대한 생각이 났다는 것도 사랑의 노래로서는 좀 약하게 생각된다. 너무 바쁘다 보니 출발한다는 것을 아내에게 말도 하지 못하고 갔으므로 아내에 대한 그리움이 더욱 크다는 뜻으로 보는 것이 좋을 듯하다. 한 집에 산다면 아내에게 말을 못하였을 리가 없는데 일본의 경우는 남편이 밤에 아내의 집에 가서 자고는 다음 날 다시 자기 집으로 돌아가는 혼인 형태였으므로 이런 표현이 가능한 것이다.

3528번가와 유사하다.

좌주 카키노모토노 아소미 히토마로(柿本朝臣人麿)의 가집 속에 나온다. 이미 위에서 보였다. 권제4의 503번가(珠衣の さゐさゐしづみ 家の妹に もの言はず來て 思ひかねつも)를 말한다.

3482 可良許呂毛　須蘇乃宇知可倍　安波祢杼毛　家思吉己許呂乎　安我毛波奈久尓

韓衣[1]　裾のうち交へ　逢はねども　異しき心を　吾が思はなくに

からころも　すそのうちかへ　あはねども　けしきこころを　あがもはなくに

或本歌曰, 可良己呂母　須素能宇知可比　阿波奈敝婆　祢奈敝乃可良尓　許等多可利都母

或る本の歌に曰はく[2], 韓衣　裾のうち交ひ　逢はなへ[3]ば　寢なへの故に　言痛かり[4]つも

あるほんのうたにいはく, からころも　すそのうちかひ　あはなへば　ねなへのからに　ことたかりつも

3483 比流等家波　等家奈敝比毛乃　和賀西奈尓　阿比与流等可毛　欲流等家也須家

晝解けば　解けなへ紐の　わが背なに　相寄るとかも[5]　夜解けやすけ[6]

ひるとけば　とけなへひもの　わがせなに　あひよるとかも　よるとけやすけ

1 **韓衣**: 도래인이 입은 옷이다. 옷자락의 좌우를 상하로 겹치지 않는 것을 비유로 사용한다. 일상 입는 것은 아니고 특수한 것으로 알고 있었으므로 사용한 것이다.
2 **或る本の歌に曰はく**: '寄物'을 같이 하는 다른 노래이다.
3 **逢はなへ**: 'なへ'는 부정의 조동사이다.
4 **言痛かり**: 'こちた'의 사투리이다.
5 **相寄るとかも**: 3, 4구는 삽입구이다.
6 **夜解けやすけ**: 'やすき'의 사투리이다.

3482 도래인의 옷/ 꼭은 맞지 않듯이/ 못 만나지만/ 그 외 다른 마음을/ 나는 갖지 않아요

해설

도래인의 옷자락이 일본 옷처럼 꼭은 맞지 않듯이, 두 사람이 비록 만나지 못하지만 나는 다른 마음을 갖지 않아요라는 내용이다.

'韓衣 裾のうち交へ'를 全集에서는, '韓衣는 서민의 옷과 달라서 앞에서 좌우를 합치지 않았으므로 만나지 않는 것의 비유로 하였다'고 하였다[『萬葉集』 3, p.482].

권제15의 3775번가(あらたまの 年の緒長く 逢はざれど 異しき心を 我が思はなくに)와 유사하다.

어떤 책의 노래에 말하기를, 도래인의 옷/ 자락 겹치지 않듯/ 못 만나므로/ 함께 잠 못 자는데/ 소문이 시끄럽네

해설

어떤 책의 노래에는 말하기를, 도래인의 옷자락이 좌우 겹쳐져 만나지 않듯이 사랑하는 사람을 만나지 못하므로 함께 잠을 자지 못하네. 그런데 사람들의 소문이 시끄럽네라고 하였다.

3483 낮에 풀려면/ 풀리지 않는 옷끈/ 내 남편에게/ 마음이 쏠리는가/ 밤엔 풀기가 쉽네

해설

낮에는 풀려고 해도 잘 풀리지 않는 옷끈은 내 남편에게 마음이 쏠리는 것인가. 밤에는 풀기가 쉽네라는 내용이다.

水島義治는, '옷끈이 저절로 풀리는 것은 다른 사람이 생각하기 때문이며, 생각하는 사람을 만날 수 있는 징조라고 하는 습속'이라고 하였다[『萬葉集全注』 14, p.274].

3484 安左乎良乎　遠家尓布須左尓　宇麻受登毛　安須伎西佐米也　伊射西乎騰許尓

麻苧[1]らを　麻笥に多に　績まずとも[2]　明日着せさめや[3]　いざせ[4]小床に

あさをらを　をけにふすさに　うまずとも　あすきせさめや　いざせをどこに

3485 都流伎多知　身尓素布伊母乎　等里見我祢　哭乎曽奈伎都流　手兒尓安良奈久尓

劍太刀　身に副ふ妹を　とり見がね[5]　哭をそ泣きつる　手兒[6]にあらなくに

つるぎたち　みにそふいもを　とりみがね　ねをそなきつる　てごにあらなくに

3486 可奈思伊毛乎　由豆加奈倍麻伎　母許呂乎乃　許登等思伊波婆　伊夜可多麻斯尓

愛し妹を　弓束竝べ巻き[7]　如己男[8]の　事とし言はば[9]　いや偏[10]益しに

かなしいもを　ゆづかなべまき　もころをの　ことといはば　いやかたましに

---

1 **麻苧**: 마의 섬유이다. 이것을 넣는 용기가 麻笥이다.
2 **績まずとも**: 麻苧를 자아서 실로 뽑는다.
3 **着せさめや**: '着せす'는 '着す'의 경어이다. 'や'는 강한 부정을 동반한 의문을 나타낸다.
4 **いざせ**: 'いざす(권유한다)'라는 동사의 명령형이다.
5 **とり見がね**: 남편은 공적인 일을 하고 있었는가.
6 **手兒**: 손일을 하는 여자. 眞間, 石井 등은 이미 있었다. 다니며 구혼하는 여인으로 '身に副ふ妹(아내)'의 반대이다.
7 **弓束竝べ巻き**: 활을 잡는 부분에 가죽이나 나무껍질을 감는다. 활 힘에 따라서 감는 방법도 다른 것인가. 'まく'는 구혼을 寓意한다.
8 **如己男**: 동년배이다.
9 **事とし言はば**: 여성의 마음의 흔들림이.
10 **偏**: 자기 쪽만. 짝사랑을 말한다.

3484 마의 섬유를/ 마 통에다 가득히/ 뽑는다 해도/ 내일 못 입겠지요/ 불러줘요 침상에

해설

마의 섬유를 마 통에다 가득히 실로 뽑아 담는다고 해도 내일은 못 입겠지요. 그러니 잠자리로 오라고 불러 주세요라는 내용이다.

注釋에서도 中西 進과 같이 해석하여 아내의 노래로 보았다『萬葉集注釋』 14, p.185]. 그러나 私注에서는, '삼실을 잣고 있는 처녀에게 일을 중지시키고, 침상으로 유인하는 느낌이지만, 혹은 실을 뽑는 노동가로 사용된 것일 것이다(3432번가)'고 하였다『萬葉集私注』 7, p.338]. 全集에서도, 아내를 침상으로 유인하는 남편의 노래로 보았다『萬葉集』 3, p.483].

3485 (츠루기타치)/ 가까워진 아낸 걸/ 못 보살펴서/ 소리 내어 울었네/ 일하는 아이 아닌데

해설

큰 칼을 몸에 차듯이 겨우 얻은 아내인데, 잘 보살펴 줄 수가 없어서 나는 소리를 내어서 울어 버렸네. 손으로 노동을 하는 여자도 아닌 것을이라는 내용이다.

'とり見がね'를 全集에서는, '다른 사람에게 시집가는 연인을 만류하지 못한 것을 나타낸다고 하고, '手兒にあらなくに'는 '손에 안는 아이'로 보고 '어린애도 아닌데'로 해석하였다『萬葉集』 3, p.483]. 水島義治는, '아내를 두고 防人으로 출발하지 않으면 안 되었던 남성의 탄식인 것인가'라고 하였다『萬葉集全注』 14, p.277].

3486 귀여운 아인데/ 줌통에 가죽 감아/ 같은 나이의/ 연적이라고 하면/ 더 생각 깊어지네

해설

사랑스러운 그 아이인 것을. 그 아이의 마음은 나와 나란히 구혼을 하는, 줌통에 가죽을 갈은 정도로 감는 같은 나이의 남자라고 한다면 한층 마음이 끌릴 것을이라는 내용이다.

내용이 다소 불분명하다. 사랑하는 여성이 함께 구혼을 하는 다른 사람에게 아마도 마음이 더 끌리게 되면 자신의 짝사랑만 더 깊어질 것이라는 뜻이다. 이렇게 해석하면 연적에게 이길 자신이 없는 것 같아 보인다.

'伊夜可多麻斯尓'를 大系에서는, '(연적을) 반드시 이길 것이지만(그대는 이길 수가 없네)'으로 해석하였다『萬葉集』 3, p.439]. 全集에서는, '사랑하는 여성을 줌통에 함께 감아서, 연적의 일이라면 더 단단히 감자'로 해석하였다『萬葉集』 3, p.483]. 私注에서는 이 작품을, '사랑하는 그녀를 줌통을 나란히 해서 감듯이 두 사람이 구혼을 해서, 그 연적의 일이라면 더욱더 이기고 싶네'로 해석하였다『萬葉集私注』 7, p.339]. 이렇게 해석하면 반드시 연적에게 이기겠다는 강한 의지를 노래한 것이 된다.

3487 安豆左由美　須惠尓多麻末吉　可久須酒曽　宿莫奈那里尓思　於久乎可奴加奴

梓弓　末に玉巻き[1]　かく爲爲[2]そ　寝なな成りにし　奥を兼ぬ兼ぬ

あづさゆみ　すゑにたままき　かくすすそ　ねなななりにし　おくをかぬかぬ

3488 於布之毛等　許乃母登夜麻乃　麻之波尓毛　能良奴伊毛我名　可多尓伊弖牟可母

生ふ楉[3]　この本山の　眞柴[4]にも　告らぬ妹が名　象に出でむかも

おふしもと　このもとやまの　ましばにも　のらぬいもがな　かたにいでむかも

3489 安豆左由美　欲良能夜麻邊能　之牙可久尓　伊毛呂乎多弖天　左祢度波良布母

梓弓[5]　欲良の山邊の　繁かく[6]に　妹ろを立てて　さ寢處拂ふも[7]

あづさゆみ　よらのやまへの　しげかくに　いもろをたてて　さねどはらふも

1 **末に玉巻き**: 미래에 구슬을 베개로 하는 생각으로.
2 **かく爲爲**: 동작의 계속. 종지형을 반복했다. 끝구도 같다.
3 **生ふ楉**: 가는 가지이다.
4 **眞柴**: 'ま'는 美稱이다. 'しば(柴-數)'의 음을 다음에 접속시켰다.
5 **梓弓**: 'ゆみ'와 'よら'의 음으로 다음에 접속하는가. '欲良'은 어디인지 알 수 없다.
6 **繁かく**: '繁けく'의 사투리이다.
7 **さ寢處拂ふも**: 무성한 것은 사람들 눈을 피하기에는 좋지만, 치우지 않으면 안 된다.

3487 가래나무 활/ 끝에 구슬 감듯이/ 계속 이렇게/ 동침 못하게 됐네/ 미래를 예측해서

해설

가래나무로 만든 멋진 활의 끝에 구슬을 감듯이 그렇게 소중히 하면서도 함께 잠을 자지 못하게 되어 버렸네. 미래를 예측해서 신경을 계속 쓰고 하다 보니라는 내용이다.

현재가 아니라 미래의 일을 너무 생각하다가 사랑하는 여인과 잠자리를 함께 하지 못하게 된 남성이 탄식하는 노래이다.

3488 벋는 가지여/ 이 산기슭 지대의/ 섶처럼 절대/ 말 않는 아내 이름/ 점괘에 드러날까요

해설

벋어가는 가느다란 가지여, 이 산기슭 지대의 섶-그것과 같은 소리처럼 절대로 입 밖으로 내지 않은 아내의 이름이 점괘에 드러날까요라는 내용이다.

절대로 입 밖에 내지 않은 아내의 이름이 점괘에 드러나 사람들이 알게 될까 두려워하는 노래이다.

'象'은 사슴의 어깨뼈나 동물의 뼈를 태워서 그 모양으로 점을 치는 것이다.

'生ふ楉'을 水島義治는 枕詞로 보았다『萬葉集全注』 14, p.280]. 私注에서는 낮은 잡목숲으로 보았다[『萬葉集私注』 7, p.341].

3489 (아즈사유미)/ 요라(欲良)의 산 근처의/ 풀 무성한 곳/ 그녀 세워 놓고서/ 잠자리 준비하네

해설

좋은 활이라는 뜻과 비슷한 소리의 요라(欲良) 산 근처 풀이 무성한 곳에, 그녀를 세워 놓고서는 풀을 제거하며 잠자리를 준비하네라는 내용이다.

私注에서는, '산야의 풀숲 등에서 남녀가 만나는 것을 노래하고 있다. 이러한 일도 보통 있었을 것이지만, 노래는 풀을 베는 노동가로서 유포되어 있던 민요일 것이다'고 하였다[『萬葉集私注』 7, p.341].

3490 安都佐由美　須恵波余里袮牟　麻左可許曽　比等目乎於保美　奈乎波思尔於家礼[柿本朝臣人麿歌集出也]

梓弓　末は寄り寢む　現在こそ　人目を多み　汝を間に置けれ[柿本朝臣人麿の歌集に出づ[1]]

あづさゆみ　すゑはよりねむ　まさかこそ　ひとめをおほみ　なをはしにおけれ[かきのもとのあそみひとまるのかしゆうにいづ]

3491 楊奈疑許曽　伎礼波伴要須礼　余能比等乃　古非尓思奈武乎　伊可尓世余等曽

楊こそ　伐れば生えすれ[2]　世の人の　戀に死なむを　如何に爲よとそ[3]

やなぎこそ　きればはえすれ　よのひとの　こひにしなむを　いかにせよとそ

3492 乎夜麻田乃　伊氣能都追美尓　左須楊奈疑　奈里毛奈良受毛　奈等布多里波母

小山田の[4]　池の堤に　刺す楊　成りも成らずも[5]　汝と二人はも

をやまだの　いけのつつみに　さすやなぎ　なりもならずも　なとふたりはも

1 **柿本朝臣人麿の歌集に出づ**: 그런데 책 속에 보이지 않는다.
2 **伐れば生えすれ**: 버들은 삽목이 쉽다.
3 **如何に爲よとそ**: 어떻게 하면 좋을까.
4 **小山田の**: 遠江 외, 여러 곳에 있다.
5 **成りも成らずも**: 버드나무가 뿌리를 내리는 것과 사랑이 성취되는 것을 동시에 나타낸 표현이다.

3490 (아즈사유미)/ 끝엔 함께 잠자자/ 현재야말로/ 사람들 눈 많으니/ 그대 어중간히 두네[카키노모토노 아소미 히토마로(柿本朝臣人麿)의 가집에 나온다]

해설

가래나무로 만든 좋은 활의 끝처럼, 가서가서 결국엔 함께 잠을 잡시다. 지금은 사람들의 눈이 많으니 그대를 어중간하게 버려두고 있는 것이지요[카키노모토노 아소미 히토마로(柿本朝臣人麿)의 가집에 나온다]라는 내용이다.

사람들 눈 때문에 지금은 사랑하는 여인을 어중간한 상태로 두고 있지만 나중에는 함께 잠을 잘 것이라고 하는 뜻이다.

3491 버드나무면/ 베어도 자라는데/ 세상 사람이/ 사랑에 죽는 것을/ 어떡하라는 걸까

해설

버드나무라면 베어도 다시 또 자라는데, 죽으면 다시 살아나지 않는 세상 사람이 사랑 때문에 죽으려고 하는 것을 어떻게 하라고 하는 것일까라는 내용이다.

상대방의 사랑을 얻지 못해 죽을 지경이라는 뜻이다.

'世の人の'를 全集에서는, '상대방이 관심을 보이지 않는 자신을 일반화해서 말한다'고 하였다[『萬葉集』 3, p.485].

3492 오야마다(小山田)의/ 연못의 제방에요/ 꽂은 버들이/ 되어도 되잖아도/ 그대와 둘이네요

해설

오야마다(小山田)의 연못의 제방에 꽂은 버들이 뿌리를 내려도 내리지 않더라도 그대와 나는 두 사람이네요라는 내용이다.

사랑이 성취되든 그렇지 않든 상대방과 자신은 두 사람이라는 뜻이다. 남성의 노래이다.

全集에서는, '결혼이 성립되든 그렇지 않든 죽어도 헤어지지 않는다고 하는 내용'이라고 하였다[『萬葉集』 3, p.485].

大系에서는, '꽂은 버드나무가 잘 되면 사랑이 성취되는 것으로 하고, 뿌리를 내리지 않으면 성취되지 않는 것으로 하는 점'이라고 하였다[『萬葉集』 3, p.440].

3493 於曽波夜母　奈乎許曽麻多賣　牟可都乎能　四比乃故夜提能　安比波多我波自

遲速も　汝をこそ待ため　向つ嶺の　椎の小枝[1]の　逢ひは違はじ

おそはやも　なをこそまため　むかつをの　しひのこやでの　あひはたがはじ

或本歌曰, 於曽波夜毛　伎美乎思麻多武　牟可都乎能　思比乃佐要太能　登吉波須具登母

或る本の歌に曰はく, 遲速も　君をし待たむ　向つ嶺の　椎の小枝の　時は過ぐとも

あるほんのうたにいはく, おそはやも きみおしまたむ むかつをの しひのさえだの ときはすぐとも

3494 兒毛知夜麻　和可加敝流弖能　毛美都麻弖　宿毛等和波毛布　汝波安杼可毛布

子持山[2]　若鷄冠木[3]の　黃葉つまで[4]　寢も[5]と吾は思ふ　汝は何どか思ふ

こもちやま　わかかへるでの　もみつまで　ねもとわはもふ　なはあどかもふ

---

1 **小枝**: 'こえだ'의 잘못이다.
2 **子持山**: 群馬縣 沼田市이다.
3 **若鷄冠木**: 단풍나무이다.
4 **黃葉つまで**: 어릴 때부터 아름다울 때까지의 경과를 나타낸다.
5 **寢も**: '寢む'의 사투리이다.

3493 늦든 빠르든/ 당신을 기다리죠/ 건너편 산의/ 잣밤나무 가진 양/ 반드시 만나겠지

해설

늦든지 빠르든지 당신을 기다리지요. 건너편 산의 메밀잣밤나무의 어린 가지가 서로 만나서 교차하듯이 반드시 만날 수 있겠지요라는 내용이다.

남성의 노래이다.

어떤 책의 노래에 말하기를, 늦든 빠르든/ 그대를 기다리죠/ 건너편 산의/ 잣밤나무 가진 양/ 때는 지나더라도

해설

어떤 책의 노래에는 말하기를, 늦든지 빠르든지, 그대를 기다리지요. 건너편 산의 메밀잣밤나무의 어린 가지처럼 무성한 때가 지나가더라도라고 하였다.

계속 상대방 남성을 기다리겠다는 여성의 노래이다.

3494 코모치(子持) 산의/ 어린 단풍나무가/ 단풍 때까지/ 자려고 난 생각네/ 그댄 어찌 생각나

해설

코모치(子持) 산의 어린 단풍나무가 단풍이 들 때까지 함께 자려고 나는 생각하네. 그대는 어떻게 생각하나요라는 내용이다.

어린 단풍잎이 자라서 단풍이 들 때까지, 즉 오래도록 여성과 잠자리를 함께 하고 싶다는 남성의 노래이다.

全集에서는, '子持山은 동남쪽 산기슭에서 보면 산 모양이 여성의 생식기와 비슷하여 예로부터 성숭배의 대상이 되었다. 이 노래도 그러한 신앙적 배경을 가진 것일 것이다'고 하였다[『萬葉集』 3, p.486].

3495 伊波保呂乃　蘇比能和可麻都　可藝里登也　伎美我伎麻左奴　宇良毛等奈久文

巖ろの　岨[1]の若松　限とや[2]　君が來まさぬ　心もとなくも

いはほろの　そひのわかまつ　かぎりとや　きみがきまさぬ　うらもとなくも

3496 多知婆奈乃　古婆乃波奈里我　於毛布奈牟　己許呂宇都久思　伊弖安礼波伊可奈

橘の　古婆[3]の放髪[4]が　思ふなむ[5]　心愛し　いで吾は行かな

たちばなの　こばのはなりが　おもふなむ　こころうつくし　いであれはいかな

3497 可波加美能　祢自路多可我夜　安也尓阿夜尓　左宿佐寐弖許曽　己登尓弖尓思可

川上の　根白高萱[6]　あやにあやに　さ寢さ寢てこそ　言に出にしか

かはかみの　ねじろたかがや　あやにあやに　さねさねてこそ　ことにでにしか

---

1 **岨**: 'そひ'는 옆이라는 뜻이지만 문맥상 벼랑이다.
2 **若松 限とや**: 깎아지른 듯한 절벽이 한계를 나타낸다. '若松'은 '君'을 비유한 것이다.
3 **橘の 古婆**: 武藏의 橘樹郡. 식물에 소녀의 이미지를 내포하였다. '古婆'는 어디인지 알 수 없다.
4 **放髮**: 묶지 않고 푼 머리로 머리를 올리기 전의 어린 소녀이다.
5 **思ふなむ**: 나를 생각한다. 'なむ'는 'らむ'의 사투리이다.
6 **根白高萱**: 뿌리가 흰, 키가 큰 원추리이다.

3495 바위로 된 산/ 벼랑의 어린 솔은/ 끝인 것인가/ 그대 오지를 않네/ 맘 건잡을 수 없네

해설

바위가 겹겹인 산의 벼랑에 서 있는 어린 소나무처럼, 이제 한계라고 그대는 생각해서 오지를 않는 것인가요. 마음을 건잡을 수 없네요라는 내용이다.

남성이 오지 않자 이제 끝이라고 생각하는가 하고 불안해 하며 탄식하는 여성의 노래이다.

3496 다치바나(橘)의/ 코바(古婆)의 소녀가요/ 생각을 하는/ 마음 사랑스럽네/ 자아 나는 가야지요

해설

다치바나(橘樹)郡의 코바(古婆)의 소녀가 나를 생각하는 마음이 참으로 사랑스럽네. 그러니 자아 나는 그녀를 만나러 가야지라는 내용이다.

코바(古婆)의 소녀가 자신을 생각하고 있을 것이므로 그녀를 만나러 가야겠다는 남성의 노래이다. '放髮'은 15, 6세 미만의 소녀이다.

3497 강의 주변의/ 뿌리 흰 원추린 양/ 마음을 다해서/ 자고 또 잤으므로/ 소문이 난 것이네

해설

강의 주변의, 뿌리가 희고 키가 높이 자란 원추리처럼 그렇게 마음을 다해서 계속 잠을 잤으므로 사람들에게 소문이 나 버린 것이네라는 내용이다.

全集에서는, '根白에는 여성의 피부가 흰 것을, 'ね'의 음에는 '寢(ね)'의 뜻을 담았는가'라고 하였다『萬葉集』 3, p.486].

'あやにあやに'를 大系에서는 '정신을 잃는 것'이라고 하였다『萬葉集』 3, p.441].

3498 宇奈波良乃　根夜波良古須氣　安麻多安礼婆　伎美波和須良酒　和礼和須流礼夜

海原の[1]　根柔小菅[2]　あまたあれば　君は忘らす[3]　吾忘るれや[4]

うなはらの　ねやはらこすげ　あまたあれば　きみはわすらす　われわするれや

3499 乎可尓与西　和我可流加夜能　佐祢加夜能　麻許等奈其夜波　祢呂等敞奈香母

岡に寄せ[5]　我が苅る萱の　さね萱の[6]　まこと柔やは　寝ろとへなかも[7]

をかによせ　わがかるかやの　さねかやの　まことなごやは　ねろとへなかも

3500 牟良佐伎波　根乎可母乎布流　比等乃兒能　宇良我奈之家乎　祢乎遠敞奈久尓

紫草は　根をかも竟ふる[8]　人の兒の[9]　心がなしけを　寝を竟へなくに

むらさきは　ねをかもをふる　ひとのこの　うらがなしけを　ねををへなくに

---

1 **海原の**: 沼澤地를 가리키는 것인가.
2 **根柔小菅**: 'ね'에 '寢(ね)'의 뜻을 담았다. '根柔小菅'은 여성을 寓意한 것이다.
3 **忘らす**: 'す'는 경어.
4 **吾忘るれや**: 'や'는 강한 부정을 동반한 의문을 나타낸다.
5 **岡に寄せ**: 물가의 원추리를 베어서 언덕에 둔다.
6 **さね萱の**: 'さね'는 'さ寢'을 나타낸 것이다.
7 **寢ろとへなかも**: 'ろ'는 'よ'의 사투리이다. 'とへな'는 'といはぬ'의 사투리인가.
8 **根をかも竟ふる**: 염료인데 모두 뿌리를 사용한다. 'か'는 의문을 나타낸다. 혼자 부르면 스스로에게 묻는 것이 된다. 끝의 'に'에 대응해서 영탄이 강하다.
9 **人の兒の**: 자신의 것이 아닌 사람. 남의 아내라는 설도 있다.

3498 물가 쪽에는/ 뿌리 연한 골풀이/ 많이 있으므로/ 그대는 잊고 있네/ 나는 잊을 것인가

해설

물가 쪽에는 뿌리가 연한 골풀이 많이 나 있으므로 그대는 나를 잊고 있네. 그렇지만 나는 그대를 어찌 잊을 것인가라는 내용이다.

아름다운 여자들이 많이 있으므로 상대방 남성은 작자를 잊고 있는 것이겠지만 자신은 남성을 잊을 수가 없다는 뜻이다.

다른 여성에게 마음을 빼앗긴 남성을 원망하는 노래이다.

3499 언덕에 두며/ 내가 베는 원추리/ 그 원추린 양/ 정말 부드런 애는/ 자자고 말을 않나

해설

내가 베어서 언덕에 놓는 원추리. 그 원추리처럼 정말 부드러운 피부를 가진 그 소녀는 함께 잠을 자자고 말을 하지 않네라는 내용이다.

부드러운 피부를 가진 소녀가 작자에게 함께 잠을 자자고 하지 않으므로 아쉬워하는 노래이다.

'寢ろとへなかも'는 해석이 난해하다.

'まこと柔やは 寢ろとへなかも'를 全集에서도 여성의 부드러운 피부로 보고 잠을 자자고 말하지 않는 것으로 해석하였다[『萬葉集』 3, p.487]. 私注에서는, '정말 상냥하게 구는 것은 함께 자자고 말하는 것일까'로 해석하고 '처녀가 상냥한 것을 보고, 자신에게 마음이 있다고 보고 재촉하는 것으로 생각하는 것은 남자의 마음이다. 노동하는 농민의 민요이므로 노동의 경험을 가지고 와서 그것을 윤색하고 있다. 물론 노동가로도 사용되었을 것이다'고 하였다[『萬葉集私注』 7, p.351]. 私注에서는 피부가 아니라 마음이 상냥한 것으로 보고, 여성이 상냥하게 구는 것은 작자에게 마음이 있어서 그런 것이라고 본 것이다.

3500 지칫풀은요/ 뿌리를 다한 걸까/ 남의 소녀는/ 귀엽다 생각해도/ 잠을 못 자는데도

해설

지칫풀은요 뿌리를 다한 것일까. 아니지요. 땅 깊이 뿌리를 벋어가지요. 나는 내가 사랑스럽다고 생각을 하는 소녀와는 함께 잠을 자지 못하는데도라는 내용이다.

뿌리를 끝까지 벋어가는 지칫풀에 비해, 사랑을 성취하지 못한 자신의 처지를 대조한 것이다.

'根'과 '寢'의 발음이 같은 'ね'인 것을 이용한 노래이다.

中西 進은, 작자가 다른 사람의 여인과 아예 함께 잠을 자지 못한 것으로 해석하였다. 그러나 全集에서는, '연인과 잠을 충분히 자지 못한 것'을 말한 것으로 보았다[『萬葉集』 3, p.487]. 이렇게 보면 작자가 만족할 만큼 충분하게는 아니지만 여인과 잠을 함께 잔 것이 된다.

3501 安波乎呂能　乎呂田尓於波流　多波美豆良　比可婆奴流奴留　安乎許等奈多延

安派峯[1]ろの　峯ろ田に生はる[2]　たはみ蔓[3]　引かばぬるぬる　吾を言な絶え

あはをろの　をろたにおはる　たはみづら　ひかばぬるぬる　あをことなたえ

3502 和我目豆麻　比等波左久礼杼　安佐我保能　等思佐倍己其登　和波佐可流我倍

わが愛妻[4]　人は離くれど　朝顔の　年さへこごと　吾は離かるがへ[5]

わがめづま　ひとはさくれど　あさがほの　としさへこごと　わはさかるがへ

3503 安齊可我多　志保悲乃由多尓　於毛敝良婆　宇家良我波奈乃　伊呂尓弖米也母

安齊可潟[6]　潮干のゆたに　思へらば　うけらが花の　色に出めやも[7]

あせかがた　しほひのゆたに　おもへらば　うけらがはなの　いろにでめやも

1 **安派峯**: 安房國의 산인가.
2 **生はる**: 'おふる'의 사투리이다.
3 **たはみ蔓**: 무엇인지 확실하지 않다.
4 **わが愛妻**: 'め(愛)づつま'인가
5 **吾は離かるがへ**: 'がへ'는 강한 부정을 동반한 의문을 나타낸다.
6 **安齊可潟**: 常陸의 安是의 호수인가. 멀고 얕아서 썰물은 완만하였다고 생각된다.
7 **色に出めやも**: 겉으로 드러나서 사람들에게 알려진 것을 말한다.

3501 아하(安派) 산의요/ 산 속 밭에 나 있는/ 덩굴풀이요/ 끌면 줄줄 끌리듯/ 나에게 말 끊지 마

해설

아하(安派) 산속의 밭에 나 있는 덩굴풀을 끌면 미끌미끌 줄줄 계속되는 것처럼, 그대하고 나하고 사이에 소식을 끊지 말아요라는 내용이다.

덩굴풀이 계속되는 것처럼 그렇게 계속 소식을 전해 달라는 뜻이다.

'引かばぬるぬる'를 大系에서는, '끌면 끊어지듯이'로 해석하였다[『萬葉集』 3, p.442]. 'ぬるぬる'이므로 끊어지는 것이 아니라 계속되는 것으로 보아야 할 것이다.

3378 · 3416번가에도 비슷한 발상이 보인다.

3502 나의 애처를/ 남은 뗄려고 해도/ (아사가호노)/ 해마다 엉기듯이/ 내 어찌 헤어질까

해설

나의 사랑하는 아내를 사람들은 나에게서 떼어 놓으려고 하지만, 나팔꽃이 해마다 엉기듯이 나는 어떻게 아내와 헤어질 수가 있을까라는 내용이다.

몇 년이 되더라도 아내와 헤어질 수 없다는 뜻이다.

'目豆麻'를 私注에서는, '눈으로만 보고 만날 뿐인 아내'로 해석하였다[『萬葉集私注』 7, p.354]. 全集에서도 '木妻'로 보고, '눈으로만 볼 뿐인 아내라는 뜻인가'라고 하였다[『萬葉集』 3, p.488].

'年さへこごと'는 난해한 구이다.

水島義治는, '부모가 허락하지 않는 남자와 절실한 관계에 있는 여자의 모친 등이 두 사람의 사이를 갈라놓으려고 하고 있다. 남자는 헤어지지 않는다고 강한 뜻을 나타내며, 모친과 남자 사이에서 고통하고 동요하는 여자를 격려하고 두 사람의 관계를 계속 이어가기를 원하고 기대한 것이겠다'고 하였다[『萬葉集全注』 14, p.302].

3503 아세카(安齊可) 갯벌/ 썰물처럼 느긋히/ 생각했다면/ 삽주의 꽃처럼요/ 겉으로 드러날까

해설

아세카(安齊可) 갯벌이 넓고 얕아서 간조가 완만하듯이, 그렇게 마음을 느긋하게 생각했다면 삽주꽃처럼 어떻게 겉으로 드러날 수가 있을까라는 내용이다.

상대방을 간절하게 생각했기 때문에 그 마음이 겉으로 드러나서 사람들이 알게 되었다는 뜻이다.

3376번가도 비슷한 내용이다.

3504 波流敝左久　布治能宇良葉乃　宇良夜須尓　左奴流夜曽奈伎　兒呂乎之毛倍婆

春へ咲く　藤の末葉[1]の　心安に　さ寝る夜そなき　兒ろをし思へば

はるへさく　ふぢのうらばの　うらやすに　さぬるよそなき　ころをしもへば

3505 宇知比佐都　美夜能瀬河泊能　可保婆奈能　孤悲天香眠良武　伎曽母許余比毛

うち日さつ[2]　宮の瀬川の　貌花の[3]　戀ひてか寢らむ　昨夜も今夜も

うちひさつ　みやのせがはの　かほばなの　こひてかぬらむ　きそもこよひも

3506 尓比牟路能　許騰伎尓伊多礼婆　波太須酒伎　穂尓弖之伎美我　見延奴己能許呂

新室の　蠶時[4]に到れば　はだ薄[5]穂に出し君が　見えぬこのころ

にひむろの　こどきにいたれば　はだすすき　ほにでしきみが　みえぬこのころ

1 **藤の末葉**: 가지 끝의 잎이다.
2 **うち日さつ**: 'さつ'는 'さす'의 사투리이다. 궁중을 상투적으로 수식하는 枕詞이다.
3 **貌花の**: 벗풀이라는 설도 있다.
4 **蠶時**: 上蔟(누에 올리기) 때.
5 **はだ薄**: 참억새이다.

3504 봄 무렵 피는/ 등나무 가지 끝 잎/ 마음 편안히/ 자는 밤이 없네요/ 그 아이를 생각하면

해설

봄 무렵에 피는 등나무의 가지 끝의 잎처럼, 마음을 편안하게 해서 자는 밤이 없네요. 그 아이를 그리워하고 있으면이라는 내용이다.

'末葉'의 '末'과 '心'의 소리가 같은 'うら'인 것을 이용한 노래이다.

3505 (우치히사츠)/ 궁중의 여울가의/ 나팔꽃처럼/ 그리워하며 잘까/ 어젯밤도 이 밤도

해설

해가 환하게 비추는 궁중의 여울가의 나팔꽃이 밤에는 잎을 오므리고 자는 것처럼, 그녀는 나를 그리워하면서 자고 있을 것인가. 어젯밤도 오늘 밤도라는 내용이다.

사랑하는 여인에게 가지 못한 남성이, 상대방은 자신을 그리워하면 자고 있을 것인가 하고 생각하는 노래이다.

中西 進은, '비유된 여성이 무녀라면 장난스런 노래이다'고 하였다.

3506 딴 건물에서/ 누에 치는 때가 되니/ (하다스스키)/ 이삭 내듯 한 그대/ 안 보이는 요즈음

해설

다른 건물에 틀어박혀서 누에를 치는 때가 되었으므로, 참억새가 이삭을 내듯이 나에게 호의를 보인 그 사람을 만날 수가 없는 요즈음이네라는 내용이다.

大系에서는, '누에를 치는 시기가 되어서 바쁘기 때문에 상대방이 오지 못하는 것'이라고 해석하였다『萬葉集』 3, p.443].

3507 多尓世婆美　弥年尓波比多流　多麻可豆良　多延武能己許呂　和我母波奈久尓

谷狭み　嶺に延ひたる　玉葛[1]　絶えむの心　わが思はなくに[2]

たにせばみ　みねにはひたる　たまかづら　たえむのこころ　わがもはなくに

3508 芝付乃　御宇良佐伎奈流　根都古具佐　安比見受安良婆　安礼古非米夜母

芝付の　御宇良崎[3]なる　ねつこ草[4]　あひ見ずあらば　吾戀ひめやも

しばつきの　みうらさきなる　ねつこぐさ　あひみずあらば　あれこひめやも

3509 多久夫須麻　之良夜麻可是能　宿奈敝杼母　古呂賀於曽伎能　安路許曽要志母

栲衾[5]　白山風の　寢なへども　子ろが襲着[6]の　有ろこそ良しも

たくぶすま　しらやまかぜの　ねなへども　ころがおそきの　あろこそえしも

---

1 **玉葛**: 玉은 美稱. 葛은 덩굴풀의 총칭이다.
2 **わが思はなくに**: 'なく'는 부정의 명사형이다. 'に'는 역접의 영탄을 나타낸다.
3 **御宇良崎**: 神奈川縣 三浦岬인가.
4 **ねつこ草**: 뿌리가 큰 풀(ねつこ草)에서 '寢つ子'를 연상시켜서 'あひ見る(남녀가 만난다)'에 연결시킨다.
5 **栲衾**: 닥 섬유로 만든 흰 침구이다. 白布에서 다음으로 연결된다. '衾'은 뒤의 '共寢'과 조응한다.
6 **襲着**: 'おそひき(重ね着)'를 축약한 것이다.

3507 계곡이 좁아/ 봉우리로 뻗치는/ 덩굴과 같이/ 끊어지려는 마음/ 나는 생각 않는데

해설

계곡이 좁아서 봉우리로까지 뻗치어 가는 아름다운 덩굴 풀처럼 두 사람 사이가 끊어진다고 하는 것을 나는 생각하지 않고 있는 것을이라는 내용이다.

권제12의 3071번가(丹波道の 大江の山の 眞玉葛 絶えむの心 わが思はなくに)와 유사하다.

3508 시바츠키(芝付)의/ 미우라(御宇良)의 곶의요/ 할미꽃처럼/ 잠자지 않았다면/ 내가 그리워할까

해설

시바츠키(芝付)의 미우라(御宇良)의 곶에 군생하는 할미꽃이 뿌리를 내리듯이 잠을 잤네. 만약 함께 잠을 자지 않았다면 내가 이렇게 그리워하지는 않을 것인데라는 내용이다.

'あひ見ずあらば'를 水島義治는 中西 進과 마찬가지로, '함께 잠을 자지 않았다면'으로 해석하였다(『萬葉集全注』 14, p.310]. 그러나 大系・私注・注釋・全集에서는, '보지 않았다면'으로 해석하였다.

3509 (타크부스마)/ 시라(白) 산의 바람에/ 자지 못해도/ 그 아이의 윗옷을/ 가진 것이 좋네요

해설

닥 섬유로 만든 이불 사이로 산바람이 차갑네. 그래서 함께 자는 것은 말할 것도 없고, 자는 것도 불가능하지만 적어도 그 아이의 윗옷을 가지고 있는 것이 좋다는 내용이다.

'白山風'을 大系에서는, '加賀의 白山의 바람'이라고 하고, '襲おそ'는 조선어 os(衣)과 같은 어원'이라고 하였다(『萬葉集』 3, p.443]. 私注・注釋・全集・全注에서도 白山에서 부는 바람으로 보았다.

3510 美蘇良由久　君母尓毛我母奈　家布由伎弖　伊母尓許等杼比　安須可敝里許武

み空行く　雲にもがもな　今日行きて　妹に言問ひ　明日歸り來む

みそらゆく　くもにもがもな　けふゆきて　いもにことどひ　あすかへりこむ

3511 安乎祢呂尓　多奈婢久君母能　伊佐欲比尓　物能乎曽於毛布　等思乃許能己呂

青嶺ろ[1]に　たなびく雲の　いさよひに　物をそ思ふ　年のこのころ

あをねろに　たなびくくもの　いさよひに　ものをそおもふ　としのこのころ

1 **青嶺ろ**: '吾を寢ろ'의 뜻을 중첩하였다. 'ろ'는 접미어이다.

3510 하늘을 가는/ 구름이 되고 싶네/ 오늘 가서요/ 아내에게 말하고/ 내일 돌아올 텐데

해설

하늘에 떠가는 구름이 되고 싶네. 그렇다면 오늘 가서 아내에게 말을 하고 내일 바로 돌아올 수 있을 텐데라는 내용이다.

권제4의 534번가((전략) み空行く 雲にもがも 高飛ぶ 鳥にもがも 明日行きて 妹に言問ひ (후략)), 권제12의 2676번가(ひさかたの 天飛ぶ雲に ありてしか 君を相見む おつる日無しに)에도 비슷한 표현이 보인다.

私注에서는, '여행하면서 지은 작품은 아니다. 상투적인 민요이다'고 하였다[『萬葉集私注』 7, p.361]. 水島義治는, '멀리 여행을 떠난 남자의 작품일 것이다'고 하였다[『萬葉集全注』 14, p.313].

3511 푸른 산에요/ 끼어 있는 구름이/ 떠 있듯이요/ 불안하게 생각네/ 이 해의 이 무렵에

해설

푸른 산에 끼어 있는 구름이 떠 있듯이, 나에게 마음을 기울이면서도 그 아이가 주저하고 있으므로 불안하게 생각을 하는 것이네. 이 해의 이 무렵에라는 내용이다.

이렇게 보면, 자신의 구혼에 망설이고 있는 여성으로 인해 불안해하는 남성의 작품이 된다.

大系에서는, '나는 혼자서 주저하고 있으며'로 해석하여 주저하는 사람을 작자로 보았다[『萬葉集』 3, p.444]. 私注 · 注釋 · 全注에서도, '이것저것 울적하게 생각하고 있다'로 해석하여 작자로 보았다[(『萬葉集私注』 7, p.361), (『萬葉集注釋』 14, p.212), (『萬葉集 全注』 14, p.314)]. 이렇게 해석하면 남성의 구혼에 대해 결정을 내리지 못하고 있는 여성의 작품이 된다.

'年のこのころ'를 全集에서는, '이 몇 년이라고 하는 것은'이라고 해석하였다[『萬葉集』 3, p.489]. 대부분의 주석서들은 '요즈음'으로 해석하였다. '요즈음'이라고 하는 것이 좋을 듯하다.

3512 比登祢呂尓　伊波流毛能可良　安乎祢呂尓　伊佐欲布久母能　余曽里都麻波母

一嶺ろに[1]　言はるものから　青嶺ろに　いさよふ雲の　寄そり[2]妻はも

ひとねろに　いはるものから　あをねろに　いさよふくもの　よそりつまはも

3513 由布佐礼婆　美夜麻乎左良奴　尓努具母能　安是可多要牟等　伊比之兒呂婆母

夕されば　み山を去らぬ　布[3]雲の　何か[4]絶えむと　言ひし兒ろばも

ゆふされば　みやまをさらぬ　にのぐもの　あぜかたえむと　いひしころばも

3514 多可伎祢尓　久毛能都久能須　和礼左倍尓　伎美尓都吉奈那　多可祢等毛比弖

高き嶺に　雲の着くのす[5]　われさへに[6]　君に着きなな[7]　高嶺と思ひて

たかきねに　くものつくのす　われさへに　きみにつきなな　たかねともひて

1 **一嶺ろに**: '他人寢ろ', '青嶺ろ'는 '吾を寢ろ'의 뜻을 중첩하였다.
2 **寄そり**: '寄す'의 파생어. 'なす---なそる'와 같다.
3 **布**: 'にの'는 'ぬの'의 사투리이다.
4 **何か**: 'などか'와 같다.
5 **雲の着くのす**: 'のす'는 'なす'의 사투리이다. '~처럼'이라는 뜻이다.
6 **われさへに**: 구름만이 아니라는 뜻이다.
7 **着きなな**: 앞의 'な'는 완료를, 뒤의 'な'는 願望을 나타내는 종조사이다.

3512 남과 잤다고/ 소문이 나지만요/ 푸른 산에요/ 떠 있는 구름인 양/ 맞고 싶은 아내여

해설

다른 사람과 잠을 잤다고 세간에서는 소문이 나고 있지만, 나에게도 구름처럼 떠 있는 여자, 나의 아내로 맞고 싶다고 원하는 여자여라는 내용이다.

中西 進은 이처럼 해석하여, 다른 남자와 잤지만 그 여자와 결혼하고 싶다고 하는 남성의 노래로 보았다. 大系에서는, '하나의 산(일심동체)이라고 말했는데, 지금에야 푸른 산에 떠 있는 구름처럼 망설이고 있는, 관계가 있다고 소문이 난 남편은 마아'로 해석하여 여성의 노래로 보았다[『萬葉集』 3, p.444]. 私注에서는, '하나의 산처럼 부부처럼 말해지면서 실제로는 푸른 산에 걸려 있는 구름처럼 사람들로부터 관계가 있다고 소문만 났을 뿐인 아내는 마아'로 해석하였다[『萬葉集私注』 7, p.362]. 注釋 · 全集 · 全注에서도 私注처럼 해석하였다[(『萬葉集注釋』 14, p.213), (『萬葉集』 3, p.490), (『萬葉集全注』 14, p.315)]. 이 해설서들은 大系와 거의 같은 뜻으로 해석하였지만 남성의 노래로 보았다. 中西 進도 '一嶺ろに'로 훈독을 하였는데 '他人寢ろ'로 해석한 것은 의문이다. 하나의 산, 즉 부부로 해석하는 것이 좋을 듯하다. 그리고 이 작품을 대부분 남성의 작품으로 보았지만 大系에서는 여성의 작품으로 보았는데 제5구에서 '寄そり妻はも'라고 하였으므로 남성의 작품으로 보아야 할 것이다.

3513 저녁이 되면/ 산을 떠나지 않는/ 천 구름처럼/ 어찌 끊어질 건가/ 말했던 그 아이여

해설

저녁이 되면 정해 놓고 산에 걸려서 떠나지 않는 천과 같은 구름처럼, 어찌 두 사람 사이가 끊어질 것인가 하고 말했던 그 아이여라는 내용이다.

지금은 마음이 변해 버린 여성이 전에 했던 말을 회상하는 남성의 노래로 볼 수 있다.

3514 높은 산에는/ 구름 끼어 있듯이/ 나까지도요/ 그대와 자고 싶네/ 높은 산이라 보고

해설

높은 산에는 구름이 끼어 있네요. 구름뿐만이 아니라 나까지도 그대에게 가까이 하여 잠을 자야겠네요. 그대를 높은 산이라고 생각을 하고서라는 내용이다.

남성을 높은 산처럼 듬직하게 의지하고 함께 잠을 자야겠다고 하는 여성의 노래이다.

3515 阿我於毛乃　和須礼牟之太波　久尓波布利　祢尓多都久毛乎　見都追之努波西

吾が面の　忘れむ時は　國はふり[1]　嶺に立つ雲を　見つつ[2]思はせ

あがおもの　わすれむしだは　くにはふり　ねにたつくもを　みつつしのはせ

3516 對馬能祢波　之多具毛安良南敷　可牟能祢尓　多奈婢久君毛乎　見都追思努波毛

對馬の嶺は　下雲あらなふ[3]　神の嶺に[4]　たなびく雲を　見つつ思はも

つしまのねは　したぐもあらなふ　かむのねに　たなびくくもを　みつつしのはも

3517 思良久毛能　多要尓之伊毛乎　阿是西呂等　許己呂尓能里弖　許己婆可那之家

白雲の[5]　絶えにし妹を　何せろと　心に乗りて[6]　許多[7]かなしけ

しらくもの　たえにしいもを　あぜせろと　こころにのりて　ここばかなしけ

---

1 **國はふり**: 'はふり'는 넘친다는 뜻이다.
2 **見つつ**: 'つつ'는 계속을 나타낸다.
3 **下雲あらなふ**: '下雲'은 지표 가까이의 구름이다. '國はふり 嶺に立つ雲'과 반대이다. 'なふ'는 부정을 나타낸다.
4 **神の嶺に**: 筑紫를 멀리서 바라보며 雷山을 본다고 하는 설이 있다. 신령을 담은 구름이다. 3515번가와 한 쌍을 이룬다.
5 **白雲の**: '絶え'에 연결되어 뒤의 안정되지 않는 마음을 형상화한 것이다.
6 **心に乗りて**: 마음에 달라붙어서.
7 **許多**: 'ここだ'와 같다.

3515 나의 얼굴을/ 잊어 버릴 듯할 땐/ 나라 가득히/ 산에 이는 구름을/ 보면서 생각해요

해설

나의 얼굴을 잊어 버리게 될 것 같은 때에는 온 나라에 가득 일어나, 산에 이는 구름을 계속 보면서 나를 생각해 주세요라는 내용이다.

산에 온통 이는 구름을 보고 자신인 것처럼 생각해 달라고 하는 노래이다. 남성의 노래로도 여성의 노래로도 생각할 수 있다.

3520번가와 유사하다.

中西 進은, '고대에 구름과 안개는 息(いき)과 동일시되었으며 영혼과 동격으로 취급되었다'고 하였다.

3516 츠시마(對馬)의 산은/ 낮은 구름이 없네요/ 신의 산에요/ 걸리어 있는 구름/ 보면서 생각하자

해설

츠시마(對馬)의 낮은 산에는 낮은 구름이 없네. 신의 산에 걸리어 있는 구름을 보면서 그대를 그리워하자라는 내용이다.

'可牟能祢尔'를 注釋에서는 中西 進과 마찬가지로 '神の嶺に'로 해석하였다[『萬葉集注釋』 14, p.216]. 全集에서는 지명으로 보았다[『萬葉集』 3, p.536]. 그러나 大系 · 私注 · 全注에서는 '위쪽의 산'으로 해석을 하였다[(『萬葉集』 3, p.445), (『萬葉集私注』 7, p.364), (『萬葉集全注』 14, p.321)].

全集에서는, '작자는 防人이 되어 對馬에 파견된 사람일 것이다. 對馬의 國府에 가까운 有明山 등에 올라가서 筑紫 쪽의 산을 멀리 바라보고 그 구름을 보면서 가족을 생각하고 있다'고 하였다[『萬葉集』 3, p.491].

3517 (시라쿠모노)/ 단절된 아내인데/ 어쩌란 건가/ 마음을 점령해서/ 매우 애가 타네요

해설

흩어져서 흐르는 흰 구름처럼 관계가 끊어진 아내인데. 도대체 어떻게 하라고 하는 것일까. 아내가 나의 마음을 점령해서 계속 생각이 나므로 매우 애가 타네라는 내용이다.

中西 進은 이 노래를, 뛰어난 작품으로 보았다.

3518 伊波能倍尓　伊可賀流久毛能　可努麻豆久　比等曽於多波布　伊射祢之賣刀良

岩の上に　い懸る[1]雲の　かのまづく[2]　人そおたはふ　いざ寢しめとら

いはのへに　いかかるくもの　かのまづく　ひとそおたはふ　いざねしめとら

3519 奈我波伴尓　己良例安波由久　安乎久毛能　伊弖來和伎母兒　安必見而由可武

汝が母に　嘖られ[3]吾は行く　青雲の　いで來吾妹子　あひ見て行かむ

ながははに　こられあはゆく　あをくもの　いでこわぎもこ　あひみてゆかむ

3520 於毛可多能　和須礼牟之太波　於抱野呂尓　多奈婢久君母乎　見都追思努波牟

面形の[4]　忘れむ時は　大野ろに[5]　たなびく雲を　見つつ思はむ

おもかたの　わすれむしだは　おほのろに　たなびくくもを　みつつしのはむ

1 **い懸る**: 'い'는 접두어이다.
2 **かのまづく**: 이하 3409번가와 같다.
3 **嘖られ**: 'れ'는 수동. 'え'와 마찬가지로 사용된다.
4 **面形の**: 얼굴 모습이다.
5 **大野ろに**: 野는 경사진 곳이다.

3518 바위의 위에/ 걸려 있는 구름이/ 엉기듯이요/ 사람들 시끄럽네/ 자아 자게 하라고

해설

바위 위에 걸리어 있는 구름이 엉기듯이 사람들 말이 시끄럽네. 자아 잠을 자게 하라고라는 내용이다.

사람들이 두 사람의 사이를 소문을 내어 떠들면서 두 사람이 자라고 한다는 내용이다.

大系에서는 해석하지 않았다. 注釋에서는 '사람들이 시끄럽게 소문을 내니 함께 자지 않겠나요'로 해석하였다[『萬葉集注釋』 14, p.218]. 水島義治도 그렇게 해석하였다[『萬葉集全注』 14, p.326]. 私注는 이 작품을 난해한 노래로 보았지만 비슷하게 해석하였다[『萬葉集私注』 7, p.365]. 남성의 노래로도 여성의 노래로도 볼 수 있다.

3409번가(伊香保ろに 天雲い繼ぎ かのまづく 人とおたはふ いざ寢しめとら)와 유사하다.

3519 그대 모친께/ 꾸중 듣고 난 가요/ (아오쿠모노)/ 나와요 나의 소녀/ 만나 보고 가려네

해설

그대의 어머니로부터 꾸중을 듣고 나는 돌아갑니다. 자유롭게 하늘에 떠다니는 푸른 구름처럼 나오세요. 나의 사랑하는 소녀여. 만나서 그대 얼굴이라도 보고 가려고요라는 내용이다.

여성의 어머니에게 꾸중을 듣고 돌아가는 남성이, 여성의 얼굴이라도 보고 돌아가고 싶으니 나와 달라고 하는 노래이다.

3520 얼굴 모습을/ 잊어 버릴 듯할 땐/ 이 들판 끝에/ 끼어 있는 구름을/ 보면서 생각하자

해설

그대의 얼굴을 잊어 버리게 될 것 같은 때에는 이 들판 끝에 끼어 있는 구름을 보면서 생각하지요라는 내용이다.

水島義治는 여성의 노래로 보았다[『萬葉集全注』 14, p.330]. 여성의 작품으로도 남성의 작품으로도 볼 수 있다.

3515번가(吾が面の 忘れむ時は 國はふり 嶺に立つ雲を 見つつ思はせ)와 유사하다.

3521 可良須等布　於保乎曽杼里能　麻左倶尓毛　伎麻左奴伎美乎　許呂久等曽奈久

烏とふ　大をそ[1]鳥の　眞實にも　來まさぬ君を　兒こ來とそ[2]鳴く

からすとふ　おほをそどりの　まさでにも　きまさぬきみを　ころくとそなく

3522 伎曽許曽波　兒呂等左宿之香　久毛能宇倍由　奈伎由久多豆乃　麻登保久於毛保由

昨夜こそは　兒ろとさ寢しか　雲の上ゆ[3]　鳴き行く鶴の　ま遠く[4]思ほゆ

きそこそは　ころとさねしか　くものうへゆ　なきゆくたづの　まとほくおもほゆ

3523 佐可故要弖　阿倍乃田能毛尓　爲流多豆乃　等毛思吉伎美波　安須左倍母我毛

坂[5]越えて　安倍の田の面に　居る鶴の　ともしき君は　明日さへもがも

さかこえて　あべのたのもに　ゐるたづの　ともしききみは　あすさへもがも

---

1 **大をそ**: 경솔하다는 것이다.

2 **兒こ來とそ**: 까마귀의 울음소리 '코로쿠'로 장난한 것이다. 君을 兒라고 한 것도 戱笑인가.

3 **雲の上ゆ**: 'ゆ'는 경과를 나타낸다.

4 **ま遠く**: 사이가 멀다.

5 **坂**: 일반적으로 말하는 단순한 언덕이다.

3521 까마귀라는/ 매우 경솔한 새가/ 정말이지요/ 오지 않는 그대를/ 온다 하고 우네요

해설

까마귀라는 매우 경솔한 새가, 정말로 오지 않는 그대인데도 '兒こ來(코로쿠: 아이가 온다)'고 우네요라는 내용이다.

까마귀의 우는 소리인 '兒こ來(코로쿠)'가, '아이가 온다'는 뜻처럼 들리는 것을 이용한 노래이다. 오지 않는 상대방인데 경솔한 까마귀는 온다고 하며 운다고 하고, 또 상대방을 '兒'라고 하여 장난스럽게 표현하였다.

3522 지난밤에요/ 그 아이와 잤는데/ 구름의 위에서/ 울며 가는 학처럼/ 먼 것처럼 생각되네

해설

바로 지난밤에 그 아이와 함께 잠을 잤는데. 구름 위에서 울며 날아가는 학처럼 매우 시간이 많이 지난 것처럼 느껴지네라는 내용이다.

바로 지난밤에 함께 잠을 잤는데도 오래 된 것처럼 느껴지므로 빨리 또 보고 싶다는 뜻일 것이다.

3523 언덕 넘어서/ 아베(安倍)의 밭 표면에/ 있는 학처럼/ 그리운 그대는요/ 내일도 또 오세요

해설

언덕을 넘어서 와서 아베(安倍)의 밭에 내려 있는 학처럼 그리운 그대는 내일도 또 오세요라는 내용이다.

찾아온 남성에게 내일도 또 오라고 하는 여성의 노래이다.

3524 麻乎其母能　布能末知可久弖　安波奈敵波　於吉都麻可母能　奈氣伎曾安我須流

まを薦の[1]　節の間近くて　逢はなへば　沖つ眞鴨の[2]　嘆きそ吾がする

まをごもの　ふのまちかくて　あはなへば　おきつまかもの　なげきそあがする

3525 水久君野尓　可母能波抱能須　兒呂我宇倍尓　許等乎呂波敵而　伊麻太宿奈布母

水くく野に[3]　鴨の匍ほのす　兒ろが上に　言緒ろ[4]延へて[5]　いまだ寝なふも

みくくのに　かものはほのす　ころがうへに　ことをろはへて　いまだねなふも

3526 奴麻布多都　可欲波等里我栖　安我己許呂　布多由久奈母等　奈与母波里曽祢

沼二つ　通は[6]鳥が巣　吾が心　二行くなもと[7]　なよ思はりそね[8]

ぬまふたつ　かよはとりがす　あがこころ　ふたゆくなもと　なよもはりそね

1 **まを薦の**: 'まを'는 美稱이다. 마디 사이가 짧은 것을 비유한 것이다.
2 **沖つ眞鴨の**: '沖'은 앞의 '近'과 반대이다. 오리는 물속에 들어가 오래 숨을 쉰다.
3 **水くく野に**: 물이 흘러가는 들인가.
4 **言緒ろ**: '緒(を)'는 긴 것을 말한다.
5 **延へて**: 길게 늘인다는 뜻이다.
6 **通は**: '通ふ(다닌다)'.
7 **二行くなもと**: 마음이 둘로 움직인다. 'なも'는 'なむ'이다.
8 **なよ思はりそね**: 'な…そね'는 금지를 나타낸다. 'よ'는 영탄을 나타낸다. 'はり'는 'へり'의 사투리이다.

3524 줄의 줄기의/ 마디 짧은 듯해도/ 못 만나므로/ 먼 쪽의 오리처럼/ 한숨을 나는 쉬네요

해설

줄의 줄기의 마디 사이가 짧은 것처럼 그대와 사이가 가까운데도 만나지 못하므로, 먼 곳인 물 한가운데에 있는 오리처럼 긴 한숨을 쉬네요라는 내용이다.

가까이 있으면서도 연인을 만나지 못하는 안타까움을 노래한 것이다.

'沖つ眞鴨の'를 全集에서는, '장시간 물에 들어갔다가 나와서 길게 숨을 쉬므로 '嘆き'를 수식했다'고 하였다[『萬葉集』 3, p.493].

3525 물 담은 들에/ 오리 엎드리듯이/ 그 소녀에게요/ 말을 계속 걸면서/ 아직 자지 못하네

해설

물을 담은 들판에 반은 걷고 반은 헤엄치는 것 같은 오리의 엎드림처럼 그 소녀에게 여러가지 말을 계속 걸면서도 아직 함께 자지는 못하네라는 내용이다.

서로 교제한 지 오랜 시간이 지났는데도 함께 잠을 자지 못하자 초조해진 마음을 남성이 노래하였다.

'水くく野'를 大系 · 私注 · 注釋 · 全集 · 全注에서는 지명으로 보았다.

3526 늪 두 개를요/ 다니는 새의 둥지/ 나의 마음이/ 둘로 움직인다고/ 결코 생각 마세요

해설

두 개의 늪의 둥지를 다니는 새처럼 나의 마음이 둘로 움직인다고는 결코 생각하지 말아 주세요라는 내용이다.

다른 여자에게는 결코 마음을 두고 있지 않다고 하는 남성의 노래이다.

3527 於吉尓須毛　乎加母乃毛己呂　也左可杼利　伊伎豆久伊毛乎　於伎弖伎努可母

沖に住も　小鴨[1]のもころ[2]　八尺鳥　息づく妹を　置きて來のかも

おきにすも　をかものもころ　やさかどり　いきづくいもを　おきてきのかも

3528 水都等利乃　多々武与曽比尓　伊母能良尓　毛乃伊波受伎尓弖　於毛比可祢都毛

水鳥の　立たむよそひ[3]に　妹のらに[4]　物いはず來にて　思ひかねつも

みづとりの　たたむよそひに　いものらに　ものいはずきにて　おもひかねつも

3529 等夜乃野尓　乎佐藝祢良波里　乎佐乎左毛　祢奈敞古由惠尓　波伴尓許呂波要

等夜の野[5]に　兎狙はり　をさをさも[6]　寝なへ兒ゆゑに　母に嘖はえ[7]

とやののに　をさぎねらはり　をさをさも　ねなへこゆゑに　ははにころはえ

1 **小鴨**: 사는 작은 오리. 물에 들어가 긴 숨을 쉰다. 八尺鳥(8척처럼 긴 숨을 쉬는 새)의 하나이다.
2 **もころ**: '~와 같이'.
3 **よそひ**: 준비하는 것이다.
4 **妹のらに**: 'の', 'ら'는 접미어이다.
5 **等夜の野**: 鳥屋(矢)의 들일 것이다. 下總에도 있다. 鳥屋의 들에서 토끼를 겨냥한다는 자조.
6 **をさをさも**: '兎'의 소리를 반복하였다. 제대로.
7 **母に嘖はえ**: 앞의 구로 돌아간다.

3527 물에서 사는/ 오리와 같게도요/ 긴 숨 쉬는 새/ 탄식하는 아내를/ 두고 온 것이네요

해설

물에서 사는 오리처럼 긴 숨을 쉬는 새. 그런 새처럼 길게 탄식을 하는 아내를 뒤에 남겨두고 나는 온 것이네라는 내용이다.

고향에 아내를 두고 떠난 防人의 노래이다.

3528 물새와 같이/ 바쁜 준비 때문에/ 아내에게요/ 작별의 말 못하고 와/ 마음이 괴롭네요

해설

물새가 부산하게 날아오르는 것처럼 그렇게 떠날 준비를 하느라고 바빠서 집에 있는 아내에게 제대로 작별의 말도 하지 못하고 왔으므로 아내가 못 견디게 그립다는 내용이다.

3481번가(あり衣の さゑさゑしづみ 家の妹に 物言はず來にて 思ひ苦しも), 권제20의 4337번가(水鳥の 発ちの急ぎに 父母に 物言ず来にて 今ぞ悔しき)와 유사하다.

3529 토야(等夜) 들에서/ 토끼를 노렸었네/ 정말 제대로/ 잠도 안 잔 애 땜에/ 모친께 꾸중 듣고

해설

토야(等夜) 들에서 토끼를 노렸네. 정말 제대로 잠을 자지 않은 아이인데도 그 아이 때문에 그녀의 어머니에게 꾸중을 듣고라는 내용이다.

'をさ' 소리를 반복하였다.

3530 左乎思鹿能　布須也久草無良　見要受等母　兒呂我可奈門欲　由可久之要思母

さを鹿[1]の　伏すや[2]草群　見えずとも　兒ろが金門よ[3]　行かく[4]し良しも

さをしかの　ふすやくさむら　みえずとも　ころがかなとよ　ゆかくしえしも

3531 伊母乎許曽　安比美尓許思可　麻欲婢吉能　与許夜麻敝呂能　思之奈須於母敝流

妹をこそ　あひ見に來しか　眉引の[5]　横山邊ろの　鹿猪[6]なす思へる[7]

いもをこそ　あひみにこしか　まよびきの　よこやまへろの　ししなすおもへる

3532 波流能野尓　久佐波牟古麻能　久知夜麻受　安乎思努布良武　伊敝乃兒呂波母

春の野に　草食む駒の　口やまず[8]　吾を偲ふらむ　家[9]の兒ろはも

はるののに　くさはむこまの　くちやまず　あをしのふらむ　いへのころはも

1 **さを鹿**: 'さ', 'を'는 접두어이다.
2 **伏すや**: 'や'는 영탄을 나타낸다.
3 **兒ろが金門よ**: 'よ'는 경과를 나타낸다.
4 **行かく**: '行く'의 명사형이다.
5 **眉引の**: 옆으로 길게 계속되는 모습이다.
6 **鹿猪**: 사슴, 멧돼지 등과 같은 짐승이다.
7 **なす思へる**: 영탄 표현이다.
8 **口やまず**: 입을 쉬지 않고.
9 **家**: 주거.

3530 수사슴이요/ 엎드린 풀숲처럼/ 보이잖아도/ 그녀의 집의 문을/ 지나가는 것 좋네

해설

사슴이 풀숲에 숨어 엎드린 것처럼 그 소녀의 모습은 비록 보이지 않아도, 그녀의 집 문앞을 지나가는 것은 좋은 것이네라는 내용이다.

사랑하는 여성의 모습을 비록 보지는 못하지만 그 여성의 집 문앞을 지나가는 것만으로도 좋다는 남성의 노래이다.

'さを鹿'을 大系와 全集에서는 수사슴으로 보았다[(大系『萬葉集』 3, p.447), (全集『萬葉集』 3, p.494)].

3531 바로 그 소녀/ 보고 싶어 왔는데/ (마요비키노)/ 낮은 구릉 근처의/ 짐승처럼 생각하네

해설

그야말로 그 소녀가 보고 싶어서 왔는데, 눈썹을 길게 그은 것처럼 낮은 구릉이 연결되어 있는 근처의 짐승처럼 생각하네라는 내용이다.

소녀를 만나고 싶어서 찾아왔지만 대접을 받지 못하고 소녀나 소녀의 부모가, 밭을 망가뜨리는 짐승을 쫓듯이 쫓아내자 그것을 내용으로 한 남성의 노래이다.

私注에서는, '처녀에게 몰려드는 젊은이들의, 처녀 가족 등으로부터 받는 대우를 해학적으로 노래한 것이다'고 하였다[『萬葉集私注』 7, p.375].

'眉引の'는 '横山'을 상투적으로 수식하는 枕詞이다.

3532 봄 들판에서/ 풀을 먹는 망아지/ 입 쉬지 않듯/ 날 생각하고 있을/ 집의 아내인가요

해설

봄이 된 들판에서 새로 돋은 풀을 먹는 망아지가 입을 쉬지 않듯이 그렇게 쉬지 않고 나를 그리워하고 있을, 집에 두고 온 아내여라는 내용이다.

자신을 쉬지 않고 그리워할 아내는 어떻게 지내고 있는지 궁금해하며 아내를 생각하는 남성의 노래이다.

私注에서는, '다소 먼 곳에 있는 들의 경작을 위하여 나가 있는 남자의 마음에서 성립된 것으로 보인다. 혹은 그러한 때의 노동가로 사용된 것이기도 한가'라고 하였다[『萬葉集私注』 7, p.376]. 농사를 짓기 위해 떠나 있는 것으로도 여행 중인 것으로도 볼 수 있다.

3533 比登乃兒乃　可奈思家之太波　々麻渚杼里　安奈由牟古麻能　乎之家口母奈思

人の兒の[1]　かなしけ時は　濱渚鳥[2]　足惱む駒の[3]　惜しけくもなし

ひとのこの　かなしけしだは　はますどり　あなゆむこまの　をしけくもなし

3534 安可胡麻我　可度弖乎思都々　伊弖可天尓　世之乎見多弖思　伊敝能兒良波母

赤駒が　門出をしつつ　出でかてに[4]　せしを見立てし[5]　家の兒らはも

あかごまが　かどでをしつつ　いでかてに　せしをみたてし　いへのこらはも

1 **人の兒の**: 자신의 것이 아닌 소녀. 남의 아내라는 설도 있다.
2 **濱渚鳥**: 해안의 모래 위를 걷는 새. 발이 불편한 것을 형용한 것이다.
3 **足惱む駒の**: 일반적으로 망아지는 귀중품이다.
4 **出でかてに**: 'かて'는 할 수 있다는 뜻이다. 'に'는 부정을 나타낸다.
5 **見立てし**: 출발시킨다는 뜻이다.

3533 남의 소녀가/ 그립게 생각될 때/ (하마스도리)/ 발 불편한 망아지/ 가엾지도 않네요

해설

남의 소녀가 그리울 때는, 빨리 걷도록 재촉하는 망아지가, 해변의 모래 위를 걷는 새가 발이 불편해 하듯이 걷기 힘들어 하더라도 조금도 가엾지도 않네라는 내용이다.

다른 사람의 여인을 만나기 위해서 타고 가는 망아지가 걷기 힘들어해도, 여인을 빨리 만나고 싶은 마음에 망아지가 조금도 불쌍하게 느껴지지 않는다는 뜻이다.

3534 붉은 털 말이/ 문을 나서면서요/ 가기 힘들어/ 하는 것 배웅하던/ 집의 아내이었네

해설

여행을 떠나려고 하는 내가 탄 붉은 말이 문을 나서는 것을 주저하고 있었던 것이었네. 그것을 계속 바라보며 배웅하고 있던 집의 아내이었네라는 내용이다.

말이 문을 떠나기를 주저한다고 한 것은, 작자가 아내와 헤어지기 싫다는 마음을 표현한 것이다.

私注에서는, '아내를 집에 남겨두고 일하는 사람의 영탄이다. 防人 등을 위한 장기간 여행하는 경우에 한정할 필요는 없다'고 하였다[『萬葉集私注』 7, p.378]. 서민이 말을 타기는 힘들므로 장기간 여행을 떠나는 남성의 노래라 생각된다.

3535 於能我乎遠　於保尓奈於毛比曽　尓波尓多知　惠麻須我可良尓　古麻尓安布毛能乎

己が命を[1]　おほにな思ひそ　庭に立ち　笑ますがからに[2]　駒に逢ふものを[3]

おのがをを　おほになもひそ　にはにたち　ゑますがからに　こまにあふものを

3536 安加胡麻乎　宇知弖左乎妣吉　己許呂妣吉　伊可奈流勢奈可　和我理許武等伊布

赤駒を　打ちてさ緒引き[4]　心引き　いかなる背なか　吾許來むといふ

あかごまを　うちてさをびき　こころびき　いかなるせなか　わがりこむといふ

1 **己が命を**: 생명을 긴 것으로 생각하고 '緒(を)'라고 한다.
2 **笑ますがからに**: 'からに'는 '…때문에'라는 뜻이다. 다음 구와의 관계가 충분히 이해되지 않는다.
3 **駒に逢ふものを**: 나의 말을 만난다. 나는 곧 간다.
4 **打ちてさ緒引き**: '手綱(말고삐)을 끌고'---'마음을 끌고'로 이어진다.

3535 자기 목숨을/ 함부로 생각 마요/ 정원에 서서/ 미소 지으면 바로/ 말을 만날 것인데요

해설

너무 그리워서 죽는다든가 하는 그런 일이 없도록, 자기의 목숨을 함부로 생각하지 마세요. 그대가 정원에 서서 미소를 지으면 나는 곧바로 갑니다. 나의 말을 만날 것인데요라는 내용이다.

中西 進이 주에서 말한 것처럼 이렇게 해석하면 무슨 뜻인지 잘 알 수 없다.

大系에서는, '목숨을 함부로 해도 된다고 생각하지 말아요. 정원에 서서 조금 미소를 짓는 것만으로도 나는 말을 타고 그대를 만나러 올 것인데'로 해석하였다[『萬葉集』 3, p.448]. 작자인 남성이 노래한 것으로 보았다. 全集에서는, '목숨을 함부로 해도 된다고 생각하지 말아요. 정원에 서서 조금 미소를 짓는 것만으로도 말을 만날 수 있을 것인데'로 해석하고, 연인이 오지 않으므로 힘들어 하는 여인에게 주위 사람들이 위로하며 말한 내용이라고 하였다[『萬葉集』 3, p.495]. 주위 사람이 노래한 것으로 보았다. 注釋과 水島義治도 全集과 마찬가지로 해석하였다[(『萬葉集注釋』 14, p.230), (『萬葉集全注』 14, pp.353~354)]. 私注에서는, '자신의 남자를 함부로 생각하지 말아요. 정원에 서서 미소 지으므로 말을 타고 와서 만나기도 하는 것을'으로 해석하였다[『萬葉集私注』 7, p.378]. 즉 남자가 여인에게, 정원에 서서 미소를 짓는 모습이 사랑스러워서 말을 타고 와서 만나는 것이니, 그런 자신을 함부로 취급하지 말라는 뜻으로 해석하였다. 이 작품은 여성이 정원에서 미소를 지으면 작자인 남성이 바로 말을 타고 달려가서 만날 것이니 그리움 때문에 목숨을 함부로 하지 말라는 뜻으로 볼 수 있다.

3536 붉은 말을요/ 때리고 고삐 잡아/ 마음을 끌고/ 어떠한 남자인가/ 내 곁에 온다고 하나

해설

붉은 말을 채찍으로 때리고 고삐를 잡고, 내 마음을 들뜨게 하고 어떤 멋진 남자가 내 곁에 찾아온다고 하는 것일까요라는 내용이다.

中西 進은 처녀의 입장에서의 집단적인 노래. 표현에 꿈이 있다고 하였다. 백마 타고 오는 남성을 기다리는 처녀의 마음으로 해석하였다.

그러나 全集에서는, '자신을 위안거리로 삼고는 마지막에 버린 남자가 다시 만나고 싶다고 하자, 여자가 부른 노래인가'라고 하였다[『萬葉集』 3, p.495].

3537 久敝胡之尓　武藝波武古宇馬能　波都々々尓　安比見之兒良之　安夜尓可奈思母

柵[1]越しに　麦食む小馬の　はつはつに[2]　相見し[3]子らし　あやに愛しも

くへごしに　むぎはむこうまの　はつはつに　あひみしこらし　あやにかなしも

或本歌曰, 宇麻勢胡之　牟伎波武古麻能　波都々々尓　仁必波太布礼思　古呂之可奈思母

或る本の歌に曰はく, 馬柵越し　麦食む駒の　はつはつに　新肌[4]觸れし　兒ろし愛しも

あるほんのうたにいはく, うませごし　むぎはむこまの　はつはつに にひはだふれし　ころしかなしも

3538 比呂波之乎　宇馬古思我祢弖　己許呂能未　伊母我理夜里弖　和波己許尓思天

廣橋を[5]　馬越しがねて　心のみ　妹許遣りて　吾は此處にして[6]

ひろはしを　うまこしがねて　こころのみ　いもがりやりて　わはここにして

---

1 **柵**: 어떤 책의 노래에 의하면 이것도 작은 마구간인가.
2 **はつはつに**: 조금. 잠시.
3 **相見し**: 언약을 하는 것이다.
4 **新肌**: 처음으로 남자에게 닿은 피부이다.
5 **廣橋を**: 넓은 강의 다리이다. 말이 건너가기를 주저하는, 배를 연결하여 만든 다리일 것이다. 넓은 강에는 배를 연결한 다리가 만들기 쉽다.
6 **吾は此處にして**: 애타는 마음으로 있다.

3537 울짱 너머로/ 보리 먹는 망아진 양/ 아주 잠시만/ 만났던 소녀가요/ 이상하게 그립네

해설

울짱 너머로 보리를 먹는 망아지처럼 드디어 아주 잠시 만났던 소녀가 이상하게도 그립네라는 내용이다.

망아지가 울짱너머로 보리를 먹지만 마음껏 먹지 못하고 조금만 먹듯이 그렇게 아주 조금만 보았을 뿐인 소녀가 매우 그립다는 뜻이다.

'麦食む小馬の'를 全集에서는, '방해물이 있어서 생각한 만큼 충족하지 못한 것을 비유'한 것으로 보았다[『萬葉集』 3, p.495].

어떤 책의 노래에 말하기를, 울짱 너머로/ 보리 먹는 망아지/ 아주 잠시만/ 처음 피부를 접한/ 소녀가 그립네요

해설

어떤 책의 노래에는 말하기를, 망아지가 울짱 너머로 보리를 먹지만 마음껏 먹지 못하고 조금만 먹듯이 그렇게 조금만, 처음으로 피부를 접한 소녀가 그립네요라고 하였다.

3538 넓은 다리를/ 말 건너기 힘들어/ 마음만을요/ 아내 곁에 보내고/ 나는 여기에 있네

해설

넓은 강의, 배를 연결하여 만든 다리를 말이 건너기 힘들어 하므로 마음만 아내 곁으로 보내고 나는 여기에 있네라는 내용이다.

자신의 의도와 달리 말 때문에 아내의 곁으로 가지 못하는 안타까운 마음을 노래한 것이다.

或本歌發句曰，乎波夜之尓　古麻乎波左佐氣

或る本の歌の發句[1]に曰はく，小林に　駒を馳ささげ[2]

あるほんのうたのはつくにいはく，をはやしに こまをはささげ

3539 安受乃宇敝尓　古馬乎都奈伎弖　安夜抱可等　比等豆麻古呂乎　伊吉尓和我須流

崩岸[3]の上に　駒をつなぎて[4]　危ほかと　人妻兒ろを　息にわがする[5]

あずのうへに　こまをつなぎて　あやほかと　ひとづまころを　いきにわがする

3540 左和多里能　手兒尓伊由伎安比　安可故麻我　安我伎乎波夜美　許等登波受伎奴

左和多里[6]の　手兒[7]にい行き[8]逢ひ　赤駒が　足騷を速み　言問はず來ぬ

さわたりの　てごにいゆきあひ　あかごまが　あがきをはやみ　こととはずきぬ

1 **發句**: 첫 구이다.
2 **馳ささげ**: '馳せさせ'의 사투리인가.
3 **崩岸**: 무너진 절벽이다.
4 **駒をつなぎて**: 위험한 것을 비유한 것이다.
5 **息にわがする**: 목숨의 끈으로 한다.
6 **左和多里**: 어디인지 알 수 없다.
7 **手兒**: 손으로 작업을 하는 여성이다. 여성 집단 중에서 화제가 된 한 사람이다.
8 **い行き**: 'い'는 접두어이다.

어떤 책의 노래의 첫 구에 말하기를, 숲속에서요/ 말을 달리게 하며

해설

어떤 책의 노래의 첫 구에 말하기를, 숲속에서 말을 달리게 하며라고 하였다.

'馳ささげ'를 水島義治는 中西 進과 마찬가지로 '말을 달리게 하며'로 해석하였다[『萬葉集全注』 14, p.359]. 注釋에서도 '숲속으로 말을 달려 넣어서'로 해석하였다[『萬葉集注釋』 14, p.234]. 私注에서는, '숲속에서 막혀 말의 진퇴를 잃어버리고'로 해석하였다[『萬葉集私注』 7, p.382]. 全集에서는, '상처가 나게 하며'로 해석하였다[『萬葉集』 3, p.496].

3539 낭떠러지 위에/ 말을 매어 놓아서/ 위험하지만/ 남의 아내인 그녀/ 내 목숨으로 하네

해설

무너진 절벽 위에 말을 매어 놓아서 위험하지만, 남의 아내인 그녀를 내 목숨으로 하네라는 내용이다.

무너진 절벽 위에 말을 매어 놓은 것처럼 위험하지만 남의 아내를 목숨을 걸고 사랑한다는 뜻이다.

3540 사와타리(左和多里)의/ 테고(手兒)를 만났지만요/ 붉은 털의 말/ 발이 빨랐으므로/ 말도 못 걸고 왔네

해설

사와타리(左和多里)의 테고(手兒)를 길에서 만났지만 타고 있는 붉은 말이 걷는 속도가 빨랐으므로 말도 걸지 못하고 왔네라는 내용이다.

私注에서는, '미녀 예찬가의 하나일 것이다'고 하였다[『萬葉集私注』 7, p.383]. 水島義治는 이 작품을 남성 집단의 戱笑歌로 보았다[『萬葉集全注』 14, p.362].

3541 安受倍可良　古麻能由胡能須　安也波刀文　比登豆麻古呂乎　麻由可西良布母

崩岸邊[1]から　駒の行ごのす　危はとも[2]　人妻兒ろを　目ゆかせらふも[3]

あずへから　こまのゆごのす　あやはとも　ひとづまころを　まゆかせらふも

3542 佐射礼伊思尓　古馬乎波佐世弖　己許呂伊多美　安我毛布伊毛我　伊敝乃安多里可聞

細石[4]に　駒を馳させて　心痛み[5]　吾が思ふ妹が　家の邊かも

さざれいしに　こまをはさせて　こころいたみ　あがもふいもが　いへのあたりかも

3543 武路我夜乃　都留能都追美乃　那利奴賀尓　古呂波伊敝杼母　伊末太年那久尓

室草の[6]　都留の堤の　成りぬがに[7]　兒ろは言へども　いまだ寢なくに

むろがやの　つるのつつみの　なりぬがに　ころはいへども　いまだねなくに

---

1 **崩岸邊**: 무너진 벼랑이다.
2 **危はとも**: '危ふくとも(위험해도)'
3 **目ゆかせらふも**: 난해구이다. 눈이 어지럽다는 뜻인가.
4 **細石**: 그래서 말이 걷기 힘들다.
5 **心痛み**: '思ふ'로 이어진다.
6 **室草の**: 새로 짓는 집을 이을 풀을 베는 都留(지명)의 둑이라는 뜻인가.
7 **成りぬがに**: 이루어지는 듯이. 사랑이 이루어지는 것은 자는 것이다.

3541 무너진 절벽/ 말이 가는 것처럼/ 위험하지만/ 남의 아내인 그녀/ 눈부시다 생각네

해설

무너진 절벽 근처를 말이 가는 것처럼 위험하다고 해도, 남의 아내인 그녀를 눈이 부시다고 생각하네라는 내용이다.

'目ゆかせらふも'를 大系에서는 '단지 보고만 있을 수 있겠는가'라는 뜻으로 해석하였다『萬葉集』 3, p.449]. 私注에서는, '유혹한다'로 해석하였다『萬葉集私注』 7, p.384]. 全集에서는 '몰래 만난다는 뜻일까'라고 하였다『萬葉集』 3, p.497].

3542 자잘한 돌 위를/ 말을 달리게 하듯/ 마음을 아프게/ 내가 생각는 아내/ 집의 근처인 것이네

해설

강의 작은 돌 위를 말을 달리게 하는 것처럼 그렇게 마음이 아프게 내가 생각하는 아내의 집 근처이네라는 내용이다.

3543 므로가야(室草)의/ 츠루(都留)의 제방이요/ 완성되듯이/ 그녀는 말하지만/ 아직 자지 못한 걸

해설

므로가야(室草)의 츠루(都留)의 제방이 완성되는 것처럼, 그녀는 사랑이 이루어질 것처럼 말하면서 아직 함께 잠을 자는 것을 허락하려고도 하지 않는 것을이라는 내용이다.

'室草の'를 私注에서는 지명으로 보았다『萬葉集私注』 7, p.385]. 水島義治는 都留를 상투적으로 수식하는 枕詞로 보았다『萬葉集全注』 14, p.366].

3544 阿須可河伯　之多尓其礼留乎　之良受思天　勢奈那登布多里　左宿而久也思母

明日香川　下濁れるを　知らずして[1]　背なな[2]と二人　さ寢て悔しも

あすかがは　したにごれるを　しらずして　せななとふたり　さねてくやしも

3545 安須可河伯　世久登之里世波　安麻多欲母　爲祢弖己麻思乎　世久得四里世婆

明日香川　塞くと知りせば[3]　あまた[4]夜も　率寢[5]て來ましを　塞くと知りせば

あすかがは　せくとしりせば　あまたよも　ゐねてこましを　せくとしりせば

3546 安乎楊木能　波良路可波刀尓　奈乎麻都等　西美度波久末受　多知度奈良須母

青柳の　張らろ[6]川門に[7]　汝を待つと　清水は汲まず　立處ならす[8]も

あをやぎの　はらろかはとに　なをまつと　せみどはくまず　たちどならすも

1 **知らずして**: 겉치레의 번드레한 말을 믿고.
2 **背なな**: 'なな'는 접미어이다.
3 **塞くと知りせば**: 'せば…まし'는 현실에 반대되는 가정이다.
4 **あまた**: 많다는 뜻이다.
5 **率寢**: 함께 잠을 자는 것이다.
6 **張らろ**: '張れる'의 사투리이다.
7 **川門に**: 좁은 곳을 'と'라고 한다. 선착장도, 물건을 씻는 곳도, 물을 긷는 곳도 이곳이다. 물을 긷는 것은 여성의 일이다.
8 **立處ならす**: 익숙해진다.

3544 아스카(明日香) 강의/ 밑이 더러운 것을/ 알지 못하고/ 그대와 둘이서요/ 자고는 후회하네

해설

아스카(明日香) 강의 강 밑바닥 쪽이 더러운 것을 알지 못하고 그대와 둘이서 잠을 자고는 후회하는 것이네라는 내용이다.

상대방의 본심을 알지 못하고 함께 잠을 잔 것을 후회한다는 여성의 노래이다.

3545 아스카(明日香) 강을/ 막는 것 알았다면/ 수많은 밤을/ 함께 잠을 잘 것을/ 막는 것 알았다면

해설

아스카(明日香) 강을 막는 것처럼, 두 사람 사이를 부모가 방해할 것을 알고 있었더라면 몇 날 밤이나 몇 날 밤이나 함께 잠을 잘 것을. 막는 것을 알았더라면이라는 내용이다.

부모의 반대에 부딪히자, 함께 잠을 많이 자지 못한 것을 후회하는 노래이다.

제2구과 제5구의 반복 형태는 민요에 많이 보인다.

3546 푸른 버들이/ 움트는 강어귀에/ 님 기다리다/ 물은 긷지를 않고/ 서서 있는 것이네

해설

푸른 버들의 싹이 움트는 강의 물 긷는 곳에서, 그대를 기다리느라고 물은 긷지를 않고 서서 있는 것이네. 항상이라는 내용이다.

'立處ならすも'를 大系·私注·注釋에서는, '선 곳을 평평하게 한다는 뜻으로 해석하였다. '多知度奈良須母'를 全集과 水島義治는 '立ち處平すも'로 읽고, '걷다가 섰다가 하는 동안에 땅이 평평해진 것을 말한다'고 하였다[(『萬葉集』 3, p.498), (『萬葉集全注』 14, p.241)].

3547 阿遅乃須牟　須沙能伊利江乃　許母理沼乃　安奈伊伎豆加思　美受比佐尓指天

味鴨の住む　須沙の入江の[1]　隱沼[2]の　あな息づかし[3]　見ず久にして

あぢのすむ　すさのいりえの　こもりぬの　あないきづかし　みずひさにして

3548 奈流世呂尓　木都能余須奈須　伊等能伎提　可奈思家世呂尓　比等佐敝余須母

鳴瀬[4]ろに　木屑[5]の寄すなす　いとのきて　愛しけ背ろに　人さへ寄すも[6]

なるせろに　こつのよすなす　いとのきて　かなしけせろに　ひとさへよすも

3549 多由比我多　志保弥知和多流　伊豆由可母　加奈之伎世呂我　和賀利可欲波牟

多由比潟[7]　潮滿ちわたる　何處ゆかも[8]　愛しき背ろが　吾許通はむ

たゆひがた　しほみちわたる　いづゆかも　かなしきせろが　わがりかよはむ

1 **須沙の入江の**: 知多 반도이다.
2 **隱沼**: 물이 흘러나가는 곳이 없는 막힌 못이다. 답답한 마음을 표현한 것이다.
3 **あな息づかし**: 탄식한다는 뜻이다.
4 **鳴瀬**: 흘러가는 소리가 울리는 여울이다.
5 **木屑**: 나무 부스러기이다.
6 **人さへ寄すも**: 마음에 더하여.
7 **多由比潟**: 東國에 있지만 소재는 알 수 없다.
8 **何處ゆかも**: 항상 바다를 따라서 난 길로 노는 것일 것이다. 밀물이 되면 길을 지날 수 없다.

3547 물오리 사는/ 스사(須沙)의 이리에(入江)의/ (코모리누노)/ 한숨이 나오네요/ 못 본 지 오래돼서

해설

물오리가 사는 스사(須沙)의 이리에(入江)의 못이, 물이 흘러나갈 수 없게 막혀 있듯이, 마음이 시원해질 방법이 없어서 답답하여 한숨이 나오네. 만나지 못한 지 오래 되어서라는 내용이다.

만나지 못한 지 오래되어서 마음이 답답하니 한숨만 나온다는 뜻이다.

3548 급류 여울에/ 나무 조각 흐르듯/ 특별하게도/ 사랑하는 그에게/ 남들조차 말하나

해설

급하게 흘러가는 여울에 나무 부스러기가 흘러서 한곳으로 많이 쏠리듯이, 그렇게 마음이 매우 끌리는 그 사람에게, 세상 사람들까지 소문을 내네라는 내용이다.

작자인 여성이 남성에게 마음이 끌릴 뿐만 아니라 세상 사람들도 두 사람을 관련지어서 소문을 내니 기쁘다는 뜻이겠다.

'人さへ寄すも'를 私注・全集에서는 中西 進과 마찬가지로 다른 사람들이 두 사람을 연관을 지어서 소문내는 것으로 해석하였다(『萬葉集私注』 7, p.389), (『萬葉集』 3, p.498)]. 大系에서는, '다른 사람도 마음을 주고 있다니'로 해석하였다[『萬葉集』 3, p.451]. 이렇게 보면 사랑의 경쟁자가 있다는 뜻이 된다. 水島義治는 '자신 이외의 많은 여성도 마음을 주고 있다'는 뜻으로 보았다(『萬葉集全注』 14, p.374).

3549 타유히(多由比) 갯벌/ 조수가 밀려왔네/ 어디를 지나/ 사랑하는 남편은/ 내 곁으로 올 건가

해설

타유히(多由比) 갯벌에 조수가 밀려들어 왔네. 어디를 지나서 사랑하는 남편은 내 곁으로 올 것인가라는 내용이다.

밀물이 되어, 길이 물에 잠기자 남편이 어떻게 올 것인지 염려하는 여성의 노래이다.

3550 於志弖伊奈等　伊祢波都可祢杼　奈美乃保能　伊多夫良思毛与　伎曽比登里宿而

おして否[1]と　稲は舂かねど　波の穂の　いたぶらし[2]もよ　昨夜獨り寝て

おしていなと　いねはつかねど　なみのほの　いたぶらしもよ　きそひとりねて

3551 阿遅可麻能　可多尓左久奈美　比良湍尓母　比毛登久毛能可　加奈思家乎於吉弖

阿遅可麻[3]の　潟に咲く波[4]　平瀬[5]にも　紐解くものか[6]　かなしけを置きて

あぢかまの　かたにさくなみ　ひらせにも　ひもとくものか　かなしけをおきて

1 **否**: 'いな, いね, ぼ'로 이어진다.
2 **いたぶらし**: '甚振る'의 형용사형이다.
3 **阿遅可麻**: 지명이다. 소재를 알 수 없다.
4 **潟に咲く波**: 꽃이 아닌 파도가 피는 것 같다.
5 **平瀬**: 평범한 여울이다. 평범한 사람을 비유한 것이다.
6 **紐解くものか**: 'か'는 영탄을 나타낸다.

3550 억지로 싫다고/ 벼를 찧진 않지만/ (나미노호노)/ 마음이 흔들리네/ 어제 혼자 잠자서

해설

억지로 싫다고 생각을 하고 벼를 찧는 것은 아니지만, 파도의 높은 곳이 흔들리는 것처럼 마음이 안정되지 않고 흔들리네. 어젯밤 혼자 잠을 자서라는 내용이다.

'おして否と'를 大系에서는 'いね'를 상투적으로 수식하는 枕詞로 보았다[『萬葉集』 3, p.451]. '否と'를 全集에서는 남성의 유혹을 거절한 말로 보고 이 작품을 방아찧는 노래일 것으로 보았다[『萬葉集』 3, pp.498~499].

3551 아지카마(阿遅可麻)의/ 갯벌에 피는 파도/ 보통 사람에/ 옷끈 푸는 것인가/ 그리운 이 놓아두고

해설

아지카마(阿遅可麻)의 갯벌에 일어나는 파도여. 아무 것도 아닌 만남에도 옷끈을 푸는 일이 있는 것이네. 사랑하는 사람을 따로 놓아두고라는 내용이다.

私注와 全集에서는 中西 進과 마찬가지로 '깊은 마음도 없는데 옷끈을 푸네. 사랑하는 사람을 놓아두고'로 해석하였다[(『萬葉集私注』 7, p.392), (『萬葉集』 3, p.499)]. 여성의 작품인지 남성의 작품인지 명확하지 않다. 水島義治는, '마음이 깊지 않은 여자와도 자는 일이 있네. 사랑하는 사람이 있는데도 그 사람을 놓아두고'로 해석하였다[『萬葉集全注』 14, p.377]. 남성이, 연인이 아닌 다른 여성과 잠을 잔다는 뜻으로 보았다. 大系에서는, '정열도 없는 사람에게 무엇 때문에 옷끈을 풀까요. 나의 사랑하는 사람을 놓아두고'로 해석하였다[『萬葉集』 3, p.451]. 이렇게 해석하면 사랑하는 사람을 두고 다른 사람에게는 옷끈을 풀지 않겠다는 뜻이 된다.

'阿遅可麻の'를 全集에서는 中西 進과 마찬가지로 지명으로 보았다[『萬葉集』 3, p.499]. 大系와 水島義治는 '潟'을 상투적으로 수식하는 枕詞로 보았다[(『萬葉集』 3, p.451), (『萬葉集全注』 14, p.377)]. 私注에서는 '枕詞처럼 사용된 수식구'로 보고 '오리가 사는'으로 해석하였다[『萬葉集私注』 7, p.392)].

3552 麻都我宇良尓　佐和惠宇良太知　麻比登其等　於毛抱須奈母呂　和賀母抱乃須毛

松が浦に[1]　騒ゑ群立ち[2]　ま人言[3]　思ほすなもろ[4]　わが思ほのすも[5]

まつがうらに　さわゑうらだち　まひとごと　おもほすなもろ　わがもほのすも

3553 安治可麻能　可家能水奈刀尓　伊流思保乃　許弖多受久毛可　伊里弖祢麻久母

安治可麻の　可家[6]の水門に　入る潮の　こてたずくもか[7]　入りて寝まく[8]も

あぢかまの　かけのみなとに　いるしほの　こてたずくもか　いりてねまくも

1 **松が浦に**: 福島縣 相馬市인가.
2 **騒ゑ群立ち**: 시끄럽게 일어나는 것이다.
3 **ま人言**: 'ま'는 접두어이다.
4 **思ほすなもろ**: 'なもろ'는 'なむよ'의 사투리이다.
5 **思ほのすも**: 'もほのす'는 'もひなす'의 사투리이다. 'のす'는 '…처럼'이라는 뜻이다.
6 **安治可麻の 可家**: 어디인지 알 수 없다.
7 **こてたずくもか**: 뜻을 알 수 없다. '言痛し'의 반대라고도 한다.
8 **寝まく**: '寝む'의 명사형이다.

3552 마츠가(松が) 포구에/ 파도가 세게 이네/ 사람들 소문/ 그리 생각하겠죠/ 내 생각과 똑같이

해설

마츠가(松が) 포구에 파도가 시끄럽게 세게 일어나네요. 그처럼 그대는 사람들의 소문을 시끄럽다고 생각하겠지요. 내 생각과 마찬가지로라는 내용이다.

작자와 마찬가지로 상대방도 사람들의 소문을 시끄럽다고 생각할 것이라는 뜻이다.

大系 · 注釋 · 全集 · 全注에서도 中西 進과 마찬가지로 사람들 소문을 시끄럽다고 생각한 것으로 보았다. 그런데 私注에서는 '마츠가(松が) 포구에 파도가 일듯이 소문이 시끄러우므로 그대도 나를 생각하겠지요. 내가 그대를 생각하는 것과 마찬가지로'로 해석하였다[『萬葉集私注』 7, p.393)].

3553 아지카마(安治可麻)의/ 카케(可家)의 선착장의/ 밀물처럼요/ 아무도 모르게요/ 들어가 자고 싶네

해설

아지카마(安治可麻)의 카케(可家)의 선착장으로 밀려들어 오는 바닷물처럼 아무도 모르게 가만히 들어가서 사랑하는 사람과 잠을 자고 싶네라는 내용이다.

'こてたずくもが'를 中西 進은 해석하지 않았다. 大系와 全集에서도 해석하지 않았다. 私注에서는 '사람들에게 알려지지 않도록'으로 해석하였다[『萬葉集私注』 7, p.394]. 水島義治도 '아무도 모르게'로 해석하였다[『萬葉集全注』 14, p.380]. 注釋에서는, '사람들의 말이 부드러워 주었으면 좋겠네'로 해석하였다[『萬葉集注釋』 14, p.248]. 水島義治의 해석을 따랐다.

'安治可麻'를 全集에서는 中西 進과 마찬가지로 지명으로 보았다[『萬葉集』 3, p.499]. 大系와 水島義治는 '可家'를 상투적으로 수식하는 枕詞로 보았다[(『萬葉集』 3, p.452), (『萬葉集全注』 14, p.380)]. 私注에서는 '오리가 사는'으로 해석하였다[『萬葉集私注』 7, p.394)].

3554 伊毛我奴流　等許能安多理尓　伊波具久留　水都尓母我毛与　伊里弖祢末久母

妹が寢る　床のあたりに　石ぐくる　水にもがもよ[1]　入りて寢まくも

いもがぬる　とこのあたりに　いはぐくる　みづにもがもよ　いりてねまくも

3555 麻久良我乃　許我能和多利乃　可良加治乃　於登太可思母奈　宿莫敝兒由惠尓

麻久良我[2]の　許我[3]の渡の　韓楫[4]の　音高しもな　寢なへ兒ゆゑに

まくらがの　こがのわたりの　からかぢの　おとだかしもな　ねなへこゆゑに

3556 思保夫祢能　於可礼婆可奈之　左宿都礼婆　比登其等思氣志　那乎杼可母思武

潮船の[5]　置かれば愛し　さ寢つれば　人言しげし　汝を何かも爲む

しほぶねの　おかればかなし　さねつれば　ひとごとしげし　なをどかもしむ

1 **石ぐくる 水にもがもよ**: 제3, 4구는 삽입구이다. 집단이 부르는 것이므로.
2 **麻久良我**: 어디인지 알 수 없다.
3 **許我**: 茨城縣 古河市라면 利根川의 나루가 된다.
4 **韓楫**: 도왜인들의 기술에 의해서 만들어진 노를 말한다. 韓, 唐을 모두 'から(카라)'라고 하였다.
5 **潮船の**: 육지로 올리지 않고 바다에 묶어 둔 배이다.

3554 아내가 자는/ 침상의 가까이로/ 바위 사이로/ 흐르는 물이라면/ 들어가 잘 것인데

해설

바위 사이로 흐르는 물이라도 되고 싶네. 그렇다면 아내가 자는 침상의 가까이로 흘러 들어가서 함께 잠을 잘 것인데라는 내용이다.

사람들 눈을 피하여 들어가서 사랑하는 여인과 자고 싶다는 뜻이다.

3555 마쿠라가(麻久良我)의/ 코가(許我)의 나루의요/ 한국 노처럼/ 소리가 시끄럽네/ 자지 않은 애 땜에

해설

마쿠라가(麻久良我)의 코가(許我)의 나루에 울리는 한국 사람들이 만든 노처럼, 사람들의 소문이 시끄럽네. 함께 잠을 자지도 않은 그 아이 때문에라는 내용이다.

사랑을 성취하지도 않았는데 사람들 소문만 시끄럽다는 뜻이다.

3556 (시호부네노)/ 놔두면 그립고요/ 함께 잠자면/ 소문이 시끄럽네/ 그대 어떻게 할까

해설

바닷물 위에 떠 있는 배처럼 사랑하는 사람을 그대로 내버려두면 그립고, 그렇다고 해서 함께 잠을 자면 사람들이 시끄럽게 소문을 내네. 그러니 그대를 어떻게 하면 좋을까라는 내용이다.

이렇게도 저렇게도 할 수 없는 남성의 답답한 심정을 노래한 것이다.

3557 奈夜麻思家　比登都麻可母与　許具布祢能　和須礼波勢奈那　伊夜母比麻須尓

悩ましけ　人妻[1]かもよ　漕ぐ船の[2]　忘れはせなな[3]　いや思ひ増すに

なやましけ　ひとつまかもよ　こぐふねの　わすれはせなな　いやもひますに

3558 安波受之弖　由加婆乎思家牟　麻久良我能　許賀己具布祢尓　伎美毛安波奴可毛

逢はずして　行かば惜しけむ　麻久良我の　許我[4]漕ぐ船に[5]　君も逢はぬかも

あはずして　ゆかばをしけむ　まくらがの　こがこぐふねに　きみもあはぬかも

3559 於保夫祢乎　倍由毛登母由毛　可多米提之　許曽能左刀妣等　阿良波左米可母

大船を　舳[6]ゆも艫ゆも　堅めてし　許曾の里人[7]　顕さめかも

おほぶねを　へゆもともゆも　かためてし　こそのさとびと　あらはさめかも

---

1 **人妻**: 일반적인 남의 아내에 대해서가 아니다.
2 **漕ぐ船の**: 바다 가운데를 노 저어가는 배이다. 손이 닿지 않게 지나간다.
3 **忘れはせなな**: 잊지 않고.
4 **許我**: 茨城縣 古河市인가.
5 **漕ぐ船に**: 배 위의 그대를 한 번 보고 싶다.
6 **舳**: 뱃머리.
7 **許曾の里人**: 연인을 말한다.

3557 힘들게 하는/ 남의 아내인 자여/ 젓는 배처럼/ 잊기가 힘들어서/ 더욱 그리워지네

해설

내 마음을 힘들게 하는 다른 사람의 아내여. 그대는 손에 닿지 않게 바다 한가운데를 노를 저어서 사라져가는 배와 같아서 잊기가 힘들고 더욱 그리워지네라는 내용이다.

다른 사람의 아내를 잊을 수가 없어서 괴로워하는 남성의 노래이다.

3558 만나지 않고/ 가면 아쉽겠지요/ 마쿠라가(麻久良我)의/ 코가(許我) 젓는 배에서/ 그대도 만나고 싶네

해설

그대를 만나지 못한 채 출발해 버리면 아쉽겠지요. 마쿠라가(麻久良我)의 코가(許我)를 노를 저어서 떠나는 배에서 한번 그대를 만나고 싶네요라는 내용이다.

中西 進은, '선착장 근처의 유녀 집단의 노래인가'라고 하였다. 대체로 여성의 작품으로 보고 있다. 그런데 全集에서는, '여행을 떠나는 남성의 노래일 것이다'고 하였다[『萬葉集』 3, p.500].

3559 커다란 배를/ 앞에서 뒤에서도/ 굳게 매듯이/ 코소(許曾)의 마을 사람/ 드러나게 할 건가

해설

큰 배를 배의 앞에서도 뒤에서도 단단히 연결하듯이, 확실하게 약속을 한 코소(許曾) 마을의 그 소녀, 어떻게 두 사람 사이를 사람들에게 알릴 수가 있겠는가라는 내용이다.

'許曾の里人'을 大系·私注·注釋에서는 작자의 연인으로 보았는데 그 연인이 남성인지 여성인지는 명확하게 하지 않고 있다.

水島義治는, '許曾 마을에 사는 남자'로 보고 그 남자와 언약한 여성의 노래로 보았다 [『萬葉集全注』 14, p.389]. 그런데 全集에서는, '許曾 마을의 사람들'로 보았다[『萬葉集』 3, p.500].

3560 麻可祢布久　尓布能麻曽保乃　伊呂尓弖弖　伊波奈久能未曾　安我古布良久波
眞金吹く[1]　丹生の眞朱の[2]　色に出て　言はなくのみそ　吾が戀ふらく[3]は
まかねふく　にふのまそほの　いろにでて　いはなくのみそ　あがこふらくは

3561 可奈刀田乎　安良我伎麻由美　比賀刀礼婆　阿米乎万刀能須　伎美乎等麻刀母
金門田[4]を　荒掻きま齋み[5]　日が照れば　雨を待とのす[6]　君をと待とも
かなとだを　あらがきまゆみ　ひがとれば　あめをまとのす　きみをとまとも

3562 安里蘇夜尓　於布流多麻母乃　宇知奈婢伎　比登里夜宿良牟　安乎麻知可祢弖
荒磯やに[7]　生ふる玉藻の　うち靡き[8]　獨りや寢らむ　吾を待ちかねて
ありそやに　おふるたまもの　うちなびき　ひとりやぬらむ　あをまちかねて

1 **眞金吹く**: '眞金'은 금이다. '眞'은 접두어이다. '吹く'는 용해, 제련하는 것이다.
2 **丹生の眞朱の**: '丹生'은 丹을 생산하는 지역이다(여기에서는 上野國인가). '眞朱'는 적토, 진사를 포함한다. 진사에서 취한 수은이며 금광에서 순금을 얻는다.
3 **戀ふらく**: '戀ふ'의 명사형이다.
4 **金門田**: 金門은 門의 美稱이다. 門田은 문 앞의 밭이다.
5 **荒あ掻きま齋み**: 봄에 먼저 거칠게 갈아서 고른 뒤에 심는 것을 말한다. 여성은 몸을 정결하게 한다.
6 **待とのす**: '待つなす'의 사투리이다.
7 **荒磯やに**: 바위가 거친 해안이다. 독수공방의 이미지이다. 'や'는 접미어이다.
8 **うち靡き**: 마음을 나에게 기울이면서.

3560 금을 만드는/ 니후(丹生)의 적토처럼/ 눈에 띄게는/ 말을 걸지 못할 뿐/ 내가 사랑하는 맘

해설

금을 만드는 니후(丹生) 지역의 붉은 흙이 눈에 띄듯이, 그렇게 두드러지게는 말을 걸지 못하는 것 뿐이네. 내 마음의 사랑은이라는 내용이다.

드러내 놓고 말을 하지 못할 뿐 상대방을 사랑한다는 뜻이다.

'眞金吹く'를 水島義治는 枕詞로 보았다『萬葉集全注』 14, p.390].

3561 문 앞의 밭을/ 갈고 몸을 삼가네/ 해 내리쬐면/ 비를 기다리듯이/ 그대를 기다리네

해설

문 앞의 밭을 거칠게 갈아엎고 고른 뒤에 씨뿌리기를 기다리며 몸을 삼가 조심하고 있네. 해가 내리쬐면 비를 기다리듯이 그대를 기다리네라는 내용이다.

연인을 기다리는 것을 봄의 파종의례를 연상하며 노래한 것이다.

3562 거친 바위에/ 나는 해초와 같이/ 뒤척거리며/ 혼자 자고 있을까/ 기다리기 힘들어

해설

거친 바위에 나 있는 해초와 같이 이리저리 뒤척거리면서 혼자 자고 있을까. 나를 기다리기가 힘들어서라는 내용이다.

3563 比多我多能　伊蘇乃和可米乃　多知美太要　和乎可麻都那毛　伎曽毛己余必母

比多潟の[1]　磯の若布[2]の　立ち[3]亂え　吾をか待つなも[4]　昨夜も今夜も[5]

ひたがたの　いそのわかめの　たちみだえ　わをかまつなも　きそもこよひも

3564 古須氣呂乃　宇良布久可是能　安騰須酒香　可奈之家兒呂乎　於毛比須吾左牟

小菅ろ[6]の　浦吹く風の[7]　何ど爲爲か[8]　愛しけ[9]兒ろを　思ひ過さむ

こすげろの　うらふくかぜの　あどすすか　かなしけころを　おもひすごさむ

3565 可能古呂等　宿受夜奈里奈牟　波太須酒伎　宇良野乃夜麻尓　都久可多与留母

かの兒ろと[10]　寢ずやなりなむ[11]　はだ薄[12]　宇良野の山に　月片寄るも

かのころと　ねずやなりなむ　はだすすき　うらののやまに　つくかたよるも

---

1 **比多潟の**: 지명. 소재를 알 수 없다.
2 **若布**: 젊은 여자를 寓意한 것이다.
3 **立ち**: 눕지도 않는다는 뜻을 寓意한 것이다.
4 **吾をか待つなも**: 'なも'는 'なむ'의 사투리이다.
5 **昨夜も今夜も**: 이틀 밤 이어서 방문하지 못한다.
6 **小菅ろ**: 지명이지만 小菅의 실제 풍경이 있다. 'ろ'는 접미어이다.
7 **浦吹く風の**: 다음구로 심정적으로 이어진다.
8 **何ど爲爲か**: 'すす'는 계속을 나타낸다. 그 당시에는 종지형을 반복한다.
9 **愛しけ**: '愛しき'의 사투리이다.
10 **かの兒ろと**: 대명사 'か'는 이 외에 337번가에만 사용되었다.
11 **寢ずやなりなむ**: 오늘 밤은.
12 **はだ薄**: 억새의 '끝부분(うら)'---'うら野'로 이어진다. '宇良野'를 수식하는 枕詞이다. 長野縣 小縣郡.

3563 히타(比多) 갯벌의/ 바위의 미역처럼/ 혼란스럽게/ 나를 기다리는가/ 어제도 오늘 밤도

해설

히타(比多) 갯벌의 바위에 흐트러지게 나 있는 미역처럼 그렇게 마음이 혼란스럽게 눕지도 않고 그녀는 나를 기다리고 있는 것일까. 어젯밤도 오늘 밤도라는 내용이다.

자신을 애타게 기다리고 있을 여성의 마음을 생각한 노래이다.

3564 코스게(小菅)의요/ 포구를 부는 바람/ 어떻게 해야/ 사랑스러운 그녀/ 생각이 지나갈까

해설

코스게(小菅)의 포구를 부는 바람은 막을 길이 없이 지나가네. 어떻게 해야지만 사랑스러운 그 사람에 대한 생각이 바람처럼 지나가서 잊을 수가 있을까라는 내용이다.

사랑하는 사람을 잊기 힘들어서 괴로운 마음을 노래한 것이다.

'古須氣呂乃 宇良布久可是能'을 全集에서는, '덩굴의 잎 끝을 부는 바람처럼'으로 해석하였다[『萬葉集』 3, p.502].

3565 그 아이와요/ 자지 않고 지나나/ (하다스스키)/ 우라야(宇良野)의 산에는/ 달도 기울어 지네

해설

그 아이와 잠도 함께 자지 않고 오늘 밤도 지나가는 것인가. 억새풀 끝이 흔들린다는 뜻을 이름으로 한 우라야(宇良野)의 산 끝에 달도 기울어지네라는 내용이다.

사랑하는 사람을 만나 잠을 자지도 못한 안타까움을 노래한 것이다.

3566 和伎毛古尓　安我古非思奈婆　曾和敝可毛　加未尓於保世牟　己許呂思良受弖

吾妹子に　吾が戀ひ死なば　そわへ[1]かも　神に負せむ　心知らずて

わぎもこに　あがこひしなば　そわへかも　かみにおほせむ　こころしらずて

防人謌[2]

3567 於伎弖伊可婆　伊毛婆麻可奈之　母知弖由久　安都佐能由美乃　由都可尓母我毛

置きて行かば　妹ばま愛し　持ちて行く　梓の弓の　弓束[3]にもがも

おきていかば　いもばまかなし　もちてゆく　あづさのゆみの　ゆつかにもがも

1 **そわへ**: 'そばへ(버릇없음)'의 사투리인가.
2 **防人謌**: 이미 3527·3528번가 등에 보였으며, 東國人과 큰 관계를 가지는 것이 防人 제도. 다만 3527·3528번가 등은 防人의 노래인 것을 잊고 일반적인 이별의 노래로 되어 있었던 것임에 비해, 이곳의 防人歌는 防人의 노래로 전승된 것이다.
3 **弓束**: 활을 잡는 부분. 줌통이다.

3566 나의 아내를/ 그리워해 죽으면/ 짓궂게도요/ 신 탓이라 하겠지/ 마음도 모르고서

해설

나의 아내를 그리워하다가 죽으면 짓궂게 신이 벌을 내린 것이라고 할 것인가. 나의 마음도 모르고서라는 내용이다.

'そわへかも'는 뜻이 정확하지 않다. 私注에서는 '그 일을'로 해석하였다(『萬葉集私注』 7, p.403)]. 水島義治는, '주위 사람들은'으로 해석하였다[『萬葉集全注』 14, p.398].

防人歌

3567 두고 간다면요/ 아내가 그립겠지/ 가지고 가는/ 가래나무의 활의/ 줌통이면 좋겠네

해설

아내를 뒤에 두고 떠나간다면 아내가 무척이나 그립겠지. 아내는, 내가 가지고 가는 가래나무로 만든 활의 줌통이라면 좋겠네라는 내용이다.

아내가 활의 줌통이라면 이별하는 일이 없이 늘 손에 잡고 함께 있을 수 있다는 뜻이다.

3568 於久礼爲弖　古非波久流思母　安佐我里能　伎美我由美尓母　奈良麻思物能乎

おくれ居て　戀ひば苦しも　朝狩の[1]　君が弓にも　ならましものを

おくれゐて　こひばくるしも　あさがりの　きみがゆみにも　ならましものを

左注 右二首, 問答

3569 佐伎母理尓　多知之安佐氣乃　可奈刀侶尓　手婆奈礼乎思美　奈吉思兒良婆母

防人に　立ちし朝明の[2]　金門出に[3]　手放れ惜しみ[4]　泣きし兒らばも

さきもりに　たちしあさけの　かなとでに　たばなれをしみ　なきしこらばも

3570 安之能葉尓　由布宜里多知弖　可母我鳴乃　左牟伎由布敝思　奈乎婆思努波牟

葦の葉に　夕霧立ちて　鴨が音の　寒き夕し　汝をは思はむ

あしのはに　ゆふぎりたちて　かもがねの　さむきゆふべし　なをはしのはむ

1 **朝狩の**: 본래 사냥 노래였던 것을 대답하는 노래로 전용한 것이다.
2 **朝明の**: 'あさけ'는 'あさあけ'의 축약형이다. 여행을 떠나는 것은 새벽이었던 것인가.
3 **金門出に**: 金은 堅牢의 美稱이다.
4 **手放れ惜しみ**: 손을 놓는 것, 즉 석별을 아쉬워하여.

3568 뒤에 남아서/ 그리우면 괴롭죠/ 아침 사냥의/ 그대의 활이라도/ 되고 싶은 것이죠

해설

뒤에 혼자 남아서 그리워하고 있으면 고통스럽지요. 아침 사냥을 나가는 그대의 활이라도 나는 되고 싶은 것이네요라는 내용이다.

위의 작품에 답하는 노래이다. 여성도 활이 되어서 남성과 항상 함께 있고 싶다고 노래하였다.

私注에서는 '극히 표면적인 노래이다. 문답이라고 해도 防人이 출발할 때 마을 사람들에 의해 창화된 정도일 것이다. 'あさがりの'는 枕詞的 기교로 사용되고 있을 뿐이다'고 하였다[『萬葉集私注』 7, p.405].

좌주 위는 2수, 문답

3569 防人으로서/ 출발하는 새벽녘/ 문을 나설 때/ 손을 놓기 싫어서/ 울고 있던 아내여

해설

防人으로서 먼 곳으로 출발해야 하는 새벽녘에 문을 나설 때 내가 잡은 손을 놓기가 싫어서 울고 있던 아내여라는 내용이다.

먼 길을 떠나는 남편과 헤어지기 싫어서 울고 있던 아내를 생각한 노래이다.

3570 갈대의 잎에/ 저녁 안개가 내리고/ 오리 소리가/ 차가운 저녁에는/ 그대가 그립겠지

해설

갈댓잎에 저녁 안개가 내리고 오리 소리가 차갑게 들리는 저녁에는 그대가 그립겠지요라는 내용이다.

목적지에 도착해서의 상황을 상상해서 노래한 것이다.

'寒き夕し'의 'し'는 강세 조사이다.

3571 於能豆麻乎　比登乃左刀尓於吉　於保々思久　見都々曽伎奴流　許能美知乃安比太

己妻を　人の里[1]に置き　おほほしく[2]　見つつそ來ぬる　この道[3]の間

おのづまを　ひとのさとにおき　おほほしく　みつつそきぬる　このみちのあひだ

譬喩謌

3572 安杼毛敝可　阿自久麻夜末乃　由豆流波乃　布敷麻留等伎尓　可是布可受可母

何ど思へか[4]　阿自久麻山の　ゆづる葉の　含まる時に[5]　風吹かずかも[6]

あどもへか　あじくまやまの　ゆづるはの　ふふまるときに　かぜふかずかも

1 **己妻を 人の里**: 'おの'와 'ひと'는 반대말이다. 자신 마음대로 할 수 없는, 다른 사람이 있는 마을이다.
2 **おほほしく**: 멍하게.
3 **この道**: 國府까지의 길 사이인가.
4 **思へか**: '思へばか'인가. 어떻게 생각해서 바람이 불지 않는다고 말할 수 있는가.
5 **含まる時に**: '含まる'는 '含める'의 사투리이다. 아직 성인이 되지 않은 소녀를 비유한 것이다.
6 **風吹かずかも**: 바람이 부는 것은 남성이 유혹하는 것을 비유한 것이다.

3571 나의 아내를/ 다른 마을에다 두고/ 편하지 않게/ 보면서 온 것이네/ 이 길을 계속해서요

해설

나의 아내를 다른 마을에 두고 마음이 편하지 않게 돌아보면서 온 것이네. 이 길을 계속해서라는 내용이다.

'人の里に置き'를 私注에서는 '다른 마을에, 다니던 아내를 두고 있는 경우일 것이다. 防人으로 출발할 때 마을이 다르므로 작별도 못하지만, 적어도 그 마을 주변을 보면서 걸어간다고 하는 것이다'고 하였다『萬葉集私注』 7, p.407]. 水島義治도, '작자의 마을이 아니므로, 아내가 있는 마을을 이렇게 부른 것이다'고 하였다『萬葉集全注』 14, p.407]. 같은 뜻이다.

비유가

3572 어찌 생각나/ 아지쿠마(阿自久麻)의 산의/ 굴거리 잎이/ 아직 새싹일 때에/ 바람 불지 않을까

해설

어떻게 생각하는가요. 아지쿠마(阿自久麻) 산의 굴거리나무 잎이 아직 펴지지 않고 새싹일 때에 바람이 불지 않는다고 말할 수 있을까라는 내용이다.

中西 進은 망설이고 있을 수 없는 마음을 노래한 것이라고 하였다.

大系에서는, '소녀가 아직 성인이 되지 않았을 때에 바람이 분다네(유혹하는 것이라네)'로 해석하였다 [『萬葉集』 3, p.456]. 全集에서는, '상대방 여성이 어리다고 주저하는 남자에게 제삼자가, 언제 여자에게 생각지 못한 무슨 일이 있을지 모른다고 부추긴 노래일 것이다'고 하였다『萬葉集』 3, p.503]. 이렇게 해석하면 소녀가 어리지만 주저하지 말라는 뜻이 된다.

그러나 私注에서는 반대로 '처녀답게 자라는 것을, 바람처럼 흔들지 말고 당분간 그대로 두는 것이 좋을 것이다. 그대는 어떻게 생각하는가 하고 교훈적으로 젊은이에게 말하고 있는 것인가'라고 하였다 [『萬葉集私注』 7, p.408]. 어린 소녀를 유혹하지 말라는 뜻으로 해석한 것이다. 水島義治도, '도대체 무엇을 생각해서 아지쿠마(阿自久麻) 산의 굴거리나무 잎이 새싹일 때에 바람이 부는 것인가---아직 어린 소녀에게 손을 내미는가'로 해석하였다『萬葉集全注』 14, p.408]. 이렇게 해석하면 어린 소녀를 그대로 두라는 뜻이 된다.

3573 安之比奇能　夜麻可都良加氣　麻之波尓母　衣我多伎可氣乎　於吉夜可良佐武
あしひきの　山葛かげ[1]　ましばにも[2]　得がたきかげを　置きや枯らさむ
あしひきの　やまかつらかげ　ましばにも　えがたきかげを　おきやからさむ

3574 乎佐刀奈流　波奈多知波奈乎　比伎余治弖　乎良無登須礼杼　宇良和可美許曽
小里[3]なる　花橘を　引き攀ぢて[4]　折らむとすれど　うら若みこそ[5]
をさとなる　はなたちばなを　ひきよぢて　をらむとすれど　うらわかみこそ

3575 美夜自呂乃　須可敝尓多弖流　可保我波奈　莫佐吉伊但曽祢　許米弖思努波武
美夜自呂の[6]　砂丘邊[7]に立てる　貌が花[8]　な咲き出でそね[9]　隱めて思はむ
みやじろの　すかへにたてる　かほがはな　なさきいでそね　こめてしのはむ

1 **山葛かげ**: 산의 덩굴풀의 일종이다. 미녀를 비유한 것이다.
2 **ましばにも**: 'ま'는 접두어이다.
3 **小里**: '小'는 美稱이다. '里'는 '花橘'에 여성을 비유하였으므로 말한 것이다.
4 **引き攀ぢて**: 손에 잡고.
5 **うら若みこそ**: 젊기 때문에라는 뜻이다. 망설인다.
6 **美夜自呂の**: 宮代인가. 각 지역에 있는 지명이다.
7 **砂丘邊**: 오늘날의 방언으로 사구를 말한다.
8 **貌が花**: 메꽃인가.
9 **な咲き出でそね**: 'な…そね'는 금지를 나타낸다.

3573 (아시히키노)/ 산의 덩굴풀처럼/ 그리 간단히/ 얻기 힘든 덩굴을/ 두고 말릴 것인가

해설

걷기가 힘든 산에 나 있는 덩굴처럼 그리 간단하게 얻을 수 있는 것이 아닌 덩굴을 그대로 두고 마르게 해 버릴 것인가라는 내용이다.

절대로 얻기 힘든 미녀를 그대로 둘 것인가라는 뜻이다.

中西 進은 남성 집단의 노래라고 하였다. 私注에서는, '처녀를 애석해하는 민요일 것이다. 비유를 사용한다는 것은, 한편으로는 노골적인 욕망이 숨겨진 것일 것이다'고 하였다[『萬葉集私注』 7, p.408]. 全集에서는, '미녀에게 마음을 빼앗기면서도 접근할 수 없는 초조감을 노래한 것'이라고 하였다[『萬葉集』 3, p.504].

3574 마을에 있는/ 홍귤나무의 꽃을/ 끌어 잡아서/ 꺾으려고 하지만/ 아직 어려서 그게

해설

마을 가운데 있는 홍귤나무의 꽃을 끌어 잡아서 꺾으려고 하지만 아직 어리므로 그것이 좀 망설여진다는 내용이다.

'小里'를 大系에서는 지명으로 보았다[『萬葉集』 3, p.456]. 水島義治는, '눈독을 들인 여성이 아직 너무 어리므로 손을 내밀 수 없는 것을 탄식한 것이다. (중략) 이 노래도 東歌疏에 말하는 것처럼, '처녀 급기의 제제와 신앙을 바탕'으로 하고 있는 것이겠다'고 하였다[『萬葉集全注』 14, p.412].

3575 미야지로(美夜自呂)의/ 사구에 피어 있는/ 메꽃과 같이/ 눈에 띄게 피지 마/ 숨겨서 생각하자

해설

미야지로(美夜自呂)의 사구에 피어 있는 메꽃처럼 사람들 눈에 띄게 화려하게 피지 말아 주세요. 마음속에 감추어서 그대를 생각하지요라는 내용이다.

사랑하는 여성을 혼자서만 그리워하겠다는 뜻이다.

3576 奈波之呂乃　古奈宜我波奈乎　伎奴尓須里　奈流留麻尓末仁　安是可加奈思家

苗代の　子水葱が花を[1]　衣に摺り[2]　褻るる[3]まにまに　何か愛しけ

なはしろの　こなぎがはなを　きぬにすり　なるるまにまに　あぜかかなしけ

挽歌[4]

3577 可奈思伊毛乎　伊都知由可米等　夜麻須氣乃　曽我比尓宿思久　伊麻之久夜思母

愛し妹を　何處行かめと[5]　山菅の[6]　背向[7]に寝しく　今し悔しも

かなしいもを　いづちゆかめと　やますげの　そがひにねしく　いましくやしも

左注　以前歌詞[8], 未得勘知國土山川之名也.

1 **子水葱が花を**: 모를 뽑은 뒤에 그대로 둔 밭에서 자생하는 물옥잠이다.
2 **衣に摺り**: 푸른 자색의 꽃을 문지른다.
3 **褻るる**: 옷에 익숙해지는 것을 여성에게 친숙해지는 것으로 寓意하였다.
4 **挽歌**: 『萬葉集』의 3대 분류법(雜歌·相聞·挽歌)의 체제를 따라서 뒤에 덧붙인 것이다.
5 **何處行かめと**: 'め'는 강한 부정을 동반한 의문을 나타낸다.
6 **山菅の**: 뿌리가 반대 방향으로 퍼져가는 모양을 다음에 연결시켰다.
7 **背向**: 등을 돌리는 것이다.
8 **以前歌詞**: 3438번가 이후.

3576 못자리의요/ 물옥잠의 꽃을요/ 옷에 문질러/ 옷 더러워질수록/ 이리 사랑스럽나

해설

못자리에 핀 물옥잠 꽃을 옷에 문질러서 염색을 해서 옷이 더러워져서 익숙해질수록 좋듯이, 친숙해질수록 그 아이는 어찌 이렇게 사랑스러운가라는 내용이다.

'苗代の'를 大系에서는, '모를 키우는 판. 판은 高麗尺 6尺 평방을 歩라고 하고, 5歩를 代라고 한다'고 하였다[『萬葉集』 3, p.457].

挽歌

3577 귀여운 아내를/ 어디로 갈 건가고/ (야마스게노)/ 등 돌리고 잔 것이/ 지금은 후회되네

해설

사랑하는 아내가 어디로 가는 일이 있을 것인가 하고 안심하고는, 산골풀처럼 등을 돌리고 잔 것이 지금 생각하니 후회가 되네요라는 내용이다.

아내가 저 세상으로 가지 않고 오래도록 함께 살 것이라 생각하고는, 등을 돌리고 잠을 자기도 한 것이 분하다는 것이다. 생각보다 빠른 아내의 죽음을 두고 과거에 더 다정하게 하지 못한 것을 후회하는 남편의 마음이다.

水島義治는, "山菅の'는, 'すげ'와 'そが'의 소리의 유사성에서 '背向'을 수식하는 枕詞'라고 하였다[『萬葉集全注』 14, p.417].

水島義治는 '挽歌'에 대해, '雜歌 · 相聞과 함께 『萬葉集』의 삼대 분류의 하나. 원래는 관을 끌 때의 노래라는 뜻. 『萬葉集』에서는 사람의 죽음을 슬퍼하는 노래, 죽음에 관한 노래를 널리 모으고 있다. 『古今集』 이하의 애상가와 거의 같다. 권제2 · 3 · 7 · 9 · 13과 14에 이 분류가 보인다. 권제14에는 1수이지만 挽歌로 분류되어 수록되어 있는 것은, 東歌라는 것이 무엇인지를 생각할 때 매우 시사적이라고 할 수 있다'고 하였다[『萬葉集全注』 14, p.416]. 그리고 이 작품을 당연히 挽歌로 보면서도 '혹은 아내와 작별하고 여행을 떠난 경우의 노래로도 해석할 수 있다'고 하였다[『萬葉集全注』 14, p.418].

이 작품은 권제7의 1412번가(わが背子を 何処行かめと さき竹の 背向に寝しく 今し悔しも)와 유사하다.

좌주 이전의 가사(3438번가 이후의 작품)는, 아직 國土山川의 이름을 알 수 없다.

水島義治는, '이 左注는 물론 권제14의 편찬자가 첨가한 것이며, 자료로 한 것 속에는 나라별 분류, 분류별 분류도 되어 있지 않았다. 그것을 지명을 근거로 하여 소속국이 분명한 것을 먼저 나라별로 하고, 아무리 해도 소속을 알 수 없는 것을 일괄하여 그것을 분류한 것임을 나타내고 있는 것이다'고 하였다[『萬葉集全注』 14, p.418].

이연숙李姸淑

부산대학교 국어국문학과를 졸업하고 동대학원 국어국문학과 석·박사과정(문학박사)과 동경대학교 석사·박사과정을 수료하였다. 현재 동의대학교 한국어문학과 교수로 있으며, 한일문화교류기금에 의한 일본 오오사카여자대학 객원교수(1999.9~2000.8)를 지낸 바 있다.

저서로는 『新羅鄕歌文學硏究』(박이정출판사, 1999), 『韓日 古代文學 比較硏究』(박이정출판사, 2002 : 2003년도 문화관광부 추천 우수학술도서 선정), 『일본고대 한인작가연구』(박이정출판사, 2003), 『향가와 『만엽집』 작품의 비교 연구』(제이앤씨, 2009 : 2010년도 대한민국학술원 우수학술도서 선정) 등이 있으며 논문으로는 「고대 동아시아 문화 속의 향가」 외 다수가 있다.

한국어역 **만엽집 11**

– 만엽집 권 제13 · 14 –

초판 인쇄 2017년 8월 16일 | 초판 발행 2017년 8월 30일

역해 이연숙 | 펴낸이 박찬익

펴낸곳 도서출판 **박이정** | 주소 서울시 동대문구 천호대로16가길 4

전화 02) 922-1192~3 | 팩스 02) 928-4683

홈페이지 www.pjbook.com | 이메일 pijbook@naver.com

등록 1991년 3월 12일 제1-1182호

ISBN 978-89-6292-730-6 (93830)

* 책값은 뒤표지에 있습니다.